남방여왕

1

남방여왕 · 1
― 괴물의 탄생

초판 1쇄 발행 | 2025년 11월 30일

지은이 | 조중연
펴낸이 | 황규관

펴낸곳 | (주)삶창
출판등록 | 2010년 11월 30일 제2010-000168호
주소 | 08294 서울시 구로구 공원로7길 41-22, 202호
전화 | 02-848-3093
팩스 | 02-866-2723

ISBN 978-89-6655-196-5 04810
ISBN 978-89-6655-195-8 (세트)

이 책은 제주특별자치도와 제주문화예술재단의
2025년 제주문화예술재단 지원사업 후원을 받아 발간되었습니다.

남방여왕

괴물의 탄생

1

조중연

장편소설

삶창

고향 집에 들를 때마다

TV 켜고 먼 곳을 바라보는

나이 들수록

온화하고

점점 더 우아해지는

어머니께

차례

언제부터 이렇게 거미줄처럼 엮여 있었던 걸까. 내가 믿고 있던 것과 추구한 것들에 대한 배신과 실망감, 추악한 진실들. 대놓고 본색을 드러내는 놈들이라면 인정할 수도 있겠다. 하지만 새벽 부뚜막 고양이처럼 꼬리 살살 말고 기회 엿보다가 뒤통수치는 것들이라니. 자리 하나 차지하겠다고 온몸 불사르며 달려드는 하루살이 인생들이라니. 정말 몸서리치게 환멸이 느껴지는 새벽이다.

새로운 밀레니엄이 다가오고 있다. 두 달 가까이 남은 새 천년에도 희망은 보이지 않는다. 지금쯤 고등학교 동창 성랑이는 귀가했겠지. 직원들 월급 줘야 한다고, 내일 못 주면 이틀 밀리는 거라고, 평일에는 술푸대로 살았으니 토요일 하루쯤은 가족과 보내며 사람 구실 좀 해보고 싶다고, 한 잔 더 하자는 제안을 뿌리쳤다. 역시 3차는 무리였다.

"나 먼저 감져."

사내가 자리를 홀홀 털면서 김성랑에게 말했다.

"어디 가려고?"

"나도 몰르크라."

그렇게 술집을 나와 바닷가를 거닐었던가. 탑동 매립지 따라 동한두기 절벽을 서성였던가. 용연(龍淵) 줄다리가 있던 그 자리. 십여 년 전 철거되었으니 아주 먼 옛날의 일은 아니다. 로프를 지탱하던 콘크리트 구조물 앞에서 건너편 서한두기를 하염없이 내려다본 것 같다. 줄다리가 있었을 때는 1분도 안 걸리던 서한두기가 지금은 심리적으로 십 리쯤 멀어진 느낌이다.

요즘 들어 그렇게 거리감이 느껴지는 사람이 꽤 늘었다. 전에는 전화 한 통이면 쉽게 만날 수 있었는데 말 걸기가 두렵다. 언제부턴가 말을 붙여도 절벽 같은 침묵만 되돌아오고, 급기야 존재 사이에 놓여 있던 다리마저 끊겼다. 대체 어디서부터 잘못된 걸까.

이 내창을 700미터쯤 거슬러 올라가면 내왓당이 있었다고 『증보탐라지(增補耽羅誌)』에 적혀 있다. 서문 밖 1km 지경이고, 1882년에 훼철했다고 쓰여 있다. 위치를 정확히 알 수 없으나 열(十) 폭의 무신도가 내왓당이 존재했음을 증언하고 있다. 언제 시간 내서 조사를 해봐야겠는데…….

제주도 4대 국당(國堂) 중 하나이고, 『세조실록(世祖實錄)』에도 기록이 등장하는 것으로 보아 오랜 역사를 지녔음이 분명하다. 1882년 발생한 일이라면 필시 정치적 사화를 입었을 게다. 특히 무신도 열두 폭 중 열 폭만 살아남았다는 점이 호기심을 자극한다. 누군가 사화를 피해 열두 폭의 무신도를 품고 도망가고, 그 뒤를 칼 빼 들고 쫓는 장면이 아슴하게 그려진다. 그러다가 열 폭만 회수되고 두 폭을 잃어버렸겠지……. 더욱 애매한 것은 '누군가' 내왓당을 훼철했다는 기록이 없다는 점이다. 주어가 생략된 것이다.

새벽 바닷바람에 바짝 마른 낙엽처럼 고슬고슬한 겨울 냄새가 실려 온다. 술기운이 좀 달아나는 것 같다. 마흔이 되면 누구한테도 자신 있게 신념을 밝힐 수 있고, 가치 판단을 정확하게 할 줄 알았는데 그렇지가 않다. 그동안 살아온 경험과 읽은 책들, 그런 것들이 종합적인 판단의 잣대가 되고, 가치관이 준엄한 판단을 내리리라 기대했는데, 세상 돌아가는 꼬락서니는 내가 생각하는 것과 영 딴판이다. 특히 주변 사람들의 행보를 보면 무엇이 옳고 그른지 판단할 수가 없다. 누군가 말했다.

느 혼자 세상 근심 다 졌나? 무사 경 나라 잃은 백성추룩 어깨 축 늘어져 댕겸시냐?

작작 좀 하라는 말이다. 그때마다 사내는 쌍심지를 켜고 되묻고 싶었다.

나가 무사 이추룩 행 댕기는 거 같으냐?

멀리 갈치잡이 배들이 집어등을 훤히 밝히고 떠 있다. 5성급 호텔 정원의 매립 조명처럼 휘황하다. 어승생악쯤에서 내려다보면 제주 시내 가로등과 그 위의 집어등이 비현실적인 풍광을 자아낼 터였다. 지구와 우주를 이어주는 성층권처럼 독립된 공간으로 보인다. 이승과 저승 사이의 공해역(共海域)이라고 할까. 순간 살풍 같은 매서운 바람이 뒷덜미를 후려친다. 사내는 자신도 모르게 한 발짝 뒤로 물러서며 얼굴을 돌린다. 뭔가 후다닥 몸을 숨겼다. 내가 잘못 본 것인가.

❖

그 선거 이후 사내는 압박감에 시달리고 있었다. 보이지 않는 덫에 걸려 발버둥 칠수록 자꾸만 몸을 옥죄 오는 느낌이었다. 턱밑까지 위협이 느껴져 몸서리친 게 한두 번이 아니었다. 각개전투식으로 들어오던 공격들이 최근 조직적인 움직임으로 바뀌었다는 느낌까지 들었다. 삼지창처럼 책사 둘러 세우고, 설계자가 탁자 정중앙에 앉아 진두지휘하는 모습이 자꾸만 상상으로 그려졌다.

그것은 분명히 경고였다. 이외에도 주변에서 작고 사소한 사건들이 벌어져 자꾸 신경 쓰이게 만든다. 의심병이 도졌나 했지만, 분명히 뭔가가 있다는 직감만은 피할 수 없다. 아내 역시 아파트 동 입구에 자꾸만 낯선 무리가 보인다고 했다. 그러면서 요새 무슨 짓을 하고 다니냐며 핏대를 세웠다. 이제 방황 그만하고 개점휴업 상태인 변호사 사무실에 집중하라는 말로 해석되었다.

아내의 말을 들으니 더욱 조바심이 생겼다.

경헐 거여. 이번 일만 정리되믄.

사내가 시큰둥하게 대답하자, 아내는 아예 말을 말자는 듯이 앵돌아졌다.

이런 일이 있고 난 뒤로 저녁마다 집에 전화를 걸게 된다. 오늘은 딸아이와 통화했다. 늦장가 가서 낳은 예쁜 딸이다. 집에 들어갈 때마다 뺨에 뽀뽀를 해주면 아휴, 술 냄새 하며 도끼눈 흘기는 게 제 어멍을 쏙 빼닮았다. 역시 사내놈보다

딸의 애교에 디테일이 있다. 한창 예쁜 짓 할 나이였다. 산부인과 의사인 아내는 비번이라 하루 종일 집에 있었던 모양이다.

❖

사실 그 일과 엮인 것은 정의감 때문이었다. 세상이 이렇게 돌아가면 안 되지. 적어도 잘못됐다고 지적하는 사람 한 명은 있어야 하는 게 아니냐. 주변에서 또라이라 손가락질해도 내 생각은 이렇다고 꼭 밝히고 싶었다.

너희들은 야합이여. 최소한 부역자여.

처음에는 단순히 불법 선거 운동 의혹에서 출발했지만, 나중에는 전혀 다른 방향으로 걷잡을 수 없이 번져나갔다. 검질 하나 뽑아 들었는데 감자 뿌리처럼 개미 소굴이 딸려 나왔다. 예상치 못한 공격에 몇몇 개미가 툭툭 나가떨어지기도 했고, 추락하지 않으려고 발버둥 치며 악착같이 버티는 놈도 있었다. 선거판은 검질로 위장한 개미지옥 같았다. 구불구불한 통로로 엮이고 엮인, 어디가 처음이고 끝인지도 모를 뫼비우스의 띠 같았다. 그 개미지옥에 발을 들였으니, 당연히 출구는 없었다.

아마 그때쯤인 것 같다. 주변에 기웃거리는 그림자가 나타난 게. 사실 눈으로 확인한 적은 없다. 바람처럼 흔적이 없는 것 같지만, 분명히 있다. 분명 없는데, 분명히 있다. 몸을 숨기는 데 능숙하고, 흔적을 남기지 않은 습관이 체질화되어 있다. 훈련이 잘 되어 있다.

새벽 어스름이 조금씩 걷히고 있다. 사내는 세 시간의 방황을 끝으로 차가 세워진 제주북초등학교 쪽으로 발걸음을 뗀다. 차에서 30분만 책을 읽다가 술이 깨면 들어갈 생각이다. 좀 더 늦기 전에 제주도 무속 책을 사야지……. 무작정 들이미는 게 아니라 책을 읽어 기초를 쌓은 다음 전문가들을 만나봐야지. 그래야 대화가 통할 거고. 그러다 보면 사라진 내왓당 무신도 두 폭에 대한 퍼즐이 맞춰질 거야.

사내는 탑동 체신아파트를 지나 북초등학교 쪽으로 걷는다. 지난달 중순부터 차를 대던 곳이다. 일도 지구 집 쪽으로 순방향이고 무엇보다 공간이 널널해서 자주 애용하고 있다. 은색 쏘나타 옆에 1톤 트럭이 주차되어 있다. 며칠째 계속 서 있는 차다. 매일 주차를 하다 보니 동네 차들이 눈에 익었다. 두꺼운 녹색 천막을 덮은 모양이 배추나 과일을 떼다 파는 행상 트럭 같다.

책이 눈에 들어오지 않는다. 차량 실내등이 침침하다. 노안이 오려는가. 예전에는 읽을 만했는데 요즘 들어 글자가 희미하게 보인다. 뒷좌석에 쌓아둔 책 중 손에 잡히는 것을 골랐다. 이대로 조금만 더 있다가 술이 깨면 집으로 갈 생각이다. 오늘따라 집중이 되지 않아 차 밖으로 나와 기지개를 켰다. 날이 밝으면 당장 돋보기를 맞춰야겠다는 생각뿐이다.

그때 누군가 차창을 노크했다. 사내가 뒤를 돌아본다. 한 남자가 서 있다. 말로 해도 되는데 차 유리창을 두드린 게 신경에 거슬린다.

"라이타 불 좀 빌립시다."

바람결에 억센 경상도 억양이 묻어나온다. 뜨내기인가. 아니면 밤새워 놀다가 출근할 시간이 되었으니 배로 돌아가려는 선원인가. 남자는 손이 시린지 양손을 비비고 있다.

"뭐가 필요하다고요?"

도대체 이놈의 섬놈 근성은 고쳐지지가 않는다. 상대방이 제주도 말을 쓰지 않으면 나도 모르게 표준어를 구사한다. '라이타'라는 말은 알아들었지만, 다시 한번 더 물은 것은 상대방의 의중을 파악하기 위해서다. 검사 시절 많이 사용해 본 대화 수법이다. 정말 라이타가 필요한지, 아니면 다른 볼일이 있는 것인지 확인하는 절차다. 말끝을 흐린다면 신경 쓰지 않아도 된다.

"불 좀……."

남자의 왼손가락 사이에 흰 담배가 끼워져 있다. 사내는 담배를 보는 척하며 재빨리 아래위로 남자를 되작거려 본다. 느낌이 좋지 않다. 어스름이 가시지 않은 신새벽이라 더 그렇다. 왜, 날이 밝기 전에 가장 어둡다고 하지 않은가. 조금 있으면 가로등마저 꺼질 시각이다. 아차, 싶었다. 인적이 없다. 주변에 가게도 없다. 제기랄, 망할 놈의 CCTV도 없다. 아닐 거야.

사늘한 느낌이 술 냄새처럼 훅 끼쳐온다. 공기와 전혀 다른 재질이다. 놈은 눈도 마주치지 않는다. 그러나 빛을 받으러 온 채권자처럼 당당하다. 이놈 수상하다. 사내가 코트 안 와이셔츠 윗주머니에서 라이타를 꺼내려다 동작을 멈춘다.

"담배 안 피웁니다."

방석을 털어 손님을 쫓아내려는 식당 주인처럼 강퍅하게 말했다. 이쯤 하면 떨어지겠지. 집에 가야겠다. 술이 덜 깼어도 그냥 운전해야겠다. 아무래도 분위기가 심상치 않다.

"피우는 거 다 압니다."

놈의 입에서 담배 냄새가 역하게 풍겼다. 어서 자리를 피하고 싶다.

"불 좀 빌려주소."

경상도 억양이 찍자를 놓듯 길게 늘어진다. 사내는 그대로 운전석 문을 열려고 손을 내민다. 뒤에서 부스럭거리는 소리가 들린다.

"이성로 변호사!"

사내의 뒤통수가 전기를 맞은 듯 찌르르 울렸다. 얇은 머리카락이 돼지털처럼 두꺼워지며 바짝 곤두섰다. 귀에서 맥박이 뛰듯 이명이 들리고 눈동자가 마구 흔들렸다.

그 순간 땅바닥에 나뒹구는 부채처럼 좁게 접힌 신문지가 시선에 잡혀왔다. 황급히 눈을 들어보니 오, 놈의 얼굴 윗부분이 새카맣다. 빗금을 친 크로키처럼 눈 부위가 보이지 않는다. 눈동자도 확인할 수 없다. 어둠 속에서 뭔가 섬뜩한 것이 챙, 하고 빛난다.

그와 동시에 가늘고 긴 뭔가가 빠른 속도로 밀고 들어왔다. 뭔지 확인할 새도 없이 본능적으로 왼팔이 먼저 나간다. 가늘고 뾰족한 것이 팔꿈치에 박혔다. 칼이다. 칼이 팔꿈치를 관통했다.

놈이 빠른 속도로 칼을 뺀다. 사내의 눈동자가 본능적으로 칼끝에 달라붙는다. 팔꿈치 동맥이 잘렸는지 피가 흐르기 시작한다. 마취제를 맞은 것처럼 서늘하다. 다시 칼이 들어온다. 빛보다 빠른 속도로. 막아야겠다는 생각뿐, 요령부득이다. 몸을 좌측으로 돌려 오른팔로 방어하려 했지만, 칼이 너무나 빠르다.

뜨거운 것이 왼쪽 아랫배로 들어왔다. 시뻘건 불잉걸 같은 게 살을 저미고 밀려든다. 아프다. 너무 아프다. 머릿속 모세혈관이 터지고 눈동자 핏줄이 파열된 것 같다. 사내는 다리에 힘이 풀려 그대로 주저앉는다. 놈이 오른팔을 잡아 세운다. 팔 힘이 억세다. 근육질은 아니지만 다부지고 유연하다.

다시 한번 불꼬챙이가 밀려든다. 이번에는 왼쪽 윗배. 몸의 방어 기제가 모두 무력화되었다. 이러면 안 되는데……. 너무나 찰나의 일이다. 믿을 수 없다. 실감이 나지 않는다. 하지만 너무 깊이 찔렸다. 절망적이다. 여기서 멈춰야 살 수 있다.

놈이 아랑곳하지 않고 다시 칼을 잡아 뺀다. 내장이 칼끝에 빨려 나가는 것 같다. 이 서늘하고 섬뜩한 느낌은 뭘까. 곧바로 다시 칼이 들어온다. 이번에는 심장으로. 몸을 약간 비틀었지만 정확히 명치 위를 관통했다. 우지끈, 뼈가 갈라지고 부서지는 소리가 들린다. 심장에서 피가 뿜어져 나온다. 피가 역류하는 느낌이다. 목에 고인 핏덩이가 입 밖으로 스프링클러처럼 분사되어 나오는 것 같다.

뒤돌아볼 힘도 없다. 놈이 길바닥에 떨어진 것을 주워 든다. 칼을 숨겼던 신문지다. 바로 시동 걸리는 소리가 들린다. 고물 경유차 소리다. 옆에 주차해 있었던 1톤 트럭인가. 그렇다면 이 자는 나를…….

트럭이 새벽 어스름을 찢고 사라진 다음, 사내는 간신히 주머니에서 차 키를 꺼내 자동차 안으로 들어간다. 운전석 아래로 피가 뚝뚝 떨어져 고이기 시작한다. 너무 많은 양이다. 발판에 고여 구두를 흥건히 적시고도 남을 양이다. 피를 많이 흘려서인지 몸이 덜덜 떨린다. 차가운 땀이 나는 것 같기도 하다. 119에 전화를 걸까? 아니 시동을 걸까? 시동을 걸 수 있을까. 차 키를 든 오른손이 바들바들 떨린다.

그래, 놈은 나를 쫓았던 거야. 며칠 동안, 주위를 맴돌면서 나를 노린 거야. 더 이상 몸이 말을 듣지 않는다. 그대로 운전석 앞으로 고꾸라진다. 손에는 차 키가 쥐어져 있다. 사내는 자신이 죽어가고 있다는 사실을 순순히 인정한다. 그러나 이 모든 게 눈 깜짝할 사이에 일어났다는 사실만큼은 인정하지 못하겠다. 이렇게 44년의 삶을 끝내기에는 너무 억울하다. 숨이 가늘어지며 끊어질 듯 이어진다. 칼자국 사이로 숨이 비어져 나가 풀피리 소리가 들리는 것 같다.

사내는 마지막으로 놈의 얼굴을 되뇌었다. 모자 깊게 눌러쓰고 촘촘한 빗살무늬처럼 어두운 눈두덩을 가진 남자. 빗금에 가려 눈동자가 보이지 않는 남자. 어둠을 그을음처럼 몰고 다니는 유령 그 자체다.

1 변절의 계절

돌이켜보니 편집국장 송재홍에게 예비 동작이라고 할 만한 칼럼이 존재했다. 그는 중앙의 거물 정치인이 내도하면 인터뷰를 전담할 정도로 지역 언론계를 상징하는 기자였다. 무소불위의 제왕적 권력자인 부중근 도지사와 대놓고 맞짱을 뜰 만큼 야성이 살아 있는 소장파라는 평판을 듣고 있었다.

부중근이 원세륜과 새누리당 경선에서 맞붙을지, 탈당해서 무소속으로 출마할지 저울질하고 있을 때 그가 쓴 칼럼이 인상적이었다.

지금으로부터 4년 전 201X년 지방선거를 앞둔 2월 17일 오전, 제주도청 기자실에 김태오 제주도지사의 긴급 기자회견문이 도착했다. 언론들은 경쟁적으로 속보를 타전하고 후속 취재에 돌입했다.

현직 프리미엄을 가진 실세 김태오 도지사의 차기 선거 불출마 선언은 제주 사회에 커다란 파문을 일으켰다. 제주 선거사상 초유의 현직 지사 불출마 선언이었기 때문이다. 따라서 모든 기득권을 내려놓고 야인으로 돌아가겠다는 김태오에게 '대단한 결단'이라며 정치권과 도민 사회가 큰 호응으로 화답한 것도 사실이다.

현직임에도 낮은 지지도, 세대교체론, 강정해군기지와 행정 체제 개편 등 수많은 갈등의 양산, 최측근의 사전 선거 운동, 성추행 범죄 경력, 4·3사건 폭도 발언 등 부적절한 언행과 행보, 제주도청 공무원들의 잇따른 비리 등등. 4년이 지난 지금도 변한 게 하나 없다. 민심은 등을 돌린 지 오래다. 여론도 호의적이지 않다. 이는 김태오 전 도지사의 이야기가 아니다. 바로 부중근 현 지사 이야기다.

또 반(反) 부중근 병이 도졌나 싶었다. 난데없이 4년 전의 일을 소환한 송재홍의 행동에 의문이 들었다. 당시 김태오가 불출마 선언을 하고 '제주판 3김'의 동반 퇴진을 주장했던 건 낮은 지지율과 희박한 당선 가능성 때문이었다.

그러나 마지막 단락에서 송재홍은 숨겨놓은 이빨을 가감 없이 드러냈다. 일개 기자 관점에서 선을 넘었다는 느낌을 지울 수 없었다. 억지춘향식으로 퇴로를 만들고, 직설적으로 불출마를 압박한 것이다. 부중근의 결단이 지지부진하자 송재홍은 최후의 일격을 가한다.

제주도지사 선거, 세대교체 바람 타고 '원세륜 돌풍'

사전여론조사 결과 제주도지사 선거 후보 지지도에서 새누리당 원세륜이 민주당 양대석과 신철구를 모두 압도하는 것으로 드러났다.

뜻하지 않은 세월호 변수로 6·4 지방선거에서 집권 여당이 직격탄을 맞았음에도, 제주도에서는 새누리당 원세륜의 기세가 꺾이지 않고 있다. 일각에서는 세대교체를 바라는 도민의 염원이 반영된 게 아니냐는 분석을 내놓고 있다.

제주도의 경우, 지난 20여년간 도백 자리를 두고 부중근, 신철구, 김태오의 트라이앵글 경쟁 구도가 형성되어 있었다. '제주도판 3김'이라 불리는 그들이었다. 그러나 '만날 그 사람이 그 사람'이라거나 '제주를 대표해 내세울 만한 인재를 길러야 한다' 혹은 '중앙 정부의 홀대에 맞설 힘 있고 젊은 후보가 필요하다' 등등 도민의 목소리가 높아 세대교체의 바람은 더욱 거세질 전망이다.

무한경쟁 시대의 지방자치는 총성 없는 전쟁터를 방불케 한다. 앞으로 제주호(濟州號)를 타고 세기의 바다를 진두지휘할 선장은 누가 될까?

김수남은 이 논평 기사로 그간 의뭉스러웠던 송재홍의 본심을 꿰뚫을 수 있었다. 비열하다고 생각될 만큼 치밀하게 계산된 칼럼이었다.

첫째로 세월호를 언급한 것은 현재 집권당인 새누리당의 약세가 총체적인 총선 분위기라고 전제하기 위해서였다. 그래, 이 정도는 그냥 넘어갈 수 있다. 하지만 마지막 단락에서 언급한 제주호(號)에 대한 비유가 아주 저열했다. 온 국민이 세월호로 슬픔에 빠져 있는데, 단어를 신중히 골라 써야 할 기자가 제주도를 배에 비유한 게 문제였다. 세월호처럼 침몰하지 않으려면 제주호 선장을 잘 뽑아야 한다는 뉘앙스를 교묘하게 숨겨 놓았다. 이는 명백한 공감 능력의 결여였다.

둘째로 송재홍은 '만날 그 사람이 그 사람'이라거나 '제주를 대표해 내세울 만한 인재를 길러야 한다'는 문장에서 멈췄어야 했다. 그러나 '중앙 정부의 홀대에 맞설 힘 있고 젊은 후보가 필요하다'라는 사족을 붙임으로써 사실상 가이드 라인을 제시했다. 이 문장을 읽었을 때 떠오르는 사람은 원세륜밖에 없기 때문이다. 여론을 인용하는 척하면서 사심 가득한 문장을 덧붙여버린 것이다. 이는 명백한 선거 중립 위반이었다.

❖

송재홍 편집국장의 원세륜 캠프 합류 소식은 제주 사회에 충격으로 다가왔다. 이 느닷없는 소식은 시민단체 내부에도 파문을 던졌다.《삼다일보》가 줄곧 진보그룹의 목소리를 대변해 왔고, 송재홍의 경우 '4·3은 증언한다' 연재의 막차를 타고 들어와 삼다일보의 기치를 이어온 핵심 관계자였기 때문이다.

신문사는 여러 날 동안 뒤숭숭하고 혼란스러웠다. 대주주가 구속되어 있었고, 법원의 회생 결정은 나지 않은 상태였다. 회사의 존폐가 걸린 상황에서 혼자만 도청으로 빠져나간 송재홍에게 대놓고 불만을 토로하는 기자도 있었다.

그러나 어디에도 김수남이 낄 자리는 없었다. 이런 일이 생기면 대학 동창인 송재홍 편집국장과 함께 비상계단을 애용했었다. 사무실 내 금연을 이유로 사내의 골초들이 모여들었지만, 중심은 늘 송재홍이었다. 김수남은 언제나 그렇듯 주변인으로 분리되었다.

❖

정치부장 대우가 기사 원고를 출력해서 가지고 왔다. 출세 가도를 달려 이번에 정치부장으로 승진할 거라 하마평에 오르는 후배였다. 송재홍의 출세 루트를 그대로 따라 밟던 녀석이었다. 그가 마치 부하 직원 대하듯 책상에 원고를 내려쳤다.

"이 '백록담 칼럼' 편집부장 선에서 잘렸어요. 지금이 냉전 시대요? 이미 기울어진 판이란 말입니다."

"칼럼이 어때서?"

김수남이 뭐가 문제냐는 듯이 되물었다.

"왜 남들이 쉬쉬하는 삼다수를 건드리느냐 말이에요? 천리마그룹하고 제주도 관계 몰라서 하는 거예요? 또 문화계는 왜 이렇게 부정적으로 묘사하고 있죠? 지금 원세륜과 문화계 인사들 관계를 몰라서 이러는 거예요?"

정치부장 대우가 신경질적으로 소리쳤다. 말하는 본새가 선배 기자에 대한 예의 따위는 엿 바꿔 먹은 눈치였다. 후배 기자들 앞에서 기선을 제압하려는 게 분명했다. '백록담 칼럼'은 어쩌다 한 번씩 각 부장들이 돌아가면서 쓰는 고정 칼럼 코너였다. 김수남은 문화부장 자격으로 참여하고 있었다.

"사실, 문제가 많잖아. 어째서 제주도의 재야인사들마저 원세륜 도정에 가담하고 있지? 평생을 바쳐 싸운 독재 잔당과 원세륜이 다르다고 생각하는 거야? 천리마 문제도 그래. 왜 자꾸 걔네들 똥구멍을 빨아주느냐, 이 말이야. 뭐 얻어먹은 거 있어?"

김수남이 지지 않고 맞받아쳤다.

"선배는 그놈의 삐딱한 시선이 가장 문제예요. 선배가 소속된 탐라민예총만 해도 그래요. 그 사람들이 멍청이예요? 원세륜에게 붙을 만하니까 그러는 거잖아요. 좀 유들유들 삽시다."

"기자는 비판하는 게 직업이야. 비판하지 못하면 기자의 생명도 끝나는 거라고. 왜 누구처럼 도정 나팔수가 되어 용비어천가나 부르지, 여기 뭐하러 남아 있나? 아직 티오가 안 났냐? 유들유들? 개소리 집어치워. 난 그렇게는 못 하겠어."

"그래도 이 칼럼 나가면 송재홍 선배가 뭐라고 하겠어요. 전 편집국장 체면도 살려줘야 할 거 아닙니까?"

"야 인마. 우리가 가출한 편집국장 가오 세워 주려고 신문 기자 하냐? 빤스 빨아 놨으니까 집으로 돌아오라, 소리치고 싶나? 그렇다고 송재홍이가 돌아올 것 같아? 보자 보자 하니까 이 자식, 기본도 안 된 새끼네."

정치부장 대우의 얼굴이 붉으락푸르락 바뀌었다.

"애들도 있는데, 이 새끼 저 새끼 하지 말아요. 직속 선배도 아니면서 언제 봤다고 새끼 새끼야? 아무튼 이 칼럼 못 나가요!"

"그게 곧 정치부장 된다는 새끼 주둥이에서 나올 말이냐? 그래 이 새꺄, 너도 그렇게 똥구멍 잘 맞춰서 공무원 완장 하나 차고 싶은 거냐? 제주도 꼴이 어떻게 되려는지 원. 다들 수준이 개차반이야, 씨발."

정치부장 대우가 씩씩거리며 자신의 자리로 돌아갔다. 그러다가 방향을 돌려 큰 소리로 말했다.

"혼자 고고한 척은 다 하고 자빠졌네. 세상 바꾸기 전에 당신 배때기나 바꿔. 자기 관리도 못 하는 주제에 뭘 바꾸겠다고 지랄이냐고. 알지 못하면 그냥 찌그러져 있든지. 아니면 당신네 동네로 돌아가든가. 무사 이추룩 섞어부는 거꽈?"

"저 새끼가 보자 보자 하니까! 죽을려고 환장했나?"

"하여튼 육짓것들은 제 맘에 안 맞으면 다 같이 죽자고 덤 비드니 나 원 참. 시끄럽게 흙탕물 섞어불지 말고 선생님 동 네로 돌아가시라고!"

"거 듣자 듣자 하니까 말이 너무 심한 거 아니꽈? 아무리 마음에 안 든다 해도 우리까지 육짓것, 육짓것 하면 됩니 까?"

난데없이 문화부 수습이 정치부장 대우의 뒷덜미를 왁살 스레 물어뜯고 나섰다. 사무실이 찢어질 정도로 높은 고음 이었다. 문화부 기자들이 눈치를 보다가 재빠르게 수습기 자를 가로막았다. 그 순간 정치부 기자들이 덕아웃에서 그 라운드로 뛰어나오려는 야구 선수들처럼 어깨를 불끈 일으 켰다. 문화부 기자들의 눈꼬리가 빳빳하게 일어섰다. 허공 에서 챙챙 눈빛 부딪치는 쇳소리가 나더니 급기야 삿대질 과 막말이 난무했다. 여차하면 집단 난투극으로 번질 판이 었다.

"도라짱 같은 새끼!"

정치부장 대우가 그렇게 말하고 자리를 떴다. 최종 판결 문이었다. 주변 공기가 모두 사라져 진공상태가 된 느낌이 었다. 사무실 안에 마네킹만 서 있는 것 같았다. 분명 욕인 것 같은데, 처음 들어보는 욕이다……. 도라짱? 도라짱이 무슨 뜻이지? 또라이란 말인가?

화끈했던 전투 의지는 찬밥처럼 식은 지 오래였다. 부지불식간에 어퍼컷을 맞고 무릎이 풀린 느낌이었다. 그때까지도 정치부 기자들은 눈동자에 불덩이를 품은 채 김수남을 노려보고 있었다. 벌레 보듯 경멸스러운 눈초리였다. 어디선가 피식, 웃음소리가 들린 것 같기도 했다.

2 신진 사대부의 몰락

사실 몸의 경고가 있긴 했다. 배가 늘 더부룩하고, 스트레스를 받을 때마다 목덜미가 뻐근했다. 기사 몇 줄 쓰다가 발작하듯 일어서기도 했고, 어떤 때는 집중이 되지 않아 사무실 창밖을 하염없이 내려다보기도 했다. 그때마다 머릿속에 경광등이 켜지면서 벌떼 같은 게 아지랑이처럼 윙윙거렸다. 정신이 멍하고 아찔한 순간이 많아진 게 알코올성 치매 증상이 심해진 것 같기도 했다.

아무래도 밤마다 가진 술자리의 잔해가 노폐물로 쌓여 허리띠 칸을 넓힌 모양이었다. 옆구리에 튜브 같은 턱이 생겨서 바지를 추켜올리는 버릇도 생겼다. 허리둘레가 35인치를

넘어서고 몇 걸음 걷지 않았는데도 숨이 차올랐다. 바닥에
떨어진 볼펜을 주우려면 배가 접히지 않아 의자에서 일어서
야 할 만큼 동작도 둔해졌다.

"약은 드시고 오셨어요?"

간호사가 다짜고짜 이두박근에 커프를 감싸며 물었다. 김
수남은 멍한 눈빛으로 여자를 올려다보았다.

"약 드시고 오셨냐고요?"

간호사가 재차 수치를 확인하며 다시 물었다.

"오늘 처음 왔는데요."

며칠 고민 끝에 신문사 건너편에 위치한 내과를 찾았다.
병원 안은 노인들로 가득 차 있었다. 동네 사랑방을 옮겨놓
은 듯한 모습이었다. 차양에서 햇살이 부서져 들어와 오전
인데도 벌써 나른함이 먼지처럼 피어오르고 있었다. 진료를
마치면, 어디 가서 점심을 먹을까 고민하고 있을 터였다. 지
팡이라도 지참하여 대기해야 하나, 실소가 터졌다.

"이렇게 높은데 지금 왔단 말예요?"

수축기 혈압 163mmHg. 두 시간 동안 정밀 검사가 진행
되었다. 그 결과 새끼손톱만 한 개나리색 아스피린 1정이 하
루 분량으로 처방되었다. 고혈압 판정이었다.

원세륜 도정은 협치를 주창하며 젊은 피를 대거 등판시
켜 겉으로는 세대교체를 완성한 듯 보였다. 도청 주요 보직
은 '제주판 3김' 세대 인물들이 물러나고 젊은 인사들이 그
빈자리를 채웠다. 시민단체 출신과 재야의 예술가들이 선거
공신, 혹은 협치의 대상으로 등판하여 인재 풍년이란 말이
실감 날 정도였다.

기실 그들 대부분은 제주도의 정책을 감시하고 견제하던
사람들이었다. 대학교수, 언론사, 시민단체, 탐라민예총 계
열의 인사들이었다. 그러나 그들이 고위 공무원으로 신분을
바꾸고 적극적으로 도정에 참여하면서 시민단체가 와해되
는 게 아니냐는 의견이 개진되었다. 이번이 그동안 주장해
온 정책을 펼쳐볼 기회라는 의견도 있었지만, 진영에 남은
사람 몇몇은 그들을 기회주의자나 변절자라 손가락질했다.
그럼에도 비판의 칼날을 바짝 죄는 사람은 많지 않았다.

그것은 변절자들이 오랜 세월 주류 사회에서 활동하며 권
력의 정점에 선 자들이기 때문이었다. 도청으로 자리를 옮겼
다 해서 단체 안에서의 위상까지 사라졌다고 생각하면 오산
이었다. 그들에게는 오랜 세월 함께한 선후배 동료들이 있었

고, 관계를 무시할 수 없었으며, 전화 한 통이면 누구와도 만날 수 있었다. 살인이 아닌 이상 관계를 이어가는 제주도 인맥 특성상, 그들의 영향력은 여전히 유효하고 막강했다.

결국 보름도 지나지 않아 대형 참사가 터지고 말았다. 제주시장 이지호 인선을 둘러싼 인사 참사였다.

제주시장으로 간택 받은 자는 1980년대 중반 시민단체에 투신해 '제주도 시민운동 1세대'라는 평판을 듣던 사람이었다. 탐라참여환경연합 창립 멤버로, 각종 시민단체에도 깊숙이 관여했다. 불법과 탈법을 감시하는 시민운동가로서 제주 사회에 이바지한 부분이 남달랐다. 원세륜은 그간의 행적과 상징성을 고려하여 탐라참여환경연합 대표 이지호를 제주시장으로 임명한다.

그런데 환경운동에 평생을 바친 그가 천연보호구역 비자림 입구에 불법 건축물을 지었다는 의혹에 휩싸인 것이다. 카페와 단독주택이었다. 시장 인선 소식이 들리자, 탐라참여환경연합은 공식 기자회견을 열어 부동산 의혹을 전격 폭로하기에 이른다.

비자림은 새천년비자나무를 중심으로 500~800년 수령의 3,000여 그루가 자생하는 천혜의 비자나무 군락지였다. 천연기념물로 지정된 비자림 일대는 건축 행위가 엄격히 규제되어 개인 건물이 들어설 수 없었다. 이곳은 풀 한 포기, 돌멩이 하나라도 채취하거나 반출하면 그대로 사법 처리 되는 절내보전지역이었다.

탐라참여환경연합 입장에서는 심기일전 끝에 제 살을 도려내는 심정으로 동료 이지호의 비위를 공식 석상에서 고발한 것이었다. 단체는 좌장의 정치 참여로 이미지에 치명타를 입었을 뿐만 아니라 내상(內傷)으로 갈등의 골이 깊어진 상태였다. 그러자 눈치를 보던 주민자치연합마저 이지호의 시장직 사퇴 촉구 행렬에 동참한다. 대표와 좌장들이 변절하는 모습을 보며 내부 단속을 시작한 시민단체의 반격이었다.

이지호는 제주시장 취임 한달 만에 자진 사퇴하고 제주도를 떠난다. 너무 즉흥적이며 감정적인 선택 아닌가. 권력자 앞에서는 꼬리 살랑살랑 흔들다가 정작 도민에게 사과 한마디 없이 도망간 행위를 어떻게 해석해야 할까. 그사이 자기가 시민단체 활동을 하며 옷 벗긴 사람이 몇 명인데, 정작 자기는 나 몰라라 야반도주해 버리다니.

한 시민운동가의 몰락을 지켜보면서 김수남은 혀를 끌끌 찼다. 뒷맛이 씁쓸했다. 이지호가 권력을 향한 본색을 왜 이렇게 쉽게, 날것으로 드러냈는지 궁금했다. 그런 이는 또 있었다. 항간에 이지호와 더불어 원세륜 도정의 신진 사대부라 불리는 자. 송재홍 전 삼다일보 편집국장. 그는 시민단체 초창기부터 이지호와 호형호제하던 사이였다.

◈

야, 씨바 우리가 언제 정치판 들어가려고 시 쓰고 소설 썼냐. 이게 무슨 망신이냐. 그 사람 때문에 우리까지 도매금으로 취급받아야 쓰겠냐. 인생 오래 살고 볼 일이다. 나는 전 회장이 원세륜 등짝에 코알라처럼 딱 달라붙어 있었을 줄은 꿈에도 몰랐다. 이대로 두고 볼 수 없다. 우리도 뭐 성명서라도 발표해야 하지 않겠냐?

김수남은 오랜만에 탐라작가협회의 동료들과 술을 마시면서 열변을 토했다. 탐라작가협회는 탐라민예총 산하 문학분과였다. 문학 하는 작가들이 모였으니 이야기도 통하고 뒷배가 돼줄 수도 있으리라는 생각에서 가입한 단체였다. 문화부 기자 업무 때문에 어쩔 수 없이 만나야 하는 단체 중 하나이기도 했다.

또 다시 이런 얘기를 했다가 신문사에서처럼 왕따가 되는 게 아닌가 두려웠지만, 한 번 말의 물꼬가 터지자 걷잡을 수 없었다. 다른 동료 작가들은 고개를 푹 숙이고 가타부타 반응을 보이지 않았다. 간혹 시간을 두고 지켜보자는 주장을 하는 이도 있었다.

일곱 시에 시작한 술자리는 새벽 1시가 돼서야 끝났다. 소주, 맥주, 막걸리를 들이부어 '삼국통일'을 이룩한 뒤였다. 대리운전 회사에 전화를 걸자 15분 만에 기사가 도착했다. 50대 초반의 사내는 뛰어왔는지 헉헉 대면서 운전석에 자리를 잡았다.

"담배 한 대 피우고 출발합시다."

양해를 구하고 차창을 내렸다. 두통이 머릿속을 내리눌렀다. 내일은 오늘 먹은 고기를 삭히느라 종일 더부룩할 것이다.

"이게 직업입니까?"

김수남이 조심스럽게 물었다.

"알바로 조금씩 합니다. 담뱃값이라도 벌려고 하는 거우다. 요즘 담뱃값이 원체 비싸노난."

"낮에는 직장에 다니시구요?"

대리기사가 전방을 주시한 채 고개를 끄덕였다.

"그럼 일찍 들어가시겠네요?"

"게메. 보통 새벽 한 시까지 합니다만."

지금 시각이 새벽 1시 25분. 말뜻이 정확히 해석되지 않았다. 분명 문장은 하나인데, 머릿속에서 세 가지 뜻이 한꺼번에 가지를 뻗어 나갔다.

> ① 오늘은 너무 늦게까지 일해서 싫다.
>
> ② 한 시를 넘겼으니 이번 건을 마치고 집에 가겠다.
>
> ③ 보통 한 시까지 일하지만, 오늘은 그렇지 않을 것 같다.

이 세 개의 해석 사이에서 고민했다. 국어 시험을 보는 것 같았다.

"그렇다면 이번이 마지막 건이겠군요?"

고민 끝에 유도 심문을 했다.

"게메."

이 말이 그렇다는 뜻일까, 그렇지 않다는 뜻일까. '게메'는 제주어 중에서 뜻을 간파하기 가장 어려운 단어였다. '그러니까'라는 사전적 의미를 지녔으나 '글쎄'의 뉘앙스로도 들리는 이 단어는 제주도에 10년을 살았어도 좀체 해석하기 어려웠다.

차라리 말을 말자. 그러는 사이 대리기사의 허리에 눈길이 가서 멈췄다. 꼿꼿하게 세운 게 배에 힘이 잔뜩 들어가 있었다. 옷을 벗겨 보면 식스팩은 아니어도 희미한 왕(王)자쯤은 새겨져 있을 것 같았다. 자신은 조수석에 거의 눕다시피 앉아서 배불뚝이 모양을 하고 있는데, 그는 자세가 전혀 달랐다.

"그럼 하루에 몇 건이나 하세요?"

"보통 일곱 건 정도 탑니다마는."

"수입은 괜찮으시구요?"

"게메. 하루 5만 원 보고 헙니다. 잘 탈 때는 7만 원을 넘길 때도 있주마씸."

그가 머쓱하다는 듯 말했다. 또 '게메'가 등장했다.

"연배가 있어 보이시는데 운동 같은 것은 좀 하십니까?"

"게난 나도 처음에는 사장님처럼 배도 하영 나왔엇주마씸. 이거 운동에 아주 좋습니다. 대리운전 허멍 한 5키로는 빠진 거 닮수다. 술 먹는 횟수도 많이 줄었고."

"5킬로그램을 빼셨다구요?"

"보통 대리기사라 하면 운전하는 그림만 떠올리게 마련이주. 처음에는 저도 이게 무싱 거 운동이 될까 싶었는데, 대리라는 게 손님 차를 몰지 않는 경우에는 거의 걷게 됩니다. 택시 타면 돈 아깝고 하니 무지막지한 속도로 걷든지 뛰게 됩주. 운동량이 엄청납니다."

어느새 오라동 집에 도착했다. 주머니에서 2만 원을 꺼내면서 잔돈은 팁으로 가지라고 했다. 대리기사는 다음 목적지를 향해 뛰어 내려가고 있었다. 그가 사라진 어둠 속에서 희미한 불빛이 어른거렸다.

⟡

대리운전을 시작한 지 석 달쯤 되었을 때 사내 인사 공고가 떨어졌다. 그사이 대리운전에 적응하느라 회사 생활에 데면데면했다. 백록담 칼럼도 그만 쓰겠다고 선언했다. 논문 한 편 발표할 때마다 백 편씩 반박 논문이 나오듯 참담했다. 빈약한 논리에다 인신공격으로 점철된 반박 분위기에 피로감은 절로 깊어졌다.

송재홍은 원세륜 도정에서 보직을 받지 못하고 대기 발령 상태였다. 제주시장 인선에서 한차례 체면을 구긴 원세륜이 보직을 선뜻 결정하지 못한 까닭이었다. 시민단체에서 논공행상이네, 선거 공신 챙기기네, 낙하산 인사네, 하며 공격적으로 도청 인사를 비판하자 세평에 오른 인물들을 중심으로 대대적인 물밑 검증 작업에 착수했다는 소식도 들렸다.

사내 인사 공고가 난 것은 김수남이 새로 출간한 시집 저자와 인터뷰를 끝내고 돌아와 기사를 작성하고 있을 때였다. 예상대로 대행 체제를 끌어왔던 편집부장이 편집국장으로, 정치부장이 편집부장으로 영전했다. 정치부 차장은 부장으로 승진했다. 정치부 결원은 채우지 않는 것으로 결정났다. 정치부를 제외하면 무난한 승진 인사였다는 게 대체적인 평이었다. 그러나 문제는 문화부였다. 문화부 차장이 부장으로 승진한 것이다.

문화부장이었던 자신만 이름이 없었다. 공고를 자세히 살펴보니 맨 아래 다른 부서에 이름이 올라 있었다. 심층취재부장. 신설된 부서였다. 부원도 한 명밖에 없었다. 입사 5개월 차 따끈따끈한 수습이었다. 전에 정치부장과 싸울 때 소리치며 달려들었다가 정치부 기자들에게 눈빛으로 집단 구타를 당했던 녀석이었다. 채용 공고가 붙어 있는 것으로 보아 문화부 수습기자를 따로 충원할 모양이었다.

심층취재부는 종이 신문 위기 시대에 대비해서 웹 홈페이지를 강화하기 위한 신문사의 고육지책이었다. 한정된 지면과 달리 분량 제한이 없어 콘텐츠를 강화할 수 있고, 누구든지 댓글을 달 수 있어 접근성에서 용이했다. 조회 수가 즉각적으로 드러나므로 기사 반응도 실시간으로 확인할 수 있었다.

김수남은 왠지 곰팡내 나는 지하 창고로 책상이 밀려났다는 느낌을 지울 수 없었다. 입도 10년 차 외지 출신 기자에게 제주 사회 심층 분석 기사를 맡긴 점도 수상쩍었다. 제아무리 부장급 수평 이동이라 주장해도 노림수가 뻔히 읽히는 인사 발령이었다.

3   심층취재부

밤마다 무엇을 하는지 김수남의 행적이 묘연했다. 이 인간, 대체 어디로 사라진 거지? 퇴근하면 육지로 떴다가 새벽 첫 비행기를 타고 들어오나? 육지에 애인이라도 숨겨둔 건가. 하여간 퇴근 이후에는 투명인간처럼 잠수를 타버리는 무책임한 인간이라니. 아무리 따돌림을 당해도 회사에 친한 사람 한두 명은 있게 마련인데, 이렇게 모든 사람으로부터 배척 받는 사람은 처음 봤다.

강경식은 김수남에게 다시 전화를 걸었다. 전화기가 꺼져 있다는 기계음만 되돌아왔다. 믹스커피를 들고 천천히 창가로 다가갔다. 창백한 가로등 불빛 아래로 봄바람이 총알택시처럼 지나갔다. 탑동에서 시작된 구도심의 공동화가 서사라까지 침투한 느낌이었다. 봄바람마저 구도심에 재미를 붙이지 못하고 신제주로, 신제주로 몰려가는 모양새였다.

　최근 문화부 옆에 심층취재부 사무실이 급조되었다. 파티션으로 영역 구분을 하고 책상머리 두 개를 붙여 놓으니 간단히 끝났다. 창가라 답답하진 않았지만, 거울 보듯 마주 앉혀놓고 누가 자아비판을 잘하나 경쟁시키는 것 같아 심기가 편치 않았다.

　김수남이 《삼다일보》에서 유일한 육지 출신이라는 점도 특이했다. 뭐 주워 먹을 게 있다고 제주도로 내려왔단 말인가. 모두가 서울로, 서울로 올라가기를 앙망하는 세태에 혼자 역주행을 택한 이유는 무엇일까. 서울 《아태일보》라면 어떻게든 버티며 평생을 배팅해볼 만한 가치가 있지 않은가. 한국 4대 일간지라는 명성이 퇴색했어도 3대 일간지 다음으로 가장 먼저 거론되는 메이저 신문사 아닌가. 그러나 강경식은 송재홍 편집국장이 김수남을 제주도로 스카우트해왔다는 사실을 알고 있었다.

　제주 사회에서 육지 생활을 못 버티고 제주로 내려온 사람들에게 '실패자'라 낙인찍는 사실을 그가 알고 있을까. 왕년에 서울에서 뭘 했다고 거드름 피우는 육지 출신 흰소리꾼들을 상대하는 방법이 있다. 그런데, 그렇게 잘 나가던 서울 양반이 뭐하러 이 궁벽한 섬까지 내려왔습니까? 그러면 대답하지 못하고 우물쭈물한다. 뭐 장황하게 포부를 밝히기도 하지만, 그런 것은 구석에 몰린 자의 존재 증명일 뿐이다. '나 여기 있다', '나 여기 있으니 좀 쳐다봐 달라'는 게 그들이 정말 하고 싶은 말이었다.

그러나 김수남에게는 그런 할리우드 액션조차 없었다. 육지 사람이라는 주홍글씨에도 무관심했다. 머리카락으로 이마에 찍힌 낙인을 가릴 생각도 없어 보였다. 무엇보다 그의 단점은 다가가기 어렵다는 점이었다.

강경식은 사무실이 떠나가라 한숨을 내쉬었다. 다섯달 전에 문화부 수습기자로 신문사에 발을 들여 아직 수습 딱지도 떼지 못했는데, 심층취재부로 인사 발령이 떨어졌다. 정기자 임용까지는 무난하리라 내다봤는데, 심층취재부 발령은 예상치 못한 변수였다. 똥밭이라도 정치부나 사회부에서 스파르타식으로 경력을 쌓는 게 장래를 위해 나을 것 같았다. 아무래도 석달 전 정치부장 대우가 김수남에게 '육짓것' 소리할 때 대들었다가 이 사달이 난 게 분명했다.

심층취재부는 김수남의 사표를 받아내기 위해 설계한 덫 같은 것이었다. 무엇보다 이번 인사 발령에는 송재홍 전 편집국장의 복심이 고스란히 녹아 있었다. 은밀하게 내린 지령 같은 것이었다. 함부로 자르면 시끄러워질 수 있으니 제 발로 회사를 걸어 나가게 만든다는 노림수였다. 김수남 같은 비사회적인 인물은 끝내 제주 사회에 적응할 가능성이 1도 없다는 게 핵심 결론이었다. 말만 안 했을 뿐, 사실상 정리해고 절차였다.

문제는 보름 뒤부터 심층취재부의 주말판 전면 기획 기사가 나가야 한다는 점이었다. 데스크로부터 4회 분량의 연재 기사를 준비하라는 지침이 떨어졌다.

주말판 전면 기획 기사는 '기사의 꽃'이라 불리는 신문사의 간판 콘텐츠였다. 짤막한 기사와 달리 대중성을 고려하여 심도 있게 풀어내야 하는 장편 기사였다. 그러나 이 '기사의 꽃'은 도내 모든 신문사가 야심차게 시도했다가 본전도 못 찾고 나자빠진 흑역사를 가지고 있었다. 반환점도 돌지 못하고, 슬그머니 기사 전체를 들어낸 게 한두 번이 아니었다.

경쟁사에서도 사정은 비슷했는지 타사의 연재 중단에 논평을 삼가는 편이었다. 장편 기획 기사의 성패는 콘텐츠의 신선함과 대중성, 그리고 뒷심에 달려 있었다. 꼼꼼한 사전 준비 없이 달려들었다가는 매번 '중도 포기'를 선언하고 난파선처럼 침몰하는 게 장편 기획 기사였다.

바보가 아닌 이상,

커피를 입에 털어 넣고 일회용 컵을 찌그러뜨렸다. '바보'라고 혼잣말할 때 컵을 구기니 리듬이 딱 맞아떨어졌다. 입 안에 남은 설탕 알갱이처럼 '바보'라는 단어가 까끌까끌하게 되씹혔다.

바보가 아닌 이상, 김수남은 상황 파악을 완료했을 것이다. 아니 누구보다 정확하게 상황을 직시하고 있을 터였다. 이것이 경고라는 것을. 마지막 기회라는 것을. 실패하면 다음 수순으로 '사표 제출'이라는 외통수만 남아 있다는 사실을. 누군가 치밀한 각본으로 자신을 벼랑 끝으로 몰아가고 있다는 사실을.

그렇게 되면 강경식 자신의 입장도 난처해질 게 번연했다. 솔직히 심층취재부가 공중분해 되어도 다른 부서로 '헤쳐 모여' 하면 그만이었다. 그러나 폼나게 신문기자를 해보려던 포부와 달리 소모품 취급을 받는 것 같아서 자존심이 상했다. 이러려고 다섯 달 가까이 빵이 치면서 온갖 수모를 견딘 게 아니었다. 몇 달 지나면 흔적도 없이 사라질 기획부동산 같은 부서의 부사수 보직이라니, 불뚝 짜증이 치밀었다.

휴대폰을 켜보니 강경식으로부터 부재중 전화가 여러 번 와 있다.

김수남은 대리운전 할 때 업무용 휴대폰만 켜고 개인 휴대폰은 꺼놓는 습관이 생겼다. 상대방에게는 자기 전화번호가 그대로 노출되지만, 정작 기사는 손님 번호를 알 수 없는 대리운전 배차 시스템 때문이었다. 배차 오더 손님 연락처에는 010이 아니라 0506이나 0507로 시작하는 가상 번호가 찍혀 있었다.

가상 번호는 대리운전 오더가 종료되면 더 이상 통화가 불가능한 번호로 바뀌었다. 한 번 쓰고 버리는 휘발성 번호였다. 손님의 개인정보 보호 차원에서 자물쇠를 걸어둔 까닭이었다. 현직 문화부 기자 입장에서는 전화번호가 불특정 다수에게 노출된 까닭에 불편한 점이 한두 가지가 아니었다.

실례로 대리운전을 막 시작했을 때 손님에게 전화를 걸었는데, "어이, 김 기자. 김 기자가 이 시간에 웬일이야?"라고 묻는 바람에 깜짝 놀란 적이 있다. 가뜩이나 초짜라 "손님, 대리 부르셨죠?" 입도 잘 떨어지지 않는 마당에 돌발 변수까지 만났으니 당황스러웠다. 그 손님이 누구였는지는 지금까지도 모른다.

　그 일을 겪은 뒤로 스마트폰을 하나 더 장만했다. 대리운전 전용 휴대폰과 개인 휴대폰을 구분해서 사용하기 시작한 것이다. 처음에는 모든 상황이 긴장됐다. 기어 종류, 백미러 접는 법, 사이드 브레이크 위치, 라이트 켜는 법 등이 차마다 모두 달랐다. 매번 바뀌는 손님처럼 차 종류도 다양했다. 심지어 같은 모델의 차라도 주인 따라 느낌이 천차만별이었다.

　대리운전을 시작한 지 한 달 가까이 되자 몸 상태가 몰라보게 달라졌다. 살이 빠지기 시작한 것이다. 저녁 7시쯤 가볍게 식사하고 시작해서 새벽 1시까지 콜을 찾아 움직이는 단순노동이라 운동량을 무시 못 했다. 새벽에 퇴근해서 다음 날 일찍 신문사에 출근하는 일이 반복되다 보니 축 늘어져 있던 뱃살이 줄어들고, 옆구리 라인도 매끄러워졌다. 소화도 잘 되었다. 무엇보다 매일 밤 술자리를 피한 게 큰 도움이 됐다.

◈

　"아무래도 그건 좀 어려울 것 같아."

　김수남이 달궈진 불판 위로 삼겹살 네 점을 올려놓았다. 오후 내내 마라톤 회의를 했는데도 마땅한 아이템을 잡지 못해서인지 강경식은 울상이었다. 새파란 청춘이 살아보겠다고 발버둥 치는데, 정작 자신은 점심시간에 도시락도 싸오지 않고 젓가락만 들고 설치는 얄미운 학생이 된 것 같아 왠지 미안했다.

　강경식이 고민 끝에 꺼낸 아이템은 '제주도 개발의 그림자'였다. 해방 이후 제주도가 어떻게 개발이 되었고, 그것이 도민의 삶에 어떤 영향을 끼쳤는지 종합적으로 분석해보자는 내용이었다.

　"물론 좋지 않은 아이템이라는 건 아니야. 하지만 '4·3은 증언한다' 연재에도 일부 실려 있고, '도백열전' 같은 책에서도 쉽게 찾아볼 수 있어. 솔직히 그것들을 기초 자료로 강정 해군기지나 제2공항 문제까지 엮어서 몸집을 불릴 수 있을 것 같긴 한데……."

　김수남이 삼겹살을 뒤집으며 잠시 말을 중단했다.

　"지금 우리가 회사에서 미운 오리 새끼잖아. 데스크의 노림수가 무엇인지 자네도 눈치챘을 테고. 배는 이미 루비콘 강에 띄워졌어. 의사와 상관없이 우리는 그 배에 오른 입장이고."

강경식이 동의의 뜻으로 고개를 끄덕였다.

"중요한 건 말이지, 신문 전면 기사인데 제주 개발사 같은 딱딱한 이야기를 끝까지 읽어내게끔 재미있게 써낼 자신이 없다는 거야. 독자에게 무턱대고 인내심을 강요할 수는 없잖아."

이야기가 더해질수록 강경식의 얼굴에 먹구름이 드리워졌다. 김수남은 소주잔을 들어 건배했다.

"그럼 선배가 아이템을 제시해봐요. 그렇게 팔짱 끼고 남의 집 불구경하듯 물러서 있지 말고. 글이라면 저보다 선배가 더 잘 쓰잖아요. 소설 쓰는 양반이 이럴 때 주특기를 발휘해야죠. 대신 취재는 제가 목숨 걸고 해올 테니까."

일곱 시쯤 되니 가게 안이 소란스러워졌다. 가격이 저렴한 까닭에 주머니 가벼운 서민들이 많이 찾는 기사식당이었다. 버스터미널 인근이라 접근성이 좋아서 대리운전 콜도 잘 나오는 곳이었다.

"삼겹살을 먹는데 말이야. 한꺼번에 여러 점 굽지 않고 이렇게 딱 네 점만 올리는 이유가 뭔지 알아? 한 점 한 점 정성

들여 구워서 가장 맛있을 때 먹으려는 거야. 물론 성질 급한 놈은 한꺼번에 쏟아붓겠지만, 시간이 지나면 육즙은 다 빠지고 까맣게 타서 빼때기가 되지. 글도 마찬가지야. 그나저나 대학에서 뭘 전공했나?"

"제주북고 졸업하고 서울에서 대학 다녔어요."

강경식이 안경을 고쳐 쓰더니 차갑게 말을 받았다. 딴소리만 해대는 선배에게서 뭔가 신박한 아이템이 나올 거라는 기대는 포기한 표정이었다.

"원세륜이 후배네. 근데 왜 서울에 정착하지 않고……."

"제주도가 고향이고, 만만하잖아요."

강경식은 수줍음을 많이 타는 성격이었다. 대화할 때도 상대방과 눈을 잘 마주치지 않았다. 거짓말을 해서가 아니라 숫기 없는 성격 때문이었다.

"뭘 전공했느냐고 물었잖아. 이 정도는 알아두어야 할 게 아닌가 싶어서. 왜 미팅을 나가도 자기 전공 정도는 밝히잖아. 나야 뭐 국문과 출신이고. 뭐 유명한 대학은 아니고 서울 변두리쯤."

"원래 《삼다일보》 입사할 때 종교전문기자로 지원했어요. 하지만 이 코딱지만 한 신문사에서 종교전문기자로만 있을 수도 없고. 기사가 넘쳐나는 것도 아니고."

"다른 종교 신문들도 많이 있잖아? 인터넷 신문 쪽도 괜찮고."

"그것들 말예요, 수준 미달에 가내수공업 수준이거든요. 근로 조건도 주먹구구, 경영도 주먹구구. 목사가 사장도 하고, 영업도 뛰는 그런 데라……. 그런 곳은 사장한테 밉보이면 바로 그만두어야 해요. 좀 더 체계를 갖춘 신문사에서 일하고 싶었죠."

"혹시 신학(神學)을 전공했나?"

강경식이 소리 없이 고개를 끄덕였다. 그러더니 소주를 한잔 들이켰다. 더 이상 말하고 싶지 않은 눈치였다.

"무엇 때문에?"

그러나 김수남은 꼬치꼬치 캐물었다. 하기 싫은 말이라도 자꾸 쑤석거려야 소통이 된다. 그래야 신뢰가 쌓이고 팀이 될 수 있다.

"누구나 스무 살 때는 뭔가에 인생을 걸어야겠다는 초조함과 다급함 같은 게 있잖아요. 결론적으로 말하면 저도 목숨 한번 걸어본 거죠. 절대 진리 같은 하느님이 있을 거라 확신했던 거죠."

이번에는 강경식이 눈을 똑바로 마주치면서 말을 받았다.

"그런데 왜 목사가 되지 않고?"

"신학에 대한 근본적인 회의가 들었거든요. 신학이 기독교 안에만 국한되어 있다는 것을 뒤늦게 깨달았던 거죠."

"이를테면 교회나 기독교만을 위한 호위병 같았다?"

성심성의껏 응대하자 강경식이 무장을 해제한 느낌이었다.

"기독교 신학에서 다루는 신은 인류를 상대로 하는 보편적 신이 아니라, 기독교 테두리 안에서 가성비가 최적화된 신이에요. 그러니 보수적이고 배타성이 강할 수밖에 없죠. 여기서 보수적이란 말은 급진신학이든 보수신학이든 기독교 안에서 사고하고 접근하도록 와꾸가 짜여져 있단 뜻이에요. 거기에서부터 균열은 시작되었죠."

강경식이 소주를 한잔 마시더니 말을 이었다.

"솔직히 그게 스무 살 때의 허영심이었는지는 잘 모르겠어요. 가령 당돌함이라고 할 수도 있겠죠. 절대 진리를 찾아 공부해보겠다는 당돌함 같은 거. 과거의 석학들이 찾으려 했지만 찾아내지 못했던 그런 절대 진리. 하지만 한계를 깨달은 순간, 내가 목사가 될 수 없다는 사실을 깨달았죠. 자신이 없었다는 게 솔직한 표현일 거예요. 강단에 서서 하느님이 유일신이다, 예수를 믿어야 천국 간다고 말해야 하는데…… 뭐 이런 근본적인 것부터 흔들렸으니까. 믿지도 않으면서 남들 앞에서 말하는 게 비겁하다고 생각했던 거죠."

젊음은 그렇게 솔직한 것이다. 김수남은 왠지 강경식의 태도가 마음에 들었다.

"그렇다면 1992년 휴거 사건 같은 걸 기획으로 잡아보면 어떨까? 유사 종교 형태를 띤 제이유 주수도 사건도 괜찮을 것 같고. 제주도 다단계의 끝판왕이라 불리던 제이유였잖아. 접근 방식을 다르게 하면 새로운 해석이 나올 수도 있겠는데."

"글쎄요. 시대가 바뀌어서 종교 관련 기사가 반응이 좋을지 확신이 안 서요. 주수도 쪽은 정치계 인물들이 많이 엮여 있고, 지금도 재판 중인 사안이라 민감한 부분이 많을 거예요."

이번에는 강경식이 제동을 걸고 나섰다. 말을 하다 보니 제이유 사건이 제주도의 인간관계 특성을 상징적으로 잘 드러낸 사건이라는 생각이 불쑥 들었다. 구미가 당기는 것은 사실이었다. 그렇지만 자살자가 나올 만큼 워낙 피해가 컸을 뿐만 아니라, 지금도 살아 있는 피해자들이 많다는 점에서 부담스러운 것도 사실이었다.

"제주도 개발 쪽이 너무 방대하다면 신제주로 범위를 좁혀보면 어떨까요? 강정해군기지나 제2공항 문제까지 연계시켜서 말이죠."

소주를 3병째 땄다. 중간에 삼겹살이 떨어져 두루치기 1인분을 더 시켰다. 이 식당의 장점은 1인분도 주문할 수 있다는 것이었다. 택시나 버스 기사를 주로 상대하는 곳이라 모든 메뉴가 1인분에 최적화되어 있었다.

"대중적인 요소나 흥미 측면에서 2% 모자라다는 생각이 자꾸 드는데. 차별화에도 실패할 것 같고. 좀 더 임팩트 있게 독자들 시선을 잡아당길 만한 아이템 없을까? 자네와 나 둘 다 관심 있는 분야라면, 시너지 효과를 일으켜서 사고 한번 크게 칠 수 있을 것 같은데."

김수남이 마지막으로 쐐기를 박았다. 앞으로 보름도 남지 않았다. 급하다면 급한 불이었다. 하지만 주말마다 독자들이 목놓아 기다리는 기사여야 한다. 지면을 때우는 방식으로는 안 된다. 강경식의 얼굴에 널찍한 붉은 반점이 피어올랐다. 얼굴에서 귀까지 수확 시기를 놓친 딸기처럼 시뻘겋게 변했다.

"괜찮다면 2차 갈까? 자네와 첫 술자리이기도 하고. 아이템 문제는 맥주 한 잔 더 하면서 이어가도록 하곡."

신제주 '속에천불' 주점에 도착한 것은 그로부터 30분 뒤였다. 원래 이름은 '속에천불 제주막걸리집'인데, 청양고추를 잘게 썰어 넣은 부추전이 대표 메뉴였다. 이틀이 멀다고 다니던 단골집이었지만, 대리운전을 시작하면서 발길이 뜸해졌다. 다행히 구석 자리가 하나 비어 있었다.

"어이, 김 작가."

누군가 불러 뒤를 돌아보니 탐라작가협회 회원들이 앉아 있었다. 눈이 마주치자 찔끔 외면하는 후배 시인도 있었다. 전 회장 측근으로 분류되는 한 시인은 바로 로우킥 자세로 고쳐 앉았다. 회전축으로 쓸 왼발을 바닥에 힘주어 딛고, 오른 발꿈치를 까치발로 든 모양이 여차하면 출격하겠다는 의사로 보였다. 적대감이 죽창처럼 뾰족하게 느껴졌다.

그 순간 석달 전 작가협회 동료들과 술 마시면서 성명서 운운했던 사실이 떠올랐다. 표정이나 자세로 보아 벌써 그 얘기가 자리를 휩쓸고 지나간 모양이었다. 비난의 타깃이었던 전 회장도 앉아 있었다. 김수남은 건성으로 고개를 끄덕이고 자리를 잡았다. 다행히 로우킥 회전 반경과 거리가 먼 테이블이었다.

"제주도 작가들이네요."

막걸리가 나오자 강경식이 먼저 말문을 열었다.

"협회에서 함께 활동하는 사람들이지."

김수남이 떨떠름하게 대답했다.

"별로 친하지 않은 모양입니다. 선배님 성격이 워낙 칼 같으셔서."

"못된 성격 탓이지. 한때는 술도 자주 마셨는데, 요즘 하고 다니는 꼬락서니가 영 마음에 안 들어서 말이야."

김수남이 담배를 피워 물었다. 최근 다시 피우기 시작한 담배였다.

"어떤 면에서 그렇죠?"

"뭐랄까, 본질과 동기의 문제가 아닐까 싶어. 질문을 바꿔서 하면 마음속에 무엇을 품고 있느냐, 무엇 때문에 하느냐, 무엇을 쳐다보고 있느냐의 문제라고 할까."

"잘 이해하지 못하겠는데요."

"최근 몇 년 동안 워낙 많은 변수들을 겪게 되니까 점점 자신이 없어져. 내가 과연 이렇게 살아도 될까,라는 자가당착에 빠졌다 할까. 좀전에 저 사람들 눈빛을 자네도 봤을 거야. 내가 도대체 뭘 했다고 눈빛으로 저렇게 나를 두드려 패는지 이해할 수가 없어. 문학 쪽으로 말해볼까? 나는 왜 소설을 쓰는지 말이야."

강경식이 계속 말해보라는 듯이 막걸리 잔을 들었다. 마가린으로 얇게 부친 '속에천불' 표 부추전을 큼직하게 찢어 입안으로 밀어 넣었다.

"젊었을 땐 말이야, 소설 써서 돈도 벌고 차도 사고 결혼도 하는 게 꿈이었지. 하지만 그것은 대한민국 1%의 이야기야. 그렇다면 지금 입장은 어떨까. 난 말이지, 문학이란 게 좀 더 순수해야 한다고 생각하는 입장이야."

"어째 다른 문인들은 그렇지 않다는 뜻으로 들리는군요."

이번에는 강경식이 맞장구를 쳐주었다.

"모두가 그렇다고 한통속으로 몰아가기에는 어폐가 있지. 그렇지만 최근 들어서 나는 저들이 가슴 안에 뭘 품고 있는지, 무엇을 지향하는지를 보고 회의가 들었어. 너무 쉽게 본색을 드러냈다고 할까."

"저기 저분, 작가협회 회장 맞죠? 낯이 익은 분인데."

"현 회장은 아니고 전 회장이지. 지금 저 사람 말을 하고 있는 거야. 저 사람 요새 원세륜 옆에 붙어서 예술위원장인가 뭔가를 하고 있지."

"원세륜 도정이 들어서면서 제주도 안의 사회단체들이 거의 그렇게 변했어요. 비단 작가협회 문제만은 아니에요.

이번 기회에 도정의 문화예술정책에 변화를 불러일으킬 수 있다고 기대하는 사람도 적지 않더라고요."

"글쎄, 나는 저자가 입에 달고 사는 '문학적'이란 표현이 두고두고 마음에 걸려. 10여년 동안 작가협회 통장을 관리하던 실무자가 있었거든. 공금 횡령 비슷한 비리를 저질렀지. 그래서 저자가 회장이 되었을 때, 문제를 제기했어. 그랬더니 하는 말이 나의 내부 고발이 문학적이지 않다는 거야. 그때 나는 오랜 세월 문학을 한 선배에 대한 예우로 가만히 듣고만 있었지. 하지만 곰곰이 생각해보고 또 해봐도 그 '문학적'이라는 말이 이해되지 않더군."

"코에 걸면 코걸이 귀에 걸면 귀걸이 같은 말이죠."

자기 뒷담화를 하는 걸 눈치챘는지 전 회장이 김수남 쪽을 바라보았다. 자리를 옮기고 싶은데 이쪽 분위기가 삼엄한지라 망설이는 모습이었다.

"공금 횡령이란 세속의 단어가 고고한 문학관과 어울리지 않는단 말이겠지. 그런 자가 원세륜이 도지사 되니까 '아주 세속적으로' 도정에 합류했단 말이야. 요새는 뭐 손오공을 가르치는 삼장법사처럼 도지사 옆에서 목에 힘주고 찍은 사진도 보이더구만. 문학관이 정치관으로 변질되었어."

"송재홍 편집국장 얘기 들었어요. 선배를 제주도로 스카우트한 사람이 편집국장이시라고. 지금 말씀하시는 걸 보니 선배는 제주도에서 살기 힘들 거 같아요. 한두 가지도 아니고 그렇게 사람들과 사사건건 부딪치고 있으니."

"결론은 항상 내 성격이 나쁘다는 것으로 귀결되지. 쟤들은 나한테 '성격 나쁜 놈'이라는 프레임만 씌울 뿐 내가 무슨 얘기를 하는지 관심도 없어. 그저 불순분자의 불평불만이라 치부하고 한 귀로 듣고 한 귀로 흘려버리는 거지."

강경식이 구제 불능이라는 듯이 한숨을 내쉬었다. 그러더니 뭔가 되짚는 듯한 표정으로 김수남을 쳐다보았다. 이어 갈증을 느낀 듯 막걸리를 한 잔 들이붓더니 빠른 동작으로 담배에 불을 붙였다. 잠시 침묵이 흘렀다. 그의 눈에 섬광이 서려 있었다.

"그렇다면 우리도 제주도판 '그것이 알고 싶다' 한 편 찍어보면 어떨까요? 아예 전혀 다른 분야로 방향타를 돌려보면……."

"무슨 뜻이지?"

"솔직히 세상에서 제일 재미나는 게 범죄 이야기잖아요. 피가 좀 튀어줘야 엔도르핀도 돌고 흥미진진해지죠. 제주도 안에서 발생한 살인 사건을 다뤄보자. 그것도 미제 사건을 특집으로 잡아서. 서울 일간지들도 이런 거 연재 많이 했잖아요. 우리는 제주도 사건에 한정해서 상세히……."

"2009년 제주 여교사 살인 사건 같은 거 말인가?"

"그것도 포함되겠죠. 하지만 뭐니 뭐니 해도 관덕정 살인 사건이 도민의 뇌리에 강렬하게 남아 있어요. IMF 시작점인 1997년에 일어난 데다가 약간 연쇄살인의 뉘앙스도 풍겼으니까."

"연쇄살인사건?"

"공교롭게도 1997년 8월 관덕정 살인 사건 발생 당일에, 서귀포 미소카페 여주인이 살해되는 사건까지 일어났어요. 어느 게 먼저인지는 모르겠는데 시체가 발견된 게 같은 날 새벽부터 아침까지로 몇 시간 차이가 안 나요. 경찰은 두 사건에 연관성이 없다고 결론 내렸지만."

김수남은 담배에 불을 붙이고 의자를 바투 끌어당겨 앉았다. 군침이 싹 돌았다.

"그렇다면 1997년 8월 어느 날 새벽쯤에 두 살인 사건이 동시에 발생했단 말인가?"

"제주시 관덕정과 서귀포 시내 카페에서."

"두 사건 모두 범인이 잡히지 않은 채 공소시효가 만료됐고?"

"그 외에 1999년 제주 변호사 피살 사건도 있어요."

"범인이 잡히지 않았다면 세 사건 모두 공소시효가 끝난 영구 미제 사건이네. 경찰은 수사 종결을 선언했겠고. 지금쯤 경찰서 캐비닛 속에 먼지를 뒤집어쓰고 있을 테고……. 미제 사건이 된 나름의 이유가 있었겠지. 초동수사에 문제가 있었다든가 따위의. 헌데 나는 제주도 사람이 아니라 한계가 있을 것 같은데. 인터뷰나 잡다한 조사 같은 것에서 말이야."

"취재는 제가 한다고 했잖아요. 선배는 분석하고 글을 쓰세요. 경찰서에 보관된 조서만 해도 라면 박스 몇 개 분량은 될 거예요. 또 TV에 출연하는 프로파일러 의견을 박스 기사로 첨부해도 좋고. 이런 기획이라면 대박이 날지도 몰라요. 제주도에서 최초로 시도하는 거니까. 너무 선정적으로 말고, 현장과 증거에 충실하게, 심리 묘사를 한다든가, 이런 식으로. 선배가 소설을 쓰니까 느낌 더 잘 아시잖아요."

그 순간 김수남은 희열감이 단전으로부터 지펴 오르는 것을 느꼈다. 공기가 환기되면서 주변이 환해졌다. 오랫동안 쓰지 못했던 신박한 소설 거리를 찾은 느낌이었다.

"그때 정말 대단했거든요. 여자들이 무서워서 외출을 삼갈 정도였으니까. 제주도에서 한날한시에 살해된 시체가 두구나 발견되었으니 도민들이 받은 충격과 공포야말로 이루다 표현할 수 없었죠. 저도 그중 한 사람이었고."

"너무 선정적인 기사가 되지 않을까. 피해자가 둘 다 여성인 점도 부담스럽고."

"바로 그거예요. 이왕 할 거 제대로 멍석 깔고 제대로 해보자고요. 언제 선배가 다른 사람 눈치 보면서 할 말 못 한 적 있나요? 짤릴 때 짤리더라도 적극적으로 부딪쳐봅시다, 쫌!"

4 관덕정 살인 사건

관덕정(觀德亭) 인근은 예로부터 제주도 정치 문화의 1번지로 불리었다. 서울로 말하자면 종로 같은 곳이었다. 제주목관아 건물은 일제 강점기에 훼철되어 관덕정 빼고는 그 흔적을 찾아볼 수 없었다. 본격적인 목관아지 복원을 앞두고 구 법원 청사 건물 철거 공사가 한창 진행되고 있었다.

살해된 여성의 얼굴과 뒤통수 그리고 목덜미에서는 치명적인 구타의 흔적이 발견되었다. 양쪽 유두는 뭔가에 도려 내졌으며, 성기는 훼손되었고, 어깨 등지에서 이빨 자국도 발견되었다. 피해자는 서문시장 부근 단란주점 종업원 고춘자(당시 32세)로 밝혀졌다. 학교 운동장 크기의 법원 청사 철거 현장은 파란색 펜스가 처져 있어 외부와 차단된 상태였다.

피해자는 한 명 더 있었다. 고춘자의 시체가 발견되기 세 시간 전에 관덕정과 공사장 차단 펜스 사잇길에서 피투성이로 발견된 50대 여성이었다. 불행 중 다행으로 목숨은 건졌으나, 한쪽 눈을 완전히 실명했다. 고춘자가 일하던 단란주점 여주인 현 모씨였다.

사건 당일 새벽 3시쯤 함께 귀가하던 두 사람은 불상의 괴한으로부터 습격을 받았다. 범인은 현씨를 가격하여 항거불능 상태로 만들고, 반항하던 고춘자를 무지막지한 폭력으로 제압한다. 현씨는 현장에 방치되었다가 가구점 종업원에 발견되어 목숨을 건졌지만, 고춘자는 공사장 펜스 안으로 끌려가는 바람에 죽임을 당했다.

이 사건과 별개로, 관덕정에서 고춘자의 시체가 발견되기 20분 전, 오전 6시 40분께 서귀포시 서귀동의 미소카페 여주인 강정화(당시 33세)가 숨진 채로 발견되었다. 밤새 연락이 닿지 않아 남편이 직접 찾아갔다가 카페 내실에서 시체를 발견하고 경찰에 신고했다.

강정화의 옷 역시 모두 벗겨진 상태였다. 하복부는 예리한 칼에 찔려 창자가 드러나 있었고, 성기도 훼손됐다. 얼굴에는 하얀 분이 칠해져 있었고, 카페 내부에는 수돗물을 틀어놓아 증거 인멸을 시도했다.

제주도 3대 영구 미제 사건은 다음과 같다.

- 관덕정 살인 사건 (1997. 8. 14)
- 서귀포 미소카페 살인 사건 (1997. 8. 14)
- 제주 변호사 피살 사건 (1999. 11. 5)

2015년 공포된 태완이법으로 살인죄의 공소시효가 폐지되었으나, 이 세 사건은 2000년 8월 1일 이전 발생했으므로 공소시효 15년이 만료되어 사실상 완전범죄가 되어버렸다.

김수남은 제주시 동부경찰서 수장고 사무실에 있었다. 동부경찰서는 제주시청과 일도 지구 사이의 애매한 위치였다. 문예회관사거리 인근에서 대리운전을 종료할 때마다 일도 지구로 갈까, 시청으로 갈까, 고민하게 되는 자리였다.

신분을 밝히면서 관덕정 살인 사건 파일을 구하러 왔다고 말하자 강력계가 도떼기시장처럼 어수선해졌다. 담당은 상부의 눈치를 살피며 지하 수장고로 안내했다. 계원 중 한 명이 황급히 전화를 걸었고, 수장고 담당은 프리마가 잔뜩 든 커피를 내주더니 자기 자리로 돌아갔다. 누군가를 기다리는 눈치였다. 부연 설명은 일절 없었다.

다행히 서울 《아태일보》 사회부 기자 생활할 때 경찰서를 밥 먹듯 드나들었기 때문에 경찰에 대한 내성이 쌓여 있었다. 사회의 추악한 쓰레기통을 뒤지고 다니던 때였다. 김수남은 아무리 험악한 상황이라도 경찰 앞에서 기가 죽는 법이 없었다. 신입 기자 시절 선배들로부터 경찰을 구슬리거나 협박해서 정보를 얻어내는 방법까지 귀에 피가 나도록 들었던 그였다. 경찰이 무엇을 두려워하는지 가장 먼저 파악하라는 게 핵심이었다.

한 시간쯤 지나자 사복 차림의 늙수그레한 사내가 수장고 사무실로 들어섰다. 관덕정 살인 사건 당시 수사반장 강유찬이었다. 지금은 한림의 금능해수욕장 파출소에서 근무하고 있었다. 사건 파일에 자물쇠가 걸려 있는 게 분명했다. 한림에서 제주 시내까지 오려면 한 시간쯤 걸리지. 누구든 관덕정 사건 파일을 확인하려면 강유찬을 통해야 한다……. 제주 경찰 사이에 이런 불문율이 자리 잡은 듯 보였다.

"무사 또 관덕정 사건이우꽈?"

강유찬은 언론에서 관덕정 살인 사건을 들쑤시는 게 못마땅했다. 사건 당시 수사본부에도 기자들이 밤낮으로 '뻗치기' 하는 통에 수사하는 데 애로 사항이 많았다. 용의자가 범행을 시인해놓고 현장검증 할 때 범행을 전면 부인한 것도 지역 방송사 기자 앞이었다. 이를 수상하게 여긴 기자가 범행 현장에서 발견된 혈액형과 용의자의 혈액형이 다르다는 기사를 대문짝만하게 보도하는 바람에 개망신을 당했다. 이후 경찰은 끼워 맞추기식 수사를 남발하는 무능력한 집단으로 전락하고 말았다.

"무사 또 관덕정 사건을 건드렴수과? 관덕정 사건의 경우, 우리는 틀림없이 범인을 잡았다고 확신합니다. 정말 허망해십주. 석달인가 죽게 고생해서 검거해신디, 범인놈이 막판 뒤집기를 하는 바람에……."

강유찬이 말하는 내용은 신문 기사로 파악하고 있었다. 경찰이 범인이라 확신한 용의자가 기소되지 않은 이유는 '증거 불충분'이었다.

"나가 말이우다. 이 사건 때문에 손해를 얼마나 봤는지 알아집니까? 아직도 한창 일해야 하는 나이에, 금능해수욕장에서 주먹다짐하는 쎙양아치나 심으러 댕기곡, 취객 뒤치다꺼리나 하는 게 말이 됩니까? 나 인생도 막장이 돼불엇주.

결론적으로다가 관덕정 사건 때문에 탄탄대로를 걷던 내가 한직으로 유배 간 게 아니고 뭐꽈? 나 같은 형사는 피 냄새를 맡아줘야 소화도 잘 되고 술도 잘 들어가는디.”

“사건 당시 분위기는 어땠습니까?”

“관덕정 사건과 한날한시에 일어난 서귀포 미소카페 살인 사건 범인을 잡지 못해 막 초조했고, 범인을 검거하는 경찰관에게는 1계급 특진이 보장되난 모두 눈이 뒤집어졋주. 경헌디도 우리가 범인이라고 확신해서 잡은 용의자를 법으로 처벌하지 못했으니 이보다 원통한 일이 어디 있으쿠가. 솔직히 말해서 관덕정 사건은 더 밝혀낼 것도 엇을 거우다. ‘그것이 알고 싶다’에서 웬만한 것은 다 밝혀져시난.”

“서귀포 미소카페 살인 사건은 어땠습니까?”

“그건 정말 미스터리 사건이우다. 관덕정 사건에 가려서 잘 알려지지 않앗주. 관덕정 사건 다룰 때 끄트머리에서 언급하는 정도였고. 기자들도 강력 사건 두 개가 한 방에 터져부난 힘든 기색이 역력했고. 관덕정 사건에 정신이 팔려서 신경 못 썻주마는 나중에 현장이 말도 못 하게 참혹했다는 얘길 들엇수다. 나가 핸들 잡았으면 어떵 됐을지 모르쿠다마는.”

“뭐 더 충고라도 해 줄 말씀은 없습니까?”

"두 사건 모두 공소시효가 지낫수다. 자꾸 이렇게 들쑤시는 게 탐탁지가 않아마씸. 하지만 나가 진짜 미제 사건이라고 생각하는 것은 이성로 변호사 살인 사건뿐이우다. 다른 것은 내 관할 밖이라 관심이 없다는 게 솔직한 심정이고."

"이성로 변호사라면?"

"거 있잖읍니까. 제주도 3대 영구 미제 사건 중에."

"1999년 제주 변호사 피살 사건 말입니까?"

"그 변호사 이름이 이성로엿주."

"그럼 이왕 온 김에 변호사 피살 사건 일지도 복사해 가도 되겠습니까?"

"이성로 사건 파일은 이디 엇을 거우다. 관덕정 사건 일지부터 굳작 살펴봅서. 나 말이 맞을 거우다. 괜히 헛다리 짚지 말앙 미소카페 사건하고 이성로 사건이나 더 파봅서. 우린 관덕정 사건 완벽하게 해결했다니깐."

❖

"우리 제주도 사람들은 어려서부터 독립심이 아주 강햇주마씨. 어멍 아방에게 기대질 않앗수다. 우리 세대는 부모님 헌티 손을 안 벌리고 공부도 혼자 햇주. 어멍 아방은 허구헌

날 밭이영 바당으로 나도는디 자식 교육에 신경 써지쿠가?"

허두가 뱀처럼 길었다. 고윤식은 관덕정 살인 사건의 최초 목격자였다. 통화할 때의 분위기와 달리 아래위로 옷을 쫙 빼입고 나온 게 TV 출연을 염두에 둔 모습이었다. '그것이 알고 싶다'에 출연해서 한차례 유명세를 탔기 때문이었다.

"초등학생 때야 밭이영 곶자왈이여 습지영 휩쓸고 댕기멍 지네를 잡앗수다. 지네 잡으면 침 빼서 한일소주 병에 담아 팔았곡. 당시에 지네 한 마리 값이 50원이었는데, 농심 소고기라면 값이난 막 지꺼젓주. 잘못 걸리믄 밭 돌담 다 무너뜨렸다고 아방 데려오라면서 멱살도 잽히곡. 중학생 땐 코를 놓아 꿩 잡아다 식당 같은 데 팔앗수다. 꽤 쏠쏠한 용돈벌이엿주. 경헌디 고등학생이 되그네 시로 나와보니까 지네영 꿩이영 심어당 파는 것은 초등 애들이나 하는 거라. 갑자기 돈이 필요헌디 방법이 있어야 말입주."

"무사 돈이 급했습디가?"

김수남이 제주어로 맞장구를 쳐주었다.

"포경수술. 다른 애들은 다 해신디 나만 늦어서 마음이 막 급햇수다. 저디 올라가민 세종의원이라고 있어주마씀. 지금은 폐원했주마는 당시만 해도 거기가 제주도에서 최고라낫수다. 포경수술 안 허민 어른 못 된다고 허난 막 초조햇주. 어멍 아방헌티 부탁하기도 뭣하고 돈이 필요하긴 헌디 마땅한 디가 이서아 밀입주."

"시민회관 위에 있던 세종의원 말입니까?"

"예게."

"거긴 내과 전문의 아닙니까?"

최근 폐원 소식을 알리는 기사가 떴다. 꽤 오랜 역사를 가진 병원이라 안타까워하는 사람들이 많았다. 제주도 사람이라면 어렸을 때 추억 한두 컷쯤 있을 법한 병원이라 호의적인 댓글 일색이었고, 늙은 원장의 건강을 기원한다는 내용도 많았던 것으로 기억한다. 그 병원에서 포경수술을 했다는 얘기는 금시초문이었다.

"맞수다. 독감 걸려그네 그디 가서 주사 맞으면 입에서 약 냄새가 풀풀 났어신디. 그거 한 방 맞으면 거뜬헌 거라. 아무리 독한 감기라도 한소끔 자고 나민 그냥 나사부러. 약을 얼마나 독하게 쓰는지 운전도 못 할 정도로 어질어질햇곡. 경찰 음주 측정 불민 걸리기 딱 좋을 만큼 약 냄새가 살벌하게 낫수다. 그디가 초창기에는 포경수술 잘 헌다는 소문이 돌앗주."

"그래서 여기 와서 잡부로 일하게 된 것입니까?"

김수남이 이야기의 끈을 바투 잡아끌었다. 마침 관덕정 인근에 고윤식의 자취방이 있었다.

　"나도 노가다 처음 뛰는 거라 잘 몰랐주. 집에서 입던 추리닝에 쓰레빠 직직 끌고 무대뽀로 찾아간 거라. 근디 정문에서 검문에 딱 걸려부럿수다, 현장 소장헌티. 두말 않고 그냥 꺼지라고 헙디다. 동네 떠돌이 개 쫓듯 돌멩이라도 던질 기세라낫수다. 어찌나 쪽팔리던지 다음 날에는 작업복에 안전화까지 몬딱 수배해서 완전군장 차려그네 전날보다 호꼼 더 일찍 출근헌 거라. 전날 뺀찌 맞아부난."

　고윤식이 아직도 생생하다는 듯 멀리 한라산을 바라보았다. 당시 고등학생이었던 최초 목격자는 어느덧 삼십대 후반의 건장한 사내가 되었다. 머리를 바짝 쳐올린 모양이 지금도 주먹깨나 쓰는 왈패로 보였다.

　"이 큰길이 관덕로우다. 관덕정과 목관아지 사이 저 골목. 지금은 저렇게 막혀 있지만 쪼꼴락한 골목길이 터져 있엇주. 저디서 단란주점 여주인이 발견된 거라마씸."

　길에 쓰러져 있다가 다행히 목숨을 건진 단란주점 여주인 현 모씨를 말하는 것이었다. 14일 새벽 한 시, 현씨와 종업원 고춘자는 남자 손님 두 명과 단란주점을 나와 근처 소주방으로 2차를 갔다. 소주방에서 한 시간 남짓 술을 마시다가 새벽 두 시쯤 헤어졌고, 현씨와 고춘자는 단란주점으로 복귀했다. 이들은 단란주점에서 기다리고 있던 또 다른 종업원 서씨와 가볍게 맥주로 입가심하고 퇴근한다.

택시로 서씨를 칠성로까지 바래다주고 둘이 관덕정 분수대 앞에 도착한 시각은 새벽 3시쯤. 현씨의 집까지는 대략 50미터 거리였다. 두 사람 모두 술에 취해 있었지만, 고춘자는 현씨가 술에 취하면 집까지 꼭 바래다주었기 때문에 함께 택시에서 내렸다. 고춘자의 집은 전농로 쪽이었다.

범행 시각은 새벽 3시에서 3시 20분 사이로 추정되었다. 현장을 목격하고 119에 신고한 가구점 직원 채씨의 증언이 결정적이었다. 가구점은 범행이 일어난 골목 끝에서 불과 10미터도 떨어지지 않은 곳에 있었다. 채씨가 새벽 3시쯤 가구점에서 친구와 술을 마시다가 밖으로 나왔을 때는 아무것도 없었다. 사건 발생 장소를 지나 중앙로사거리까지 친구를 배웅하고 다시 골목길에 들어선 시각은 3시 20분 전후. 바로 거기에서 현씨를 발견했던 것이다.

❖

고윤식이 출근 시간보다 삼십 분 일찍 도착했기 때문에

공사 현장에는 아무도 없었다. 정문으로 들어가자 오른편으로 공사 시공자인 삼부토건 가건물 사무실이 보였다. 매미 소리가 쟁쟁하고 아침부터 욱욱한 햇살이 죽창처럼 내리 찍히고 있었다.

시계를 보니 곧 인부들이 출근할 시각이었다. 작업장 정리를 해 놓으면 면목도 서고 일도 시켜줄 것 같았다. 사무실 벽에 기대 놓은 빗자루로 마당을 쓰는 순간, 그는 그대로 얼어붙는다. 쨍, 하고 머리에 전기가 일더니 뒤통수가 화석처럼 굳어버렸다. 그의 눈에 가장 먼저 들어온 것은 파리 떼였다. 하얀 마네킹 같은 물체 위로 파리 떼가 새까맣게 들러붙어 윙윙대고 있었던 것이다. 정문 좌측 느티나무 아래였다.

"좀 더 가까이 가 보난 여자라. 여자여신디 이디 유두가 잘려져 있어. 거기서 피가 양옆으로 흐르다가 굳으난 파리 떼가 달라붙었던 거라. 지금도 잊지 못합니다. 빨간 매니큐어 칠해진 손톱하고. 파리 날아다니는 소리만 들어도 하, 미칠 것 같곡."

고윤식이 코끝을 찡그리며 진저리 쳤다.

"유두는 뭐로 자른 것 같았나요?"

"경황이 없어서 뭘로 앗아붙었는지 확인할 수 없엇주. 바로 경찰에 신고해시난. 중앙파출소가 바로 이디 있었으니까."

"파출소 위치가 그렇게 가까웠나요?"

"여기 목관아지 매표소 자리 옆이난 바로 뛰어갈 수 있는 거리라낫수다. 우리 제주도 사람 중에 이디 중앙파출소가 있다는 사실을 모르는 사람이 없어신디. 여자들이 비명이라도 질렀으면 바로 들릴 만큼 가까운 디 아니꽈. 담력이 이만저만 아닌 놈인 거 같아마씀."

살해 장소는 차단 펜스가 설치되어 있어 인적이 아예 없는 곳이었다. 낮 동안 공사장 인부가 드나들 뿐, 밤에는 암흑천지로 변하는 곳이었다. 하지만 고윤식의 증언과 달리 고춘자가 완전한 알몸으로 발견된 것은 아니었다.

윗옷은 벗겨져 등 뒤로 팔과 묶였고, 스타킹과 치마는 오른 무릎에, 팬티는 둘둘 말려 왼 발목에 걸려 있었다. 양쪽 유두는 이빨에 의해 물어 뜯겼고, 국부는 칼에 찔려 심각한 손상을 입은 상태였다. 정액은 발견되지 않았다. 뒤통수도 함몰되었는데 부검 결과 뇌출혈에 의한 두부 손상이 직접 사인으로 밝혀졌다. 경찰은 사체 주변에 떨어져 있던 피 묻은 쇠파이프를 범행 도구로 지목했다.

그러나 전문가들이 공통으로 초동 조치 미흡을 지목하는 대목은 따로 있다. 그날 새벽 가구점 종업원 채씨에 의해 현씨가 발견되었을 때 경찰은 주변을 더 수색했어야 했다. 골목길에 현씨의 신발 외에도 다른 신발 한 켤레가 더 나뒹굴고 있었기 때문이다.

실제로 현씨와 고춘자는 아주 가까운 곳에 있었다. 공사장 차단 펜스 때문에 밖에서 보이지 않을 뿐이었다. 경찰이 신고를 받고 출동한 시각, 고춘자가 살아 있었을 가능성이 제기되는 대목이었다. 범행 현장에서 시체 발견 장소까지 직선거리로 7m였고, 차단 펜스를 돌아 정문으로 들어가도 35m에 불과했다.

경찰은 현장에서 사라진 현씨의 손가방과 고춘자의 휴대폰에 주목했다. 손가방은 차단 펜스 안 북동쪽 180m 지점에서 불에 탄 채 발견되었지만, 고춘자의 휴대폰은 오리무중이었다. 현씨는 며칠 후 의식을 회복했으나 워낙 부지불식간에 일어난 일이라 당시 상황을 전혀 기억하지 못했다.

곧바로 산지천과 한천교 주변을 대상으로 대대적인 탐문 수사가 진행되었다. 현상금 2백만원이 걸렸고, 제보자를 찾는 전단 2만 매가 뿌려졌다. 범인 검거 유공 경찰관에게 1계급 특진이라는 파격적인 보상이 내걸렸다. 서귀포 미소카페 살인 사건까지 하룻밤에 두 건의 강력 사건이 터졌으니 발등에 불이 떨어진 것은 당연했다.

"분수대 인근에서 담배꽁초도 발견되었다고 헙디다."

고윤식이 지나가는 말로 물었다. 조사가 얼마나 되었는지 떠보는 질문이었다.

"오마샤리프였죠. 피해자를 공격하기 전 시간을 보냈던 대기 장소, 즉 분수대에서 담배꽁초가 발견되었습니다. 저쪽 북동쪽 펜스 현씨의 가방을 태운 곳에도 오마샤리프 담배꽁초가 떨어져 있었죠. 경찰은 이 담배를 피운 사람을 범인으로 특정했습니다. 저도 거기까지는 동의합니다만. 다른 증거는 일절 발견되지 않았어요. 유일하게 밝혀진 단서는 담배에서 검출된 혈액형이 A형이라는 것뿐이었죠."

고윤식이 고개를 끄덕였다. 이어 더 물을 것이 없느냐는 듯 김수남을 쳐다보았다.

"파출소에 신고하고 나서 공사장 아르바이트는 했나요?"

"공사가 그날부터 며칠 동안 올스톱뙜수다. 첫날은 현장 소장헌티 빼찌 맞아불고, 둘째 날은 여자 시체 발견하곡, 에이 영 재수가 없어서 다 설러부렀주. 이거 뭐 재수 옴 붙은 것도 아니고."

김수남은 "그럼 포경수술은?" 하고 물으려다 입을 다물었다.

5   새벽의 루트

경찰은 목격자를 찾는 수배 전단을 뿌리고 대대적인 탐문 수사에 들어갔으나 유의미한 단서를 찾지 못했다. 오마샤리프 담배꽁초에서 혈액형이 A형이라는 것만 밝혀냈을 뿐, 범인의 지문을 확보하는 데 실패했다. 당시는 기술이 낙후하여 DNA 분석 같은 과학수사가 현장에 도입되지 않았던 때였다.

사건이 미궁에 빠져 형사들마저 지쳐갈 무렵, 중앙파출소 수사본부로 한 통의 전화가 걸려 온다. 1997년 9월 6일 새벽 4시 20분, 사건 발생 23일만이었다. 이 전화로 관덕정 살인사건은 전혀 새로운 국면으로 접어들게 된다.

"내가 관덕정 살인 사건의 범인이다. 너희들은 뛰어봐야 내 손바닥 안이다."

현상금을 노린 신고 전화가 빗발쳤기 때문에 수사반장 강유찬도 처음에는 장난 전화려니 생각했다. 그러나 한 시간 동안 총 다섯 번의 전화가 걸려 오자 생각이 달라졌다. 동일한 목소리였지만, 발신 장소는 제각각 달랐다. '내가 관덕정 사건보다 더 큰 사건을 내겠다', '제주도를 발칵 뒤집어 놓겠다' 식의 협박 전화였으나, 자신이 범인이라는 메시지만은 오롯이 계속되고 있었다.

새벽 4시 20분, 삼도2동주민센터.

새벽 4시 30분, 남문사거리.

새벽 4시 37분, 동문로터리.

새벽 5시 05분, 보성시장 입구,

새벽 5시 26분, 제주시청,

다섯 군데 모두 공중전화였다. 첫 번째 전화 발신지는 관덕정 중파 수사본부에서 가까웠다. 용의자임을 직감한 강유찬은 삼도2동주민센터 앞 공중전화 부스로 형사대를 급파한다. 거기서 세 개의 지문을 확보하는 데 성공한다. 수화기에 묻어 있던 지문은 정밀 감식을 위해 바로 국과수로 보내졌다.

노련한 수사반장은 여기에서 멈추지 않고 도내 미결 사건을 샅샅이 조사하기 시작했다. 그러다가 관덕정 살인 사건 11일 전인 8월 3일 조천읍 대흘리에서 발생한 성폭행 미수 사건에 주목하게 된다. 집에 혼자 있던 50대 여성을 둔기로 제압한 후 성폭행하려다 미수에 그친 사건이었다. 범인은 여성을 칼로 위협해서 밀감밭으로 끌고 가 둔기로 머리를 내려치고 강제로 옷을 벗겼다.

대흘리 성폭행 미수범이 관덕정 사건의 유력 용의자로 떠오른 순간이었다. 범행 수법이 매우 유사했기 때문이다. 그렇게 며칠 간 주변 탐문 수사를 벌인 결과, 탑동사거리에서 술을 마시고 있던 김신덕이 검거된다. 사건 발생 후 40여일 만인 10월 21일 밤이었다.

김신덕은 스물여덟 살로 조천읍 중산간 마을 출신이었다. 수사 결과 8월 조천읍 대흘리 밀감밭 강간 미수 사건 외에도 7월 조천읍 와흘리 강도 및 현금 갈취, 9월 제주시 이도동 특수강도와 동회천 강간 미수 혐의가 더 드러났다. 걸어 다니는 범죄자라 할 만큼 화려한 경력이었다.

일이 잘 풀리려면 하늘이 돕는다고 했던가. 김신덕의 신병이 확보된 다음 날, 경찰의 확신에 못을 박는 확실한 증거가 하나 더 추가되었다. 그 누구라도 관덕정 살인 사건의 범인이 김신덕임을 반박할 수 없는 증거였다. 국과수로부터 받은 삼도2동주민센터 공중전화의 지문 감식 결과가 지목한 사람이 바로 김신덕이었기 때문이다.

수사에 탄력을 받은 경찰은 다음 날부터 김신덕을 집중적으로 추궁하기 시작한다. 김신덕은 순순히 범행을 시인했다. 현장 조사에서 밝혀진 사실 외에 현장 묘사라든가 설명을 덧붙이는 모양도 심상치 않았다. 범인이 아니면 알 수 없는 디테일들을 줄줄이 자백했던 것이다.

술에 취해 관덕정 인근에서 배회하던 김신덕은 두 여성이 지나가자 가방을 빼앗기로 마음먹는다. 주변에 떨어져 있던 둔기를 들어 공격한다. 한 여자는 바로 쓰러졌고, 고춘자와 실랑이가 벌어져 둔기로 한 번 더 내려쳤다. 그러나 손가방을 들고 도망가려는 순간 그의 시선을 붙드는 것이 있었다. 무방비로 노출된 고춘자의 허벅지였다. 갑자기 춘기가 동한 그는 고춘자를 공사장 안으로 끌고 들어간다. 그곳에서 시신을 참혹하게 훼손한다. 이어 현씨에게서 강탈한 손가방에서 34만 원을 절취하고 펜스 안 북동쪽 구석에서 태워버렸다.

"술에 취하면 여자에 대한 증오심이 폭발햇수다. 옷을 벗기고 마음대로 유린하고 폭주하고 싶엇주. 지난 94년 교도소에서 출소해신디, 3년간 만난 여자에게 배신을 당허난. 술만 취하면 여자에 대한 복수심이 치밀어 이빨로 유두를 물어뜯고……."

유력 용의자가 범행을 자백한 순간이었다. 경찰은 다음 날 범인 검거 소식을 공식 발표했다. 도민의 이목이 관덕정 사건에 몰려 있었기 때문에 언론 보도가 종일 쏟아졌다. 검거 일주일 뒤 현장 검증까지 일사천리로 진행되었다. 김신덕은 포박된 채 모자에 마스크 차림으로 경찰과 기자 앞에 모습을 드러낸다.

범행을 재연하는 내내 그의 표정은 태연했고, 행동은 신속했다. 대규모 취재진 앞에서 주눅 들지 않고 범행 장면을 재연했다. 벽돌로 피해자들을 뒤에서 내려치고……. 벽돌이 최초로 범행 도구로 밝혀진 순간이었다. 그때까지만 해도 경찰은 현장에서 확보한 쇠파이프를 범행 도구로 지목하고 있었다. 경찰마저 몰랐던 사실이었다.

그렇게 현장 검증이 끝날 무렵, 김신덕이 돌발행동을 한다.

범행을 재연하던 그가 느닷없이 모자와 마스크를 벗었다.

그러더니 TV 카메라를 정면으로 노려보았다. 카메라 기자가 움찔 놀라 한 발 뒤로 물러서자, 형사는 물론 주변의 구경꾼까지 모두 그에게로 눈을 돌렸다.

"나 아니우다. 이 관덕정 사건은 나가 한 짓이 아니라마씀."

그 순간 카메라 셔터 소리가 맹렬히 터졌다. 신문기자들이 이 순간을 놓칠 리 없었다.

"나가 진범이 아니우다. 진범은 따로 있어마씀."

당황한 경찰이 황급히 양손으로 카메라를 가로막았다. 형사 한 명이 그의 머리에 점퍼를 뒤집어씌우고 어디론가 끌고 가려 했다. 넋 놓고 있다가 한 발 늦은 신문기자는 카메라를 높이 치켜들고 무초점 방식으로 버튼을 눌러댔다.

이후 김신덕의 태도는 180도로 달라진다. 그동안의 모든 범행을 통째로 부인하기 시작했다. 관덕정 살인 사건뿐만 아니라 다른 강도 강간 사건까지도 자신의 소행이 아니라고 주장한다.

수사반장 강유찬은 김신덕이 쇼를 한다고 생각했다. 수사본부에다가 무작정 전화를 걸어 자기가 범인이라 말할 수 있는 사람은 진짜 범인밖에 없다고 확신했다. 강간 수법도 유사했다. 현씨를 등 뒤에서 벽돌로 찍고, 고춘자가 반항하자 제압해서 펜스 뒤로 끌고 들어갔다는 진술도 현장 정황과 완벽히 들어맞았다.

심지어 김신덕은 살해 현장을 빠져나오다가 새끼발톱이 빠졌다면서 발가락을 증거로 보여주기까지 했다. 현장 검증에서도 그의 움직임은 한 치의 망설임 없이 모든 위치를 정확하게 짚어냈다. 고춘자의 옷차림, 현씨의 손가방을 태운 위치, 도망칠 때 공사장 차단 펜스 너머 봉고차가 주차되어 있어 그 위로 뛰어내렸다는 등 언론에도 알려지지 않은 세부 항목까지 상세히 진술했다. 상상으로 만들어내기 어려운 내용들이었다. 범인이 아니면 알 수 없는 구체적인 디테일이었다.

❖

김수남이 보기에 김신덕에게는 수상한 행동 하나가 있었다. 수사 일지와 증언을 꼼꼼히 대조하고 분석하다 보니 돌연 잘못 끼워진 첫 단추가 눈에 잡혀 왔다. 수사 도중 형사나 언론 그 누구도 관심 갖지 않던 김신덕의 행적이었다.

그것은 그가 전화를 걸었던 다섯 개의 공중전화 부스 위치와 관련된 것이었다. 아무리 곱씹어 되새겨봐도 좀체 이해할 수 없는 루트를 선택했다. 사람들은 '아 거기, 거기에 공중전화 부스가 있었지' 정도로 무심하게 넘어갔다. 경찰과 언론 역시 팩트 체크만 했을 뿐 김신덕 루트를 심도 있게 분석하지 않았다.

김신덕 루트를 직접 따라 걸으면서 김수남은 뭔가 이상하다고 생각했다. 이 루트는 대리기사를 하면서 수없이 걸었던 길이었다.

전화1 : 새벽 4시 20분, 삼도2동주민센터.

전화2 : 새벽 4시 30분, 남문사거리.

전화3 : 새벽 4시 37분, 동문로터리.

전화4 : 새벽 5시 05분, 보성시장 입구.

전화5 : 새벽 5시 26분, 제주시청.

첫 번째 장소인 삼도2동주민센터에서 마지막 장소 제주시청까지 거리는 1.8km였다. 성인 남자 평균 걷는 속도가 4km/h임을 고려하면 30분 안에 도착할 수 있는 거리를, 김신덕은 1시간 남짓 느긋하게 산보하듯 걸었다.

1. 삼도2동주민센터 → 남문사거리 (260m, 도보 6분)

2. 남문사거리 → 동문로터리 (730m, 도보 9분)

3. 동문로터리 → (남문사거리) → 보성시장 입구 (1.6km, 도 보 25분)

4. 보성시장 입구 → 제주시청 (460m, 도보 7분)

실제로 확인해보니 총 47분이 소요되었다. 내비게이션으로 계산한 시각보다 시간이 더 걸린 이유는 지형 때문이었다. 삼도2동주민센터에서 남문사거리까지는 사선으로 나 있는 일방통행 남문통 옛길을 통과해야 하는데, 야트막한 경사로 남문사거리에 가까워질수록 점점 오르막이 되는 형태였다.

남문사거리의 공중전화 부스는 창신앵글 앞에 있었다. 남문사거리에서 창신앵글까지는 남쪽으로 30m에 불과했지만, 눈이 내리면 차가 올라가지 못할 정도로 경사가 가팔랐다. 급경사길 중에서도 7부 능선쯤에 공중전화 부스가 자리하고 있었다. 김신덕 루트 중에서 가장 고난도 지점이었다. 이 급경사길 때문에 예상보다 시간이 더 걸렸던 것이다. 문제는 김신덕이 남문사거리 창신앵글에서 곧장 보성시장까지 올라가지 않았다는 데 있다.

오히려 유턴하듯 동문로터리로 내려갔고, 거기에서 다시

남문사거리로 거슬러 올라와 보성시장으로 향했다. 남문사거리 고난도 급경사길을 다시 한번 지나가야 하는 코스였다. 다른 길을 선택했더라도 모두 경사진 비탈길이었다. 수상한 것은 2번과 3번 루트였다. 삼도2동주민센터에서 죽어라 남문사거리(창신앵글)까지 올라와 놓고, 동문로터리까지 내려갔다가 다시 원래 자리로 올라온 이유는 무엇일까.

삼도2동주민센터 → 남문사거리 → 보성시장 입구 → 제주시청

누가 걸어도 이 루트가 가장 타당하고, 최단 거리였으며, 체력 소모가 덜한 직선 길이었다. 그런데 왜 동문로터리까지 내려갔던 것일까. 꼭 다섯 번 통화해야 한다는 강박에 사로잡힌 게 아니라면 이해할 수 없는 행동이었다.

바로 이 대목에서 김신덕의 심리를 좀 더 내면화해서 들여다볼 필요가 있다고 판단되었다. 그가 관덕정 사건 범인이었다면 굳이 이런 식으로 전화를 걸지 않았을 것이다. 범인 중에는 허영심 때문에 간혹 무모한 짓을 벌이는 경우도 있지만, 설사 전화를 걸더라도 이렇듯 지문이 세 개나 찍힐 만큼 부주의하게 수화기를 잡지는 않았을 것이다. 이것은 자기가 범인이라고 동네방네 소리치고 다니는 행위와 다름

이 없었다. 검거되면 한 방에 인생이 몰락하는 살인자의 행동이라기에는 너무나 무모한 것이다.

또 한 가지 주목해야 할 중요한 지점이 있다. 김신덕 루트는 대리기사 입장에서도 걷기가 무척 부담스러운 길이라는 점이었다. 성인이 걷는 평균 속도가 66m/분이라면 대리기사는 보통 1분에 100m가량 걷는다. 손님과의 거리가 1km 떨어진 콜을 잡았을 경우, 5분쯤 걷다가 중간쯤 갔을 때 손님에게 5분 정도 걸리겠다고 전화하는 게 일반적인 손님 응대 방식이었다. 물론 이것은 평지일 경우였다. 김신덕 루트는 삼도2동주민센터에서 제주시청까지 계속 오르막길 형태라 대리기사마저 걷길 외면하는 길이었다.

문제는 또 있다. 김신덕이 경찰에게 전화를 건 날의 날씨다. 9월 6일 새벽 4시 20분이 그가 최초로 사건에 등장한 시각이었다. 그날은 9월 초순의 열대야가 막 끝난 새벽이었다. 낮에도 온도가 28도까지 치솟았고, 새벽에도 24도 아래로 떨어지지 않았다. 이런 후덥지근한 새벽에 땀으로 목욕하면서까지 오르막길을 올라간 것 자체가 수상했다.

그런 상황에서 김신덕은 남문사거리에서 동문로터리까지 내려갔다가 올라오는 최악의 루트를 선택했다. 보통 범죄자들은 뭔가를 이토록 수고스럽게 하지 않는다. 아직 무더위가 가시지 않은 9월 초순의 새벽, 최종 목적지로 가는 빠른 길을 두고 굳이 땀 뻘뻘 흘려가며 동문로터리까지 내려갔다가 유턴해서, 최고난도 급경사 길에 다시 오른 그 수고스러움을 무엇으로 설명하겠는가. 이것은 범인의 심리가 아니었다. 살인이라는 강력 범죄를 저지른 범인이 할 짓은 더더욱 아닌 것이다.

김신덕은 청소년기에 사고치고 가출하여 제주도 곳곳을 떠다녔다. 유흥업소 종업원으로 길바닥을 전전하다 보니 범죄에도 무방비로 노출되었다. 중간중간 교도소를 들락거리다가 호적에 빨간 줄이 오르기도 했다. 언젠가 상대방에게 칼을 맞아 피해자가 된 적이 있었는데, 경찰은 전과 사실을 들먹이며 가해자 편을 들어주었다. 피해자와 가해자가 뒤바뀐 것이다. 그때부터 그는 경찰에 복수의 칼을 갈기 시작한다.

때마침 관덕정 살인 사건과 미소카페 살인 사건이 동시에 일어나 제주도 전체가 발칵 뒤집혔다. 김신덕은 신문 기사에서 읽은 내용을 참고하고 상상력을 보태 거짓 자백을 한다.

뒤늦게 수습에 들어갔으나 경찰은 당황한 기색이 역력했다. 김신덕이 범인이라는 확고부동한 증거가 없었기 때문이다. 살해 도구도 확보하지 못했다. 이 모든 게 자백에만 의지하여 방만한 수사를 일삼은 까닭이었다. 결정타는 김신덕의 혈액형이 O형이라는 점이었다.

10월 27일 김신덕은 강도 살인과 강간 미수 혐의로 검찰에 송치된다. 이렇듯 자백에만 의지하여 일사천리로 몰아간 배후에는 우병호 검사가 있었다. 그는 1999년 제주지검을 떠난 뒤 박근혜 정부에서 민정수석으로 권력의 정점에 서게 된다.

재판부는 김신덕의 살인 혐의에는 증거 불충분이란 판단을 내렸다. 대신 다른 사건에 특수강도와 강간 미수를 적용해 징역 8년을 선고했다. 중형이었다. 관덕정 살인 사건에 대한 공무집행방해죄가 암묵적으로 적용되어 8년의 가중처벌이 선고된 것이었다. 김신덕은 우병호로부터 괘씸죄라는 뒤끝 청구서를 받은 것이었다.

사건 발생 74일만에 관덕정 살인 사건 경찰 수사는 그렇게 마무리되었다. 그해 늦가을 수사본부는 해체되었고, 김신덕은 감형 없이 꼬박 8년을 복역하고 2005년 출소한다.

"보통 사람이라면 뭐 이런 또라이가 있나 생각할 수도 있는데, 김신덕은 원래 전과가 있던 사람이에요. 전과자라는 이유로 경찰들에게 무시당하고 억울한 일도 겪었죠. 이렇게 앙금이 남아 있는 상태에서, 떡 하니 관덕정 살인 사건이 일어났단 말예요. 무슨 껀수 없나 쪼르고 있던 김신덕이 이를 놓칠 리 없었죠. 그럼 이걸로 한 번 붙어볼까? 생각했던 거죠."

김수남은 배성훈 교수에게 전화를 걸었다. 서울《아태일보》인맥을 활용해서 선배 기자로부터 소개받은 프로파일러였다.

"김신덕은 자신이 가중처벌 받으리라는 사실을 알지 못했을까요?"

"교도소를 제집처럼 드나들고 별 몇 개쯤 단 김신덕이 그걸 몰랐다면 거짓말이겠죠. 그 정도면 준법조인에, 만주 변호사급은 됩니다. 그런데도 그가 그렇게 밀고 나갔던 동기는 경찰에 대한 악감정을 표출하기 위해서가 아닌가 싶어요. 그만큼 경찰에 대한 증오가 깊었단 얘기입니다."

"설사 자기한테 피해가 온다고 해도 말입니까?"

"그러니까 또라이라고 하는 거 아닙니까? 김신덕 같은 부류는 우리와 생각하는 방식 자체가 달라요. 내가 피해를 보든 가중처벌을 받든, 아니면 죽든, 이 새긴 내가 꼭 잡도리해야겠다, 하면 물불 안 가리고 달려드는 거죠."

"교수님도 김신덕이 관덕정 사건의 진범이 아니라고 확신합니까?"

"경찰 조서를 차분히 검토하면 김신덕은 사람을 죽일 만큼 배짱이 있어 보이지 않아요. 집착이 무섭긴 하지요. 하지만 자기를 무시했던 경찰이나 다른 사람에게 물리적으로 해를 끼치진 않았죠. 결과적으로 한 일이라는 게 거짓 자백해서 경찰 몇 명 농락하고 뒤통수친 것뿐이잖아요. '멕이려고' 했던 겁니다. 이렇게 간접적인 행동 방식에 익숙한 자가 물리적으로 사람을 왜 죽이겠습니까?"

그렇다. 김신덕은 스스로 폭탄을 짊어지고 들어가 경찰서를 폭파하고 자기도 공중분해 되는 방식을 선택했던 것이다.

"그래서 집착이 무서운 겁니다. 하지만 사이코패스들은 자기애가 강해서 자기한테는 절대 손해를 끼치지 않는 범위에서 행동하죠. 극히 이기적인 방식으로 말입니다."

이 순간 배성훈 교수가 왜 사이코패스 이야기를 꺼내는지 의아했다. 김신덕이 단순무식하게 집착이 강한 사람이라 결론 내렸으면 그만이었을 것이다. 질문할 새도 없이 전화가 끊기자, 김수남은 스마트폰에 녹음이 잘 되었는지 확인하고, 담배를 피워 물었다.

6 나보다 더 센 놈이 나타났다

　다음 날 오전 내내 김수남은 뭔가 빠졌다는 느낌에서 헤어 나올 수 없었다. 이대로 관덕정 살인 사건에서 손 떼기에는 석연치 않은 구석이 있었다. 정확한 누수 지점을 파악하지 못한 채 서둘러 수도 파이프를 덮은 느낌이었다.

　수사 첫 단계에서부터 단추가 잘못 끼워진 이 사건은 유의미한 증거가 전무하다시피 했고, 진범을 유추할 만한 수사 자료도 남아 있지 않았다. 하지만 김신덕의 행적이나 증언을 차근차근 되작거려 보면 루트 외에도 수상한 점이 하나 더 있었다.

　"예를 들어 경찰은 김신덕이 자백하기 전까지 살해 도구가 벽돌이었다는 사실을 알지 못했지."

"현씨의 가방을 태우고 펜스를 넘어갔는데, 봉고차가 주차되어 있어서 그 위로 뛰어내렸다는 얘기도 꽤 설득력 있게 들리죠."

강경식이 추임새를 넣었다.

"김신덕은 이 사실들을 어떻게 알고 있었을까? 자기가 한 짓도 아닌데 쇠파이프로 때렸는지 벽돌로 찍었는지 어떻게 알았느냐 이 말이지. 이게 상상만으로 가능할까?"

"부검의도 쇠파이프보다는 벽돌이 살해 도구에 가깝다고 결론 내렸죠. 신문 기사들을 참조하여 상상력을 발휘했다기에는 모든 진술이 너무 구체적이에요."

첫 연재를 앞둔 화요일 아침, 사무실에서 둘만의 회의가 열렸다. 그사이 조사한 바를 밝히고 소견을 첨부한 뒤, 논리의 빈틈을 메워가는 방식으로 토론이 진행되었다.

"김신덕의 진술에 디테일이 너무나 살아 있다는 점이 앞으로 우리가 다뤄야 할 핵심 쟁점이야. 자네도 알다시피 집착이란 측면에서 타의 추종을 불허하긴 해도, 그리 명석한 두뇌의 소유자는 아니었어. 이 사건은 김신덕이 자백한 순간부터 걷잡을 수 없이 실타래가 꼬였고. 진범이 자신의 범행을 고백하지 않는 한 영원히 미제 사건으로 남게 될 거야."

"저도 마음에 걸리는 대목이 있어요. 사건 현장에서 없어진 물품이 두 개 있었죠. 하나는 단란주점 주인 현씨의 손가방, 또 하나는 고춘자의 휴대폰. 현씨의 손가방은 목관아지 북동쪽 구석에서 불에 탄 채 발견되었죠. 반면 휴대폰은 지금까지도 행방이 묘연해요. 그런데도 김신덕의 자백에서 고춘자의 휴대폰에 대한 진술은 단 한 줄도 찾아볼 수 없어요. 이 점에 대해서 어떻게 생각하세요?"

"나중에 '그것이 알고 싶다' 팀에서 조사한 바에 따르면, 고춘자의 휴대폰이 용담 대학동에서 마지막으로 꺼졌다고 밝혀졌지."

"그렇다면 다른 진술들이 아주 구체적이고 상세했던 것과 달리 휴대폰 이야기만 누락된 이유는 무엇이었을까요?"

당장 강유찬에게 전화를 걸어서 확인하고 싶었다. 그러나 그간 태도와 성향으로 볼 때 협조 가능성은 제로에 가까웠다. 고춧가루를 뿌리면 뿌렸지, 팔 걷어붙이고 도와줄 캐릭터는 아니었다. 이 기사가 나가면 또 심술깨나 부릴 터였다.

"설사 김신덕이 얘기하지 않았다 하더라도 경찰은 휴대폰에 대해서 집중 추궁해야 했어. 현장에서 유일하게 사라진 유류품이었으니까."

"김신덕은 수배해보셨어요?"

"완전히 사라졌어. 그사이 어머니가 돌아가셨고. 다방면으로 연락을 시도해봤지만, 제주도 내 연고가 전무하다시피 했어. 꼭 증발한 것 같았지. 2005년 출소 이후 생활반응이 전혀 안 잡힌단 말이야. 이 정도면 제주도를 완전히 떴단 얘기지."

❖

"점심이라도 먹으면서 쉬엄쉬엄하지. 뭐가 좋을까?"

오전 내내 두 개의 모순점을 붙들고 씨름했지만 명쾌한 답이 나오지 않았다. 강경식 역시 미소카페 살인 사건 파일에 코를 박고 있었다. 책상 위에는 사건 일지와 현장 사진들이 어지럽게 펼쳐져 있었다.

"아무거라도 괜찮아요."

"그래도 강 기자가 있어서 다행이야. 심층취재부가 신설되기 전까지는 회사에서 함께 밥 먹을 사람도 없었는데. 저쪽 기사 뷔페 식당으로 가자구. 밑반찬이 다양하고 국도 두 종류 매일 바뀌어 나오는데, 동태찌개 국물이 끝내주거든. 여름에는 냉국 맛도 좋고. 무생채도 아삭아삭 시큼한 게 먹을 만해."

뷔페 식당 안은 트레이닝복을 입은 학생들로 가득했다. 제주도로 원정 훈련을 온 학생들이었다. 식당은 다량의 음식이 준비되어 있고, 좌석이 많아서 항상 단체 손님들로 붐볐다. 거기다 양껏 음식을 먹을 수 있으니 한창 많이 먹고 격렬하게 운동하는 학생들에게는 안성맞춤이었다. 처음부터 기사 식당 콘셉트로 개업했기 때문에 혼밥 손님을 타박하는 법도 없었다.

음식을 담아 식탁에 앉았는데 한 사내가 지나갔다. 둥그런 접시 위에는 잡채와 고추장 양념 돼지고기볶음이 수북하게 쌓여 있었다. 정면을 바라보지 않고 오른손에 든 휴대폰 액정에만 집중한 모습이 낯설지 않았다. 알록달록한 바람막이 점퍼에, 몸에 달라붙는 기능성 스포츠웨어 바지 차림이었다. 작은 가방을 사선으로 걸쳐 메고 다이얼 끈 조절 방식의 메이커 워킹화를 신고 있었다.

처음에는 아리송했으나 다시 한번 사내가 음식을 가져갔을 때는 확신할 수 있었다. 소고기뭇국과 보리밥을 담은 두 개의 작은 그릇을 왼손 엄지와 검지 집게로 맞잡고 있어서 국물이 넘칠까 봐 조마조마했다. 반면 오른손은 스마트폰을 고이 받쳐 들고 있었다. 시선 역시 스마트폰에 고정되어 있었다. 눈치가 이상했는지 사내가 힐끗 쳐다보았다.

"이 시간에 대리기사가 웬일이지?"

강경식이 웬 자다가 봉창 두드리는 소리냐는 듯 김수남에게로 눈을 돌렸다.

"누구 말하는 거예요?"

"내 뒤에 앉은 남자 말이야. 대리기사가 틀림없는데……."

"저 사람이 대리기사인 걸 어떻게 알아요?"

"대리기사끼리는 쉽게 상대방을 알아보거든. 옷차림이나 뒤통수만 봐도 말이야."

"선배가 그걸 어떻게 아느냐고요?"

"나도 밤마다 운동 삼아 대리운전을 조금씩 하고 있거든."

정오를 조금 넘긴 시각이었다. 보통 전업 대리기사는 새벽 늦게까지 일을 하므로 낮 12시는 신새벽일 가능성이 높다. 아르바이트 기사라면 직장에 있을 시각이었다. 벌써 주간 콜을 탄 것일까? 아니면 일찌감치 점심 먹고 장거리 콜이라도 노리려는 것일까. 아니나 다를까 등 뒤에서 딩동, 하고 대리운전 앱 리플래시 효과음이 들렸다. 사내의 스마트폰에서 난 소리였다.

"희한하게 길에서 스치기만 해도 그가 대리기사인지 아닌지 구분되더라구. 이마에 대문짝만하게 대리기사라고 써 붙인 것도 아닌데."

"하, 혓바닥 더럽게 기네. 그걸 어떻게 아느냐고 물었잖아요."

"대리기사들이 콜을 받으면 전속력으로 걸어가니까 그럴 수도 있는데. 길거리에 앉아서 쉬다가 보면 옆 사람이 대리기사라는 걸 알아차릴 수 있어. 어떤 특유의 냄새가 난다고나 할까."

"옆에 있는 사람이 아무것도 안 하고 있는데 대리기사임을 어떻게 알아볼 수 있느냐니까요?"

"감이 있다니까. 냄새가 난다고! 나도 콜을 잡아야 하고, 상대방도 같은 상황이다 보니까 어느 순간 서로를 알아보게 되더라고. 자꾸만 신경이 쓰여. 내색은 안 해도 서로 경계하면서 콜 경쟁을 하고 있으니까 그렇겠지."

그 순간 강경식이 하, 하고 탄성을 질렀다. 특유의 편집광적인 눈빛이 번쩍하고 빛났다. 주변 손님들의 시선을 싹쓸이해버릴 만큼 큰 소리였다.

"그거였어. 관심사가 같은 사람은 서로를 알아본다?"

✤

"맞잡았다고?"

강경식은 알 듯 모를 듯한 미소를 짓고 있었다.

"누가 누구하고? 지금 고스톱에서 서로 같은 패를 맞들고 있는 경우를 말하는 건가?"

"누구겠어요? 진범과 김신덕이지."

강경식이 시큰둥하게 대답하고, 도로 건너편으로 눈을 돌렸다. 둘은 식사를 끝내고 공설운동장 인근에 새로 생긴 CU 편의점 노천카페에 앉아 있었다.

건너편 암벽 등반 연습장에서 한 사람이 금속 볼트를 밟고 힘겹게 암벽을 기어오르고 있었다. 로프에 의지하여 대형 건물 유리창 닦듯 매달려 있는 사람도 보였다. 형형색색의 머리 보호 장구를 착용한 점이 특이했다. 옷보다는 헬멧으로 패션 증명을 하는 듯했다.

"김신덕은 살인이 일어나던 그날 밤에 분명히 관덕정 인근에 있었어요. 그간의 범죄 내력을 고려하면 범행 대상자를 물색하고 있었다고 유추할 수 있겠죠. 그 순간 김신덕의 레이더망에 택시에서 내리는 현씨와 고춘자가 걸려들었어요. 그런데 진범이 한 발 먼저 범행을 저지른 거죠. 손쓸 새도 없이 선수를 쳐버린 거예요. 김신덕이 잠재적 피의자에서 현장 목격자로 바뀐 순간이었죠."

김수남은 무릎을 탁 쳤다. 흥미로운 가설이었다.

"맞아. 골목 펴치기에서 펜스 안의 살인, 그리고 현씨의 손가방을 태우고 펜스를 뛰어넘어 도망갈 때까지 숨어서 전 과정을 목격했던 거야. 그래서 현장 상황을 잘 알고 있었던 거고."

그러나 한 가지 의문은 여전히 풀리지 않았다.

"그렇다면 고춘자의 휴대폰은 어떻게 된 걸까?"

"관덕정과 펜스 사이 골목길이 어두웠던 까닭에 휴대폰을 집어넣는 진범의 행동을 포착하지 못했을 가능성이 커요. 가방 태우고 도망치는 것까지는 목격했던 거고. 그러니까 김신덕은 고춘자가 휴대폰을 가지고 있었는지 몰랐을 뿐만 아니라 진범이 땅에 떨어진 휴대폰을 줍는 장면도 보지 못했다, 이 말씀이죠. 진범에게 발각되지 않도록 거리를 두고 지켜봤을 테니까."

김수남은 감탄하며 동의의 뜻으로 고개를 끄덕였다. 모든 실마리가 이 가설 하나로 다 풀리는 것 같았다.

"이와 유사한 경우를 본 것 같은데. 경기남부연쇄살인 사건 때, 유영철이 정남규를 두고 했다는 유명한 말이 있잖아."

"나보다 더 센 놈이 나타났다?"

강경식이 바로 대답했다.

"왜 범죄자들은 기가 막히게 범행 대상이나 장소를 찾아내잖아. 후각 같은 촉이 발달한 거겠지. 오줌으로 자기 영역 표시를 해뒀다가 냄새로 나중에 찾아내는 개들처럼 말이지. 다른 맹수들은 주로 똥 냄새를 통해 상대방을 파악하고. 유영철은 정남규가 싸놓은 똥 냄새를 맡고 자신보다 강하다고 인식했던 거야."

"결론적으로 프로는 프로를 알아본다는 말이죠. 그래서 유영철이나 정남규 같은 연쇄살인범들은 자기 나와바리에서만 범행을 했어요. 새로운 구역에 가면 거기를 거점으로 움직이는 범죄자의 미세한 똥 냄새를 감지할 수 있었으니까. 그래서 절대로 남의 구역에 침범하거나 발을 들이지 않았죠."

"자기보다 더 세거나 적어도 비슷한 괴물이 있다고 생각하니 두려웠겠지."

"공교롭게도 진범과 김신덕은 한날한시에 아다리가 걸렸던 거예요. 둘 다 범행 대상을 물색하다가 우연히 관덕정까지 흘러들었고. 만약 거기에서 둘이 스치듯 만났으면 틀림없이 서로를 알아봤을 거예요. 관심사가 같았으니까. 그 방면으로는 프로였으니까. 대리기사가 대리기사를 알아보듯 말이죠."

"김신덕이 먼저 범행을 했으면 어땠을까?"

"제 생각에는 진범이 김신덕보다 더 셋을 것 같은데요."

"살인까지는 하지 못했을 거야. 김신덕의 스타일을 보면."

"하지만 진범 역시 살인에 있어서만큼은 초짜였음이 분명해 보이죠. 프로라기보다는 아마추어 같은 느낌이 들잖아요."

"배성훈 교수는 진범이 우발적으로 과도한 폭력을 짧은 시간에 행사했다고 분석했거든. 어깨에 힘이 과도하게 들어갔다는 뜻이지. 반면 미소카페 사건은 스타일이 다르다고 했어. 현장을 완벽하게 장악하고 시간을 들여가며 즐겼다는 거야. 바로 이 지점에서 확연히 범행의 지문이 갈리지."

"이쯤 되면 관덕정 사건과 서귀포 사건이 동일범 소행인지부터 정리하고 넘어가야 하는 게 순서 아닐까요?"

"사건 발생 시각을 계산해보면 동일범일 가능성은 거의 없어."

서귀포와 구제주 관덕정을 오가려면 한라산을 넘어야 하는데 통상 50분쯤 걸린다. 동일범이라면 5·16도로를 탔을 가능성이 높다. 평화로 쪽은 신제주를 통과해야 하므로 시간이 더 소요된다. 범인은 서귀포에서 제주시로 이동했거나 그 반대 동선으로 움직였을 수 있다.

"미소카페 사건의 경우, 피해자 강정화가 카페의 종업원을 모두 퇴근시킨 시각은 2시쯤이었어요. 2시 10분쯤 어디론가 전화를 건 것이 마지막 행적이고. 강씨 혼자 카페를 지키고 있었다는 뜻이죠."

"2시 10분 이후 살해 당했다는 거잖아. 누군가를 기다렸다는 뉘앙스가 풍기는 게 면식범의 소행일 가능성이 높고."

"약속이 있었을 가능성이 가장 크죠. 강씨는 평소 자기가 먼저 퇴근했으면 했지, 종업원을 조기 퇴근시킨 적은 거의 없었으니까."

관덕정 사건 발생 시각은 새벽 3시에서 3시 20분 사이다. 범인이 서귀포에서 제주시 관덕정으로 넘어갔다고 가정해 보자. 가장 빠른 시각인 2시 10분에 살해했다 하더라도 관덕정에 도착하려면 50분~70분의 여유 시간밖에 없다. 거기에서 이동 시간 50분을 빼면 불과 20분 안에 범행하고 제주시로 넘어갔다는 말이 된다. 그러나 강정화의 시체 훼손 상태를 볼 때 시간을 두고 공들인 게 분명하므로 상황과 맞지 않다.

반대 상황도 추측이 가능하다. 만약 범인이 관덕정에서 살인을 끝내고 서귀포로 넘어갔다면 새벽 3시 50분에서 4시 10분 사이가 된다. 그러나 2시에 카페를 닫은 피해자가 그 시각까지 범인을 기다리고 있다가 만났을 가능성은 없다고 봐야 한다.

"경찰이 무대뽀로 수사했다 해도 한 사람이 두 사람을 죽이기에는 물리적으로 불가능하다는 결론을 내렸어요. 언론이 나서서 연쇄살인이네 뭐네 하며 설레발치고 부추긴 측면이 없지 않아요. 실은 어제 서귀포 사건을 담당했던 형사를 만났어요. 그이가 사건 기록에 담기지 않은 이야기를 들려주었는데. 이 사진을 보세요."

강경식이 스마트폰을 꺼내 포토 갤러리를 열었다. 형사가 보관하던 사진을 직접 찍은 것이었다. 사건 파일에는 없는 사진이었다. 피 때문에 잘 보이지 않지만, 정전기가 일어 머리카락이 부채꼴 모양으로 뻗어 나간 상태였다. 하얗게 분칠된 얼굴을 하고, 두 무릎은 세워져 M자로 90도가량 벌어져 있었다. 배에서 창자가 흘러나온 모습이 참혹해 보였다.

그 순간 2006년 발생한 영등포 노들길 살인 사건이 떠올랐다. 여성을 살해하고 시체를 배수로에 버렸는데, 두 무릎이 접힌 채 M자로 벌어져 있어 음부가 적나라하게 드러났던 사건이었다. 그 현장에서도 피해자의 머리카락이 정전기가 난 것처럼 부채꼴 모양으로 펼쳐져 있었다.

"이건 분명히 범인이 한 짓이겠지?"

"뭔가 숭배하는 모습 아닌가요? 범인이 이렇게 전시하듯 머리카락을 펼쳐놓은 거예요. 진짜 괴물이 아니고서야 누가 감히 이런 짓을 할 수 있겠어요? 게다가 프로파일링 교과서에 전형적으로 등장하는 자세잖아요. 성도착자들이 환장하는 자세란 말이죠."

"그래서 배성훈 교수가 이 사건 현장이 서늘하다고 말한 거였어. 배 교수는 패턴을 읽고 있었던 거야. 그러니까 이 사건 범인이 정말 위험한 놈이고, 풀기 어려울 거라고 프로파일링 했겠지."

"이거 점점 자신이 없어지는데요."

"관덕정 살인 사건으로 내가 연재 시작할 테니까 자네는 미소카페 사건에 올인하라고. 서두르지 말고 하나하나 꼼꼼히 검토해."

"미소카페 사건은 수사 자료가 많지 않아요. 사람들 이목이 관덕정 사건에 몰려 있어서 다소 외면받은 측면도 있고. 열흘 뒤에 서귀포 다방 여종업원 살인 사건이 터지는 바람에 수사력이 분산된 측면도 없지 않아요. 무엇보다 2006년 노들길 살인 사건의 피해자 자세가 10년 먼저 서귀포에서 시연되었다는 점이 충격이에요. 워낙 엽기적인 사건이라 형사들도 당황한 것 같았고."

"관덕정 사건처럼 수사를 흐트러뜨린 지점이 반드시 있

을 거야. 김신덕의 거짓 자수 같은 계기가 말이지.”

“이따 퇴근하면 술이나 한잔하면서 얘기 더 하시죠?”

“아, 미안. 저녁에 대리운전 나갈 거야. 며칠 동안 걷지 못해서 몸이 찌뿌드드해.”

“밤마다 전화기 꺼놓고, 취재는 나 몰라라 하고. 빡쎈 건 다 나 시키고. 신문사 퇴근하면 대리운전 한다고 동네방네 소문낼까 보다. 그러니 좋은 말로 할 때 몽타주 자주 확인하며 삽시다.”

강 기자가 곰살갑게 달라붙으며 말했다.

7   신탁의 밤

이틀 후 김수남은 두 번째 콜을 완료하고 물통삼거리를 지나 제주동여중 쪽으로 걷고 있었다. 손님이 잡히지 않았다. 마수걸이로 한림에 나갔다가 버스로 돌아오던 중 애월항에서 구세무소사거리 맥도날드 오는 콜을 잡아 종료했다.

편의점에 들어가 도시락으로 간단히 요기하면서 관덕정 사건 기사를 어떻게 써야 할지 고민했다. 일단 현장 취재한 사실을 객관적으로 서술하고, 풀리지 않는 부분은 독자의 몫으로 남겨두기로 하자. 읽는 재미를 선사하기 위해 세밀하게 현장을 묘사하고, 추리 기법으로 글머리를 열어 독자의 눈길을 확 사로잡는다. 1회 마지막을 반전으로 끝내서 궁금증을 폭발시키고, 후속 기사를 목 놓아 기다리게 하는 드라마식 전개가 가장 무난해 보였다.

식사를 마치고 인제수협사거리로 향했다. 시청 쪽은 대학생 거리라 초저녁에는 손님이 나오지 않았다. 고마로 도착하기 전에 콜을 잡아야 한다. 그래야 신제주로 이동할 수 있다. 최종 목적지는 '연동 불패' 즉 신제주 그랜드호텔사거리였다.

0.2 춘하추동 → 오라 정실

자동 콜이 올라왔다. 직선거리로 200미터 안에서 호출한 콜이었다. 춘하추동? 뭐 하는 집이지? 빈대떡에 막걸리 파는 곳인가? 2~3분이면 빠른 걸음으로 도착할 수 있는 거리였다. 오라3동 정실은 변두리긴 해도 신제주권이었다. 바로 콜 승낙 버튼을 누르고, 네이버 지도를 열어 호출 위치를 확인했다. 동여중 후문 길 다리 건너기 전 남쪽 모퉁이쯤이었다.

춘하추동은 영양탕집이었다. 가게에 들어서서 머뭇거리고 있으니 한 사내가 손을 들었다. 물수건으로 이마에 흐르는 땀을 닦고 있었다. 5월 초순인데 개고기나 잡수고 계시다니……. 식당에는 개고기 특유의 시큼하고 꿉꿉한 공기가 황사처럼 내리깔려 있었다. 오늘 집에 들어가면 '노도'가 질색을 하겠군.

사내의 차는 제네시스 구형이었다. 핸들을 잡자 묵직한 무게감이 느껴졌다.

"정실 어디로 모실까요?"

"오라만진빌리지 2차."

60대 사내가 이쑤시개로 이빨 사이에 낀 개고기를 꺼내 씹으면서 말했다. 차 안에도 시큼한 냄새가 미세먼지처럼 떠다녀 차창을 조금 내렸다. 음식 취향에 비해 차는 깔끔했고, 관리도 잘 되어 있었다. 이 정도라면 직원들을 시켜 정기적으로 점검을 받는 게 분명했다.

요금은 시내 구간 2단계로 1만2천원이었다. 아직 시내버스 다닐 시각이었지만, 콜을 종료하면 운동 삼아 연동까지 걸어 나갈 생각이었다. 1.5km쯤 될 것이다.

"아르바이트하시는 건가?"

도남우체국 사거리 신호에 걸려 있을 때, 중년 사내가 이빨에 낀 개고기를 다 꺼내 먹었는지 쩝쩝거리며 물었다.

"뭐 사정이 그렇게 됐습니다."

적당히 맞장구를 쳐 주었다. 긍정도 부정도 아닌 무색무

취의 대답이었다.

"열심히 살아. 자네, 대리운전이나 할 타입으로 보이지 않는데. 제주도에는 뭐 하러 왔나?"

"사정이 있어 혼자 내려왔습니다."

"대리운전 하려고 제주도에 온 것은 아닐 테고."

사내의 질문 의도가 뻔히 읽혔다.

"소나기 피하러 잠깐 왔다가 엎드려 지내다 보니 영 눌러 살게 되었습니다. 제주도에 혼자 내려온 삼사십대의 사연이 뭐 거기서 거기 아니겠습니까?"

대리기사 하면서 이런 질문을 너무 많이 받았기 때문에 접대성 답변을 준비해 두었다. 제주도가 좋아서,라고 막연히 대답했다가는 질문 지옥에 빠지게 된다. 혼자 내려왔나, 가족은, 결혼은, 아이는……. 그에 맞춰 대답하다 보면 다른 대화는 불가능하다. 그래서 처음부터 이혼하고 제주도 내려온 홀아방으로 콘셉트를 잡았다.

"사람 만나는 게 생각처럼 잘 안 되지. 특히 부부라는 게 사실은 딜레마야. 35년을 함께 살았어도 여전히 알다가도 모를 게 각시 속내더군."

개떡같이 말해도 찰떡같이 알아들으니 차라리 고마웠다. 이혼한 사람들이 워낙 많다 보니 이런 식으로 흘려도 상대방은 말 행간을 바로 알아차린다. 대화를 계속할 거면 화제를 바꿔야 했다. 신세 한탄이나 가족 이야기는 피차 시간 낭비일 뿐이다.

"겨울에는 고구마 장사도 하고, 밤에는 대리운전도 하면서 살고 있습니다."

"제주도 고구마 말이야. 물고구마라서 맛이 없다고. 고구마는 뭐니 뭐니 해도 해남산 호박고구마나 꿀고구마가 제일이지."

"손님, 고구마 보는 안목이 있으시네요."

말을 따박따박 받는 것으로 보아 대화할 준비가 되어 있었다. 집에 도착할 때까지 무슨 말이든 계속하게 될 것이다. 이렇게 대화의 물꼬를 터놓으면 생각지 못한 이야기를 들을 수도 있다.

"전날 밤 광주농협 공판장에 물건을 보내 달라고 해서 다음 날 배편으로 받습니다. 저 아래 도남오거리 농협 앞에서 잠깐 했었지요."

보건소사거리에서 적색 신호등에 걸렸다. 평소라면 좌회전 신호를 받을 수 있었는데, 앞서가던 렌터카가 저속으로 달리는 바람에 브레이크를 밟았다. 얄궂게도 렌터카는 황색 신호를 뚫고 마지막으로 좌회전에 성공했다. 다시 사내에게 집중했다. 시큼한 음식 냄새만 아니라면 그럭저럭 대화가 가능한 손님이었다.

"자네 얘기를 듣고 있으니 갑자기 그 친구가 떠오르는군."

사내가 이번에는 전혀 다른 말을 꺼냈다.

"어느 분 말씀이신가요?"

"자네 같은 친구가 있었지. 밤마다 무전기 들고 대리운전하고 다니던."

"어떤 분이신데요?"

"서울법대 나와서 변호사 하다가……. 자네하고 비슷한 또래였던 것 같은데. 마흔 중반쯤이었을 거라, 그때가."

"책상물림으로만 살다가 사람들이 어떻게 사는지 궁금했던 모양이죠."

사내가 과거를 회상하는 눈빛으로 창밖을 바라보았다. 신호가 바뀌어서 좌회전했다. 이대로 올라가다가 한라도서관 지나 교도소사거리에서 우회전하면 정실마을이었다.

"그 친구 서울북부지청에서 검사 생활하다가 제주도로 내려와 변호사 개업을 했지. 고향을 위해서 일하겠다느니 뭐니 했지만, 사실상 낙향한 게지. 공부를 아주 잘해서 수재 소리를 들었주게. 서울법대 졸업했고, 검사가 됐으면 그야말로 라비앙로즈가 펼쳐졌을 게 아닌가."

"저 같은 하급 전사가 감히 어떻게 검사 친구분과 비교되 겠습니까? 그 친구분은 어떻게 지내시나요?"

"제주도에 잘 적응하지 못했던 모양이야. 여기가 자기 고 향이고 친구도 많았는데 말이지. 텃세도 심해지고, 그사이 제주도 분위기도 많이 바뀌었지. 지금은 아무리 제주도 출 신이라고 해도 육지 살당 오면 이등 제주도 사람이 되는 세 상이니까."

"저도 그런 얘기 들었습니다."

"마지막으로 만났을 때는 운동 삼아 대리운전을 시작했 다고 하더군. 제주도가 어떻게 변했나 두 눈으로 확인하고 싶다 했지. 나는 속으로 그럴 거면 골프를 치지 왜 이럴까, 생각했지. 마흔 중반의 나이에 말이야. 사람이 햇볕을 받고 살아야 하는데 이 친구는 자꾸 비주류 쪽으로 어두워지는 게……. 그게 운동권 빨갱이놈들의 한계야. 돌이켜보면 그 점이 몹시 안타까웠지."

예상보다 일찍 목적지에 도착했다. 아파트 입구에 들어서 자, 사내가 손가락으로 직진하라고 지시했다.

"친구분에게 무슨 문제라도 있었습니까?"

"친구들 사이에서 도라짱이라고 손가락질 받았으니까. 어, 여기 세워."

사내가 아파트 안 주차장 중 빈 곳을 가리켰다. '도라짱'이란 말에 찔끔 놀라 급브레이크를 밟을 뻔했다. 주차하고 밖으로 나오자, 사내가 지갑에서 만오천 원을 꺼냈다.

"열심히 살아."

"대체 친구분에게 무슨 일이 일어났던 겁니까?"

3천 원을 팁으로 줬는데, 고맙다는 말도 못 하고 다시 물었다. 사내가 담배를 피워 물더니 긴 한숨처럼 연기를 내뱉었다.

"밀레니엄으로 한창 세상이 소란스러웠을 때였을 거야. 그해 초겨울 북초등학교 앞에서 칼에 맞았네. 비명횡사한 거지. 아까운 친구라. 뭔놈의 민변에 시민단체 활동한다고 빨짓을 하고 다니느냐고. 서울 올라가서 빨갱이 물만 잔뜩 들어서 내려온 게지. 그 좋은 머리를 가지고 뭐 하는 짓이냐고. 그 일만 아니었으면 원세륜이처럼 도지사도 하고 국회의원도 해 먹었을 텐데."

"실례지만 그 변호사분 성함이……."

"이성로. 이성로 변호사. 지금도 범인을 못 잡았다지. 팔자가 아주 기구한 친구라. 그런데 돌이켜보면 그리 밉지도 않아. 오늘따라 그 시크한 웃음이 그립구먼. 자네가 날 이렇게 만든 범인이야. 어서 가라고. 나는 이디서 담배 한 대 더 피우고 들어가야 허크라."

만오천 원을 말아쥐고 아파트를 나왔다. 멀찌감치 남조순 오름 윗동에 보름달이 야트막하게 걸려 있었다. 그 순간 눈 동자에 신탁 같은 서늘함이 들어앉았다. 1999년 제주 변호 사 피살 사건을 다음 테마로 다뤄야겠다고 결정한 것이다.

8   질풍노도

질풍과 노도는 한 세트로, 아랫마을에서 얻어온 개였다.

집주인은 아라동의 오래된 아파트에 살면서 몇 개의 밀감 과수원을 관리했는데, 오라동 밀감밭 관사는 '귤꽃피는정원'으로 불렸다. 몇 년 전 제주도에 잠시 둥지를 틀었던 떠돌이 예술가가 목각으로 새긴 팻말에서 따온 이름이었다. 예술가가 육지로 떠난 다음 알음알이로 소개받아 김수남이 연세(年貰)로 들어앉게 된 집이었다.

오래된 관사였지만, '귤꽃피는정원'은 전원생활에 마침맞게 고요했다. 햇빛이 잘 드는 남향인 데다 지세도 좋았다. 길에서 50m쯤 나앉아 있어 섣불리 발을 들일 수 없을 만큼 오소록한 자리였다. 인적 끊긴 밤이면 사방이 암흑천지로 변해 달빛이 함박눈처럼 나리고, 새벽바람이 과수원 방풍림 사이로 우렁각시처럼 다녀가곤 했다. 그때마다 비만한 꿩이 괴성을 지르며 방풍림으로 날아오르기도 했다.

집까지 들어오는 올레도 때 묻지 않은 제주도의 옛길을 재현해놓은 듯 고졸했다. 오라초등학교 팽나무 삼거리에서 연북로 방향으로 이어진 길 양편으로 탁 터진 보리밭도 일품이었다. 오월 황금빛 보리밭을 지나노라면 거대한 구렁이가 구불구불 춤추는 것 같았다. 중간쯤에 위치한 오름 공원에는 허리 휜 소나무들이 오종종 모여 바람 지나가는 소리를 냈다. 솔잎 사이로 바람 갈라지는 소리를 들을 때마다 머릿속에서 청량감이 팝콘처럼 터지곤 했다.

그것은 차이콥스키 피아노협주곡 1번 1악장의 바람 소리였다. 보리밭을 훑고 솔잎 사이로 지나는 바람 소리는 서정성을 한껏 돋우었다. 은총처럼 쏟아지는 햇살과 평화롭고 한가하며 유려하게 부는 바람은 다채로운 카타르시스를 불러일으키기에 충분했다.

그러나 마을이 망가지고 풍광이 살육당하는 데는 그리 오랜 시간이 소요되지 않았다. 오라동이 빌라 주택지로 각광받으면서 아침마다 거대한 정으로 돌 쪃는 소리가 들리더니 급기야 공사장 소음이 마을을 쥐흔들기 시작했다. 보리밭을 밀어버린 자리에 아시바 쇠파이프가 얼기설기 들어서고, 얼마 지나지 않아 회색 시멘트 건물들이 그악스럽게 차올랐다. 오름 공원의 오래된 소나무밭 역시 중형 규모의 빌라촌으로 변모했다.

이 모든 게 2010년대 중반 제주도에 불어닥친 이주 열풍과 건축 열기가 빚어낸 참혹한 결과물이었다. 당시 제주도는 개발 붐으로 홧홧했는데, 한 해 밀감 농사를 마감하고 정산 끝낸 시골 마을처럼 흥청망청한 분위기였다. 땅값은 가파르게 치솟았고, 곳곳에서 졸부들이 신진 사대부처럼 출몰했다. 부모의 재산 세례를 받은 젊은이들이 외제 차를 사대는 바람에 BMW 전성시대를 맞기도 했다. 외제 차로 자신의 재력을 과시하던 소수 그룹은 어마 뜨거라 다른 고급 브랜드 기종으로 갈아타야 했다. 전국에 세 군데밖에 없다는 벤틀리 매장이 제주도에 생긴 것도 그 무렵이었다.

빌라 입주가 시작되자 마을 풍경은 몰라보게 바뀌었다. 24시 편의점이 재빠르게 자리를 잡더니 제법 큰 규모의 마트가 따라 들어섰다. 빨래방, 치킨집 같은 가게들도 우후죽순 생겨났다. 옛길을 그대로 두고 빌라만 지었기 때문에 도로 사정도 최악이 되었다. 차 두 대가 백미러를 접고 교차하는 아슬아슬한 장면이 연출되기도 했다. 출근 시간마다 연삼로 개밥그릇사거리는 신호 대기하는 차량과 불법 주차 차량이 마구 뒤엉켜 교통지옥을 방불케 했다.

그사이 집 주인이 개 몇 마리를 데려왔는데, 거의 모두를 김수남이 키웠다. 연북로 가까이에 있는 외따로운 과수원이었기 때문에 해안 마을 생활에 적응하지 못한 개들이 자주 실려 왔다. 대개 집에서 키우던 개들 중 사고 친 녀석들이 유배 오는 형식이었다. 분시 모르고 짖어대거나 사람을 물어 상처를 입힌 전과로 빨간 줄 두 개쯤 그어진 녀석들이었다.

'귤꽃피는정원'은 개들에게 막장이거나 종신 유배지와 다름없었다. 여름마다 집주인은 눈에 거슬리거나 살이 오른 놈 순으로 건강원에 데려가서 '짰다'.

김수남도 고양이보다는 개를 좋아하는 타입이라 집에 있는 개들과도 친하게 지냈다. 집주인과 사룟값을 반반씩 부담할 정도였다. 가장 먼저 들어온 개는 일본 개 키슈 잡종으로 암놈이었다. 3~4킬로그램 정도의 새끼였을 때 유배 왔는데, 중국 개 차우차우 잡종 수놈이 입소할 때까지 무명씨로 지냈다. 그저 '하얀 놈' 정도로 불렸다. 한 세트로 묶인 후에야 차우차우에게는 '질풍', 키슈에게 '노도'라는 이름이 하사되었다.

키슈 잡종인 노도는 독립심이 강한 녀석이었다. 중형견으로 몸집이 날렵했다. 귀는 쫑긋 서 있고, 꼬리는 반월도 모양으로 굽어 있었다. 흰색 털은 짧아 흩날리지 않았다. 질풍은 입소할 때부터 목줄로 묶어 놓았지만, 노도는 도무지 잡히지 않았다. 묶으려고 별의별 방법을 다 써 봤으나 그때마다 재기 있게 잘 빠져나갔다.

한번은 마당 한가운데서 간벌한 밀감나무 가지로 구운 오겹살로 생포를 시도한 적이 있다. 마른 밀감나무는 탱자나무와 접목을 한 터라 잘 타고 화력도 좋았다. 녀석은 오겹살 굽는 냄새에 끌려 주변을 어슬렁거렸다. 처음부터 사람을 견제하던 녀석이었다. 필시 아랫마을에서 사람 피해 다니다가 귀양살이 형을 받았을 가능성이 컸다.

오겹살에다 막걸리를 부어서 멀찌감치 두었다. 녀석이 망설이며 경계하다가 막걸리까지 모두 핥아 마셨다. 다시 원위치로 돌아간 노도는 복지부동 자세로 앉았지만, 술에 취해 중심을 잡지 못했다. 꾸벅꾸벅 졸다가 머리가 한쪽으로 쏠리면 깜짝 놀라 정자세를 취하는 것이었다. 씨익 웃으면서 한잔을 더 따라주었다. 녀석은 그 잔마저 다 마셨고, 결국 포박되었다. 도망가지 못하게 나일론 끈 목줄을 매서 밀감나무 몸통에 고정시켰다.

노도는 밤새 끙끙거리며 발악을 했다. 다음 날 일어나 보니 목줄과 끈은 그대로였지만, 노도는 사라진 뒤였다. 밤새 뒷발로 버티면서 목을 뒤로 잡아 늘여서 목줄을 빼버린 것이다. 이후 노도는 비웃듯 끄덕끄덕 주변을 맴돌 뿐이었다. 김수남의 완벽한 패배였다.

시간이 지나면서 노도의 몸집은 커지고 네 발도 길어졌다. 허리가 늘씬해지고 흰털은 윤기가 넘쳤다. 궁둥이도 바짝 올라간 게 멀리서 봐도 빛나는 외모였다. 개가 이렇게 우아할 수 있을까. 집주인도 아까운지 노도 앞에서는 '짠다'라는 말을 입에 올리지 않았다.

노도를 생포하는 일은 날이 갈수록 불가능해졌다. 한번 잡힌 뒤로는 막걸리도 마시지 않았고, 접근 금지 명령을 받은 것처럼 항상 일정 거리를 유지했다. 사료를 주어도 유효 사거리를 벗어나야 입에 댔다. 그래도 밥 주는 사람이라는 인식은 있어서 귀가할 즈음에는 집 입구에서 두 발을 모으고 기다림 자세로 기다리곤 했다.

그러다가 멀찌감치 레토나 엔진 소리가 들리면 맨발로 달려 나와 팔짝팔짝 뛰며 올레를 열었다. 허리 둥글게 말고 앞 유리 높이까지 뛰어오르는 게 무척이나 탄력 있고 유연해 보였다. 그렇지만 주차를 끝내면 언제 그랬느냐는 듯이 시크하게 뒤도 돌아보지 않고 멀찌감치 떨어지는 것이었다. 그때마다 김수남은 올가미 줄이라도 빙빙 돌려 던지고 싶은 심정이었다.

반면 차우차우 질풍은 항상 묶여 있어서 노도를 부럽다는 듯이 쳐다보곤 했다. 가끔 노도가 가까이 가면 궁둥이 냄새를 맡으며 심하게 발기하곤 했다. 발기한 성기로 아무 데나 찔러댔지만, 노도는 다가오지 말라고 이빨을 드러낼 뿐이었다. 저러다 몸만 축나지 싶을 정도로 질풍이 애처롭게 느껴졌다.

그렇게 6개월 정도 지나자, 노도가 임신을 했다. 질풍의 씨 같지는 않았다. 최근 들어 자꾸 밖으로만 나돌던 노도였다. 마실 나갔다가 어느 놈에게 불꽃이 튀어 '한 방에 아다리'가 걸렸을 수도 있다. 임신 이후에는 사료만으로는 허기졌는지 주변 농장에서 닭 한 마리를 서리해서 입에 물고 후닥닥 귀가하는 일도 목격되었다.

하루는 질풍이 개집에 들어가지 못하고 밖에서 방황하고 있었다. 노도가 임신한 뒤로는 노골적으로 심드렁한 표정을 짓던 질풍이었다. 눈 내리던 1월 초였다. 질풍의 집 안을 들여다보니, 노도가 하얀 밤송이 같은 새끼들을 구부려 안고 있었다. 눈도 뜨지 못한 새끼들은 노도의 품에 포근하게 파묻혀 있었다. 노도가 해산 장소로 질풍의 집을 선택한 것이다.

노도의 새끼들이 무럭무럭 자라 층층으로 포개지며 마구 뒤엉켜 지내고, 동네 이웃에게 분양되어 두 마리만 남았을 때 질풍은 자기 집으로 복귀했다. 3개월쯤 지나니 질풍의 병색이 깊어졌다. 사료도 먹지 않고 하얀 거품을 연신 토해냈다. 연모하던 노도가 다른 씨를 받은 데 질투심 혹은 배신감으로 속병이 났을 수도 있다. 그 모습이 애처로워서 목끈을 풀어주자 똥 마려운 것처럼 어디론가 급히 달려가더니 나타나지 않았다. 일주일 후 질풍은 방풍림 나무뿌리 사이에 흙을 파내고 머리를 폭 파묻은 채 빳빳한 사체로 발견되었다.

그렇게 '귤꽃피는정원'에 노도만이 살게 되었다. 세트가 해제되었는데도 노도는 슬퍼하는 기색 없이 밖으로만 나돌았다. 새끼 강아지들도 하루 종일 마당을 빙글빙글 돌며 어멈을 기다렸다.

빌라들이 많아지고 차량 통행이 늘어나자 점점 노도가 위태롭게 느껴졌다. 목끈 없는 중형견을 보고 빌라 주민이 신고할 수도 있었다. 그때마다 소방서의 포획 그물에 갇히거나 마취 총에 맞아 혀를 내빼고 뻗은 노도의 모습이 그려졌다. 그럼에도 '귤꽃피는정원'에는 차이콥스키 피아노협주곡 1번 1악장이 환상적으로 연주되었다. 방풍림을 가르는 시원한 바람 소리였다.

9   제주 변호사 피살 사건

이성로 변호사 사건을 다음 테마로 다루겠다고 결정한 것
은 순전히 우연이었다. 그가 죽기 전 대리운전을 했고, 제주
도에 잘 적응하지 못했다는 말이 뇌리에 오래도록 남았다.
'도라쌍'이란 말이 트리거가 되었다. 이 사람이 어떤 인생을
살아서 친구들에게 '도라쌍 같은 놈'이라 손가락질 받았는
지, 그가 잘 적응하지 못했다던 1990년대의 제주도 상황은
어땠는지 궁금했다.

그러나 6천 페이지가량 존재한다는 경찰의 수사 기록 접
근이 원천 차단된 상태였다. 2014년 15년의 공소시효가 만
료되자, 수사 기록은 제주지방검찰청 수장고로 이동된 것으

로 확인되었다.

신문사에서 협조 공문을 넣어 봤으나, 경찰 수사 기록에는 이중삼중으로 자물쇠가 걸려 있었다. 사내에서는 최소한 국회의원 빽이 있어야 표지라도 구경할 수 있다는 풍설이 나돌았다. 그때 강경식이 팔꿈치로 툭 치며 속삭였다.

"정보공개신청이라는 훌륭한 제도가 있잖아요."

정보공개신청 키워드 검색을 하자 페이지가 열렸다. '정부가 결재한 문서, 국민에게 원문 그대로 공개합니다'라는 모토의 정부 공개 포털이었다. 가입 절차를 끝내고 이성로 변호사 사건에 대한 경찰 측 조사 기록 열람 요청이라 적고, 지역 언론사 현직 기자임을 밝혔다. 그러자 열흘 안으로 답을 주겠다는 메시지가 떴다.

❖

1999년 11월 5일. 사건이 발생한 날은 기온이 10도까지 내려간 초겨울 날씨였다. 이성로 변호사는 양복에 검은색 울 반코트 차림으로 숨진 채 발견되었다.

부검 결과 직접 사인은 심장 관통에 의한 과다 출혈. 왼쪽 중복부, 왼쪽 상복부, 심장 총 세 군데를 찔렸다. 모두 폭

1.8cm, 깊이 9.6~9.7cm 크기의 자상이었다. 왼팔에 난 두 군데 관통상은 방어흔으로 확인되었다. 왼쪽 중복부, 상복부, 심장 순으로 올라왔을 가능성이 높았다.

이성로는 길에서 공격 받은 후 승용차로 병원에 가려다가 과다 출혈로 순식간에 정신을 잃었을 것이다. 현장에서 일체의 지문이나 족적, 범행 도구는 발견되지 않았다. 범인은 어떠한 단서도 남기지 않았을 정도로 치밀했다. 범행 장면이나 용의자를 봤다는 목격자도 나타나지 않았다.

경찰은 자살 가능성을 두고 주저흔을 찾는 등 우왕좌왕하다가 초동수사에 허점을 드러내기도 했다. 현장 감식 작업이 이뤄지긴 했으나 사체를 빨리 옮기는 바람에 사건 현장 분석에 소홀했다는 지적도 받았다. 피해자가 타고 있던 쏘나타 역시 수사 중인 상태에서 중고차로 팔려나가 유일한 증거품 확보에도 실패했다.

사건 발생 장소는 하루 종일 행인들이 왕래하는 큰 길가였다. 탑동 신한은행 맞은편 서쪽 100m 지점으로, 북성로 제주우체국 물류센터 정문 모퉁이였다. 정확히 현재 세븐일레븐 편의점 앞 쓰레기 분리 수거함이 위치한 곳이었다.

이 변호사는 살해되기 전날 오후 9시께 집에 전화를 걸어 부인에게 딸이 뭐 하고 있는지 묻고는 친구 김성랑과 만나 탑동 오리엔탈호텔 바에서 새벽 2시까지 술을 마신 것으로 확인되었다.

피해자가 변호사란 사실이 알려지면서 수임 사건에 대한 불만이나 원한에 의한 계획적인 살인이 아니냐는 추측도 난무했다. 현금 든 지갑과 소지품이 그대로 있었던 점으로 미루어 금품을 노린 범죄일 가능성은 처음부터 배제되었다. 김성랑과 헤어진 뒤 새벽 3시쯤 제주시 연동 로그인카페 여종업원에게 찾아가겠다며 세 차례 전화를 건 사실이 밝혀져 치정에 의한 살인일 가능성도 제기되었다. 그렇다면 휴대전화로 마지막 통화를 한 오전 3시 10분 이후부터 시체로 발견된 6시 48분 사이에 피살된 게 확실했다.

문제는 이 사건이 관덕정 살인 사건만큼 프로파일러가 관심 갖는 교과서적 케이스도 아니라는 점이었다. 연쇄살인의 냄새가 풍기지 않았고, 피살자가 변호사 신분이라는 것만 빼면 종종 일어나는 칼부림 사망 사건에 불과했다. 이 사건은 2000년에 들어서 수사본부가 해체되고, 그대로 방치되었다가 2014년 공소시효를 앞두고 반짝 주목을 받았다. 그래도 영구 미제 사건이라는 상징성 때문에 몇몇 프로파일러가 달라붙기는 했다. 공통으로 지목하는 부분은 다음과 같다.

첫째, 우발적인 범행이 아니다. 범인은 이 변호사의 팔과 배를 난자하고 마지막으로 심장을 찔렀다. 처음부터 죽이려고 작성했다고 봐야 옳다. 다른 것을 노렸다면 현금 든 지갑 등이 사라졌어야 하는데, 없어진 물품이 아무것도 없다. 또한 피살 지점이 이 변호사가 사건 발생 두 달 전부터 자주 차량을 주차했던 장소였던 점으로 미루어 미행으로 인한 계획된 범죄일 가능성이 높다.

둘째, 국과수 감정 결과 범행에 사용된 흉기는 일반 가정이나 음식점 등에서 쓰는 종류가 아니었다. 범행 도구를 특정하진 못했으나 전문적인 살인 도구일 가능성이 높다. 범인이 평소 갖고 다니던 흉기이거나 사건을 위해 사전 준비한 것일 수도 있다. 이런 점을 종합해 보면 범행에 사용된 칼역시 계획적인 범행이라는 사실을 뒷받침한다.

10   떠도는 주변인

"아, 시팔. 욕 나오네. 내 더럽고 아니꼬와서 두 번 다시 누구 밑에서 기자질은 안 할까 봐. 이참에 확 프리랜서 선언이라도 해버릴까 보다."

관덕정 살인 사건은 여러 가지 접근성이 있고, 가정을 세울 수 있으며, 치고 들어갈 행간이 존재했다. 그에 비하면 이성로 사건은 너무나 폐쇄적이었다. 범행 현장을 모두 락스로 닦아낸 것처럼 어떤 흔적도 남아 있지 않았다.

"그렇지 않아도 방금 편집국장 만나서 양해를 구했어. 시간이 더 필요해 보여서. 관덕정 사건은 원고 넘겼으니까 이번 주말이면 나갈 거야. 다음 주 분량까지 확보했으니 시간을 벌긴 했는데……."

"미소카페 사건에 진척이 없으니까 때맞춰 연재할 수 없는 거잖아요. 다 저 때문이에요."

"강 기자가 마냥 놀고 있는 것도 아니고. 매일 서귀포 바닥 휩쓸고 다니는 거 알고 있어. 그렇게 쉽게 알아낼 수 있었으면 애당초 미제 사건이 안 되었겠지."

어쩌면 이 기획은 무리였는지 모른다. 제주도 미제 사건 소재는 좋았으나 실제로 현장에서 부딪쳐 보면 걸림돌이 너무 많았다. 관덕정 사건과 달리, 이 두 사건은 맨땅에 헤딩하듯 원점에서 시작하여 일일이 탐문하고 분석해야 했다.

"그래 편집국장 바짓가랑이 잡고 한달 말미만 더 달라고 늘어졌지. 관덕정 사건 기사는 격주간으로 실어도 될 거 같다고 넌지시 운을 떼고. 그러니까 편집국장 그 자식이 쩝쩝거리면서 뭐라고 했는지 알아?"

강경식이 궁금하다는 듯 눈동자를 굴렸다.

"그거야 반응 보면서 결정하면 되고."

"정말 그렇게 말했어요?"

"반말 찍찍 하면서 이러는 거야. 하, 씨발. 대가리에 피도 안 마른 자식이 선배한테 그따위 말본새라니. 진짜 세상 말세다, 말세."

그렇게 애를 먹이다가 편집국장이 2주 더 말미를 주겠다고 했다. 기름기 번드르르한 얼굴을 물티슈로 닦으면서 한 말이었다. 마침 전면 광고가 들어왔다는 것이었다.

"무슨 광고였는데요?"

"먹는샘물 증산에 관한 천리마그룹의 성명서야. 천리마 노조에서 고희수 제주도의회 의장에게 보내는 공개 항의 서한도 실릴 것 같고."

"주말에 한데 모아 전면 광고로 때리겠다는 뜻이군요."

"지금 수감 중인《삼다일보》사장이 천리마워터 증산에 찬성하는 입장이었고. 상공회의소 쪽 분위기도 심상치 않고. 자네도 알다시피 천리마 노조와 시민단체가 도의회 앞마당에서 찬반 시위로 충돌 일보 직전까지 갔었잖아."

다음 주 도의회에서 열릴 천리마워터 증산 청원 건에 대한 사전 포석으로 읽혔다. 여론 몰이해서 도의장을 압박하려는 노림수였다. 일간지에 대대적인 광고를 게재하고 광고비를 지불함으로써 언론을 자신 쪽에 우호적으로 만들려는 계략이었다.

그러면서 편집국장은 슬그머니 검은 속내를 드러냈다. 청출어람이라고 교활하기는 고등학교 선배 송재홍을 앞질렀다.

"그게 말이우다. 최근 선배 기사가 나오지 않아서 사내에서 불만이 하늘을 찌릅니다. 일도 안 허멍 월급 타간다고 말이 많아마씀. 나도 입장이 보통 난처한 게 아니우다. 경허난 도의회나 도청 취재도 맡아주어야 허쿠다. 맨날 도와달라는 게 아니라 이슈가 많을 때마다 조금씩 거들어주면 됩니다. 경해야 저도 면이 서고."

그것이 바로 심층취재부의 사내 입지였다. 무슨 거대한 프로젝트를 한다고 벨라진 척 두 기자가 작당 모의를 하는 것으로 보였을 터였다. 왕따 2인조가 왕따 부서에서 도라짱 짓을 하고 있는 것처럼 여겨졌을 터였다.

"성과야 분명하잖아. 연재 기사 2회 분량으로 마감했고, 제주도 최초의 시도인 데다, 원고도 그만하면 괜찮을 거고."

"누가 원고 나쁘다고 햇수가? 내용도 괜찮고, 재미있기는 헙디다. 누군가는 한 번 정리허고 넘어가야 할 사안은 맞수다. 헌디 이런 기획 기사는 오늘 싣든 내일 싣든 상관이 없주. 당장 발등에 떨어진 불도 꺼야 허고, 강약 조절에 시네루 조절도 들어가야 합니다. 그게 편집국이 하는 일이란 말입니다."

편집국장은 이미 데드라인을 그은 모양이었다. 어차피 너도 좋고 나도 좋으면 그만이라는 논리로 무장한 녀석이었다. 어쩌다가 4·3사건 취재의 레전드라 불리던 신문사가 이리도 능글맞게 변했는지 알 수 없었다. 날것을 파고드는 야성적인 기자이기를 포기하고 다들 주판알 굴리는 월급쟁이로 전락한 모습이었다.

"그래서 취재 지시를 하면 내가 최대한 협조하겠다고 했지."

"괜히 선배가 나 때문에 고생이 많네요."

편집국장과의 대화를 전하자 강경식이 머리를 긁적거리며 말했다.

※

김수남은 제주대학교로 차를 몰았다. 대외적으로는 그가 이성로와 가장 친한 친구로 알려져 있다. 5년 전인가 중앙일간지와 인터뷰한 자료를 확인한 터였다.

"이성로 변호사에 대해 알고 싶어 방문했습니다."

"정식 취재인가?"

"기초 조사 같은 겁니다. 다들 이성로 변호사 사건이라면 교수님을 찾아가 보라고 하더군요."

"고등학교 동창이지. 그 친구가 제주도로 낙향해서 변호사 할 때 꽤 오랫동안 어울렸네. 그런데 어째서 성로 사건을 조사하고 있는 것이지?"

"제주도 안의 미제 사건 기획 기사를 쓰고 있는데, 왠지 이성로 사건만은 제대로 조명이 되지 않은 거 같아서 말입니다. 망자가 억울한 죽음을 당했다면 적어도 진혼굿 정도는 해줘야 할 거 아닌가 생각했습니다."

한기평이 테이블 앞으로 의자를 당겨 앉았다. 호텔 커피숍에나 있는 낮은 테이블이었다. 스마트폰을 꺼내 녹음 버튼을 누르고 괜찮냐는 듯이 보여주자, 고개를 끄덕였다.

"어디서부터 얘기를 할까. 만났을 때부터 시작해야겠지. 성로는 제주중학교, 제주북고를 졸업했네. 당시 제중은 실업계 제주상고와 같은 재단의 중학교였거든. 고향은 서귀포 대포였고."

이성로가 제주 시내로 넘어온 것은 아버지가 제주중학교 교사로 발령받았기 때문이었다. 집은 공항 인근 먹돌새기였고, 아버지 때문에 자연스럽게 제주중학교에 다녔다. 제주북고에서 한기평은 이성로를 처음으로 만나게 된다.

"그때만 해도 제중 출신이라면 한 자락 밑으로 깔고 봤거든. 요새와는 많이 다르지. 실업계 고등학교와 함께 있던 중학교다 보니 공부하는 애들이 제중에 다닐 리 없다, 꼴통들이나 가지……. 딱 그 정도의 중학교였어. 그런데 시험 보면 1등을 하는 거라. 그러니까 호기심이 생기더라고. 우리도 뭐 공부만 하는 친구와 달리 좀 특이했으니까."

"어떤 점이 그랬단 말이죠?"

"성로가 부산 변호사 생활 정리하고 제주도 내려와서 거의 매일 만나다시피 했거든. 함께 만난 친구들이 있었는데, 만나면 좀 머리 아프다, 말귀를 잘 못 알아먹겠다는 반응이 많았어. 너, 성로 변호사하고 만나면 말 알아먹어지나? 이런 식이었지."

한기평이 즉답을 피했기 때문에 다음 말을 기다렸다.

"두 가지가 있어. 하나는 말을 함축해서 하는 거. 또 하나는 굉장히 이상적이라는 것. 그러니까 그걸 이해해야만 대화가 통하는 거지. 성로 말고도 다른 검사 친구가 있었어. 행정, 사법고시를 모두 합격한 친구였지. 근데 굉장히 현실적이라. 그래서 내가 성로를 더 좋아했지. 법조계 문제점들도 얘기하면서. 거기에 안착 못 하는 것도 이해가 되고. 성로가 현직 변호사였기 때문에 말이 더 실감 나고 재미있었지."

"이 변호사의 이야기를 알아듣는 유일한 친구였다는 뜻이군요."

김수남이 외교적으로 리액션했다.

"그런데 자기가 법률 공부한 것에 후회를 많이 하는 눈치였어. 나는 성로가 단 하루도 행복하게 산 것을 못 본 것 같다, 그게 안타깝다, 성로가 죽고 나서 그런 말을 친구들에게 했지. 그래서 내가 되돌아봤는데……."

그 순간 한기평이 담배를 피워 물었다. 학교 연구실에서 담배를 피워도 되는지 의문이 들었다.

"고등학교 때 담임 선생님을 많이 원망했던 거 같았어. 사학이나 철학 정도 하지 않을까, 그렇게 생각했었지. 근데 얘가 법대에 갔단 말이야. 그래서 내가 나중에 물어봤어. 그때 시골 고등학교는 지금과 달라서 서울법대 가는 게 로망이었거든. 학교 선전하는 데 서울법대에 몇 명 담았냐, 이거였거든. 담임 선생이 얘가 머리도 좋고 1등 하니까, 그쪽으로 원서를 쓰라고 밀어붙인 거라."

"그럼 대학에 들어가서도 함께 어울렸던 거네요?"

"나는 경희대 입학했고. 그래서 서울로 올라갔는데, 성로는 대학 다니다가 해병대에 입대했거든. 제대한 지 얼마 안 돼서 고시에 합격했을 거야. 당시 나는 재경학우회니 대학생 연합회니 활동을 꽤 활발하게 했고, 걔는 서울법대 갔으니까 고시 공부하라고 내버려 뒀어. 공부하는 애들은 빼야 하잖아. 걔들 일 시키고 끌고 다녔다가 나중에 무슨 원망을 들으라고. 특히 고시 공부하는 애들은."

한기평은 리더십이 있어서 조직을 만들고 운용하는 능력이 뛰어났다. 대학생 시절부터 서울에서 출세했다는 소리를 들었을 정도였다.

"사실 성로가 고시 공부하는 낌새는 나도 전혀 눈치채지 못했어. 그랬으니까 일찌감치 군대에 가버렸겠지. 근데 성로가 큰아들이고, 서울법대 들어갔으니까 어머니 기대가 컸을 거 아니야? 그래도 영감님 소리 한번 들어보는 게 소원이었겠지. 어머니가 자꾸 고시 고시 하니까 그러면 한번 보겠다고 결심했던 것 같아. 고시 합격했으니 만나야지 했을 때는, 애가 사법연수원에 들어간 상태였고, 초임지는 서울 북부지청. 성적이 좋았다는 얘기지."

북부지청으로 발령받은 이성로는 검사가 된 뒤에도 튀는 행동을 했다. 출퇴근 때마다 자전거를 타고, 도시락을 손수 싸서 다녔다. 사법연수원 시절부터 이런 독특한 성향 때문에 중매쟁이가 접근하지 않았을 정도였다.

"언젠가 한번 제주도 다니러 와서 만났는데, 검사 못해 먹겠다 이러면서, 너는 서울 같은 넓은 데 살 것 같았는데 제주도 왜 내려왔느냐고 묻더라고. 내가, 장남이라서 그랬다, 사업 실패한 아버지 대신 장남이 집안을 챙겨야 할 거 아니냐,

나도 유학 준비하다가⋯⋯."

제주도에서 수재 소리를 듣던 사람이 낙향한 이유가 부모 때문이라는 점이 놀라웠다.

"장남이란 게 하는 일 없이 괜히 어깨만 무거운 자리라. 그러다가 얼마 없어서 성로가 내려왔다고 전화가 온 거야. 그사이 해남지청 거쳐 부산지검에 있었지. 육지 생활 청산하고 제주도에 변호사 사무실 개업하겠다고 내려왔으니까 개소식 할 때 친구들 집합시키고 신경 써줄 수밖에 없잖아. 처음에는 변호사 일에 의욕이 있는 것 같았는데, 것도 오래가질 않더라고. 만나서 하소연도 듣고. 제주도 내려온 뒤로는 거의 맨날 만났지."

"결혼은 어떻게 하게 된 겁니까?"

"중앙로에 나사로 병원이라고 있었어. 당시에 꽤 큰 병원이었지. 그 와이프가 부산대학 출신 산부인과 의사로 거기 다니고 있었어. 나가 제원아파트 살 땐데, 그 바로 앞집이 나사로병원 관사였거든. 그때 오다가다 인연을 맺은 모양이라."

서른네 살이었으니 다소 늦은 결혼이었다. 두 부부의 부인은 말이 잘 통하고 아기 나이까지 비슷해서 친하게 지냈다. 날 잡아 서귀포 바닷가에 차 한 대로 놀러 가기도 했다.

"부인은 지금?"

"남편 비명횡사한 제주도에서 살아지겠나? 고향으로 돌아가부럿주."

이성로는 변호사 사무실 출근하는 길에 항상 서점을 들렀다. 인생론, 철학, 역사책들이 중구난방으로 뽑혀 올라왔다. 웬만한 향토사학자 저리 가라 할 만큼 제주도의 옛이야기에 파묻혀 지낼 때도 많았다. 쏘나타 승용차 트렁크나 뒷자리에 온갖 책들이 어지럽게 흩어져 있었다.

그러자 후배 변호사들이 이성로에게 일 좀 열심히 하라고 넌지시 조언하는 경우가 많았다. 재판 변론하러 갈 때면 자료를 막 두껍게 쌓아서 과시하듯 들고 오는데, 이성로는 '누런 서류봉투 하나 딸랑 들렁' 법원에 왔다. 제주도에서 수임 꼴등 변호사라는 법조계 분석 결과도 나왔다. 그래서 한기평이 물었다.

"야, 너 왜 그러냐? 재미없어도 그걸로 돈 벌어 좋은 일도 하고. 너 좋아하는 노무현 같은 인권 변호사 하려면 돈도 있어야 할 거 아니냐. 제주도 인권 변호사 좀 해줘라. 몇 년만 수임 많이 맡고 돈 하영 벌어서······."

바로 한기평의 말허리를 자르고 이성로가 반박했다.

"야, 한 교수. 3학년 대학생들에게 한 학기에 레포트 두 개

정도 내야 할 때 다섯 개 내면 그거 부실하겠나, 안 하겠나? 변호사도 마찬가지라. 일을 많이 맡으면 그만큼 무책임하게 된다. 그럼 수임 맡긴 사람에게 피해가 간다."

이성로 변호사 사무실 옷걸이를 보면 풀지도 않고 둥글게 말린 넥타이가 그대로 걸려 있었다. 법원에 갈 때만 그대로 조여 묶고 갔다. 법원에서 나오면 항상 티셔츠에 청바지 차림이었다. 술자리나 다른 장소에 가도 변호사로 알아보는 사람이 없을 정도였다.

"아닌 게 아니라 변호사 사무실도 몇 번 문 닫았어. 나 이거 치와버리겠다고. 문 닫고 놀면서 지내고 싶다고. 그래서 너 솔직히 지금 하고 싶은 게 뭐냐 물었지. 뭐라도 해야 할 게 아니냐고."

"나도 너처럼 사범대학 교수나 할 걸 변호사 잘못해진 거 닮다." 하고 이성로가 대답했다.

"그러니까 나도 고민이 생길 거 아니? 얘가 뭔가 해보고 싶다고 의욕을 보인 게 최초니까 꽤나 신경이 쓰였지. 야, 좀 알아보자. 그렇게 해서 우리 사회교육과 헌법 강의를 맡게 되었어. 자격은 돼. 고시 합격자니까. 한 학기쯤 했나. 경 되니까 맨날 더 만나게 돼분 거 아니? 졸지에 내 연구실이 아지트가 됐지. 책도 엉뚱한 책만 빌려 가곡. 그렇게 자주 만나니까 얘가 무슨 생각을 하는지 알아지겠더라고."

이성로는 한국을 떠나고 싶어 했다. 이유는 밝히지 않았다. 어느 날 그가 한기평에게 미국 이민을 가자고 정식으로 제안한다.

"너야 법 전공이니까 미국 가면 어떻 살아지겠다마는, 나는 거기서 어떻게 살라는 말이냐. 실업자 되지 당장 뭐 해지나? 그랬더니, 걱정 마라는 거야. 자기가 다 대책을 마련해 놨다면서."

김수남이 계속 말하라는 듯 고개를 끄덕였다.

"자기가 돈을 댈 테니까 내일부터 자동차 정비 기술 배우자, 이러는 거라. 기술 배우면 되지 뭐가 걱정이냐. 나도 이디서 지긋지긋한 법 미국까지 가서 할 맘 없다. 정비 배워그네 기술로 먹고살면 될 거 아니냐. 미국은 그게 가능한 나라다. 옛 어른 말 틀린 거 하나 없다. 기술 배워야 산다."

한기평은 피식 웃음이 터졌다. 엉뚱하기로는 제주도에서 따라올 자가 없었다. 그러나 가볍게 넘기기에는 표정이 너무 진지했다. 충동적인 생각이 아니라 오랜 시간 고민한 흔적이 보였다. 얼떨결에 마음이 동해서 두렁청하게 동의했다. 그래, 친구 따라 미국 한 번 가보자. 순간 가족 얼굴이 스치듯 지나갔다. 그래서 '와이프의 허락을 득한 후'라는 조건을 붙여서 말끝을 얼버무렸다.

한기평 역시 대학이 싫었다. 이상으로 생각했던 대학이 아니었다. 군부독재 시대라 대학 안에 정보기관 사무실이 상주하고 있었다. 내가 뭐 하러 여기까지 왔나 회의가 들었다. 고향에서 후진 양성을 해야겠다는 포부가 모두 헛꿈으로 느껴졌다. 밖에서 재야운동하는 것에 꼬투리 잡혀 괴롭힘 당하기도 했고, 대학에서 정식으로 행정처분도 받았다. 다들 자신을 잡아먹지 못해 난리를 쳤다.

"경허니까 나도 이민 가버리고 싶었지. 젊을 때는 어딜 가도 죽을 거 같지는 않잖아. 서른 후반이었으니 무서울 것도 없었고. 와이프는 즉답을 피하고 좀 생각해봅시다 이러고. 주위에선 이건 뭐 개 풀 뜯어 먹는 소리도 아니고, 너무 난데없고 무책임하다는 반응이고. 지금 생각해보면 그때 이민 가부렀으면 야이 살릴 수 있지 않았을까, 그런 생각이 들기도 하지. 그래서 미국 가자는 얘기가 지금까지 잊혀지지 않는 거라."

한기평은 제주도 시민운동 1세대로, 활동 초기에는 제주 사회의 거물이라 평가받던 인물이었다.

"나가 제주대학 시간강사 시절부터 재야 일을 했어. 여기 1982년에 내려왔는데, 그때 서울에서는 민주화니 뭐니 떠드는데 제주도에는 변변한 단체 하나가 없더라고. 나하고 행정학 쪽으로 시간강사 온 사람하고 확 만들어불자 합의했지. 전임 발령을 받고 나서도 가방에 사직서 쓰고 학교 댕겼어. 나가 오래 갈 것 같지도 않았고. 의미도 없고 그럴 때니까. 그럼 성로하고 이민 갈까, 그런데 집에서 반대하고. 그럼 제주도라도 일단 뜰까. 나도 그럴 때니까 걔 심정이 충분히 이해되었지."

남이 볼 때는 서울법대 출신 변호사라는 부러운 직업이었다. 그러나 정작 이성로는 법조인을 싫어했고, 법조계 일에 회의를 느꼈다. 돌이켜보면 법조인들의 승부욕과 소영웅심 때문이었다. 그것이 변호사 간판을 수도 없이 내렸다가 올리게 만들었다. 1994년에는 제주도청 행정심판위원회 활동을 했고, 그 이듬해부터는 아예 사무실 간판 내리고 법률구조공단 변호사로 들어앉았다.

"그래서 내가 거꾸로 제안했지. 너 미국에 갈 생각일랑 접어버리고 영 해봐라. 제주대학교가 시시해 보여도 너 여기서 석박사 과정만 밟아불라. 너 가르치는 거 좋아하니까 교수 해라. 근데 한 학기 했나, 두 학기 했나. 날 찾아와서 기평 아나 안 하켜, 그러는 거라. 야이씨, 돈 들여놓고 왜? 제주대 완전 웃긴 대학이다. 그래서 뒤로 알아봤더니, 하 씨발, 교수들이 강의 시간 되면 강의 치와불고 술이나 먹자 해분 거라. 그러니까 한 학기 두 학기 지나 생각해보니까 공부한 건 하나도 없고. 헌 건 술 먹은 것밖에 없다 이거라. 야, 아무리 그래도 내가 돈 잘 버는 변호사도 아닌데 무사 나한테 술 사라는 거냐. 나 죽어도 못 허켜 허드라고."

한기평은 이런 이성로가 안타까웠다. 둘이 만나면 아맹해도 우리가 시대를 잘못 타고 태어난 거 같다, 하소연이 이어졌다.

"내가 밖에서 재야 일 할 때 거의 대표를 하게 될 거 아니야. 정보기관에서 금방 은팔찌 채워버리지 않을 사람은 신부, 교수 정도였지. 게난 맨날 우리 같은 사람들이 방패막이 대표가 된단 말이야. 지금 재야에서 유명한 임루피노 신부, 우리 친구라. 우리가 탑동에서 무슨 궐기대회 하면 것도 돈 천만 원 이상 들잖아. 유인물 인쇄해서 선전해야 허는데 현금을 안 가져가면 재야 일은 안 내쳐줘. 외상이 불가능해. 내일 당장 일을 벌여야 하는데 돈 딱 떨어져서 막 당황스러울 때가 있어. 그러면 어디 가서 빌려와야잖아. 그거 갚다 보면 집에 돈을 못 가져 간다고. 그런데 그런 걸 정보기관 같은 데서 눈치챘다고. 재정적으로 힘든 걸. 나를 사회적으로 매장시키려고 검은돈을, 서울에서도 인권 변호사들 많이 당햇주게."

"정보기관에서 독 바른 돈이 들어온다는 말씀이지요?"

"그렇지. 이걸 안 받으면 단체 수뇌부는 자기 부담금이 커지니까 받자고 난리고. 저쪽에서는 최종적으로 정책위원장 겸 대표인 내 수령 사인을 요구한다고. 이거 뒤에 뭐가 있는 거 아니냐. 내가 죽으면 죽었지 못한다. 이건 못 받는다. 그게 친구 관계를 빙자해서 빙 돌아 들어올 때도 있어. 이거 받으면 바로 은팔찌 채이는 거야. 아이고 나 피 팔고 하지, 이건 못 한다 버틴다고."

그러던 어느 날 이성로가 시크하게 웃으면서 누런 봉투를 내밀었다. 내용물을 확인하고 피식 웃음이 터졌다. 그때를 회상하는 한기평의 표정이 행복해 보였다.

"막 꼬깃꼬깃한 헌 만 원짜리라. 수표도 아니고."

"나 죽기 전에, 목에 칼이 들어와도 말 안 허젠. 나 믿엉 받아서 재야 일 보는 데 보태 쓰라."

이성로가 코트 깃 세우고 비밀 접선하듯 주변을 경계하면서 말했다. 한기평이 범 도민회 제주도 개발특별법 반대 운동 대표로 활동하던 때였다.

"야, 너 아맹해도 집에 너무 피해를 주는 거 같다. 생활비도 못 갖다 주고. 내가 그동안 육지에만 있어서 잘 몰랐다.

나보다 일찍 제주도 내려와서 도와주는 친구 하나 없이, 외롭게 재야 일 하는 걸 내가 이제야 알게 됐다. 나는 그런 일을 적극적으로 할 수가 없고, 그런 성격도 아니고, 너를 돕는 길은 이것뿐이다. 기분 나쁘게 생각하지 말고 이것 좀 받아써달라는 거라."

"이 변호사가 체질적으로 앞에 나서는 걸 좋아하지 않았단 말인가요?"

"한 30분 실랑이하다가 그걸 받은 게 내 재야단체 일하면서 최초라. 나가 그때 말했지. 영 하지 말고 같이 일하자. 그래도 애는 그런 일에 나서질 안 해. 자기 기량이 그런 쪽이 아니란 것을 잘 알고 있어. 가끔 만나면 요새 무슨 투쟁을 하는지 과정이 어떤지 묻기도 하고. 나한테 영 말앙 정 해보민 어떵허코, 조언한 적은 있었어. 같이 단체 일을 하지 못했던 이유가 그거라. 야이는 정치 성향을 드러내지 않았어. 어느 당이다 뭐 이렇게 정해놓은 것도 없었고."

"신문에서 읽은 기사가 떠오르네요. 다소 내성적인 성격에 자기주장이 분명한 편이라고."

"이 변 고집 아무도 못 꺾는다. 와이프 말도 안 들어. 옛날 공부할 때도 누가 간섭하면 아예 연필을 분질러버리는 아이라. 뭐든 맘이 내켜야 스스로 하는 타입이지. 한번 시작하면

끝을 봐야 하는 성격이고. 한번 물면 안 놓을 정도로 집요한 측면도 있곡."

"리더가 되는 것은 자기 능력 밖이라고 생각하는 타입. 교수님과는 정반대의 성격이었군요."

"그게 우리를 친하게 만들었겠지. 서로 너무 다른 점이 많았으니, 부족한 점도 채울 수 있고. 내가 사람들과 어울려 떠들기를 좋아했다면, 성로는 정적인 사색가였지. 책 보는 거 좋아하고. 뭔가 현실에서 한 30cm쯤 떠 있는 듯 이상적인 걸 좋아했으니까. 경허난 친구들이 성로가 현실감각이 떨어진다고 손가락질했던 거고."

그러다가 한기평은 새로운 제안을 받게 된다. 1997년 후반이었으니 이성로가 살해되기 두 해쯤 전의 일이었다. 새로 선출된 총장이 한기평을 전격 발탁했다. 삼고초려 하면서 찾아왔으나 학교 보직 같은 건 안 한다, 재야 일로 바쁘다며 뻗대었다.

"대학 신문사 주간 교수를 해달라는 거라. 자기를 비판해도 달게 받겠다. 신문사 글자 한 자도 타치 안 하겠다. 나를 까도 좋다. 서약서를 쓰라면 쓰겠다. 대학 개혁을 신문사를 통해서 해달라. 총장 맨날 때려도 좋다. 이렇게 말하는데 거부할 수가 있나."

막상 신문사를 맡고 보니 엉망이었다. 일주일에 한 번은 발간해야 대학 신문사 모양새가 갖춰지겠는데, 역량이 부족했다.

"그러니까 내가 엄청 바빠졌지. 퇴근하면 성로 만날 시간도 없어진 거고. 새벽 두 시까지 있었던 게 다반사였으니까. 시스템이 제대로 안 갖춰져서. 나가 맨날 바쁘다고 하니까 성로가 신문사로 찾아와 가지고. 내가 일하는 걸 보고, 다음부터 연락을 안 한 거라. 경해그네 개랑 연락이 뜸해졌지."

"기다렸다가 술 한잔해도 되잖아요."

"애 성향이 남 신세 지거나 피해 주는 것을 좋아하지 않거든. 어디 불편한 자리는 아예 가질 않아. 조금이라도 불편해하는 것 같으면 자기가 자리를 먼저 뜨지."

그러던 어느 날 이성로가 한기평에게 전화를 했다. 새벽 다섯 시쯤 되었을 때였다. 신제주캐피털이었다. 후배가 하던 술집이라 둘이 자주 다니던 곳이었다.

"너 새벽 다섯 시에 무사 거기 있나?"

"나 어젯밤부터 지금까지 혼자, 주인도 나 믿고 가랭해뒁 새벽까지 혼자 노래책 이거 다 불럿져. 너 쯤 일루 와보라. 해장국이라도 한 그릇 먹게."

한기평이 주섬주섬 옷을 챙겨 입고 집을 나섰다.

"반은 장난인 줄 알았지. 가 보니까 진짜 그 큰 술집에 혼자, 주인 없이, 노래책 갖고 처음부터 끝까지 부른 거라. 그래서 너 많이 외로웠구나. 집에도 안 들어간 거냐? 물었지."

어느새 어스름이 깔리기 시작했다. 재떨이에는 담배꽁초가 수북이 쌓여 있었다.

"막걸리나 한잔하러 가지. 오랜만에 옛날얘기를 하니 싱숭생숭하구먼."

한기평이 외투를 걸치면서 말했다.

11 참회의 밤

   신제주에서 빈대떡 잘하는 '부추에파전' 막걸릿집이었다. 지금은 두 파로 나뉘었지만, '속에천불'이 생기기 전까지 제주도 좌파의 소굴이라는 명성을 구가하던 곳이었다. 한기평은 '부추에파전'을 고수했다. 만나기 불편한 사람들이 대다수 '속에천불'파로 전향했기 때문이다.

   "성로가 가만히 있으면 좋은디, 김성랑이 패거리하고 맨날 붙어 다닌다고 하더라고. 공무원 치와불고 탑동에서 냉동 공장 하는 친군데, 주먹깨나 쓰고 덩치도 크지. 나이도 갑장이고. 경해도 내가 성로와 자주 못 만나니까 다행이다, 생각하고 있었지."

드디어 사건 기사에 나오는 사람이 등장했다. 김성랑이라면 이성로가 살해되던 날 늦게까지 술을 함께 마신 친구였다. 김수남은 다음 인터뷰를 그와 잡아야겠다고 마음먹었다.

"그 무렵 성로가 일도 지구 아파트로 이사를 했거든. 제원아파트에 계속 살았으면 좋았는데, 그 와이프가 뭔가 촉이 있었던 것 같애. 이사 간 다음에 못 보잖아. 어떻게 지내나 궁금하던 차에 퇴근해 보난 우리집을 방문했더라고. 집사람이랑 식탁 중앙에 케이크 놓고 이렇게 앉아 있었어. 그래서 잠깐 다니러 왔나 했지."

"진짜 오랜만입니다."

한기평이 인사를 건넸다.

"당신한테 부탁할 게 있어 오셨다는데 저한텐 말을 안 하니까 한 번 들어봅서."

한기평 부인이 중재에 나섰다.

"요새 성로씨 못 만나시지예?"

이성로 부인이 물었다.

"뭐 별것도 아닌 일에 바빠가지고."

"그래도 제주도 안에서 유일하게 말을 듣는 사람이 기평씨 같아서 제가 염치 불고하고 찾아왔습니다."

"무슨 일 생겼습니까?"

"그게 아니고. 요새 밖에서 술 마시고 새벽에 들어와서 쓰러져 자는 일이 막 잦거든예. 무슨 일인지 물어봐도 대답도 시원찮고……."

돌이켜보면 한기평은 그 순간 이성로에게 무슨 불길한 일이 일어날 거 같다는 느낌에 사로잡혔다.

"성로가 불교에 관심 있는 것 같으니까 육지 사찰 순례 댕기면서 조언 좀 해주고 마음도 추스르게 해달라는 거라. 자기가 여행 비용 다 댈 테니까 그래 주면 안 되겠습니까, 허는 거지."

"꽤 구체적인 제안이었군요."

김수남이 맞장구를 쳐주었다.

"무슨 말씀인지 감은 잡힙니다마는, 이 변호사 걔는 막 함부로 행동하고 그럴 애가 아닙니다. 자기 꺼 딱 지키는 친구니까 너무 걱정은 마십서. 무슨 사정이 있어서 그런 거지, 가정을 벗어나거나 그렇질 못합니다게. 안심시켰어. 성로 만난 지 오래됐고 하니까, 무슨 생각하는지 만나서 얘기를 들어보겠다고."

"여자 문제가 있었다는 뜻으로 들리는군요."

김수남이 유도 심문하듯 물었다.

"게메, 나도 잘 몰르크라. 와이프가 경 나설 정도면 여자 문제가 아닐까 넘겨짚은 것뿐."

한기평은 바로 이성로에게 전화를 걸었다.

"너도 전화할 때가 있구나."

이성로가 전화를 받았다.

"야, 인마. 너 보고파 전화한 게 아니고 너 좀 만나야겠다. 너랑 나랑 자주 갔던 캐피탈. 거기에서 기다릴 테니까 다섯 시까지 오라."

한 시간이 지났는데도 이성로는 나타나지 않았다. 캐피탈 주인이 아는 후배라 망정이지, 멀뚱히 혼자 앉아 있기가 여간 뻘쭘한 게 아니었다.

"누구 기다렴수과?"

가게 주인이 물었다.

"이디서 이 변호사 만나기로 했어."

"여기 안 나타난 지 오래 됐수다. 탑동 쪽에서 자주 보인다고 헙디다."

화가 나서 나가려는데 이성로가 들어왔다. 다른 친구들과 우르르 몰려 들어오는 것이었다. 김성랑 패거리였다.

"야, 너 인마. 늦은 시간도 아닌데 술 취해서 정신 있는 거냐. 너 언제부터 영 사람이 변했나. 약속도 안 지키고. 변호사 일도 있는데 영 술 처먹고 다니면 되나. 소식 없어서 잘 지내는 줄 알았지, 이렇게 초저녁에 술 처먹고 난장 치멍 돌아다니는지 몰랐다. 오늘은 대화 못 하게 생겼으니까 며칠 내로 만나자. 할 얘기가 있다."

이성로 부인의 부탁대로 전국 사찰 여행을 제안할 생각이었다. 며칠 동안 연락이 없었다. 그렇게 여름 방학이 지나가고 어느덧 늦가을로 접어들었다.

"보통 대기업들 보면 제주도 관광차 연수 와서 프로그램에 강연 몇 개 끼우잖아. 그걸 부탁받아 가지고 서귀포 보목리에 아침 아홉 시 강연이 잡혀 있었어. 11시 반쯤 학교 도착해서 복도 걸어가는데 조교가 달려오면서 한 교수님, 이 변호사님이 죽었답니다, 이러는 거라."

하늘이 무너지는 소리였다. 그 말을 듣는 순간 한기평은 다리에 힘이 풀렸다. 복도 벽에 간신히 기대서 물었다.

"죽었다는 거냐?"

"예게."

"자살이냐?"

순간적으로 자살했다는 생각이 왜 드는지 의아했다.

"아닙니다. 칼에 찔려 죽……."

머릿속에 현기증이 일면서 눈앞에 새카만 장막이 내리깔

렸다.

"부리나케 현장으로 달려갔어. 김성랑이가 단골로 다니는 오리엔탈호텔 바 바로 옆이었던 것 같애. 내용인즉슨 거기서 새벽 두 시까지 술 먹고, 차에서 시체로 발견된 거라."

한기평은 이성로 부인과 제주대학교 병원을 찾아갔다.

"그때 수사관들이 하는 얘기가 차 안에서 찔린 것 같다는 거야. 내가 그게 맞다고 생각한 이유가 성로는 술 먹고 차를 놓고 가질 않아. 얘는 택시 타고 집에 갈 줄을 몰라. 꼭 자기 차는 몰고 가야 해. 야 걱정 마라. 나 음주 운전 안 한다게. 술 먹엉 차에 타. 차 타그네 막 책 읽어. 그러다 술 깨면 운전해서 가는 거라. 그날도 차에서 책을 읽거나 그랬을 거 같아. 불 켜놓고. 옛날 습관 그대로라면 말이지."

그러나 범인은 오리무중이었다. 한기평은 후배 정 변호사를 찾아갔다. 서울대 출신으로 오랜 검사 생활을 한 후배였다.

"형사 놈들, 범인이다 찍어주면 뛰어강 잡을 줄이나 알지, 대갈빡 나빠 가지고 범인 못 잡을 것 같다. 너 검사 오래 했잖아. 그러니까 니가 좀 잡아주라."

"아, 형님 걱정맙서. 범인 잡읍니다게. 지금 차장 검사가 성로 형 고시 동기 아닙니까. 그걸 그냥 내버려두쿠가, 잡지.

수사본부에 몇 번 알아봤는데 잡젠 혈안이 돼 있으니까, 호끔만 더 기다립서. 형님은 전문가도 아니멍 그디 강 섞어불지 말고 고만히 계십서. 잡아냅니다. 꼭 잡아냅니다."

이성로는 사법시험 24회 합격자로 추미애, 김진태, 홍진표 등과 동기였다. 그렇게 몇 개월이 지났을 즈음, 한기평은 다시 정 변호사를 찾아간다.

"너 이 새꺄, 잡아낸다며 이거 뭐야. 수사본부 해체할 판인데."

한기평이 눈이 뒤집혀 정 변호사를 다그쳤다.

"그럼 형님하고 나하고 우리 둘이 어떵해봅주. 형님이 추정하는 거 다 고라봅서."

정 변호사와 한기평은 이 변호사가 자주 다니던 술집에도 가보고, 주인을 만나보기도 했다. 이렇게 해도 안 되고, 저렇게 해도 되지 않았다. 추정만 난무할 뿐이었다. 그러는 사이 사건 발생 1년이 지나 수사본부가 해체되었다. 한기평은 사건 발생 직후에 정 변호사와 움직이지 않은 걸 후회했다. 그가 범행 가능성으로 든 것은 크게 두 가지였다.

첫 번째 추정. 술집 여자 놓고 기둥서방과 신경전을 벌이다가 죽임을 당했다.

"성로는 술집에 가면 앉는 자리가 정해져 있어. 대화하는 거 좋아해서. 대신 낯을 많이 가려서 새로운 사람과 얘기도 안 허고 잘 사귀지 못해. 혼자 술 먹으러 가도 낯선 여자한테는 눈길도 주지 않아. 어떻해그네 안면 있는 여자가 앉으면 가이 하고만 대화하고. 뭐 흑심이 있어서 그런 게 아니고. 이걸 남이 볼 때는 보통 사이가 아니다, 오해해서 우발적으로 질투 감정이 생겼을 수는 있겠지."

의심받은 여자는 두 명이었다. 김성랑과 자주 드나들었던 오리엔탈호텔 희카페 종업원과 신제주 연동의 로그인카페 여주인이었다. 희카페는 살해되던 날 새벽까지 술을 마신 곳인데, 딱히 대화를 자주 하던 여자가 있던 것은 아니었다. 다음으로 연동 로그인카페 여주인을 찾아갔다. 이성로가 김성랑과 헤어진 다음 3시 12분까지 세 번이나 전화를 걸었던 여자였다. 겉으로는 3차로 술을 한 잔 더 하려는 것처럼 보였다.

"신제주 로그인카페에 가 보니까, 그 주인이 사건 나고 육지로 떠났다고 해. 집이 인천인데, 바로 간 건 아니고 다섯 달 뒤엔가. 혹시 여주인한테 진짜 애인 따로 있지 않았느냐 물었더니, 제주도에서 술 도매상 크게 하는 놈 이름이 나오는 거라. 둘의 관계가 그렇고 그랬다고. 그 남자가 술집도 차려주고 각별했다고. 가이가 호남 출신이주게. 이 새끼가 깡패 시켜 가지고……, 우리도 별의별 추정 다 해봤어. 정 변호사에게, 뒷조사 좀 해봐라, 제주도 유지니까 이 새끼가 카바해분 거 아니냐? 후배 시켜서 딲아분 거 아니냐? 나가 이, 별거 다 해봤어. 근데 아무것도 안 나왔어."

다음으로 한기평은 이 변호사의 검사 재직 시절 담당했던 사건과 변호사 수임 건에서 원한을 살 만한 사항을 검토했다. 그러나 이성로는 제주도에 변호사 사무실을 내면서 이렇다 할 사건을 맡지 않았다. 다만 검사 재직 시절 일부 단서가 포착되었다.

"성로가 두 번째 임지로 전남 해남지청에 부임햇주게. 그디서 형사부장네 서장네 정치하는 놈들 다 뒤엉켜가지고 소왕국처럼 부정을 저질러 놓은 게 있으니까 애가 전격 구속시켜분 모양이라. 서장하고 몇몇 사람들을. 그디 국회의원까지 개입해서 막 휘저어버리니까, 투쟁하다가 사표를 던졌다는 말도 있었고. 그때 그 새끼들이 감옥에서 나와그네 보복한 거 아니냐. 나도 별의별 거 다 해봤어. 이거 조사해봐라. 이렇게 해봐라. 근데 나한테 그런 법적 권한이 주어져 있는 것도 아니고, 전문가도 아니고. 그러다가 오늘날까지 영 돼버린 거지."

이성로가 해남지청 검사로 재직한 시기는 1987년 6월 10

일부터 1988년 8월 25일까지였다. 그 후 부산지검으로 발령받았다.

"그렇게 검사 때 사건, 변호사 수임 건, 주변 인물, 여자관계, 예금계좌까지 탈탈 털었는데도 나오는 게 없었어. 김성랑 패거리하고 연결돼서 이게 무슨 꼴이냐고. 괜히 신철구하고도 엮이고."

"신철구 도지사 말인가요?"

얘기를 계속 듣던 김수남이 깜짝 놀라 소리치듯 물었다.

"사실 나도 굉장히 궁금했거든. 신철구 지사 선거 캠프에 있는 것 같다는 소문이 들리더라구."

"1998년 6월 제주도지사 선거 말인가요?"

"내 추정이 크게 틀리지 않다면 말이야. 성로가 죽기 전 마지막으로 함께 술 먹은 김성랑, 걔가 원래 조천읍 신촌이 주게. 신철구가 신촌 출신이잖아. 걔하고 엮여서 선거 캠프에 들어간 게 아닌가 했지."

"그렇다면 이 변호사가 법률 자문을 맡았다는 얘기네요? 변호사가 캠프에서 할 수 있는 게 그거밖에 없잖아요."

"김성랑과의 관계 때문에 그렇게 되지 않았을까, 그 정도 추정은 할 수 있지."

"그러니까 이 변호사가 특정 캠프에 이름을 올린 게 이례

적이었다는 말씀이잖아요."

김수남이 다시 한번 확인하듯 물었다.

"예선에 말이야, 성로가 쫌만 더 적극적인 성격이었다면 범 도민회 법률 자문 변호사를 맡았을 거야. 성로는 그렇게 뭘 나서서 하는 스타일이 아니야. 대신 옳고 그름은 굉장히 엄격하게 따지지. 어떤 유혹이 와도 아예 그런 쪽은 쳐다보지도 않는 캐릭터라. 걔는 적당한 선이라는 게 없어."

그러더니 술에 점점 취하는지 나지막이 읊조렸다.

"1954년생, 73학번, 고향은 서귀포 대포. 먹돌새기가 집, 아방은 선생. 근데 지금 어승생 아래 시립 공동묘지에 묻혀 있어. 거기 묻힌 유일한 변호사라. 그게 날 슬프게 한다고 시팔. 저 위 아흔아홉골에 말이여. 시립 공동묘지에 묻혀 있다고!"

한기평의 목소리가 점점 커졌다.

"친한 친구가 죽었을 때의 느낌은 어땠습니까?"

"걔 묘지 가서 흙 덮을 때까지 실감 나지 않더라고. 엊그제까지 분명히 봤고 만났는데. 묻을 때 눈물이 왈칵 쏟아졌지. 딸이 요만해서 아버지가 죽었는지 뭔지도 모를 땐데, 막 웃으면서 뛰어다니잖아. 여기서 까마귀 울고. 저디에는 보름달만 한 해 떠 있고. 야 이거이 인생인가. 개 같은 세상, 엉터리 사기꾼 기회주의자 놈들이 잘 나가고, 제대로 바르게 사는 사람은 일찍 죽어불고. 하늘도 참 무심하지."

한기평이 다시 담배를 피워 물었다. 그러더니 자세를 고쳐 앉았다.

"성로가 더 살았더라면, 나름대로 역할을 많이 했을 텐데. 나도 안타깝지만, 당사자인 이놈은 또 얼마나 억울할까. 그렇다고 범인이 잡혀 답이 나온 것도 아니고. 얘가 만약 죽지 않고 살아 있다면 나와 뭔가 하고 있었을 거다. 나 혼자 하기 힘든 일, 걔 혼자 하기 힘든 일, 서로 도와가며 살맛 나는 제주도 만들려고 이리 뛰고 저리 뛰고 했을 텐데. 안타깝고, 안타깝다. 진짜 안타깝다!"

김수남은 그런 한기평의 모습을 보며 술이나 진탕 마시자는 생각이 들었다. 과연 나에게도 그런 친구가 있을까. 그런 것들을 되돌아보게 하는 밤이었다.

12   갈등과 대립의 섬

월요일 아침 신문사는 대형 악재로 몸살을 앓고 있었다. 그간 제주 사회의 갈등이 한꺼번에 터져 나온 느낌이었다.

먼저 '제주 제2공항 도민 공청회'가 제주시민회관에서 예정되어 있었다. 보름 전 서귀포시 도민 공청회는 찬반 측의 고성과 욕설이 난무하는 가운데 파행을 맞았다. 이날 찬반 양측의 토론이 끝나고 방청객 중 한 고등학생이 소신 발언을 하자, 찬성 측에서 융단폭격 같은 고성과 막말을 퍼부었다. 반대 측은 자기의 의견을 개진하는 청소년을 조리돌리는 것은 집단 폭행이며 학생 인권을 무시한 처사라고 반발했다.

다음으로 MBC '피디수첩'에서 방영한 제주 쓰레기 필리핀 수출 논란이 등장했다. 국제협약까지 위반하며 재활용 불가능한 한국 생활 쓰레기 6,300톤을 필리핀에 수출했고, 이중 반송된 1,200톤이 제주산 압축 쓰레기로 밝혀지자 제주 사회는 충격에 휩싸였다. 오전에 제주시장과 원세륜 도지사의 입장 표명이 도청에서 예정되어 있었다.

또 하나는 도의회 임시회로, 천리마워터 증산안 처리 토론이 잡혀 있었다. 《삼다일보》 주말판에는 천리마그룹 청원서와 노조의 공개서한이 전면 광고로 실렸다. 바로 앞면에 친재벌 성향의 상공회의소 임원의 인터뷰를 배치해서 《삼다일보》의 입장을 에둘러 드러냈다. 기사를 빙자한 유사 광고 형식이었다.

이 세 개의 큰 이슈 중 제2공항 공청회와 쓰레기 문제는 정치부와 사회부 기자에게 각각 배당되고, 천리마워터 증산 건은 김수남에게 협조 요청이 들어왔다. 도의회로 향하던 중에 전화가 울렸다. 막 오라오거리를 지났을 때였다. 유선 전화였는데 관공서 전화번호 같았다.

"제주지방검찰청입니다."

김수남은 비상 깜빡이를 켜고 골목길로 들어갔다.

"이성로 변호사 피살 사건 경찰 수사 기록 열람을 신청하셨는데요, 맞습니까?"

"예."

"혹시 관계가 어떻게 됩니까? 가족이십니까?"

"《삼다일보》 기자입니다."

"저희가 자체 검토한 결과 가족이 아니면 열람이나 복사가 어렵다고 결론 내렸습니다."

"다른 방법은 없습니까?"

"유가족의 위임장, 인감증명서, 신분증 사본, 주민등록초본, 사건 번호를 가지고 검찰청에 방문하시면 가능합니다."

검찰청 직원은 사무적으로 통보하고 전화를 끊었다. 역시 자물쇠가 걸려 있다. 난감했다. 가족과 연락을 하자니 면목이 서지 않았다. 경찰이 재수사해서 범인을 잡겠다고 나선 것도 아니고, 기자가 신문 기사를 내겠다는 거라 유족을 설득할 자신이 없었다.

허겁지겁 차를 세우고 보니 먹돌새기 인근이었다. 그래, 경찰 수사가 잘못되었으니 그걸 꼭 참고할 필요는 없다. 사건 관계자들이나 친구를 만나 인터뷰하고 틈새를 파고들면 된다. 그것을 따라가다 보면 경찰의 수사 중 허점을 잡아낼 수 있을지도 모른다.

천리마그룹은 지난해 11월, 월 3천 톤에서 6천 톤으로 지하수 증산 신청을 했다. 원세륜 도정은 이를 받아들였지만, 도의회 환경도시위원회는 심사를 보류했다.

그러나 올초 환경도시위원회가 증산안을 수정 가결한 게 모든 갈등의 시초였다. 1일 20톤, 월 600톤을 증산해 주기로 입장을 바꾼 것이다. 이로써 1996년 이래 월 3천 톤이었던 생산량이 월 3,600톤으로 상향될 가능성이 높아졌다. 증산안은 마지막 관문으로 본회의의 표결 처리만 남겨둔 상황이었다.

본회의장에 들어서자 바로 개회 선언이 시작되었다. 고희수 도의장이 정면 발언대에 섰다.

"저는 기업의 이윤 추구 속성을 잘 이해하고 있고, 그러한 사기업을 미워하지도 않습니다. 오히려 제주도와 기업이 상생하길 적극 염원하는 사람입니다. 그러나 지하수 문제만큼은 단호한 결단을 내릴 수밖에 없습니다."

제주대학교 학생회장 출신의 강성파에, 초선 도의원 시절부터 천리마그룹과 시시콜콜 대립각을 세웠던 고희수였다. 도의회에서도 86세대의 초심과 야성을 잃지 않은 몇 안 되는 도의원으로 평가받고 있었다.

"천리마워터는 1984년부터 월 3천 톤 취수 허가를 받아 지하수를 가공하여 생수 시장에서 막대한 이익을 챙겼습니다. 2012년 기준 140억 원의 매출액을 올린 천리마가 납부한 원수 대금은 9,460만 원인 반면, 매출액 1,440억 원의 삼다수는 28억3,200만 원입니다. 지난 십수 년간 천리마는 원수 대금, 수질 개선 부담금 등을 포함하여 총 판매액의 3.8%만을 세금으로 지불해 왔습니다. 판매 이익의 절반 이상을 지역사회에 환원하는 삼다수와는 현격한 차이를 보이고 있습니다."

지방공기업인 제주개발공사는 삼다수 수익금으로 공공임대주택 보급 사업을 진행하고 있었다. 최근에는 청년층과 취약 계층을 위한 행복주택사업도 추진 중이었다. 또한 장학재단을 설립해 매년 수십억 원씩 장학금을 지급하고, 탐라영재관과 탐라하우스를 운영하여 제주 출신 수도권 대학생들의 주거비 부담을 덜어주고 있었다. 100% 정규직에, 지속적으로 신규 채용을 늘려 양질의 일자리 창출에 기여한 부분도 남달랐다.

"이 대목에서 저는 특정 사기업의 엄청난 이윤 창출에 도의회가 왜 동의해야 하는지 되묻고 싶습니다. 그런데도 원세류 지사는 1일 100톤 증산 동의안을 제출했고, 1/5로 깎긴 했지만 결국 환도위마저 1일 20톤 증산에 동의하고 말았습니다. 집행부나 도의회가 과연 어떤 저의에서 이런 정치적 결정을 내렸는지 참으로 답답한 심경이 아닐 수 없습니다."

그간 제주도정이 보수적인 지하수 정책으로 일관한 것은 사실이나, 원세륜 도정은 천리마워터 증산에 사실상 찬성 입장을 보였다. 2011년부터 지속적으로 시도된 증산 요청이 반려된 이유는 제주도청이 아니라 제주도의회의 반대 때문이라고 보는 게 타당했다. 허나 이번에는 일부 민주당 도의원이 증산 불허 입장을 번복하는 바람에 고희수는 위기의식을 느낀 게 분명했다.

"저는 지하수의 증산 허용에 앞서 사기업의 제주 지하수 개발이 타당한지 원점 검토해야 한다고 과감히 제안합니다. 지하수 판매 총액 대비 원수대가 너무 미미하다는 점에서 향후 제도적인 보완도 시급하다고 생각합니다. 또한 천리마 그룹이 제주도민에게 이익을 환원하고 사회에 공헌할 의무가 있다고 분명히 지적하고 싶습니다. 그런데도 농민들을 볼모로 지하수 증량을 요구하는 것은 제주도를 무시하고 도민을 우습게 보는 처사라 아니할 수 없습니다."

천리마항공은 신선도가 생명인 제주도의 월동채소 출하

시기에 대형 항공기를 중형기로 바꾸고, 운항을 감축하는 등 농업인들의 애간장을 태우고 있었다. 지하수 증산 문제를 월동채소 운송 문제와 연계시킨 비열한 전략이었다. 이번 천리마워터 증산 찬성 단체 리스트에 농민단체 이름이 오른 이유도 그것 때문이었다.

"저는 천리마그룹 청원서의 본회의 상정 여부에 대해 법제처와 여러 법률 전문가에게 자문을 구했습니다. 그 결과 이 청원서 상정이 '의장의 고유 권한'이라는 답변을 받았습니다. 이 자리에서 분명히 경고합니다. 안건 상정 여부에 대해 이해 당사자인 일개 사기업이 왈가왈부하는 것은 월권행위이므로, 천리마는 당장 여론전을 중단해야 할 것입니다."

연설은 끝을 향해 달려가고 있었다. 고희수가 목청을 더 높였다. 그 순간 카메라 플래시가 터지기 시작했다. 이로써 천리마그룹의 하루 20톤 증산안은 본의회 상정이 보류될 가능성이 커졌다. 본의회 표결 자체를 원천적으로 봉쇄해버린 것이었다.

❖

임시 본회의가 끝나고 도의회의 분위기를 취재했다. 도의원들은 여러모로 생각이 많은 표정이었다. 그중 환경도시위원장이 가장 불편한 심기를 드러냈다.

"직권 상정 보류가 의장 고유 권한이긴 하나 환경도시위의원들과 논의 없이 결정하겠다는 점은 매우 유감입니다. 도의장은 영웅이고 의원들은 역적이란 말입니까? 지금 고희수 의장이 너무 독주하고 있어요."

다른 환도위 의원이 옆에서 한마디 거들었다.

"여야 원내대표가 상임위 결정을 따르기로 합의했는데, 상임위는 물론 전체 의원의 의견도 들어보지 않고 직권 상정 보류하겠다는 것은 절차상으로 하자가 많습니다. 이건 독재입니다."

그러나 환경도시위원회를 제외하고는 대부분 안도의 한숨을 내쉬는 분위기였다. 일부러 과장하여 도의장에게 불만을 표출하는 제스처를 취했지만, 속으로는 다행이라 생각하는 듯 보였다. 그것은 본회의 표결로 갔을 때 '기명투표' 원칙에 따라 누가 찬성했는지 그대로 밝혀지기 때문이었다. 까딱했다가는 제주 지하수를 팔아먹은 놈이라는 꼬리표가 붙는 것이다. 그것은 다음 지방선거에서 적잖은 부담으로 작용할 것이었다. 천리마 역시 누가 반대하는지 눈에 불을 켜고 지켜볼 터였다. 이러지도 저러지도 못하는 난감한 입장이었다.

그 순간 다른 의원이 조심스럽게 입을 열었다. 다음 수를 내다보는 분석이었다.

"보통 의장을 역임하면 차기 선거에 출마하지 않는 게 도 의회 관례입니다. 선거에서 자유로운 고희수 의장이 동료 의원들의 정치적 부담을 덜어주기 위해 총대를 멨을 수도 있습니다."

❖

화장실에 들렀다가 도의장을 만났다. 고희수가 손을 내밀 어 악수하려다가 찔끔 한발 물러섰다. 그러더니 세면대로 가서 손을 씻었다.

"의장님, 천리마 로비가 대체 어느 정도입니까?"

"이거 오프 더 레코드입니다."

"꼭 지키겠습니다."

"그야말로 고립무원이야, 내 처지가. 원세륜 도정이야 원 래 천리마 편이지만 천리마 로비에 뼈가 녹아난 도의원들 까지 모두 한통속이 되었어. 민주당 의원들조차 믿을 수 없 다고. 표결을 붙였다가는 증수안이 그대로 통과할 확률이 높아.”

“도의원들에게 어떻게 로비하고 있습니까?”

“다음 선거 정치자금 만들어주고, 자식들 천리마에 취직시켜주겠다는 거지 뭐겠어.”

손을 다 씻은 고희수가 시크하게 웃으면서 말했다.

“이것이 내가 도의회에서 해야 할 마지막 임무야. 지하수 공수화 개념은 우리 제주도민이 끝까지 지켜내야 할 중차대한 가치일세. 제주도의 물을 사기업에 팔아먹을 수는 없지. 자네라도 기사 제대로 써서 힘을 보태주게.”

13   독불장군

다음 날 김성랑에게 전화를 걸었다. 한마음병원에 아내 진료가 잡혀 있다면서 잠깐 시간을 내겠다고 했다. 열시쯤 그가 차를 몰고 약속 장소로 들어왔다. 둘은 병원 밖 벤치에 앉았다.

"뭐가 궁금한 거죠?"

"선생님이 마지막으로 이성로 변호사와 술 드신 분이잖아요."

김성랑이 선글라스를 벗었다. 멋깨나 부리는 60대가 분명했다. 재력도 있고, 자식들 시집 장가 다 보내고, 가끔 골프 치러 가고, 해외여행도 종종 다니는 여유로운 삶으로 보였다.

"우리 회사가 저기 사라봉 쪽에 있었는데, 그때는 토요일에도 은행 문 열었거든. 4일 날 금요일이었을 거예요. 왜냐면 전날 술을 마시면 다음 날 회사 거의 안 가는데, 직원들 급여 내 쳐야 했거든. 아침 일찍 전날 파킹해 놓은 차 찾아 회사로 올라가는데,《제주일보》근무하던 강 모한테서 전화가 온 거라. 우리 군대 동기놈인데, 그 친구도 이 변호사하고 친했으니까."

"강 모씨가 뭐라고 했습니까?"

"사회부 기자가 살인 사건을 취재했는데 정황상 꼭 성로 같다는 거야. 그 말 듣는 순간에 운전할 수가 있나. 차 세워 놓고 한참 있다가 회사에 가서……. 그거 외에는 특별한 기억이 없어요."

"이성로 변호사와는 어떻게 친해진 겁니까?"

"제주북고 동창이었으니까. 이 변이 그리 친했던 친구가 별로 없어요. 한기평이, 나, 그리고 몇몇 사람밖에는. 그 당시 이 변하고는 거의 매일 만나다시피 했죠, 매일. 신변잡담 하고 노래하고 술 마시고. 성로가 당시에 수입이 없었지만, 와이프가 개원의였으니까. 그러다가 그 사달이 난 거죠."

"한기평 교수 얘기로는 신철구 캠프에서 활동하셨다고……."

"신철구 지사가 나 신촌 고향 선배라. 신 선배가 93년에 임명직 관선 도지사로 왔다가 95년에 초대 민선 지방선거에 나왔잖아요. 그때 '먹고 보자 부갈비, 찍고 보자 신나게'라는 신바람 슬로건 걸어서 도지사 당선되었는데, 그때 내가 캠프에 깊숙이 관여하고 있었죠."

"그 슬로건을 선생님이 만들었습니까?"

당시 부중근에게는 뜯어 먹을 게 많다는 의미로 '부갈비'란 별칭이 붙어 있었다. 김성랑은 긍정도 부정도 하지 않았다.

"그런데 당선된 뒤 내가 신철구한테 얘기했던 부분이 잘 관철이 안 돼서 더 이상 못 하겠다고 하고 나왔죠. 이후에는 사업에 전념하다 보니까 더 소원해졌고."

"1998년 선거에는 관여하지 않으셨단 말인가요?"

"솔직히 말씀드리면 95년 선거 끝난 다음에 내가 신 지사한테 이런 얘기를 했어요. 선거 캠프에 무보수로 도왔던 애들이 있었거든. 걔들을 어떤 식으로든 좀 도와줘야 한다. 당신의 권한 내에서, 합법적인 범위 안에서 챙길 것은 챙겨줘야 한다. 그렇게 자금도 운용하고 조직도 살려놔야 나중에 당신이 또 이길 거 아니냐. 어쨌든 신철구 같은 사람이 정치를 오래 하는 게 좋겠다 생각해서 한 충언이었지. 나는 회사를 운영하고 있으니까 됐고, 걔들은 차기 선거까지 끌고 가야 한다. 그랬더니 뭐라고 한 줄 알아?"

김수남이 계속하라는 듯 고개를 끄덕였다.

"성랑아, 내가 잘하면 될 거 아니냐, 내가 방향 잘 세워서 도민에게 이득 되는 방향으로 도정을 이끌면 될 거 아니냐, 이러는 거예요. 물론 맞는 얘기지. 맞는 얘긴데, 그건 이상일 뿐이고."

"그 후로 선거에 계속 패했잖아요."

"몇년 전인가 만났는데, 지나간 회한이랄까 소회를 얘기하더라고. 야, 성랑아. 니 말 좀 들을걸. 그때까지는 사회의 때가 덜 묻어서 신 지사도 자기 이상을 좇았던 건데, 이상과 현실은 엄연히 다르지. 정치판이란 게 말이야. 사실 부중근이나 김태오 모두 신 지사가 만들어놓은 기틀 위에서 빨대 꽂고 빨아먹었잖아. 그런데 신 지사는 졌고, 부중근은 이겼거든. 결과적으로 아무것도 아닌 게 돼버렸지."

"98년 선거에서 이성로 변호사가 신철구 캠프에 있었다는 증언을 들었어요. 선생님이 신철구와 가까우니까 인연이 만들어졌을 거라고 하던대."

"나는 잘 몰라. 나도 그 이후 신철구와 담쌓았거든. 후배들 사재 털어서 밥 사주고 술 사 멕이면서 도지사 만들어놨는데, 그렇다고 큰 특혜를 바란 것도 아니고. 그렇게 조직을 꾸려가라고 조언했는데 얘기를 안 들어서……. 내가 한 번

도우면 됐지, 두 번 도울 이유는 없다. 그래서 98년 선거는 아예 쳐다보지도 않았지."

"정말 선생님은 이 변호사가 신철구 캠프에 있었다는 사실을 몰랐나요?"

"이 변호사가 직접 말해준 적이 없었으니까."

"뉘앙스를 풍긴 적도 없었단 말입니까?"

"그런 거 전혀 없었어요. 서두에도 얘기했지만, 어떤 목적이나 의도를 품고 만난 친구가 아니라서. 그냥 소주나 한잔 마시는 정도였으니까."

"그렇다면 마지막으로 함께 갔던 탑동 오리엔탈호텔 희 카페는 어떤 술집이었습니까?"

"조그만 카페. 호텔에 붙은 좌석 서너 개 있는 카페인데. 조인숙이라고 옛날부터 알던 아가씨가 그걸 오픈해서 우리한테 오빠, 오빠 허멍 전화했었거든. 가끔 지나가는 길에 들러 입가심하는 정도. 들리는 말로 서울로 시집가서 잘살고 있다고. 걔하고 이 변하고 사적 관계는 없었고. 거기도 내가 소개시켜 데려갔으니까."

"신제주 쪽 로그인카페는요?"

"그랜드호텔 건너편에, 주인 마담 사장이 동국대를 나온 여자라. 동대 나온 친구가 소개해서 몇 번 다닌 정돈데, 이

변이 거길 자주 들렀다는 얘길 들었어요. 나는 스타일이 안 맞아 설러부렀고. 특별한 건 없었어. 애정 관계라거나 그런 건 전혀 느끼지 못했지."

"그럼 그날 탑동 희카페는 우연히 간 겁니까?"

"그냥 들른 거죠. 그때는 신제주가 그리 활성화가 안 되었을 때였으니까. 탑동에서 술 마시고 노래 부르다가 간단히 맥주나 한잔하러 들른 건데, 둘이서만. 그렇게 마주 앉았는데, 지금도 기억이 생생해. 거기가 대로변에 하나, 호텔 로비 쪽에 하나, 문 두 개가 있었거든. 나는 카운터 쪽에 앉았고 성로는 바다 방향으로 이렇게. 서로 마주앉아 술을 마시다가 성로가 일어서 가지고 밖으로 나가면서 인사하는데 그 특유의 웃음이 있거든. 씨익 웃으면서, 내가 어, 가. 그랬지. 그게 끝이야. 아직도 시크한 웃음이 눈에 선하지."

"한기평 교수 말로는 술 마시면 책 읽고 했다는데, 사망 즈음에는 술을 너무 많이 마셔서 집에 와서 거의 쓰러질 정도였다고?"

"내 느낌으로는 와이프하고 좀 소원한 것 같았어. 만나면 꽤 오래 술을 마셨으니까."

"그때는 신제주 제원아파트에서 일도 지구로 이사 간 상황이잖아요."

"미스터리야. 성로가 무슨 원한을 살 그런 성격도 아니고, 다들 억측이 구구했죠. 저쪽 해남인가 강진인가 검사로 있을 때 비리 때문에 형사과장 옷을 벗겨 가지고 그 친구가 앙심을 품은 게 아니냐. 심지어는 와이프가 흉기 때문에 오해를 받기도 했어. 보통 그냥 쓰는 칼이 아니더라고. 부검에서 밝혀진 건데, 폭이 좁고 길고 가는 흉기라고."

"폭 1.8cm, 깊이 9.6~9.7cm로 일정한 크기의 자상이었다고."

"뒤에서 누가 불러 몸을 돌렸을 때 찔려서 본능적으로 왼팔로 막았는데, 왼팔을 뚫고 들어갔다는 거라."

"전문가의 소행 같아요. 칼도 다른 것 같고."

"이건 절대로 우발적인 게 아니다. 순식간에 찔려서 한두 걸음 쫓아가다가 폐가 당하니까 차에 들어와 앉아서 절명했다. 폐가 찔리니까 숨도 못쉬고 바로 죽었다. 단시간에 그렇게 할 정도면 이건 아마추어 소행이 아니다."

폐가 아니라 심장이었다. 부검 결과 공식적으로 알려진 것이었으나 아무래도 상관없다고 생각되었다.

"저도 동의합니다. 동네 불량배나 양아치는 아니죠. 칼이 일정 깊이로 똑같이 들어갔다는 게 중요하죠."

"아마추어는 절대로 그렇게 못 해. 흉기도 일반적으로 쓰는 회칼이 아니었고. 옛날에 산부인과 의사들이 그런 메스를 썼다고. 그래서 성로 마누라가 의심받았던 거고. 우발적이 아니라면, 원한이나 청부 이런 식으로 좁혀질 수밖에 없거든. 그런데 대상이 너무 광범위해서 누군가 내가 죽였소, 하고 자수하지 않는 이상 영영 묻혀버리는 거지."

"칼잡이들이 쓰는 사시미칼도 아니라는 겁니까?"

"부검해서 나온 결과가, 사시미보다 더 좁고 길고 예리한 칼인데, 사실 일반인들은 찌르려고 해도 잘 들어가지가 않아. 몸무게를 실어 위에서 아래로 찍지 않으면. 그런데 그렇게 찔린 상처가 아니었거든."

"다른 얘기입니다만, 부중근이 98년 선거에서 신철구의 결벽증을 전략적으로 이용한 것 아닙니까? 한때 가까이에서 모셨으니 잘 아실 거 아닙니까?"

"그럴 수도 있지. 둘이 평생 라이벌이었으니까. 중앙에서도 기획처와 농림부 출신으로 성향이 완전 달랐어. 도청에 통합 기자실이 있었다고. 거기에서 기자들과 정책 토론 같은 걸 하거든. 신철구는 아는 것도 많고 깊이도 있으니까 화기애애하다고. 신문 헤드라인 뽑기도 좋고. 근데 무식한 부지사가 들어가면 고성이 난무하고 큰소리가 나거든. 그렇게 해놓고 저녁 먹으면서 술 한잔하잖아. 그런데 나올 때는 정

반대의 상황이라. 신철구는 막 싸우면서 나오고, 부 지사는 어깨동무하며 형님 동생 하면서 나온단 말이야. 둘의 스타일이 그렇게 차이가 났지. 신철구가 똑똑하긴 한데, 사람이 모든 걸 가질 순 없으니까."

"살갑지 않았다는 말이잖아요. 그래서 주변에 사람이 없는 거고. 요새 신철구 지사는 조용한 거 같습니다. 인화동 쪽에서 사모님과 자주 보인다는 얘기가 나돌던데."

"신철구 선배 얘기가 원칙적으로는 맞아. 내가 열심히 하면 도민들이 알아준다. 근데 그건 교과서에 나오는 이야기이고. 정치는 부중근이가 잘한 거야. 여기저기 빨대 꽂고 슈킹해서 그렇지. 지금 부 지사나 김태오나 주체할 수 없을 정도로 돈이 많다고 해. 철구 형은 자식 농사 잘 지어놨으니까 자식들이 먹여 살릴지 모르겠지만."

"들리는 말로는 98년 선거 끝나고 부중근의 정치 보복이 심했다고 하던데요."

"이병찬이라고 신철구 수행 비서였던 사람이 있어. 근데 부중근 당선되고 나서 외곽지 떠돌다가 겨우겨우 사무관 승진해서 명퇴했고. 신 지사에 대해 더 알아볼 거면 정영진이라고, 돌산 개발했던 삼오종합건설 사장. 철구 형 사는 아파트도 영진이형 거였고. 신철구 선배와 엮여서 우병호한테 구속당해 가지고 고생깨나 했지. 지금은 재기했지만. 그런 사람 한둘이 아니야."

"또 누가 있었습니까?"

"신 지사를 도왔던 사람은, 사업을 하든 어떤 사람이든 잘된 사람이 없어. 나야 뭐 중간에 이건 아니다, 나와서 적당히 발을 잘 뺀 편인데. 당시 아스콘 포장 같은 것을 하던 친구가 있었어. 천리마건설과 연결돼 가지고. 신철구가 도지사 되면서 천리마하고 사이가 안 좋아졌거든. 그 선배가 신철구에게 상당한 배신감을 느꼈다고 해. 그렇게 자기 사재 털어가면서 선거 도왔는데 천리마와 관계가 틀어지니까 자연히 원망이 생기지. 천리마가 주변 인물들을 응징해서 신 지사를 고립시켰거든. 신철구와 엮여서 잘된 사람이 없어."

"천리마와 신철구 사이가 그렇게 나빴습니까?"

"그거야 제주도 사람이라면 다 알고 있는 사실 아닌가?"

그 순간 김수남의 뇌리를 스치고 지나가는 것이 있었다. 신철구가 삼다수를 만들었을 때, 천리마가 위협을 느끼고 부관 취소를 요구하는 소송을 제기했다. 바로 그때 이야기였다. 혹시 그것과 관련 있는 것은 아닐까. 1993년 재허가 당시 월 6천 톤으로 늘었던 취수량이 1996년에 3천 톤으로 줄었다. 1993년이면 부중근 지사 때이고, 1996년은 신철구 지사 임기 중이었다.

"선생님 말씀대로 신 지사 주위에 있던 사람들은 어째 결말이 안 좋습니다."

"다 피 봤지. 곱게 남은 사람이 한 명도 없어."

"신 지사님도 그런 걸 보면서 회한이 많으셨겠네요."

"보아하니 자네도 신 지사 만나러 갈 거 같은데, 아직 인터뷰 전인가?"

"그래야 할 것 같습니다만."

"신철구 지사는 딱 데드라인을 깔고 대해야 해. 저 사람은 안 되는 건 안 되는 거야. 나까지도 부중근처럼 논공행상을 해야 하나? 내가 열심히 하면 도민들이 알아줄 건데. 그렇게 말하는 사람이야. 언론에서 비판했듯 독불장군이지."

"마지막으로 하나만 더 묻겠습니다. 이성로 변호사가 선생님과 헤어진 것은 2시쯤이고, 신제주 로그인카페에 전화를 건 것은 새벽 3시였는데."

"걔가 술을 마시면 좀 걷거든. 신제주에 술 마시러 간다고 해놓고 슬슬 그 근방을 걸었을 거야. 가이가 자존심이 세서 남에게 술 취한 모습을 잘 보이려 하지 않거든. 나하고 헤어지고 나서 술기운이 많이 올라왔을 거야. 나도 그날 꽤 취했으니까."

14 제주판 3김 시대

　이성로 변호사 피살 사건이 일어나기 두 해 전, 한국 정치는 대격변기를 맞았다. 1997년 제15대 대선에 김대중이 당선되면서 역사 이래 최초로 여야 정권 교체를 이루어냈다. IMF가 결정적 원인이었고, 신한국당 경선에 불복한 이인제가 국민신당 후보로 출마하여 이회창의 표를 상당 부분 뺏어간 것도 영향을 끼쳤다. 이는 중앙의 정치 개편만이 아니라, 지방 정치판의 변화를 예고했다.

　1998년 6월 예정된 지방선거에 맞춰 제주도 정계도 발빠르게 돌아가고 있었다. 신철구가 그해 2월 21일, 부중근이 3월 7일 입당했기 때문에 새정치국민회의 후보 경선이 사실상 제주도지사를 결정하는 본선이라 해도 무방했다. 새누리당은 약세를 면치 못하고 있었으므로 경선에서 이기면 본선 승리는 떼어 놓은 당상이었다. 두 사람은 '경선 승복'에 합의하고, '무소속 출마 금지'라는 신사협정을 체결한 상태였다.

❖

새정치국민회의 경선을 하루 앞둔 1998년 4월 29일, 현직 도지사 신철구는 중문관광단지 내 신라호텔에 발이 묶여 있었다. 중국 국가 부주석 후진타오가 중국 관광객의 여행 자유지역으로 지정하기 위해 제주도를 찾았기 때문이다. 공식 만찬을 끝내고, 이도동 경선 대책 상황실에 도착한 시각은 밤 10시를 막 넘겼을 때였다.

신철구는 새정치국민회의 후보가 되지 않고선 이번 선거에 승산이 없다고 판단했다. 경선을 앞두고 아흔아홉 명의 대의원을 일일이 찾아간 것은 지역 대의원 100% 투표 방식이기 때문이었다. 불현듯 다시 한번 지지를 호소해 볼 생각에 휴대전화를 꺼내 들었으나 전화를 받는 사람이 없었다. 아뿔싸, 불길한 예감이 들었다. 그 순간 며칠 전 제주경찰청장에게서 걸려 온 전화가 떠올랐다.

"부중근 쪽에서 호텔 같은 데다 대의원을 전부 합숙시켜서 장난치려는 것 같습니다. 확인해보시고 대책을 세워야 합니다."

잘 모르는 사람이고, 안면도 없는 사람이었다. 단지 전라도 출신에 유도가 특기인 신임 경찰청장이라는 소문만 들었던 터였다. 후진타오와의 회담에 집중하느라 한 귀로 듣고 흘려버린 게 화근이었다.

노골적으로 부중근을 편드는 대의원뿐만 아니라 다른 사람에게 전화를 걸어봐도 마찬가지였다. 뒤통수를 맞은 느낌이었다. 운전수에게 가까운 곳부터 대의원의 집으로 차를 몰게 하고, 전화를 돌렸다. 그러나 대문 앞에서 돌아온 답변은 남편이 아침부터 연락이 안 된다는 것뿐이었다. 자정까지 그렇게 찾아다녔지만, 아무도 만날 수 없었다.

이튿날인 4월 30일, 제주시민회관에서 새정치국민회의 제주도지사 후보 경선이 열렸다. 본 행사가 시작되기 한 시간 전, 신철구는 시민회관에 도착해 있었다. 뒤이어 대의원들이 나타났다. 그렇게도 찾을 수 없던 이들이 검은색 세단에서 네 명씩 무더기로 내렸다. 40~50명의 대의원이 동시에 입장한 것이었다.

그 순간 교통정리 하듯 대의원을 질서정연하게 시민회관으로 인도하는 젊은 청년이 시선을 잡아끌었다. 검은색 양복을 입은 그는 날렵한 동작으로 현장을 진두지휘하고 있었다. 제주대학교 학생운동권 출신에, 국회의원 보좌관으로 정계에 입문한 자였다.

※

"그가 바로 양대석이었네."

"이번에 민주당 제주도지사 후보로 나와 원세륜과 붙었던 양대석 말입니까?"

김수남은 신철구를 인터뷰하기 위해 커피숍에 앉아 있었다. 일도주유소사거리에 위치한 커피숍이었다.

"자네는 이번 선거를 어떻게 평가하고 있나?"

"민주당 후보 양대석의 깜냥이 부족했던 게 가장 큰 문제였지요. 지사님이 경선에서 이겼다면 이토록 참패하지 않았을 겁니다. 패했어도 근소한 차이였을 거라 생각합니다."

신철구가 고개를 끄덕였다. 박근혜가 탄핵당하고 나서 문재인 정부의 인기가 하늘을 찔렀다. 민주당 깃발만 꽂아도 당선된다는 말이 회자될 정도였다. 이번 선거에서 영남을 제외하고 민주당이 유일하게 패배한 곳은 제주도였다. 그것도 10% 이상의 표차로 참패했다.

"이유를 무엇이라고 생각하나?"

"민주당 경선이 너무 소모전이었고, 인물론에서 원세륜에게 밀렸다는 말이 나도는데요, 제 생각은 좀 다릅니다. 양대석이 부동산 회사 임원에, 땅 투기 의혹 등의 하자가 많았음에도 민주당 수뇌부가 양대석을 경선에서 밀었기 때문입니다. 구시대의 상징인 부중근이 양대석 뒤에 있다는 소문이 도민의 심기를 건드렸던 것도 사실이구요. 그래서 민주당 지지자들마저 원세륜에게 표를 던지게 된 거지요."

"중앙당에서는 다른 식으로 해석하더군. 민주당 경선에서 패한 나의 선거 캠프가 원세륜 조직으로 흡수됐다고 분석하던데, 어떻게 생각하나?"

"그런 식의 해석이 문제라는 겁니다. 왜 자신들의 잘못을 인정하지 않고 남 탓을 하는지 모르겠어요. 민주당 중앙당이 제주도민의 여론을 제대로 파악하지 못한 겁니다. 물론 후보님 측 선거 캠프 몇몇이 원세륜에게 넘어갔을 수도 있습니다. 그러나 양대석이 경선에 이긴 순간 본선 패배는 예정되어 있었어요. 자신들이 후보를 잘 못 뽑은 과오를 인정할 수 없으니까 후보님 선거 캠프로 책임을 덧씌운 것이지요. 희생양이 필요했던 겁니다."

"그래도 초반에는 양대석의 인기가 좋지 않았나?"

신철구가 이렇게 짧은 문장으로 물어보는 것은 일종의 통과의례라 할 수 있었다.

"문재인 정부의 청와대 비서관 출신에 젊은 정치인이었으니까요. 다 문재인 정부의 후광에서 기인한 겁니다. 저도 그렇지만, 외지 출신 유권자 중에 거개가 처음에는 양대석을 지지했습니다. 묻지마식 지지였지요. 제주도야 원래 궨당이네 뭐네 해서 고정표가 있잖습니까? 처음에는 두 후보가 비슷했는데, 결정적으로 판세를 뒤집은 것은 외지 출신 제주도민의 표였죠."

"현재 제주도 유권자 중 20%가 외지인이라고 하니까. 정확한 통계는 없지만 10만 표 가량으로 추산하고 있네. 그 정도면 당락에 결정적인 영향을 끼칠 수 있지."

"그들은 혈연 지연 학연이 없고 이해관계도 없으니 정책이나 당에 따라 후보를 선택하지요. 그러나 인사 검증에 들어가면서 민주당 지지자들조차 양대석에게서 등을 돌렸습니다. 양대석이란 뒤가 구린 후보를 내세운 민주당에도 원망이 많았지요. 그것이 지지율 하락으로 이어졌던 겁니다."

"양대석을 제주 정치판에 데뷔시킨 사람이 부중근이야.

둘이 도지사, 도의장 해먹을 때 제주도가 급속도로 망가졌어. 양대석은 부중근을 정치적 아버지라 불렀을 정도야. 이번에 양대석이 패하면서 부중근의 정치생명도 끝났다고 봐야 옳지. 어부지리로 원세륜이 도지사가 되긴 했지만. 이것이 자네들이 말하는 제주판 3김의 종말이 아니겠는가.”

“저는 양대석이 되면 부중근 같은 괴물이 다시 탄생하지 않을까, 생각했습니다. 그럼에도 새누리당 색깔이 강한 원세륜에게 표를 주고 싶은 생각은 없었지요. 이게 선거판의 딜레마 아닙니까?”

“98년 제주도지사 선거도 똑같았네.”

“그 선거가 제주 사회의 중요한 변곡점이 되었지요.”

“변곡점이라면?”

계속 선문답을 던지던 신철구가 흥미롭다는 듯 되물었다.

“제주도가 본격적으로 망가진 것은 1998년 선거 이후 부중근 도지사 시절이라고 생각합니다. 부중근의 장기 집권 토대가 만들어진 것도 그 선거였죠. 그 암흑의 시대가 제주 사회에 끼친 폐단은 말도 못 합니다.”

“구체적으로 어떤 것이지?”

“공무원 줄세우기야 그렇다 쳐도, 도민들이 노력하여 뭔가를 이룩하려 하지 않고 아부와 연줄을 우선시한 것이지요. 이를테면 그들만의 리그가 되어 그 안에 매몰되었단 말입니다. 그것은 경쟁 상대, 자기편에 서지 않는 사람, 외지인, 이런 것들에 대한 배타성이나 공격성으로 드러났지요. 그러니까 '조직을 배신하면 죽음이다'는 말이 나왔겠지요. 제주도가 '조배죽'의 세상이 되어버린 겁니다."

"그렇게 평가해주니 고맙군. 그럼, 98년 경선 이야기를 계속해볼까?"

그 순간 김수남은 사전 검증에 통과했다고 확신했다. 그것은 자신의 이야기를 곡해할지 제대로 쓸 사람인지 확인하는 노회한 정치인의 검증 과정이었다.

❖

시민회관에는 암운이 드리워져 있었다. 그렇다고 내친 일을 포기할 순 없었다. 신철구는 대의원들에게 새로운 제주 시대의 비전을 추진하게 해달라고 간곡히 호소했다. 이어 부중근의 경선 연설이 시작되었다.

"제주도지사가 되면 김영삼 대통령을 모시고 열심히 하겠습니다."

부중근의 발언에 경선장은 삽시간에 웃음바다가 되었다.

김대중을 김영삼이라고 잘못 말한 것이었다. 신철구는 대통령 이름도 헷갈리는 부중근을 향해 쯧쯧 혀를 찼다.

"나중에 알아보니까 양대석이가 행동대장 노릇을 아주 요망지게 했더군. 당시 새정치국민회의 대의원이 99명이었잖아. 서귀포가 집인 대의원은 제주시 호텔에, 제주시가 집인 사람은 서귀포 호텔에 집단 합숙을 시켜버린 거지. 여자 대의원들은 빼고 말이야. 휴대폰 다 반납받아서 배터리 분리해 놓고. 전날 오후부터 부어라 마셔라 했던 거야. 술이 덜 깨서 다음 날 경선장까지 술 냄새 풀풀 풍기고 얼굴 벌건 대의원들이 많았으니까."

99명의 선택은 명료했다. 1명의 무효표를 제외하고 64대 34. 신철구의 완패였다. 패배가 기가 막혀 말을 잇지 못하는 참모와 울음을 터뜨리는 지지자에게 신철구는 일일이 악수하며 씁쓸하게 위로의 말을 건넸다.

"이성로 변호사가 나를 찾아온 것은 바로 그 직후였네."

15 　마지막 퍼즐

"이 변호사가 제 발로 찾아왔다구요?"

혼란스러웠다. 한기평이나 주변 인물들의 증언을 종합하면 이성로는 현실 정치와 거리를 두었을 뿐만 아니라, 대외 활동에 일절 참여하지 않았다. 앞에 나서서 주장을 펼치거나 특정 정파에 속하기를 저어했다.

"한기평 교수도 함께였지."

"좀 더 자세히 설명해 주시겠습니까?"

"정의감에 불탔었지."

"정의감이라구요?"

'정의감'이란 말이 실감 나지 않아 머릿속에서 기름처럼 둥둥 떠다녔다.

"내가 여기에서 정의라는 말을 꺼내는 이유는 따로 있어. 사실 나는 이성로 변호사와 안면이 없어요. 그런데도 나를 찾아왔단 말이야. 그전에 제주도정과 인연이 있긴 했지. 도지사 소속 행정심판위원회에서 민간인 위촉 위원으로 활동했더군. 그런 것 티 내는 친구가 아니었으니까 나도 나중에 알게 되었지."

"변호사 업무에는 관심이 없었던 모양이군요."

"변호사 자격이 있었기 때문에 도에서 위촉했던 거야. 이후 법률구조공단 변호사로 활동했고. 제주대학교에서 학생들을 가르치기도 했지."

"제 얘기는 돈을 벌려고 아등바등하는 변호사가 아니었단 뜻입니다."

"그건 분명했지. 이 변호사는 새정치국민회의 부정 경선 때문에, 나를 돕겠다고, 아무 연줄이나 관계도 없는 사람을 찾아온 거지. 그때 깨달았어. 아, 정의롭게 사는 사람이겠구나."

자신을 찾아와서 정의롭다는 말보다 부정 경선 때문에 정의감에 사로잡혔다는 표현이 정확했다. 자신은 선이고 상대방은 악이라는 이분법적 사고가 귀에 거슬렸다. 이런 단정적인 언어 습관 때문에 주변에 적이 많고, 사람이 떨어져 나갔을 것이다.

"외람된 질문입니다만, 주변 사람들 얘기로는 이성로 변호사가 현실 정치에 관심이 없었다고 합니다만."

"누가 그러던가?"

"한기평 교수와 김성랑씨."

"둘 다 아는 사람이지. 그렇게 볼 수도 있어. 그러나 기억에는 분명 오류가 있게 마련이지. 하지만 나는 이성로 변호사가 찾아온 그날을 잊을 수 없네. 그는 분노하고 있었어."

"분노했다구요?"

샵(#). 해시태그 하나가 더 추가되었다. 정의감, 분노.

"분명히 새정치국민회의 경선 직후에 이성로 변호사와 한기평 교수가 제 발로 우리 캠프에 찾아왔어. 나를 돕고 싶다고."

이상한 일이었다. 한기평은 자신이 신철구 선거 캠프에 참여했다는 얘기를 입 밖으로 꺼내지 않았다. 김성랑은 선거에서 관심을 완전히 거둔 상태라 신철구 캠프가 어떻게 돌아가는지 몰랐을 수도 있다. 그러나 이성로가 죽기 전날까지 술을 마셨던 김성랑이 이성로가 신철구 캠프에 몸담고 있었다는 사실을 몰랐다는 거나, 이성로가 신철구 캠프에 들어간 이유가 김성랑 때문이었다는 한기평의 증언은 서로 상충한다.

그렇다면 한기평은 왜 이 얘기를 하지 않았을까. 한기평과 김성랑 모두 현실 정치와는 거리를 두고 애매모호한 포지션을 취했다. 다른 사람들도 마찬가지였다. 특히 부중근을 거론할 때는 어딘지 모르게 주춤주춤하는 느낌이었다.

"당시 새정치국민회의 경선에서 부중근이 얼마나 장난을 쳤는지 이 두 사람은 알고 있었거든. 그러니까 이렇게 돼서는 안 된다는 생각에 나를 찾아왔던 거야. 나는 경선에서 패배했고, 앞으로 어떻게 해야 할지 장고에 들어간 상태였어. 부정 경선이라도 깨끗이 승복하고 물러나든지, 무소속으로 다시 시작해야 할지 판단이 서지 않았을 때였단 말일세."

"새정치국민회의 대의원을 매수한 혐의도 있잖습니까? 이들을 단체로 합숙시킨 것은 명백한 선거법 위반입니다. 새정치국민회의 대의원 중에 지사님 지지자도 있었을 텐데 침묵하는 것도 수상하구요."

"아무도 이의를 제기하지 않았지. 벌써 분위기를 감지하고 말을 갈아탔던 거야. 이 변호사는 그것에도 분노하고 있었네. 위로 형식의 방문이었지만 목적은 따로 있었지."

"목적이라면?"

"내심 나를 부추기고 있었어. 도발이라고 할까."

신철구는 외부와 연락을 차단한 채 기도원에 들어간다. 역시 제일 큰 화두는 경선 승복 여부였다. 경선 패배 후 무소속 출마를 하지 않겠다고 도민과 약속하지 않았던가. 그렇지만 아무리 곱씹어봐도 이번 경선은 문제가 많았다. 허나 패배는 패배였다. 그러는 사이 마음 한구석에서 도정을 이대로 내팽개치는 행위가 비겁하고 무책임하다는 야유 소리가 터져 나왔다.

❖

기도원에서 나온 신철구는 이성로에게 전화를 걸었다.

"이보게, 이 변호사. 나는 이번 경선 결과에 승복하지 못하겠어."

"무소속으로 출마하겠다는 말씀입니까?"

"민주주의 원칙을 거스르는 행위이고, 당선 가능성이 희박하다는 사실 또한 잘 알고 있네. 하지만 선거에 나서지 않으면 내가 해놓았던 모든 일들이 물거품이 되네. 지금은 잘 모르겠지만, 앞으로 5년, 10년 뒤에는 분명히 땅을 치며 후회할 일이 있을 걸세."

"경선은 민주주의 꽃으로, 경선 결과에 불복하는 행위는 지사님의 정치 이력에 오점으로 남게 될 겁니다."

"어떻게 하겠나? 새정치국민회의라는 대세에 따른다 해도 자네를 나무랄 생각은 없네."

이성로는 생각에 잠겼다. 분명히 정치적으로 김대중의 정치 노선을 존중하고 지지하지만, 이번 새정치국민회의 제주 도지사 후보 부중근만큼은 인정할 수가 없었다.

"후보님이 부도덕한 정치인이라 비난받아도 제가 함께하겠습니다."

그러나 신철구는 '경선에 불복한 후보'란 프레임에 갇혀 부중근에게 패했다. 누구나 다 예상했던 결과였다.

❖

"그런데 말이야, 6·4지방선거 전후로 부중근의 부정선거 관련 뉴스가 신문 1면에 등장하기 시작했네. 선거 사흘 전인 6월 1일 한경면 판포리에 사는 고씨 성을 가진 여자가 양심선언을 했지. 남자 대의원이야 포섭해서 어찌어찌 합숙시켰지만, 여자 대의원들까지 그러기에는 모양새가 좋지 않았던 거야. 그래서 부중근 부인이 나섰고. 고씨가 신제주 한 일식

집에서 부중근 부인에게 50만 원을 받았다고 양심선언 한 걸세."

대규모 유세가 벌어신 6월 2일에는 더 기가 찬 일이 벌어졌다. 종합경기장 유세 모니터링 결과, 선거관리위원회가 부중근이 79대의 전세버스로 군중을 동원했다는 혐의를 포착하고 검찰에 고발했다. 이성로 변호사는 130대로 바로잡아 검찰에 재차 고발했다.

"판포리 고씨 건은 무혐의로 종결되었지만, 전세버스 건은 사안이 가볍지 않았어."

곧바로 선거 캠프를 상대로 검찰의 소환 조사가 시작되었다. 측근이 하나둘 검찰에 끌려가자 기세등등하던 부중근도 대외 활동을 줄이고 두문불출한다. 선거관리위원회에서 직접 검찰에 고발한 사건이기 때문이었다. 선거법 위반으로 당선무효 위기에 직면한 부중근이 마지막으로 꺼낸 것은 상경(上京) 카드였다. 당일치기로 서울에서 만난 사람은 검찰총장 김태영이었다.

상황이 좋지 않다. 어쨌거나 한 사람 구속은 불가피해 보엮져. 이 사건은 누군가 구속되어야 봉합이 된다. 한 달만 고생하면 병보석이든 뭐든 손을 써서 바로 나오도록 만들어 주겠다.

"캠프 관계자 중 자원봉사자 한 사람을 구속시키기로 결정했던 거야. 단독 범행으로 꼬리 자르기 할 생각이었던 거지. 그게 김태영 검찰총장의 조언이었어."

"만만한 똘마니 하나 골라 대신 감옥으로 보내는 조폭들과 같네요. 그래, 그 똘마니에게 떨어진 것은 무엇이었습니까?"

"그때 윤영찬이 나섰지. 자기가 다 뒤집어쓰겠다고. 말은 1개월이었지만 8개월 동안 수감 생활을 했어. 이후 4·3유족연합회장직을 맡았네. 4·3 정신을 모독하는 행위였지."

"그만큼 사안이 중대했다는 뜻이겠지요."

신철구가 고개를 끄덕이더니 말을 이어갔다.

"부중근이 서울에 다녀온 지 얼마 안 돼서 김태영 검찰총장이 제주에 내려왔네. 겉으로는 제주도에서 열린 국제마약회의에 참석하는 모양새였어. 제주지검 방문도 예정되어 있었지. 그로부터 8일 후에 윤영찬이 전격 구속되었던 걸세."

부중근의 부정선거 의혹은 여기에서 멈추지 않았다. 6월 9일, 제주시 노형 성당에서 정의구현사제단의 주선으로 금권 선거 수사를 촉구하는 기자회견이 열렸다.

손정엽이라는 청년이 양심선언을 하고 나섰다. 부중근 선거 캠프에서 서귀포 청년 사조직 팀장으로 선거 운동을 했다는 그는, 8백만 원의 자금을 지원받아 지역 조직 운영과 유권자 향응, 접대비 등으로 사용했다고 폭로했다.

"선거가 끝나고 자꾸만 소외감과 죄책감이 밀려왔습니다. 우리 제주도에서 이런 선거 풍토는 반드시 고쳐져야 한다는 생각에서 양심선언을 하게 되었습니다."

부중근 측에서 즉각 반격에 나섰다. 손정엽은 선거 직후 개인 사례비를 요구한 불한당으로, 그의 주장은 일부 선거 불복 세력의 사주에 의한 터무니없는 흑색선전이라 호도했다.

"그땐 정말로 황당했어. 내가 손정엽이를 배후 조종하고 있다고 가짜 뉴스를 흘린 거야. 이번에도 방패로 이성로 변호사가 나섰지. 하지만 곧 유야무야되고 말았어. 손정엽이 그 직후 행방불명이 됐기 때문이야."

"행방불명 되었다구요? 천주교 정의구현사제단이 주선했다면 쉽게 무마할 수 없었을 것 같은데 말입니다."

"그 4년 뒤 선거에서 부중근 지사 성추행 사건이 있었거든. 그 성추행 사건도 임루피노 신부가 비호했다고. 손정엽이를 시켜서 양심선언까지 했던 정의구현사제단 신부들이 왜 침묵 모드로 돌아섰느냐, 이게 최대의 의문이야."

"임루피노 신부 말씀입니까? 굉장히 충격적이군요."

"왜요?"

"아니 사제단에서……."

"거 사제단이 다 침묵해 버린 거거든."

"임루피노 신부가 부중근 측근이라는 말입니까?"

"김대중이 당선되고, 부중근이가 새정치국민회의로 오는 순간, 같은 배를 타 버린 거지. 임 신부와 나도 지사 할 때는 사이가 좋았거든. 정의구현사제단의 실체를 잘 모를 때였고. 신부라고 하면 마냥 좋게만 생각할 때였어. 그런데 그렇게 정치적인 장난을 치더라고."

최근 활동하고 있는 태극기 부대의 영향 아닌가 싶었다. 정의구현사제단이 그렇게 했다고는 믿어지지 않았다.

"좀 더 확인해 봐야겠어요. 외람된 말씀입니다만, 한쪽 말만 듣고 판단할 수는 없어요. 임루피노 신부를 만나 직접 인터뷰 해보겠습니다."

"백방으로 수소문해 봤지만, 손정엽의 이후 행적은 오리무중이었어. 부중근 측근의 회유를 받아서 육지로 도망간 게 아닌가 짐작되지만."

"그래도 끝까지 찾아야 했을 거 아닙니까?"

"경찰에서도 그리 적극적으로 수사하지 않았어. 알게 모르게 제주도 안에서는 도지사의 입김이 많이 작용하지. 거기다 검찰이 비호하고 있었고. 그래서 냄새가 나도 부러 들쑤시지 않았던 거야."

"그 이후 이성로 변호사는 어떻게 지냈습니까?"

"머리 좀 식히겠다고 하더군. 맘고생 많이 했으니까 어디 여행이라도 다녀올 줄 알았지. 정치판에 환멸을 느낄 법도 했지. 그런데 불과 한 달만에 '4·3 그 문제와 해결의 법적 측면'이란 논문을 발표하더군. 정말 지독한 친구였어. 돌이켜 보면 그 결벽증과 꼼꼼함이 명을 재촉한 게 아닌가 싶기도 하고."

"살해당하기 전까지 1년 5개월쯤 시간이 더 있었잖아요."

"나도 소송에 휘말려 있던 터라 이 변호사에게 신경 쓸 여력이 없었어. 부중근의 정치 보복이 말도 못하게 사악했거든. 일이 너무 급박하게 돌아갔어. 사방팔방으로 사건이 터지니까 정신이 하나도 없었고. 나뿐만 아니라 내 주변 사람들, 특히 선거 캠프 쪽이 집중적인 수사를 받았지."

신철구가 잠시 뜸을 들였다. 담배 한 대 피울 만큼의 시간이 흘렀다.

"솔직히 그날을 잊을 수 없네. 이 변호사가 살해당했다고 연락 온 날 말이지. 탑동 골목길에서 흉기에 찔려 승용차 안에서 싸늘한 주검으로 발견되었던 그날 말일세. 그게 마지막이었어."

"그사이 무엇을 했는지는 모르시구요?"

"어느 날 이성로 변호사가 불쑥 나를 찾아왔었네."

신철구가 수평선을 보듯 아득한 눈으로 말했다.

"언제 말입니까?"

"손정엽이 양심선언을 하고 갑자기 사라졌을 때 말이야. 지사님, 이건 내가 끝까지 파봐야 허쿠다, 하고 말했지."

"그건 선거 직후의 일이잖아요."

"이 변호사는 살해당하기 전까지 손정엽이를 쫓고 있었네."

그 순간 김수남은 머릿속에 환한 등이 켜지는 것을 느꼈다.

16　　양마단지

이성로 변호사 피살 사건의 용의자는 대략 세 부류로 특정되었다.

> 1. 해남지검 검사 시절 원한 문제
>
> 2. 여자관계나 치정
>
> 3. 부정선거를 감추려는 부중근이나 그 측근

첫 번째와 두 번째 항목은 이미 언론에 보도된 부분이었다. 첫 번째 가능성은 1998년 발생한 강남구 신사동 '사바이 단란주점 살인 사건'을 참고하면 대략 윤곽이 잡힌다. 남성

3인조가 단란주점 업주와 택시 기사, 손님 총 3명을 살해하고 1명에게 중상을 입힌 사건이었다. 숱한 사체를 부검한 법의학자조차도 대한민국 범죄 역사상 가장 잔인하다고 혀를 내둘렀을 만큼 끔찍한 사건이었다.

이 사건이 미제 사건의 영역으로 들어서자, 범인이 '범죄와의 전쟁'과 관련되었을 가능성을 개진한 프로파일러가 있었다. 1990년 10월 13일 노태우 대통령이 선포한 '범죄와의 전쟁'은 1년 동안 전국 2백여 개 조직 7백여 명의 조직폭력배를 대대적으로 소탕한 사건이었다.

사건이 일어난 것은 '범죄와의 전쟁'을 선포한 지 8년이 지난 시점이었다. 그때 검거된 조직폭력배들이 출소해서 저지른 사건 아니냐는 가설이었다. 그러나 그들은 최대 6년의 징역형을 받은 것으로 확인됐다. 2년의 시차를 두고 사건이 발생했다는 점에서 이 가설은 설득력을 잃었다.

이성로가 해남지검에서 검사 생활을 한 것은 1987년 6월 10일부터 1년 2개월 동안이었다. 만일 그때 이성로가 구속한 자들이 범인이라면, 사건 발생 시점이 1999년이므로 너무 오래 기다렸다고 말할 수밖에 없다. 아무리 원한이 깊다 해도 12년 동안이나 분노를 끓이고 있을 이유는 없었다. 더군다나 1992년부터 제주도에서 변호사 생활을 했기 때문에,

언제든지 마음만 먹으면 이성로에게 접근할 수 있었다. 제주 경찰 역시 해남지청 당시 옷 벗은 경찰과 폭력배를 조사했지만, 아무런 혐의점도 발견하지 못했다.

　두 번째 가능성은 로그인카페나 희카페의 여성을 중심으로 한 치정 문제였다. 그러나 한기평이나 김성랑 같은 친구들 역시 주목했던 부분이라, 수상한 지점이 있다면 바로 밝혀졌을 가능성이 컸다. 주변 친구들이 일관되게 진술하고 있듯, 이성로는 여자관계에 있어서 결벽증이 느껴질 만큼 깨끗하다는 평판을 듣고 있었다. 경찰은 통상적으로 범죄 발생률이 높고, 탐문이나 수사 접근이 용이한 점을 들어 수사력을 집중했지만, 유의미한 용의자를 찾아내지 못했다.

　세 번째 항목은 1998년의 제주도지사 선거와 관련되어 있었다. 동기야 어떻든 간에 이성로는 신철구 선거 캠프에 참여했던 인물이다. 신철구의 적은 이성로의 적이었다. 그렇다면 이성로의 주변에 보이지 않은 적들이 지뢰처럼 포진해 있었다는 뜻이 된다. 그들은 제주도 각계각층을 장악한 실력자들이었고, 선거 승리 이후 보다 안정적인 포지션을 취득했다. 부중근이 선거법 위반으로 옷을 벗으면 직접적으로 타격을 입게 될 부류들이었다.

　사건 프로파일링에서도 주목할 만한 성과를 내지 못한 것으로 알려졌다. 정황상 계획된 범행이라는 추정뿐, 증거가 발견되지 않은 완전범죄였기 때문이다. 김수남은 이 점에 주목했다. 경찰의 수사 방향이 옳았다면 왜 범인을 잡지 못했겠는가. 당시 이성로 주변에서 일어났던 일 중에서 그 누구도 거론하지 않았던 이야기, 1998년 제주도지사 부정선거에 자꾸만 눈길이 가는 이유였다.

사실상 탈출구는 하나밖에 없었다. 김수남은 이성로가 피살 직전까지 손정엽을 추적하고 있었다는 신철구의 증언에 주목했다. 워낙 결벽증이 심하고 철두철미했던 이성로는 자신의 행보를 주변 친구에게마저 알리지 않았을 만큼 내성적인 캐릭터였다. 성격상의 문제이기도 했지만, 부중근이 도지사가 되었고 그의 추종 세력이 제주도 곳곳에 포진해 있으므로 행적을 철저히 감췄다고 짐작되었다. 당시 기사를 확보하고 교차 검증하기 위해 신문사 지하 수장고로 내려갔다.

"부중근 후보 측으로부터 8백만원 받았다"
― 부 선거 운동원 기자회견

천주교 제주교구 정의구현사제단과 탐라참여환경연합은 1998년 6월 9일 오후 4시 제주시 노형성당에서 '불법 금권 선거 운동 고발 긴급기자회견'을 열고 6·4지방선거 때 부중근 도지사 후보 측으로부터 수백만 원을 받았다는 손정엽씨(28. 제주시 내도동) 사례를 폭로했다.

자신을 선거 운동원이라 밝힌 손씨는 "지난 3월 10일경 부 후보의 선거사무실에서 윤 모 비서실장을 만나 서귀포시 청년 사조직을 맡기로 하고, 3월 30일 식사대로 100만 원을 받은 것을 비롯해 총 7회에 걸쳐 8백만 원의 활동비를 받았다"고 밝혔다. 손씨는 돈을 주로 조직 유지비와 향응 제공에 쓰고, 각 동책 활동비를 1만 원권 현금으로 나눠줬다고 주장했다.

손씨는 자신이 받은 활동비 중 식대로 사용한 250~300만 원 가량은 간이 영수증으로 보관하고 있으며, 동책들에게 활동비로 나눠준 확인서도 갖고 있다고 말한 다음 "이 영수증과 확인서는 검찰에 가서 자수할 때 제출하겠다"고 밝혔다.

손정엽이 양심선언을 하자 부중근 측에서 반격에 나섰다.

"특정 세력 사주, 회유"

─부 당선자 측 반박 성명

부중근 제주도지사 당선자 측 박영일 대변인은 9일 손정엽씨 기자회견과 관련 성명을 내고 "손씨는 선거기간 동안 수차례 사무실에 나타나 금품을 요구, 거절당한 바 있으며, 지난 8일 에도 사례비를 요구했으나 이를 거절하자 관계자들에게 폭언 과 협박을 자행했다"고 주장했다.

박 대변인은 "손씨의 양심선언 배후에 거액의 보상성 금품을 제공한다는 조건을 제시한 특정세력의 사주와 회유가 있었다 는 정황과 심증을 갖고 있다"며 "이 같은 작태가 계속된다면 단 호히 대응해 나가겠다"고 말했다.

박영일이라면 몇 년 전에 제주문화예술재단 이사장을 지 낸 사람이었다. 버스를 동원해서 구속된 '바지 사장' 윤영찬 은 4·3유족연합 회장이 되었고, 캠프의 입 박영일은 제주문 화예술재단 이사장으로 추천되었다. 선거 캠프에 이름을 올 린 자들은 이렇듯 한자리씩 꿰차고 들어갔다.

"지금 어디에 있나?"

수장고를 나와 전화를 걸자, 강경식이 머뭇거렸다.

"어디 있느냐니까?"

"잠시만요……."

휴대폰을 손으로 가리고 말하는 작은 목소리였다. 그러더니 냅다 뛰기 시작했다. 소리로 보아 복도였다.

"도의회에 와 있습니다."

"거기서 뭘 하는 거야? 미소카페 사건은 조사하고 있는 거야, 뭐야?"

김수남이 짜증 섞인 목소리로 쏘아붙였다.

"벽치기 하고 있습니다. 정치부장하고."

그럼, 그렇지. 정치부장이 도의회 취재하러 갈 때 끌고 간 모양이었다.

"대상이 누구지?"

"그게 말입니다. 저……."

강경식이 다시 머뭇거렸다.

"고희수 도의장입니다."

대략 돌아가는 분위기가 잡혀 왔다. 정치부장이 천리마워터 증산 문제로 도의회 취재 갔다가 좀 더 정보를 얻으려고 고희수 의장실을 기웃거리는 모양이었다.

"편집국장은 알고 있나?"

"편집국장이 그랬어요. 일찌감치 연재 포기하고, 이쪽에 붙으라고요. 산 사람은 어떻게든 살아야 할 거 아니냐면서."

역시 편집국장에게 한 달 말미를 달라고 한 게 화근이었다. 후속 아이템 기사가 늦춰질 거라 지레짐작하고 강경식을 땜빵으로 데려다 쓰는 모양이었다.

"내가 교통정리 해놓을 테니까, 1998년 당시 서귀포에서 부중근 선거 운동했던 사람이나 한 명 수배해 봐. 그리고 내일부터는 이쪽 이성로 사건에 붙도록 해."

다행히 강경식이 서귀포시청에 아는 사람이 있다고 했다.

"원세륜 체제가 되었지만, 말단의 무기계약직들은 부중근 라인들이 꽤 살아 있어요. 특히 서귀포 쪽에는요. 환경미화원인데 그 형님이 직접 나설 수는 없을 거예요. 다른 사람이라도 소개시키라고 부탁해볼게요."

제주도가 선거철만 되면 시끄러운 것은 도지사 라인에 따라 도청의 요직이 바뀌기 때문이다. 높은 자리일수록 어느 편에 설지 결정해야 한다. 남들이 탐내는 자리를 차지하면, 그 자리를 지키기 위해서라도 누군가의 선거 운동에 뛰어들어야 하는 것이다.

그것은 도청의 하급 무기계약직에도 해당되었다. 도지사 백을 쓰려면 한 번쯤 선거 운동을 해야 하는 게 통과의례였다. 박봉이라도 안정된 무기계약직을 따내려면 뒷배가 필요한 것이다. 그러나 그들 대부분은 무기계약직에 안착한 뒤로 되도록 선거판을 기웃거리지 않았다. 최하위 계약직이므로 더 이상 좌천될 데도 없고, 자리를 탐하는 사람도 적고,

정규직으로 승진하겠다는 희망도 품지 않기 때문이었다.

삼십여 분 후 강경식에게서 전화가 왔다. 두어 사람 다리를 놓아 오래전부터 서귀포에서 부중근 캠프에 참여했던 사람을 소개받을 수 있었다고 했다. 전화를 걸어보니 일을 하고 있으니까 저녁에 만나자고 했다. 그가 말한 약속 장소는 서귀포 동문로터리 남쪽에 있는 다방이었다.

❖

"나 같은 사람헌티 뭐 물어볼 게 있습니까?"

경찰에 불려 나온 사람처럼 잔뜩 경계심을 품은 말투였다. 사내는 SK네트워크 회사의 유니폼을 입고 있었다. 가입자 집에 유선 인터넷을 깔고 유지보수하는 직업이었다. 하루 종일 땀 흘리면서 일했는지 건너편까지 땀 냄새가 진동했다. 나이는 쉰 중반쯤으로 건강해 보였다.

"연세도 있으신데 열심히 일하시네요."

"늦장가 가는 바람에 아들놈이 아직도 취업 준비 중이지요. 아들 대학교 졸업할 때까지만 하려고 했는데, 막상 다른 사람에게 넘기려 해도 서귀포에는 기사들이 잘 오려고 하지 않아서."

사내가 자신의 명함을 건네주면서 표준말로 답했다.

"그럼 혼자 서귀포 전체를 담당하신단 말씀인가요?"

"그건 아니고. 아는 동생하고 하죠."

"힘에 부치진 않으시구요?"

"사실 요즘 배가 나오기 시작하면서 전봇대 타는 게 호끔 버치긴 헙니다만. 아직은 일을 더 해야 허니까."

"부중근 도지사 선거 운동을 오래 하셨다고 들었습니다."

사내가 커피잔을 들어 한 모금 마셨다. 손이 떨리는 모양이 평소 술을 많이 마시는 모양이었다.

"선거판에서 손 뗀 지 오래됐습니다. 이제는 나하고 상관없는 사람입니다."

사내가 눈을 피하면서 말했다. 순간적으로 표정이 일그러졌다.

"다른 사람들은 선거 운동해서 좋은 자리도 가고 그랬다고 들었습니다. 선생님은 어째서?"

"나가 찾아가면 도지사가 버선발로 마중 나오곤 했던 때가 있엇주마씀. 아침마다 도지사 알현하겠다고 집무실 앞에 줄이 길게 늘어져신디, 나가 나타나면 1순위가 되엇주. 사람들이 복도 양옆으로 비켜섰을 정도라낫수다. 홍해 앞바다 갈라지는 재미에 잘도 어깨에 힘이 들어갔지. 특별한 용무가 있는 게 아니라 커피나 한잔 마시고 나오는 건데도 말입주. 부중근이 98년 선거 끝나고 나서 서귀포시청에 자리 하나 만들어줍디다. 그디 가 있으라고."

"왜 안 가신 겁니까?"

"그때가 말입주, IMF 끝나고 나서 인터넷 쪽이 한창 재미좋던 때라낫수다. 나가 이래 봬도 인터넷 초창기 맴버인데, 김영삼이가 임기 마칠 때쯤 돌이켜보니까 해놓은 게 없거든. 그래서 치적 사업으로 전국에 초고속인터넷망을 구축하기 시작한 거라마씀. 여기 서귀포에도 망이 깔려서 두루넷 서비스가 시작되었는데, 우리가 도로 건너 댁내로 케이블펴고 있으면 경찰이 차량 통제를 해줄 정도엿주마씨."

"한국통신 ADSL은 안 들어왔을 때인가요?"

"그 정도 기술이 없엇수다. 두루넷 들어오고 한 1년쯤 있다가 서비스되었을 거우다. 경허니까 노나는 장사엿주. 꼬맹이 하나 데리고 다니멍 나는 선 깔고, 가이는 컴퓨터에 랜카드 달고 밤새워 일해도 손이 모자랄 정도엿주."

"돈 많이 벌으셨겠네요."

"한 집 개통하면 회사에서 수당을 받았는데, 집집마다 랜카드가 없어서 끼워주고 만 원씩 받앗수다. 그때는 랜카드 달린 컴퓨터가 거의 없던 시절이난. 거기다 인터넷 전화하려면 마이크 달린 헤드셋도 필요허니 만 원에 끼워 팔앗주. 너도나도 먼저 깔아달라고 아우성이었으니까, 2만 원쯤은 신경도 쓰지 않을 때라나수다. 빨리만 깔아준다면야 웃돈을 주겠다는 고객도 있어시난. 랜카드는 회사에서 무상으로 제공해줬고, 헤드셋은 원가가 3천 원쯤 했을 거우다. 그걸 고객헌티 2만 원에 팔아먹은 거주.”

“그래서 서귀포시청에 들어가지 않으신 건가요?”

“선거운동하느라 그동안 못 번 거 멘딩하려고 일요일에도 인터넷 깔러 댕겻수다. 선거고 지랄이고 빨리 끝나라……그 생각뿐. 하루에 헤드셋 랜카드 팔아서 받는 돈이 몇십만 원이난. 돈 허리 반으로 접어 바지 주머니에 넣으면 뿔룩 튀어나와그네 전봇대도 못 탈 정도엿주마씨. 개통 수당은 별도로 통장에 꽂혔고. 좋은 시절이었는디 어떵 쥐꼬리 같은 월급 받으멍 공무원 허란 말이꽈?”

인터넷 이야기가 나오자 자서전을 쓰기라도 하듯 신이 나서 떠들었다. 그랬을 것이다. 김수남이 대학을 졸업할 때쯤이었다. 언론 고시를 준비하고 있는데 매일 PC방에 가서 자료를 받아오자니 비용이 만만치 않았다. 그때 하루에 1,000원꼴 하는 초고속 인터넷은 아주 매력적인 상품이었다. 인터넷 가입 신청을 하고 나서 왜 빨리 개통 안 해주느냐고 회사에 민원을 넣은 적도 있다. 역설적이게도 IMF가 우리나라 초고속망을 빠르게 발전시킨 원동력이었다.

"요새는 어떠십니까?"

"통신 쪽이 완전히 뒈싸진 게 그로부터 10년쯤 되었나? 지금은 KT나 SK 그리고 LG 같은 데 월급쟁이가 되어부럿수다. 대기업들이 잔머리 굴려 하청업체 세워서 월급도 쥐꼬리만큼 주고 대우도 형편없고, 경 허니까 중간에 설러부는 사람이 많아젓주. 우리 서귀포 같으면 왕년에 KT 일 한 번 안 해본 사람 찾기가 어려울 정도로 사람들이 많앗수다. 그만큼 KT 세력이 셌던 것도 사실이곡."

"후회는 없으십니까?"

"뭐 말이꽈?"

"그때 공무원 안 간 거 말입니다."

"후회하지 않았다면 거짓말이주. 거기 계속 있었으면 지금쯤 과장 자리는 차지했을 거우다. 나가 성산 일출고 나왔으니까 어촌계 쪽으로 일을 맡았을 거라마씀. 요새라면 저기 보목리 하수종말처리장 같은 데 쌍박혀 머리도 안 쓰고 바당 바라보멍, 시간 되면 칼퇴근 해불곡."

일출고라면 부중근의 모교였다. 붙임성이 좋아 보였다. 하루에 처리하는 건수가 평균 10건 이상이라고 하니 최소

열 명 이상의 고객을 만날 것이다. 이쯤에서 본론으로 들어가도 되겠다 싶었다.

"혹시 손정엽이라고 생각나십니까?"

"누게?"

"98년 선거 당시 부중근 캠프의 서귀포시 청년 사조직 팀장이었습니다."

사내가 잊고 있었다는 듯이 담배를 꺼내 물었다. 그러더니 손가락을 접으며 가만가만 따져보았다. 그렇지만 선뜻 떠오르지 않는 모양이었다.

"그해 선거 끝나고 나서 양심선언 했던 친구 말입니다."

김수남이 힌트를 주듯 한마디 덧붙였다.

"아, 그때 경헌 아이가 하나 있어낫주. 기자님 또래나 한두 살 더 많았을 거 같은디. 개나 소나 다들 부중근 선거 돕는다고 나서는 바람에 누가 누구인지 구분이 안 되던 때라 잘 몰르쿠다. 그때 분위기가 경해시니까."

"그 정도로 부중근의 파워가 셌습니까?"

"민선 1회 도지사 선거 때 신철구에게 지고 나서 부중근이 이를 갈앗주. 그 뒤 서울 살멍 주말마다 제주도 내려와서 조직을 맹그네 관리하네 했으니까. 그 양반이 북제주군 구좌읍 하종리 출신이우다. 거기다 성산포 일출고 9회 졸업생이었으니까 북제주 남제주 양쪽에 연고가 있었고. 그해 일출고 동문들이 대동단결해서 부중근을 전폭적으로 밀엇수다. 서귀포시보다 남제주군에서 표를 더 많이 받았을 거우다. 50% 이상 득표했으니까."

"대세론에 따라 부중근 선거 캠프로 사람이 몰렸다는 뜻이군요."

"다들 한자리 차지하려는 마음이었을 거우다. 나야 뭐 하루 빨리 선거가 끝나기만 학수고대햇주마는. 선거 끝나면 자리 하나 떨어질까 해서 몰려든 백수들이 꽤 되엇주마씨. 그런데 그 손정엽이란 친구는 금시초문이우다."

"일출고 출신이 아니었나 보네요?"

"직속 후배였으면 나가 모를 리 없주. 내가 일출고 총동문회 관리해시난."

❖

그로부터 이틀 후 통신 사내에게서 전화가 왔다. 오지랖만큼은 알아줘야 하는 사람이었다.

"중앙고 라인이라낫수다. 손정엽이."

서귀포 중앙고등학교였다. 제주시로 유학 가지 않은 서귀포 중학생들이 모여드는 학교였다. 특별히 뛰어난 수재가 아닌 이상 가장 많이 진학하는 서귀포의 대표적인 인문계 고등학교였다.

"중앙고 계열도 동문회가 막강허난. 부중근 쪽에서는 일출고만 있어도 어떵 안 했지만, 신철구 지지표 단속하려고 중앙고에도 선거 조직을 만들었을 거우다. 반대표 못 나오게 작업한 공작이엇주. 1972년생이고. 제주시가 고향인데 어렸을 때 서귀포로 이사왔다고 헙디다."

"뭐 더 알아낸 거 있습니까?"

"기자님과 얘기하고 나서 떠오른 건데, 손정엽 가이가 선거 끝나고 양심선언 헐 때 서귀포가 한바탕 전쟁을 치렀수다. 우리 쪽도 부중근이 당선 취소되그네 도지사 못 되는 거 아닌가, 가슴이 철렁햇주. 양심선언 하고 나서 가이를 쫓는 사람들이 많았던 거 같수다. 서귀포 바닥에 그야말로 역적이 탄생한 거주."

"선거 다 끝나고 술 한 잔 거하게 하려던 차에 같은 편에서 잔칫상을 걷어차 버린 꼴이었으니까요. 손정엽이 위협에 시달렸답니까?"

"부중근이를 허투루 봐선 안 됩니다. 부중근은 맹호부대 장교 출신에, 기획처 차관을 허멍 쌓은 중앙 인맥이 어마무시합니다. 산전수전 공중전까지 다 겪은 인물입주. 그 사람 앞에 서면 살기가 팍팍 느껴집니다. 자기편이라고 허민야 한없이 관대하다가도 등 돌리는 사람이 생기면 반드시 칼을 꽂는 사람입주. 그러니 부중근 선거 캠프에서 손정엽이를 가만뒀을 리 있으쿠가.”

“어떤 사람이었나요?”

“한국통신에서 일을 했다고 헙디다. 전화국마씸. 전화국 선로기술과라고 전화선 깔고 유지 보수하고. 거 인터넷이나 전화 개통 기사들이 작업하기 전에 기본적으로 깔아 놓는 기간망 유지보수를 담당헌 거주. 50P 뭉탱이 선을 만져시난. 대학은 제주대 나온 거 같고. 그 친구를 잘 아는 사람이 많지 않읍디다. 성격이 좀 내성적이었던 모양이었던게 마씸.”

“양심선언 한 다음에는요? 육지로 피신했나요?”

“몰르쿠다. 그 이후 행적까지는 밝혀진 게 엇수다. 양심선언 이후 어디 숨어 살았을 테주.”

그랬을 것이다. 이성로는 부중근의 부정선거를 입증하기 위해 손정엽이 필요했다. 부중근 쪽에서도 그를 쫓고 있었다. 사방이 온통 지뢰밭이었다. 손정엽이 설 자리는 급격히 좁아졌을 터였다. 숨도 쉬지 않고 납작 엎드려 지냈을 것이다. 아니, 회유를 받았을 수도 있다. 흔적 없이 사라지는 조건으로 부중근 쪽 사람을 만났을 가능성도 있다.

"더 알아낸 것 없나요?"

"그 손정엽이 폴쎄 뒈싸졌다고 헙디다."

"죽었다구요?"

"들리는 얘기로는 각시가 있었다고……."

"부인이 있었다구요?"

"지금도 저 위 양마단지 쪽에 살고 있댄 헙디다."

17 샤론농원

"미소카페 사건은 어떻게 돼 가고 있나?"

김수남이 다리를 걸듯 질문을 던졌다. 강경식의 소개로
손정엽의 가족 정보까지 확보했음에도, 왠지 자기 몫을 제
대로 하지 못하는 것 같아 괜히 시비를 걸고 싶었다.

"부검의를 만나봤지만 별다른 진척이 없었어요. 머리카
락을 부채꼴로 배열해놓은 사건이라 금방 기억해 내더라고
요. 이제 제주도도 연쇄살인의 길목에 들어섰다나 뭐라나."

강경식이 맞은편에 비뚜름히 앉아 노트북에 눈을 고정한
채 말했다.

"하긴 프로파일러 교과서에 등장하는 코스프레가 고스란

히 재현되어 있었으니까."

바로 비꼬듯이 맞장구쳤다. 그것밖에 알아내지 못했느냐는 타박이기도 했다.

"더할 데 없을 만큼 아주 교과서적으로 가학적이었지. 최근의 살인 사건에서도 심심찮게 사체 훼손이 발견되긴 하는데, 살해 과정에서 생긴 게 아니라 대부분 사후 손괴잖아."

"보통 시체를 수월하게 옮기려고 토막을 내지요. 그 경우 토막 살인이라는 사건 명이 붙고."

"그런데 이 사건은 마치 전시를 하고 있다는 인상을 풍기잖아. 머리카락을 부채꼴로 펼친 거나 무릎을 M자로 벌려 세운 자세가 꼭 자기만의 퍼포먼스처럼 보인단 말이지."

"차분하고 꼼꼼하게 자기 하고 싶은 거 다 하고, 엽기적인 코스프레까지 벌였지요. 시간을 들여 천천히 살인을 즐겼단 뜻이죠."

"그래서 관덕정 사건과 미소카페 사건은 동일범의 소행이 아니라는 결론에 도달한 거고."

김수남이 자기도 모르게 이야기에 빠져 추임새를 넣었다.

"부검의도 이와 유사한 말을 했어요. 범인은 분명히 극도의 황홀감을 느꼈을 뿐만 아니라, 사정했을 가능성도 높다고."

"정액은 확실히 발견되지 않았나?"

"그렇지 않아도 직설적으로 물어봤는데······. 표정을 싹 바꾸더니 딱 잡아떼더라고요. 눈치가 좀 이상했죠. 뒷맛이 개운치 않았다고 할까."

"조금 전에 사정했을 가능성이 있다고 말해 놓고도?"

"내가 잘못 들었나 녹취록까지 확인해봤거든요. 법의학자라 증거 유무를 가지고 얘기하니까 그런가 보다 넘어갔지만, 태도가 무척 수상쩍었던 건 사실이에요."

"미소카페 여주인 강정화를 현장에 그대로 방치했다는 점도 눈여겨봐야 해. 일반적으로 살인 사건에서 시체를 숨기는 경우 면식범일 가능성이 크잖아. 시체가 발견되면 용의자가 금방 밝혀지는 케이스지. 그래서 완전히 훼손하거나 아무도 모르는 곳에 묻어 버리지. 그렇지만 현장에 그대로 두는 경우는 달라. 아무리 조사해 봐라, 내가 잡히는가. 피해자의 신분이 밝혀져도 상관없다는 것은 범인이 피해자와 거의 관계가 없는 사람일 개연성이 높다는 뜻이겠지."

대화 소리가 커지자 옆 책상 문화부 기자들이 인상을 찌푸렸다. 강경식이 말을 멈추고 주변의 눈치를 살폈다. 둘은 사무실 밖으로 나와 복도 끝 계단에서 담배를 피워 물었다.

"미소카페 사건에서는 그런 일반론이 안 통하는 것 같아요. 강정화는 그날따라 종업원을 일찍 퇴근시켰어요. 누군가를 기다렸던 거죠. 게다가 카페 내실 살해 현장에는 이불이 펼쳐져 있었고. 이불이 깔려 있다는 게 어떤 의미겠어요?"

"자발적인 성관계다?"

"강정화는 종업원 없는 카페 밀실에서 둘만의 정사를 벌이려고 했던 거예요. 그게 바로 범인이 면식범이라는 증거죠."

"카페 직원 중에서 범인의 얼굴을 아는 사람이 있었을 수도 있다는 얘긴가?"

"확실한 것은, 손님이 없어도 직원들을 무조건 새벽 두 시까지 대기시키던 것과는 분명히 다른 행동이라는 거죠."

"다른 남자를 만나려는 모습을 남에게 보이지 않으려 했다…… 피해자의 그날 행적은 어땠지?"

"밤 11시 반쯤 단골손님 두 명과 카페에서 술을 마시다가 원남볼링장으로 갔어요. 중정로 항공모함 건물 5층에 있는 볼링장이죠. 새벽 1시 30분께 거기를 나온 이들은 다른 술집에서 다시 만나기로 하고 헤어졌는데 강정화는 나타나지 않았어요. 1시 40분쯤 카페에 도착한 피해자는 바로 종업원을 퇴근시키고 2시 10분에 어디론가 전화를 건 다음 계산대를 정리했죠."

항공모함이라면 서귀포에서 대리 손님이 제일 많이 나오는 랜드마크였다. 서귀포의 중심 유흥가였다.

"주변 남자관계는?"

"피해자가 카페와 보험 영업 투잡을 뛰었기 때문에 불특정 다수에게 많이 노출된 스타일이에요."

"서귀포 성인 남자 거의 모두가 용의선상에 올랐다?"

"그러니 시체가 발견되었다고 해서 면식범이 아니라는 추정은 성급한 일반화의 오류죠. 물론 아주 친한 사람은 아닐 거예요. 범인은 피해자의 신분이 밝혀져도 자신이 용의선상에서 제외될 거라 확신했던 거죠."

"사건 발생 장소가 정확히 어디지?"

"서귀포 중앙로 우리은행 북쪽 모퉁이 건물."

바로 네이버 지도를 꺼냈다. 구중파사거리에서 불과 200미터도 떨어지지 않은 위치였다. 초원사거리로도 불리는 그곳에 당시 중앙파출소가 있었다. 서귀포시청 2청사 인근 파출소와도 800미터밖에 떨어지지 않았다. 일호광장에서 중정로로 이어지는 중앙로는 은행, 관공서, 웬만한 대기업의 지사들이 몰려 있는 서귀포 제일의 중심가였다.

"처음부터 범인은 시체를 숨길 생각 따위는 없었어요. 피해자를 죽이는 데 시간을 많이 허비했고."

"올레시장 서쪽 입구 골목 중앙로 대로변이네."

"맞아요. 거기다가 미소카페가 건물 지하였기 때문에 시체를 운반하기에 애로 사항이 많았죠. 지금도 그대로인데 계단이 상당히 가팔라요."

"그렇다면 당시 카페 종업원을 만나보는 게 가장 급선무일 거 같은데? 그날따라 종업원을 먼저 퇴근시키는 돌발 행동을 했다면 말이지."

"그러지 않아도 종업원 찾아다닌 지가 벌써 한 달이 다 되어가요. 피해자 남편까지 수소문해서 집중적으로 따져 물었죠. 그런데 종업원 대부분이 육지 출신이었대요. 사건 난 뒤로 제주도를 떴을 가능성이 크다고. 걔들 잠깐 왔다가 소리 소문 없이 사라져도 아무도 관심 갖지 않잖아요."

"제주도 출신은 한 명도 없었단 말인가?"

"딱 한 명. 중문 출신이라 말도 잘 통하고 친했다는데, 신상 파악이 어려워요. 종업원 대부분 가명을 쓴 데다가 월급도 현금으로 내서 통장 거래 내역을 추적할 수도 없고. 가명 같은데 금화라고 했어요."

"정화, 금화. 자매 같은 이름이네. 그렇다면 금화가 제주도에 남아 있을 가능성이 가장 높겠군."

"지금 제 인맥 바닥까지 닥닥 긁어모아 수배해놓은 상태예요. 육지로 떠났거나, 결혼해서 잘살고 있을지도 모르죠. 막말로 빚에 쪼들리다가 추자도니 육지 외딴섬 같은 데 팔려갔을 수도 있고. 20년이나 지났으니 사십 대 중후반쯤 되었을 거예요."

"물장사하기에는 나이가 좀 많은데. 술집을 따로 차렸다면 몰라도."

"이 사건에서 한 가지 더 주목해야 할 거는 피해자 얼굴에 아무 상처가 없다는 점이에요. 몸통과 성기에는 칼자국이 난무했는데 말이죠. 보통 얼굴을 훼손하는 케이스는 감정을 직설적으로 표출한 경우가 많잖아요. 왜 분노를 느낄 때 가장 먼저 공격하는 데가 얼굴이고. 손쉽게 주먹이 나가는 곳이기도 하죠."

강경식이 표정을 바꾸고 다시 진지하게 말했다.

"맞아. 그것도 이상해. 가만가만 뜯어보면 이해되지 않는 점이 한둘이 아니야. 얼굴 쪽은 마치 전시를 한 것 같았잖아. 분칠을 한 거나 머리카락 배열도 그렇고. 정말 독보적으로 변태스러운 놈이야."

"금화만 만나면 그나마 물꼬가 좀 트일 텐데. 치정이라 하기엔 과도하게 악취미이고, 강도라고 보기에도 너무 엽기적으로 폭력적이란 말이에요. 이런 걸 뭐라 정의해야 할지. 그나저나 선배는 어떠세요, 이성로 변호사 사건?"

"나도 손정엽이 죽었다는 데서 막혀버렸어. 솔직히 뭐가 뭔지 잘 모르겠어. 그래도 어떻게 죽었는지까지는 추적해봐야 할 것 같아. 별다른 의혹이 없으면 이쯤에서 손을 떼야 할 것 같고."

"처음부터 방향을 잘못 잡았을지도 모르죠. 치정이나 원한 관계일 수도 있잖아요."

"손정엽 부인이 살아 있다니까 거기까지만 조사해보려고. 사무실에서 빈둥대다가 또 어디 끌려가서 멘탈 털리지 말고 나랑 서귀포나 넘어갈까? 토평에 두루치기 잘 하는 집이 있어."

✤

여자의 집은 행정구역상으로 서귀포시 남원읍 하례2리에 위치해 있었다. 통상 양마단지라 불리는 곳이었다. 제주시에서 5·16도로 성판악 넘어 숲터널의 구불구불한 2차선 도로를 통과하면 산허리쯤부터 4차선 도로가 펼쳐진다. 탁 트인 조망에 서귀포 시가지와 그 뒤로 떠 있는 문섬과 새섬이 한눈에 잡혀오는 지점이다. 그렇게 선돌 입구 서성로 교차로를 지나 2km쯤 더 바다 쪽으로 달리다 보면 과속 단속 카메라가 서 있는데, 5·16도로 서귀포 측 최북단 단속 카메라였다.

몇 년 전만 해도 5·16도로로 서귀포에 가려면 선돌 입구, 토평사거리, 비석거리를 통과하는 루트를 많이 이용했다. 최근에는 선돌 입구를 끼고 우리들리조트 쪽으로 우회해서 남주고사거리 쪽으로 내려가는 운전자들이 많아졌다. 외곽순환도로 형태에, 신호등이 없어서 운전하기 편한 길이었다.

선돌 입구 지나 토평마을 쪽으로 내려오다 보니 일방통행으로 도로가 갈라지는 지점이 나타났다. 도로 공사할 때 커다란 돌이나 오래된 나무가 중앙에 버티고 있으면 제주도 사람들은 무리해서 직선 길을 내지 않는다. 육지 사람들 같으면 불도저를 동원해서라도 밀어버리지만, 제주도에서는 그 주위로 잡석을 쌓아 공간을 포기해버린다. 그런 장소를 제주도 사람들은 '머들'이라 불렀다.

도로의 머들 같은 지점은 상하행선에 둘러싸여 길쭉한 구두칼 모양으로 고립되어 있었다. 오른편에는 계단식 밭이 조성된 목장이 보였고, 왼편 상행선 쪽에는 금방 귀신이라도 튀어나올 듯한 오래된 건물이 방치되어 있었다. 다들 한 번 쳐다봤다가 황급히 눈길을 거두게 되는 흉물스러운 건물이었다.

양마단지는 서귀포시에서 제법 큰 규모를 가진 중산간 마을이었다. 과속 단속 카메라를 지나 첫 번째 신호등 삼거리에서 좌회전하고 다리를 건넜다. 그대로 직진하면 하례2리 중심지였다. 다리를 건너자마자 다시 좌회전했다. 효돈천을 따라 한라산 쪽으로 자동차 한 대 지나다닐 만한 길이 나 있었다. 반대 방향으로 내려가면 학원동이라는 옛 마을에 이르게 된다.

그렇게 1~2분 인적 없는 길을 달리자 길 양쪽에 벽돌로 쌓은 시멘트 기둥이 보였다. 경계를 표시하는 정문으로, 철 대문이 서 있었던 자리였다. 오른쪽 기둥에 세로로 '샤론농원'이라 적힌 간판이 가장 먼저 눈길을 잡아끌었다. 나무판에 새겨진 색 바랜 양각 간판이었다. 인적을 느꼈는지 어디선가 개 한 마리가 나타나 꼬리를 치켜세우고 공격적으로 짖기 시작했다.

농장 초입부터는 사유지임을 명확하게 드러내듯 시멘트로 포장되어 있었다. 다만 오래되었는지 바닥에 균열이 보였고 군데군데 패인 곳도 있었다. 낮은 경사로를 따라 올라서니 길 양옆으로 밀감밭이 펼쳐졌다. 드문드문 폐허 건물도 눈에 띄었다. 뼈대만 남았지만, 전성기에는 누군가 살았던 집으로 판단되었다. 그러고 보니 밀감밭도 전혀 관리되지 않은 상태였다.

폐허 건물은 얼핏 눈에 띄는 것만 해도 열 채가 넘었다. 경치나 위치를 고려할 때 누군가 상당히 공을 들인 게 분명했다. 농장이 들어앉은 형세가 매우 안정적이고, 남향이라 햇빛도 잘 들었다. 이런 농장이 오름 아래 숨겨져 있다는 사실에 김수남은 호기심이 발동했다.

"왜 그런 표정을 짓고 있어?"

농원에 들어서면서 강경식의 얼굴에 먹구름이 드리워졌다. 뭔가를 골똘히 생각하는 눈치였다.

"아무것도 아녜요. 저기 보세요."

오른쪽으로 난 소로에서 뭔가가 비쭉 모습을 드러냈다. 골프장에서 사용하는 전동 카트였다. 카트가 차 앞에 멈추더니 늙수그레한 사내가 내렸다.

"어떻게들 찾아옵디가?"

"뭐좀 여쭤보려구요. 이 근처에 현씨 성을 가진 여자분이 산다고 해서 말입니다."

용건을 말하자 노인의 눈빛에 경계심이 서렸다. 햇볕에

그을리고 살집이 없어 깡말랐지만 건강해 보였다.

"게난 왜 그 여자를 찾느냐 이 말입니다."

"저희는《삼다일보》기자입니다. 뭐좀 확인할 게 있어서."

명함을 건넸는데도 노인은 영 못미더운 눈치였다. 제주어를 사용하지 않은 까닭이었다.

"저디 삼나무 길 뒤에 집 한 채가 있는데 여기선 잘 보이지 않습니다. 그디우다."

"헌데 육짓분이신 모양입니다."

노인의 제주어는 완벽하지 않았고, 억양도 남다른 데가 있었다.

"전라도우다. 반 백년 가차이 살았으니까 토박이지."

노인의 말에는 전라도와 제주도 사투리가 섞여 있어 우스꽝스럽게 들렸다.

"경허민 이디서 50년을 살았단 말이꽈?"

강경식이 재빠르게 제주어로 끼어들었다.

"나가 여기 공사를 하고 그때부터 살고 이시난."

노인은 그제야 경계심을 푼 눈치였다.

"이 위 시멘트 사거리에서 오른 방향으로 전봇대 따라가면 삼나무 큰 거 나오는데, 그디가 현씨 아지망 집이주. 개 조심해야 할 거우다. 홀어멍 혼자 살다 보니까 큰 개를 키웁니다."

"뭐 여쭤볼 게 있으면 찾아뵈려고 하는데 평소 시간은 어
떠십니까? 저희 신문사에서 요즘 여기저기 다니며 마을 역
사를 취재하고 있거든요. 하례2리는 어르신이 제격인 거 같
습니다만. 여기 50년 사셨다면 말입니다."

"나가 산 역사주. 1968년부터 살암시난 나만큼 아는 사람
도 없을 거라."

강경식이 노인의 휴대폰 번호를 받아 적었다. 뒤에서 사
람 좋은 목소리가 들렸다.

"난 언제든지 환영이우다. 부담 갖지 말앙 막걸리 두어 통
만 받아 옵서양."

❖

산 아래가 전부 내려다보이는 전망 좋은 집이었다. 한라
산으로부터 발원한 수악의 끝자락이었다. 서성로가 깔리면
서 허리가 끊겼지만, 마지막 발등 경사지에 안착한 형태였
다. 영천악이 피라미드처럼 솟아 있고, 바다 쪽으로 제지기
오름과 섶섬이 아슴하게 잡혀 왔다.

중간중간 토지는 마치 자를 대고 자른 것처럼 반듯반듯

했다. 도로를 개설하고 나중에 밀감밭을 조성한 모양이 영락없는 택지 개발 부지 같았다. 제주도의 밀감밭은 소유를 구분하기 위해 불규칙한 곡선형으로 돌담을 쌓아놓은 게 일반적이었다.

마당에는 농사용 낡은 파란색 1톤 트럭이 보였고, 눈 주위가 멍 색깔인 시베리안허스키가 꼬리를 바짝 세우고 집을 지키고 있었다. 헛기침을 두어 번 앞세우고 현관 앞에 섰다. 오라동 집에서 노도를 키워서인지 마당을 가로지르는데도 개는 별다른 반응을 보이지 않았다. 킁킁 냄새만 맡다가 초인종 소리가 나자, 동공이 흔들리더니 콧등을 찡그리며 사납게 이빨을 드러냈을 뿐이다.

담배 한 대 피울 만한 시간이 흘렀을 때 현관문이 열렸다. 삼십 대 후반으로 보였다. 방문자를 확인하기 위해 옷을 갖춰 입은 모습이었다.

"김수남 작가님이 어떻게……."

여자가 그렇게 말한 순간, 어딘가 낯익다는 생각이 들었다.

강경식은 마당 한구석에 앞발을 감추고 엎드린 허스키와 기 싸움을 벌이고 있었다. 개가 여자를 발견하고 꼬리를 밧줄 사리듯 흔들어 감았다. 목줄을 눈으로 따라가 보니 마당을 가로지른 굵다란 철선 고리와 이어져 있었다. 철선 따라 마당을 자유롭게 움직일 수 있도록 만들어놓은 구조였다.

그 순간 2~3년 전 신문사로 배달되어 온 그녀의 시집이 떠올랐다. 휴대폰에 전화번호까지 저장되어 있었지만 실제로 만난 건 이번이 처음이었다. '샤론농원'이라는 작품집이었는데, 문화면 신간 소개 코너에 실은 적이 있다. 제주문화예술재단에서 보조금을 받아 출판한 책이었다.

뭐 직관이나 감각이 반짝반짝 빛나는 시편은 아니었던 것으로 기억된다. 그녀의 시에서는 유명해지겠다거나 돈을 벌겠다는 세속적 욕망이 묻어나지 않았다. 소위 신춘문예 계열의 존재 증명이 강한 시가 아니었던 것이다. 그저 묵묵히 자아 성찰하고 소박한 인생살이를 녹여내서 쓴 완성도 높은 시편이었다. 여자는 농부 시인이라 불리는 현세희였다.

"전에 한번 연락드렸던 것으로 기억하는데……."

김수남이 알아보지 못해 미안하다는 듯 뒷머리를 긁적였다. 동시에 난감함이 어지럽게 교차했다.

"작가님 전화를 받았었지요. 안목 좋은 문화부 기자님께서 제 시집을 간택해줘서 영광이었죠."

하지만 인터뷰는 현세희 쪽에서 거절했다. 조용히 살고 싶다고, 시집 한 권 묶어낸 게 뭐 대수냐고 말했던 것 같다.

위낙 완곡히 거절 의사를 밝혔기 때문에 독후감 형식으로 기사를 썼던 것으로 기억한다.

솔직히 어느 정도 사적인 호기심이 생긴 것은 사실이었다. 제주도 문단에서 활동한 지 10여 년 이상 되었고, 1976년생이라는 점도 자꾸 각인되었다. 시집 두 권에 산문집 한 권을 냈으니 문단의 중견 반열로 접어들고 있었다. 문학적인 대화를 해도 시간 낭비라거나 괜히 불쾌하지 않을 거라는 느낌이 들었다. 시 전반을 관통하고 있는 아픔이랄까, 음울함이 행간으로 감지되었기 때문이다. 시인은 그것들을 직설적으로 내뱉지 않고 우아하게 돌려쓰는 방법을 터득한 상태였다.

"작가님 장편소설도 잘 읽었어요."

현세희가 자신에 대해 평가하고 있는 것을 방해하듯 다른 말을 꺼냈다.

"고맙습니다. 오래전 일이라 부끄럽네요."

"집요하시다는 표현을 자주 했던 것 같은데, 특히 그 부분이 마음에 들었죠."

생각지도 못한 대화를 하는 사이, 강경식은 바닥에 아예 퍼질러 앉아 있었다. 눈 주위가 멍 색깔인 허스키 역시 불법 가택 침입자 경보에서 경계주의보로 한 단계 격하한 눈치였다. 꼬리를 바닥에 편안히 내리고 앉아 바다 쪽을 바라보면서 이따금씩 강경식을 할금거리는 모습이었다.

"그런데 여기까지 어쩐 일로 오셨나요?"

"조금 걸어도 괜찮겠습니까? 경치가 좋아서 말이죠."

5분 후 그들은 삼나무 길을 걷고 있었다. 현세희는 차콜색 체크 무늬 머플러를 두르고 있었다. 백 미터쯤 동쪽으로 곧장 뻗은 길이었다. 이대로 직진하면 초창기 양마단지가 나올 것이었다.

"여기에는 문영조씨하고 둘만 사시는 건가요?"

문영조는 좀전에 밑에서 만난 늙수그레한 노인 이름이었다.

"샤론농원 소유 관계가 좀 복잡해요. 그분은 남쪽을, 저는 주로 북쪽을 관리하죠."

"막상 찾아뵈니 입을 떼기가 부담스럽군요. 이름을 익히 알고 있는 분이라 더 그렇습니다만."

"무슨 질문을 가지고 오셨는데 이렇게 뜸을 들이시는지. 뭔지 모르겠지만 그냥 신간 인터뷰 왔다고 편안히 생각하세요."

"손정엽씨 말입니다."

김수남이 직설적으로 물었고, 현세희가 즉각 발걸음을 멈추었다. 뒤를 가만가만 따라오던 강경식도 급브레이크를 밟았다.

"손정엽씨가 남편이었죠? 돌아가셨다는데 어떤 일이 있었는지 말해줄 수 있습니까?"

평정심을 찾으려 노력하는 모습이었다. 그러나 감정을 다 감출 수 없었던지 왼쪽 눈꼬리가 미세하게 떨렸다.

"뭐 때문이죠?"

"특집 기사를 준비하고 있습니다. 이상한 사건을 하나 조사하다 보니 여기까지 오게 되었지요."

"이성로 변호사 사건 말인가요?"

현세희가 단박에 알아차리고 되물었다.

"손정엽씨 쪽으로 관심이 쏠리네요."

고개를 끄덕이고 있었지만, 다른 생각에 빠진 것 같았다.

"제가 1997년 초 스물두 살 때였으니까 일찍 결혼한 셈이죠."

"1998년 부중근 선거 캠프에 들어갔다가 그해 6월쯤에 양심선언을 했잖아요, 정엽씨가?"

"저는 잘 몰라요. 제가 그 사람이 뭐 하고 다니는지 다 알 수도 없고, 알고 싶지도 않았어요. 연락이 되지도, 집에 잘 들어오지도 않았어요. 집 주변에 낯선 사람들이 잠복하기도 했으니까 무서웠죠."

"당시에 손정엽씨를 찾으려는 사람이 꽤 많았던 것으로 알고 있습니다. 부중근과 신철구 쪽 모두 그를 찾으려고 혈안이 되어 있었잖아요."

"심지어 경찰도 집에 다녀갔어요. 각자 입장이 달랐겠지만, 그 사람 찾겠다는 일차적인 목적만큼은 같았죠. 정말 연락이 안 되었어요. 육지로 나갔든지, 심지어 죽었다는 생각까지 했었으니까."

강경식은 두어 걸음 뒤처져 자꾸만 주머니를 뒤적거렸다. 녹음하고 있을 거라 짐작되었다.

"정엽씨는 언제 집에 돌아왔죠?"

"2000년 봄쯤이었을 거예요. 어디 산속을 헤매다가 돌아온 것 같은 몰골이었어요. 한라산에서 산매 들려 길을 잃었다가 오름 몇 개 넘어 간신히 집을 찾아온 것 같은 몰골. 아니면 밤새 도박으로 탕진하다가 개평 받아서 귀가한 모습 같았다고 할까. 그러더니 이틀 동안 내리 잠만 잤어요, 잠만."

"그때는 사람들이 찾아오지 않았나요?"

"조사해 보셨겠지만, 99년에 이성로 변호사가 죽고 난 이후에는 아무도 부중근 선거에 관심을 가지지 않았어요. 신철구 지사 쪽에서 부정선거를 물고 늘어지려고 해도 의혹을 제기한 핵심 당사자가 죽어버렸으니까, 그만 맥이 풀리고 만 거죠. 그러니 누가 그 사건에 관심을 가지겠어요. 신철구 지사마저 손을 놓은 마당에."

"이후 손정엽은 어떻게 지냈나요?"

"빈둥거리다가…… 직장을 알아보러 나가기도 했지만. 이거 괜찮죠?"

현세희가 주머니에서 담배를 꺼내 물었다.

"쉽게 안 풀렸나 보군요."

"서귀포 바닥에서 역적으로 낙인찍힌 상황이었잖아요. 부중근은 도지사 자리를 굳건하게 지키고 있고. 부중근 지지자들에겐 배신자라는 주홍글씨가 찍혔고. 그렇다고 신철구를 찾아가서 부탁할 수도 없는 노릇이고. 그 사람이 부중근 선거를 도왔다는 것은 몰라도 양심선언 했다는 사실만큼은 서귀포 사람 전부 알고 있었으니까. 진퇴양난이었죠. 결국 농원에 처박혀 밀감 농사를 지을 수밖에 없었죠."

현세희가 다시 담배 연기를 허공으로 내뿜었다. 강경식이 빠른 걸음으로 다가와 오른편에서 보폭을 맞췄다. 녹음 음질을 생각해서 여자 옆으로 자리를 옮겼을 터였다.

"2000년 8월 말쯤이었을 거예요. 그때 태풍이 유독 심하게 왔는데, 바람이 말도 못하게 셌죠. 저쪽 내창에서……."

현세희가 뒤를 돌아 서쪽 효돈천 상류를 가리켰다.

"물이 너무 심하게 불어나시, 내창 옆 돌담을 허물어뜨리고 있었어요. 밀감밭 흙을 뭉텅이로 쓸어갔죠. 바람은 엄청나게 불었고. 토사가 내창으로 자꾸 빨려들면서 밀감나무 뿌리가 드러나더니 도미노처럼 내창 쪽으로 쓰러졌어요. 그 사람이 끈을 묶기 시작했어요."

"밀감나무를 구하려고 했던 거군요."

"물은 계속 불어났고 땅이 움푹 꺼지면서 묶어 놓았던 밀감나무 몇 그루가 어느 순간 내창으로 빨려들었어요. 그러면서 끈이 그 사람 발을 낚아챈 거예요. 그걸로 끝이었죠. 급류가 흔적도 없이 쓸어가버렸으니까. 119에 전화를 했지만 오지 못했어요. 서귀포가 온통 물난리였거든요."

이번에는 김수남이 담배를 피워 물었다.

"다음 날 효돈 쇠소깍 인근에서 시체로 떠올랐어요."

현세희가 찬바람 소리가 들릴 정도로 오지랖을 여미며 말했다. 얼굴에는 아무 표정도 없었다. 침묵이 장막처럼 내리깔렸다. 걸음을 멈췄는데도 현세희 홀로 앞으로 걸어 나갔다. 바로 눈앞인데도 허깨비처럼 잡을 수 없는 느낌이었다. 지구 끝까지라도 걸어 나갈 기세였다.

김수남은 사실상 여기에서 인터뷰가 종결되었다고 생각했다. 동시에 사건 조사가 아무 성과 없이 막을 내렸다는 허망함에 사로잡혔다. 강경식이 캭 가래침을 뱉더니 담배를 피워 물었다. 시베리안허스키가 옆에 있다면 그대로 배때기라도 걷어찰 듯한 모습이었다.

18   물 위에 지은 집

레토나 시동을 걸고 출발하려는데 현세희가 서 있는 모습이 사이드미러에 잡혔다. 녹차라도 한 잔 마시고 가라 했지만, 그럴 만큼 심리적 여유가 없었다. 룸미러를 조정해서 여자의 모습을 한 번 더 눈동자에 담았다. 파스텔 톤의 하늘이 그녀를 휘감고 있었다.

"어떻게 할 작정이에요?"

5·16도로로 접어 들어섰을 때 강경식이 말을 붙였다.

"막다른 골목에 다다랐지 뭐."

이렇게 된 마당에 서성로로 돌아갈까, 제2산록도로로 에둘러 갈까. 연재는 또 어떻게 마무리해야 하나……. 시간문제가 아니라 아이템에 결정적인 하자가 발생하고 말았다.

그 순간 일방통행 길 폐건물이 시선을 잡아끌었다. 구두칼 모양으로 고립된 머들 동쪽 도로변에 방치된 건물이었다.

"밤마다 5·16도로 귀신들이 원탁회의라도 하는 걸까요. 설정이라도 이렇게 으스스하게 꾸밀 수는 없을 거 같은데."

김수남이 흥미를 느끼고 갓길에 차를 세웠다. 시멘트 기둥만 남은 게 누군가 철문을 떼어간 모양이었다. 커다란 바위 세 개가 입구에서 출입을 가로막고 있었다.

"잠깐 들어가 볼까?"

위치상으로 샤론농원 바로 서쪽이었다.

마당에는 오래된 팽나무가 을씨년스럽게 서 있었다. 관리하지 않았는지 발목까지 잡초가 무성했고, 허리 높이까지 억새가 올라와 있었다. 나무 옆으로 작은 인공 연못이 보였다. 네이버 지도를 펼쳐 확인해 보니 내창을 경계로 동쪽은 남원읍, 서쪽은 토평동으로 분리되어 있었다.

건물은 바다 쪽으로 난 'ㄱ'자 구조에, 유리창은 모두 깨진 상태였다. 입구에는 중국집 끈 장식 커튼 같은 식물 줄기가 늘어져 있었다.

로비에는 누군가 불을 피운 흔적이 남아 있었다. 동네 불량배나 부랑자가 잠시 머물다 떠난 것 같았다. 복도에 양옆으로 작은 방들이 마주한 게 옛날 여인숙을 연상시켰다. 누가 살았기에 이렇게 방이 많은 걸까. 바로 남쪽 출입구 쪽으로 눈을 돌렸다. 키 낮은 잡초와 작은 나무 몇 그루가 간간이 서 있었다.

뻘밭에 건물을 지었군.

한눈에 알아볼 수 있었다. 지하에 물이 고여 있어 식물조차도 잘 자라지 못하는 땅이 분명했다. 물 위에다 지은 집이었다. 수맥봉을 들이대면 X자로 모였다 벌어지면서 정신을 쏙 빼놓을 것 같았다. 건축 당시에도 이랬을까. 아니면 세월이 흐르면서 건물 아래로 수맥이 지나게 된 것일까. 그때 강경식이 뒤에서 소리쳤다.

"선배, 빨리 나가요. 이런 데 오래 있으면 꿈속에서 쫓긴단 말예요. 몸도 아프고."

이 건물의 정체는 무엇일까. 위치로 보아 샤론농원과 불과 30미터밖에 떨어지지 않았다. 그런 생각을 하고 있을 때였다.

강경식이 인공 연못 앞에 그대로 붙박여 있는 게 보였다. 충격을 받아 다리가 굳은 모양새였다.

"강 기자, 왜 그래?"

"선배 저기……."

거기 큰 돌이 서 있었다.

'하느님은 사랑이십니다.'

커다란 자연석에 세로로 음각된 글자였다. 글자마다 빨간색 페인트가 묻어 있어 섬뜩하게 느껴졌다. 그걸 본 순간 뒤통수에 소름이 돋더니 이명이 들렸다. 척추 아래가 저릿저릿했다.

"빨리 나가자니까요. 여기 정말 귀신 나올 거 같단 말예요."

❖

선돌 입구에서 제2산록도로 쪽으로 좌회전했다. 우리들 리조트 언덕에 올라서자 햇빛이 눈을 찔렀다. 해가 서쪽으로 급격히 기울고 있었다.

"좋아하는 길이니까 좀 돌아가자구."

"꼭 귀신에 홀린 기분이에요."

소름이 온몸을 훑고 지나간 터라 대꾸할 기운도 없었다. 강경식이 담배 한 대를 꺼내더니 마음을 다스리듯 피워 물었다.

"사실 현세희씨 농장 입구에서부터 이상하다고 생각한 게 있었어요."

"뭔데?"

"샤론농원이라는 이름. 왠지 종교 냄새가 물씬 풍기잖아요. 처음에야 뭐 그런가 보다 넘어갔는데, 좀 전에 그 비석을 보고 나서는 생각이 달라졌어요."

"'샤론의 꽃 예수'의 그 샤론?"

"샤론은 지중해 연안에 펼쳐진 가나안 같은 곳이에요. 화초가 만발하고 목초지가 많은 대평원이죠. 성서에는 신실하고 영화로운 장소로 묘사되고 있고."

"기독교적 색채가 진하게 풍기는 이름이긴 하군."

"그런데 난데없이 '하느님은 사랑입니다'라니! 꼭 망치로 뒤통수를 얻어맞은 것 같았다고요. 가뜩이나 샤론이란 이름 때문에 수상하다 여기고 있었는데, 여기가 사연 많은 장소라는 확신이 든 거죠. 샤론농원과 '하느님은 사랑이십니다'라는 비석이 나란히 서 있는 게 우연일까. 이게 과연 논리적으로 가능한 조합일까."

"나도 사실 그 궁서체로 빨갛게 음각한 글씨를 보는 순간 소름이 끼쳤어. 샤론농원과 그 건물은 중간에 내창이 있어서 사람 걸음으로는 금방이잖아."

제주도의 하천은 대부분 건천이었다. 평소에는 물이 흐르지 않다가 한라산에 비가 많이 내리면 그제야 물길이 터지는 것이다. 그러니 징검다리 몇 개만 밟으면 바로 샤론농원으로 건너갈 수 있었다.

"대체 뭘 했던 곳인데 그런 대형 비석이 서 있고, 복도 사이로 작은 방이 다닥다닥 붙어 있느냐고요. 광신도 숙소나 옛날 기도원 같은 구조잖아요. 대체 그 건물에서 무슨 일이 벌어졌던 거지?"

직감적으로 샤론농원과 그 건물이 어떻게든 관련 있다는 느낌이 들었다.

"저런 걸 보면 어떤 이미지가 떠올라서. 예를 들면, 1992년 휴거 대파동이나 오대양 사건 같은 거 말이죠. 피 냄새가 난다구요."

"아직도 그런 걸 믿는 사람이 있나?"

"92년 휴거 잔류파나 산속 비밀 기도원에서 합숙하는 신비주의 기독교 계열들이 얼마나 많은데요."

차는 옛 탐라대사거리 분기점을 지나고 있었다. 멀리 바다 쪽으로 군산과 산방산이 오름군을 이루고 있어 신비롭게 보였다. '걸리버 여행기'가 떠오르는 풍광이었다. 오른편으로는 곶자왈이 이어지다가 한라산 중턱 밀림 지대부터 정상까지 가파른 각도로 절벽이 치솟아 올랐다.

"강 기자는 신학교 나왔다면서 왜 그리도 기독교에 비판적이지?"

"제가 이래 봬도 고등학교 때 공부를 잘해서 대학교에 좋은 성적으로 들어갔거든요."

김수남이 계속하라는 듯 고개를 끄덕였다.

"신학교에 오는 애들은 자기 모 교회에서 탑으로 꼽히는 아이돌 같은 존재예요. 주말이면 그 애들은 자기가 속한 교회로 예배드리러 전국 각지로 흩어지거든요. 거기서 왕 대접을 받든가, 적어도 신진 사대부 정도의 대우를 받죠. 교계의 백두 혈통인 거죠. 심지어는 어떤 여자애들은 동기 자취방에서 수발을 들기도 했어요. 우리 주님의 종 잘 모신다고 밥도 해주고, 빨래며 청소까지 다 해주고, 밤에는 또……. 이 대명천지에 몸종이 가당키나 해요?"

"실제로 그런 일이 벌어졌단 말인가?"

"몇몇이 그랬다는 거죠. 서울 근교로 유학을 온 여학생들도 마찬가지였어요. 걔들 보면 아예 동거를 해요. 동거를 한다고요. 교회에서 그런 대우를 받는 놈들이 전국 각지에서 모여들었으니 얼마나 시기와 질투가 들끓었겠어요. 평생을 누구에게 져본 적 없는 녀석들이니 뒤틀린 승부욕도 대단했고. 실력은 좆도 없으면서 거들먹거리기나 해쌓고. 적당히 신학교 졸업해서 교회를 차려 나가야겠다는 생각뿐이니 선배들한테 개기지도 못하고. 어디 음대 피아노 잘 치는 예쁜 애들 없나 스캔하러 다니고. 대형교회 장로 외동딸쯤에 돈 많은 집안이면 말할 나위도 없죠. 나는 하느님의 종이니까 이 모든 걸 누릴 자격이 있다……."

"일반적인 대학생 생활이 아니네. 학생이 학교에 왔으면 공부를 해야 할 거 아냐. 강 기자 자네는 진리를 찾고 싶어 신학교에 갔다고 했잖아."

"하루는 동기놈이 책 한 권 툭 던지면서 이거 읽어봤느냐고 묻는 거예요. 시비를 건 거죠. 나 참 같잖아서. 100페이지나 될까 말까, 자기는 이 책 다 읽었다는 거지. 세상에서 제일 무서운 놈이 책 한 권 달랑 읽은 놈이라더니 그 말이 틀린 게 없었어요. 저는요, 실제로 하느님이 어디에 있을 건가 구도자 심정으로 밤새워 책을 파고 있었어요. 신이 나타나지 않으니 인류의 석학들은 어떻게 신을 만났나 독학으로 공부하고 있었단 말예요. 그러니 그런 신앙 안내 팸플릿 같은 책자가 눈에 들어올 리 없었죠. 걔는 저를 한번 이겨보고 싶었던 거예요. 과 수석으로 들어왔는데, 이 새끼가 좀 수상하거든. 그래서 한번 툭 쳐본 거예요. 어떻게 나오나 간을 본 거죠. 만만하면 확 밟아버리려고."

"암투가 벌어진 거네. 자기 교회에서는 나름 권력사인데 신학교에 오니 그런 놈들투성이라 왕 대접을 못 받았단 말이잖아. 자기 고향 교회로 가면 가오다시 잡고 방귀깨나 뀌는데 학교에 오면 무명옷 입은 백성이 된 느낌이랄까? 상대적 박탈감이 생겼겠지. 그래서 존재 증명을 하고 싶은데 마땅치 않으니 뒤틀린 방법을 고안해낸 거고."

"다음부터 그런 애들은 아예 상대를 안 했어요. 대화 수준이 맞아야 말이죠. 선배들도 도긴개긴이었고. 그렇게 지내다 보니 제 주위로 기독교에 회의를 느낀 애들이 하나둘 모여들기 시작했어요. 그러나 한계는 분명했죠. 걔들 대부분이 목사 아들이었거든요. 그러니 과감할 수가 없었죠. 평생을 그 환경에서 살아온 애들이 그 두꺼운 껍데기를 어떻게 깨고 나오겠냐고요."

그래, 강경식은 스스로 퇴로를 막고 현장에서 피 터지게 투쟁한 것이다. 온갖 시기와 질투, 어려움을 무릅쓰고 자신만의 선택을 한 용기에 대해 찬사를 보내고 싶었다.

"모든 게 선택이었죠. 저도 선택했어요. 보란 듯이 자유분방한 연애를 하고 술도 마시고 담배도 피웠어요."

승용차는 평화로에 들어선 지 오래였다. 강경식의 이야기는 계속 이어졌다.

"그렇게 간신히 신학교를 졸업했는데, 이번에는 취직이 문제였어요. 어디 마땅한 데가 있어야 말이죠. 사회는 정말 냉정했어요. 심지어는 입사 지원 조항에 신학생 지원 금지라는 조건을 내건 회사도 있었죠."

"강 기자 말마따나 신학교 출신이 부담스러운 건 사실이잖아. 나 같은 경우 부동산 중개업자나 목사, 유치원장, 교장 같은 부류가 대하기 껄끄럽더라고. 무슨 공통점이 있는지는 모르겠지만."

"그래서 여기저기 알바 하면서 언론 고시를 준비했어요. 신문사마다 종교 담당 기자가 필요하니까 그쪽으로 방향을 튼 거죠. 전에 말씀드렸듯 기독교계 신문은 싫었고. 그러다 마침 제주도 《삼다일보》에 공고가 났어요. 이왕 이렇게 된 거 잘 됐다, 내려가자 했죠. 고향으로 돌아올 명분이 생긴 거죠."

차는 경마장을 지나고 있었다. 30분이면 사무실에 도착할 수 있을 것 같았다.

"선배 얘기 좀 해봐요."

"전에 말했던 게 전부야. 다른 건 없어. 미치게 재미나는 장편소설 하나 쓰는 게 꿈이지. 왜 명절에 고향 가면 할 일이 없잖아. 그럴 때 읽고 나면 뿌듯하게 연휴 잘 보냈다 느껴지는 장편소설 말이야."

"어디 가서 그런 말 함부로 꺼내지 말아요. 꼰대 소리 들으니까. 여자는 음식 만드느라 죽게 고생하는데 남자는 옆어져서 소설책이나 읽고 있으면 퍽이나 아름답겠군요."

무안해서 창밖을 보니 무인 호텔을 막 지나고 있었다. 죽어라 소설을 쓰고 나서 일주일 정도 바다가 내려다보이는 높은 호텔에 묵고 싶었다. 노트북과 레이저 프린터를 들고 들어가 퇴고를 하고 싶었다. 하얀 침대 시트 위에 벌거벗고 옆어져, 퇴고하다가 스르르 잠들어도 좋다. 그러다 눈을 떴을 때 바다가 고요히 출렁이고 있으면 더는 바랄 게 없을 것 같았다.

그나저나 어떻게 한다. 편집국장에게는 뭐라고 하나. 솔직히 얘기하고 연재를 중단해야 한다고 하나? 책임지는 의미로 사표를 내야 하나? 퇴직 절차로는 무난했으나, 모양새 빠지는 게 흠이었다. 그러면 강 기자는 어떻게 될까. 한동안 밀린 빨랫감처럼 사무실 구석에 구겨져 있다가, 어떻게든 버티면 회사에서 나 몰라라 내치진 않을 것이다.

"현세희씨의 반응이 뭔가 수상하지 않았나요?"

강경식이 생뚱맞게 다른 얘기를 꺼냈다.

"나는 뭐 이름으로나마 알고 있는 분이라 좀 놀랐고. 솔직히 매력도 있는 편이고 해서 잘 모르겠는데."

역시 강경식은 허스키와 기세 싸움을 벌이는 것으로 위장했지만, 등 뒤에서 귀에 도청 장치를 끼고 대화를 엿듣고 있었다. 김수남은 취재 도중 평정심을 잃은 게 민망했다.

"현세희라는 분, 손정엽을 지칭할 때 한 번도 이름을 부르지 않았어요. 남편이라든가 하는 얘기는 형식적이었고, 대부분 '그 사람'이라 명명했어요. 호칭으로 '정엽씨' 정도가 적당했을 텐데."

맞다, 그랬던 것 같다. 그때 머릿속에 떠오른 것은 남편이 죽은 지 20년 가까이 되었는데 왜 지금까지 혼자 지내는가 하는 의문이었다. 자꾸만 사심이 개입되었던 것이다.

"이 사건, 마지막으로 한 번만 더 조사해 봅시다."

강경식이 대시보드를 오른손바닥으로 내려치며 말했다.

"뭘 조사하자는 거야?"

"솔직히 샤론농원과 '하느님은 사랑이십니다' 건물만 아니라면 제가 이런 말 꺼내지도 않아요. 뭔가 거대하고도 은밀한 비밀이 숨겨져 있을 거 같단 말예요."

"뭘 어떻게 해보자는 거지?"

"우선 손정엽의 죽음부터 팩트 체크하죠. 서귀포경찰서에 기록이 남아 있을 거예요."

"조사 중에 들은 얘기는 교차 검증해야 신문기자 맞지. 결과가 어떻든간에."

강경식이 기세 있게 밀어붙이자 김수남이 마지못해 맞장구쳤다.

"이번에도 헛발질이면 연재 접고 깨끗하게 항복합시다. 그리고 앞으로 사회생활 졸바로 하겠다고 자아비판 쎄게 하고 편집국장한테 몇 대 맞자고요."

19   하원리 표고밭

마태웅은 이 젊은 놈이 웬만하면 표고밭을 낙찰해주길 바랐다. 최근 도청에서 흘러나온 고급 정보에 의하면, 내년부터 한라산 국립공원 내 표고 재배가 전면 금지된다고 했다.

한때는 백록담 턱밑까지 네모난 그물망 형태로 표고밭을 만들자던 시절도 있었다. 한라산 전체를 표고 특화 지구로 지정해서 외화벌이의 전초기지로 육성한다는 원대한 계획이었다. 혁명 주체 세력인 구자춘 제주도지사가 수출 증대 사업으로 강력한 드라이브를 건 결과였다.

이대로 천년만년 이어지면 좋으련만, 1966년 정부 산하 문화재청에서 한라산을 천연보호구역으로 지정하더니 국립공원으로 묶어버리겠다고 선전포고했다. 문화재청은 표고버섯 자목의 무분별한 남벌을 막으려면 표고농장을 모두 없애야 한다고 주장했다. 한라산 원시림을 보존하여 후대에 넘겨줘야 한다는 논리였다. 제주도는 배알도 없는지 한라산 내 열한 개 표고농장을 모두 폐쇄할 예정이었다.

구자춘 도지사와 문화재청의 힘겨루기에서 박정희가 문화재청의 손을 들어줬다는 소문도 들렸다. 5·16 당시 포병부대 이끌고 한강을 함께 건넌 혁명 주체 세력마저 맥없이 나가떨어지는 마당에 지역의 일개 농장주 따위가 괜히 나댈 이유는 없었다. 당분간 납죽 엎드려 있는 게 최고였다. 이로써 꽃 피고 꿀 빨던 봄날은 지나간 거였다.

그나저나 이놈은 대체 무슨 거 하는 놈인가.

옷차림부터 분위기까지 여간 수상쩍은 놈이 아니었다. 이 삼복더위에 라이방에, 양복까지 껴입은 꼬락서니라니……. 그래도 가오다시 하나는 잘 나오는 편이었다. 중산간이라 숲이 어둡고 안개가 잔뜩 끼어 앞이 잘 보이지 않는데도 사내는 절대 선글라스를 벗는 법이 없었다.

이 모든 일은 며칠 전 도지사의 극비 지령이 하달된 직후 이루어졌다. 한 사내가 찾아갈 테니 지극정성을 다해 모시되, 서귀포의 땅 두 곳을 보여주라는 지시였다. 제주도 곳곳에 풀어놓은 가죽점퍼들조차 이렇다 할 정보를 가져오지 못하는 것으로 보아 보통 사람이 범접하지 못할 곳에서 활동하는 부류가 분명했다. 대충 칙사 대접해서 술집 몇 군데 순례하고, 가슴팍에 백화고 표고버섯 몇 상자 안겨 보낼 상대가 아니었다.

마태웅은 사내 앞에서 공손히 두 손을 모으고 있는 자신을 발견하고 쓴웃음을 지었다. 이놈의 거지 근성은 죽을 때까지 벗지 못하리라. 센 놈을 귀신같이 알아차리고 몸이 먼저 반응하는 것이다. 나중에 이빨을 드러내는 한이 있더라도 일단은 다리 사이로 꼬리를 말아 넣고 최대한 충성스러운 개로 위장하고 보는 것이다. 혹시 중앙정보부 소속 아닐까? 이런저런 가능성을 타진해보아도 마땅한 답이 나오지 않자 도달한 결론이었다. 그러나 사내는 이쪽에서 무슨 생각을 하건 무람없이 침묵하고 있을 뿐이었다.

사내는 두 군데의 땅을 보기로 예정되어 있었다. 한 군데는 마태웅이 아버지로부터 물려받은 중문면 하원리 표고밭이었고, 다른 곳은 서귀면 입석(立石)동 부근 임야였다. 입석동 쪽은 국세청 소유의 땅이었다. 그렇다면 상효리와 하례 2리가 걸쳐 있는 입석동을 선택할 가능성이 컸다. 최근 5·16 도로가 뚫려 접근성이 좋고, 개발 가능성도 현저히 높았기 때문이다.

거기까지 내다본 마태웅은 아무래도 이 표고밭을 팔지 않는 게 낫겠다고 마음을 고쳐먹었다. 내년이면 국립공원으로 귀속될 땅을 이런 놈에게 속여 팔았다가는 어떤 후환이 되돌아올지 모른다. 꼭 이놈한테 안 팔아도 상관없다. 제주도한테 사라고 하면 되잖아. 개인 사업장을 국립공원으로 강제 수용하려면 그에 상응하는 대가를 지불해야지. 도지사 놈에게 당근과 채찍을 번갈아 주며 사게 만들든지, 아니면 국가를 상대로 소송을 걸든지 방법은 여러 가지였다.

❖

마태웅은 요즘 들어 새삼 세상 사는 맛이 났다. 참으로 살 맛 나는 세상이란 게 바로 이런 거였다. 대명천지에 이런 개벽 세상이 왔다는 사실도 놀라웠다. 일제 강점기에 쪽바리 놈들 밑에서 갖은 멸시와 천대를 당했는데, 이제 사람 대접도 받고 탐나는 과실도 따 먹게 되었으니 꿩 먹고 알 먹고, 도랑 치고 가재 잡는 일거양득의 세상이 되었다. 친일파네 뭐네 손가락질할 테면 해봐라, 내가 눈 한 번 꿈쩍하는가……. 능력도 없는 것들이 주둥이만 살아가지고 얻다 대고 지적질

인지 모르겠다.

일제 강점기에 마태웅은 이대로 해방이 되지 않았으면 좋겠다고 생각했다. 한반도를 집어삼키고 만주에서 말레이시아, 남양군도까지 대동아공영권의 대업을 이룬 일본이었다. 아버지 마성구 역시 같은 생각이었다. 아버지는 표고밭과 밀감 농원의 마름으로 일본인을 주인으로 모셨다. 아버지의 충성 덕분에 일본 일신상업학교(日新商業學校)로 유학을 다녀왔고, 서귀포 조선인 최고의 파워 엘리트로 자리잡게 되었다. 마태웅의 앞에 그야말로 탄탄대로가 열렸지만, 전황은 날로 비극적이었다.

괌과 필리핀이 차례로 함락되고 오키나와마저 풍전등화 신세가 되자 일본은 패전을 예감한 듯했다. 일본은 어떻게든 유리한 조건에서 종전 협정을 주도하려고 시간을 끌고 있었다. 미군은 도쿄 대공습을 필두로 전국 대도시를 차례로 폭격하면서 서서히 일본의 숨통을 조이기 시작했다.

오키나와에선 옥쇄 진지가 구축되고 있었다. 1945년 7월까지 계속된 전투에서 일본군 65,000명, 민간인 120,000명이 사망했다. 일본군은 미군한테 죽임을 당하느니 옥처럼 아름답게 부서지자며 남은 주민에게 자결을 강요했다. 부모가 자식을, 자식이 부모를, 형제가 또 다른 형제를, 이웃이 이웃을 살육해야 했다. 거부하면 학살당했다. 궁지에 몰린 일본은 제주도에도 최후의 저지선을 구축했다.

만일 그때 일본이 항복하지 않았으면 제주도는 어떻게 되었을까. 섬 전체가 불바다로 변했을 것이다. 일본 놈들은 평소에는 체계적이고 합리적이었으나 어떨 때 보면 앞뒤 재지 않고 무대뽀로 밀어붙이는 경향이 있었다. 한 번 수틀리면 희한한 방향으로 자가발전을 하는 족속이었다. 그때 원자폭탄이 떨어지지 않고 천황이 항복하지 않았다면, 제주도는 융단폭격의 제물이 되었을 것이다.

그러던 중 오밤중 도둑처럼 해방이 찾아왔다. 아버지는 세계 최강의 일본이 패망했다는 소식에 씁쓸한 표정을 짓고 안절부절못했다. 천황 폐하가 항복 선언했다는 동쪽 바다를 향해 하루 세 번씩 절을 하더니 어느 날은 시퍼렇게 날이 선 일본도를 들고 방으로 들어갔다. 며칠 동안 남쪽 방에 칩거하며 울분을 토했고, 그때마다 마태웅은 아버지가 칼을 거꾸로 쥐고 할복하지 않았는지 문밖에서 인기척을 살펴야 했다.

그렇게 열흘쯤 지난 어느 날, 아버지가 양복 말쑥하게 빼입고 방에서 나왔다. 한소끔 되게 앓고 나면 그렇듯 아버지는 전혀 다른 사람으로 변해 있었다.

1945년 9월 28일 미군 제7사단 무장해제팀이 제주도에 상륙했다. 곧바로 일본군 무장해제가 진행되었고, 제주도에 남아 있던 5만여 명의 일본인들은 귀향 준비를 서둘렀다. 재한 일본인들의 예금 인출 사태가 빚어지자 미군은 개인당 가지고 갈 수 있는 돈을 1,000엔으로 제한하고, 화물도 두 손에 들 수 있는 짐으로 대폭 축소시켰다.

　　요시모토 마사키치가 위기를 느낀 것은 그 무렵이었다. 집과 밀감밭, 그리고 표고농장 등 부동산이 적산(敵産)으로 묶여 재산권 행사에 제동이 걸린 것이다. 다른 일본인의 경우, 이때를 대비해서 미군이 들어오기 전에 재빠르게 매매를 끝낸 사람도 있었다. 늑장을 부린 것이 화근이었다. 다행히 육지보다 미군이 늦게 상륙했으니, 아직 말미가 남아 있긴 했다.

　　요시모토는 서홍리 밀감밭 안에 일본식 집을 지어 살고 있었다. 급한 불을 끌 요량으로 집 안 귀중품을 챙겨 시장으로 나갔으나, 급처분으로 나온 물건들이 가게마다 천장까지 쌓여 있었다. 물건을 팔아 여비라도 확보하려 했지만, 조선 사람들은 그것을 단박에 구매할 만큼 어리석지 않았다. 욕심나는 물건이 있어도 빙빙 돌려 애를 먹이면 가격이 내려간다는 사실을 잘 알고 있었다. 그러던 어느 날 마성구가 찾아왔다.

"요시모토, 어떻게 지냈나?"

종전 전만 해도 깍듯하게 '도련님'이라 존대했던 마성구였다. 말과 태도가 달라져 있었다. 마성구는 제 세상 만난 듯 거들먹거리고 있었다.

"아드님까지 대동하시고 어쩐 일입니까?"

요시모토는 화를 내고 싶었지만, 심호흡하고 천천히 말을 내뱉었다. 그러지 않아도 요즘 새로 만들어진 서귀포인민위원회 주변을 기웃거린다는 소문을 들었던 참이다. 서귀면장과 어울려 다니며 아삼륙으로 지낸다고 했다.

"쪽바리놈들은 쪽바리 본국으로 돌아가는 게 세상 이치 아닌가. 결국 본향으로 돌아가는 게 인생사 하나님이 정해 놓은 순리 아니냐, 이 말씀이지."

"뭐 하러 왔느냐니까요?"

"듣자 하니 시장에 물건을 내다 팔고 다닌다던데. 집안이 이리도 휑해서야. 죽은 아버지가 벌떡 일어나 땅을 치며 통곡하겠군."

제주도 표고버섯 농장의 개척자는 후지타 칸지로였다. 후지타는 1905년 조선 정부로부터 10년 특허 계약을 따내고 제주도에서 표고버섯 인공 재배를 시작했다. 한일 강제병합 이후 조선으로의 농업 이민 장려 정책이 시행되자, 후지타는 일본 유명 표고 재배지 히고와 오오이타에서 파격적인 근로 조건을 내세우며 대대적인 채용 광고를 냈다.

아버지 요시모토 큐조는 오오이타 출신으로 새로운 삶과 보다 나은 처우를 받기 위해서 제주도로 이주한 케이스였다. 시모노세키항까지 기차로 하루, 거기서 부산항, 목포항을 거쳐 제주항에 이르는 대장정이었다.

제주도에 도착한 아버지는 수악 농장 후지타 밑에 있다가, 하원에 표고농장을 개척했다. 그동안 모아둔 돈과 은행 대출을 받아 땅을 장만하고 독립을 선언했다. 일본에서 제주산 표고버섯이 센세이션을 일으키자 은행 빚을 모두 청산하고, 서홍리 땅을 사들여 밀감밭까지 조성했다. 1923년 제주, 오사카 직항까지 열리면서 표고 사업은 최전성기를 구가하게 된다.

마성구는 하원 표고농장의 초창기 멤버였다. 후지타 밑에 있다가, 아버지가 독립하자 따라 나와 농장 부지를 알선하고 토지 매매 중개까지 한 최측근 반도인이었다.

아버지는 마성구에게 버섯 재배 기술을 가르쳤다. 후지타 농장에서는 종자를 심는 작업에서 채집, 건조 등 고급 기술에는 반도인의 참여를 일체 배제시켰다. 내지에서 이주한 일본인끼리 기술을 공유했다. 반도인에게는 다리를 건설하거나 집을 짓고 지게를 지는 따위의 단순노동이 주어졌으나, 아버지의 마성구에 대한 애정은 남달랐다. 애석하게도 아버지는 종전 두 해 전 병으로 돌아가셨고, 유언에 따라 하원 표고농장에 묻혔다.

그 마성구가 문제였다. 지금까지 꼬리를 다리 사이로 말아 넣었던 개가 갑자기 으르렁거리며 돌변한 것이다. 표고와 감귤 재배 기술을 전수하고, 아들에게 일본 유학길까지 알선했는데 등허리에 칼을 꽂은 것이었다. 그렇게 고등교육을 받은 마태웅은 요시모토의 모든 부동산에 적산 딱지를 붙여 거래 정지시켰다. 면사무소에 근무하면서 행정적인 처리까지 말끔히 끝내놓은 상태였다.

"내가 무슨 물건을 팔든 당신이 상관할 문제가 아닙니다."

요시모토가 허리 곧게 펴고 마지막 자존심을 세웠다. 그는 서홍리에서 태어나고 자라 한국어 발음이 유창했다. 마성구가 사늘하게 웃으며 다다미 바닥에 놓인 서류를 검지 끝으로 툭 밀었다. 건넌방에는 그의 아내가 열 살짜리 아들을 끌어안고 숨죽여 대화를 듣고 있었다.

"하원 표고밭과 이 과수원을 넘기게. 거기다 지장 찍어."

마성구가 드디어 본색을 드러내며 맹수처럼 압박했다.

"이게 말이 된다고 생각합니까?"

"어차피 너는 여길 떠나야 하고, 누군가는 이걸 가져야 하지. 지장을 찍으면 일본으로 돌아갈 수 있도록 방도를 마련해 주겠네."

밀항선을 알선해 주겠다는 뜻이었다. 재산 많은 일본인들이 주로 사용하는 방법이었다.

"일 없어요. 어차피 가지고 갈 돈도 재산도 없으니까."

허허, 하고 마성구가 웃었다. 그 순간 마태웅은 토지 매매 서류에서 눈을 거두고 아버지를 쳐다보았다. 살기가 풍겨 나왔다. 난생처음 보는 낯선 모습이었다.

"이 쪽바리놈이 오냐오냐 하니까 똥오줌도 못 가리네 그려. 똥인지 된장인지 꼭 찍어 먹어봐야 아나? 정신 차리라구! 세상이 바뀌었어. 너나 네 자식 모두 몰살시켜도 누구 하나 눈 하나 깜짝 안 한다고. 너희 일가 몬딱 저 밀감밭에 생매장해버려도 아무도 신경 쓰지 않을 거란 말이야. 기껏해야 쪽바리놈들 일본으로 야반도주했다고 몇 마디 떠들다가 말겠지."

마성구가 눈을 부라리며 말했다. 그제야 마태웅은 아버지가 자신을 왜 이곳에 데리고 왔는지 깨달았다. 세상 사는 법을 현장 교육으로 가르쳐준 것이다. 책상물림으로 살지 말라는 뜻이었다. 그 순간 요시모토가 서류에 지장을 찍었다. 오른손 엄지가 부르르 떨리고 있었다.

"약속은 지킬 거야. 이래 봬도 나도 가오가 있는 놈이야. 그러니까 배에 싣고 갈 재산이나 힘껏 긁어모으라고. 이 집에 있는 것은 다 실어 가도 좋아. 빨리빨리 집을 비우라고. 너희 일본놈들 똑똑하고 사리 판단도 빠르잖아. 발 빠르게 적응하는 게 신상에 이로울 거야. 아 참, 니 아방 묘도 파 내서 화장을 하든 뿌려버리든 표고밭에서 치워버려. 이게 조건이야."

마성구가 먼지를 툭툭 털면서 자리에서 일어섰다. 그러더니 뒤를 돌아보면서 말했다.

"쌀 한 말 가져왔으니까 급한 대로 요기나 하라고. 애새끼들 몰골이 꼭 오일장 거지 같은 게 말이 아니구만. 세상이 이렇게 바뀔 줄 누가 알았나? 참말로 요지경 세상이여. 인생 오래오래 살아야지, 일찍 죽으면 말짱 도루묵 아닌감?"

마성구의 웃음소리가 과수원 안에 울려 퍼졌다. 그렇게 방바닥에 엎어졌던 요시모토는 두 주먹을 불끈 쥐며 일본어로 소리쳤다.

"나라가 망하니 어물전 꼴뚜기까지 날뛰는구나. 그래 조금만 기다려라, 조센징. 우리는 반드시 돌아온다!"

❖

마성구는 미군정이 시작되자 친미주의자로 망토를 갈아입었다. 인민위원회만 들어가면 괜찮을 거라 생각했는데, 친일 경력이 문제가 되어 서귀면장과 함께 따돌림을 받았다. 하지만 마태웅은 면사무소에서 그대로 자리를 지킬 수 있었다. 오히려 승진까지 했다. 일본인들이 귀국하고 나자 자리가 비었고, 친일 행각이 두드러졌던 사람일수록 제 발이 저려 출근하지 않았기 때문이다.

그러나 신탁통치 찬반을 기점으로 친일 분자들이 자리에 속속 복귀하기 시작했다. 미군정은 인민위원회를 무시하고 편의적 점령 정책에 따라 일제 강점기의 경력자를 우선 등용했다. 경찰이 먼저 자리에 복귀하자, 눈치를 보던 공무원들이 속속 출근하기 시작했다. 불과 얼마 전까지 눈을 까뒤집고 게거품 물며 귀축미영(鬼畜米英)을 외치던 친일파들은 반공을 동아줄 삼아 기사회생했다. 이제 미국은 적국이 아니라 은혜로운 나라이자 구세주의 나라였다. 세상은 친일이든 친미든 주인을 잘 알아보는 자의 것이었다.

그러다가 얄궂게도 4·3사건이 발발했다. 아버지는 그해 겨울 서울에서 내려온 손님을 만나러 교회 갔다 돌아오는 길에 폭도들에게 죽임을 당했다. 마태웅이 제주읍으로 넘어가 미군정청에서 사무를 보던 사이에 벌어진 일이었다.

마태웅은 아버지를 만나러 온 손님이 서울의 조선민주당 임원이라는 것을 알고 있었다. 왜 하필 교회에서 만났을까. 1901년 신축민란(辛丑民亂) 때도 할아버지가 서홍리 하논 성당에 있다가 폭도들에게 죽임을 당했는데……. 그 뒤로 아버지는 개종하여 교회에 다니기 시작했다. 마태웅은 그 순간 결심했다.

우리 집안의 모든 우환은 종교로부터 비롯되었다. 저 위 북쪽에서 유행하는 말로, 종교가 아편이라더니 그 말이 맞는 모양이었다. 빨갱이놈들이 즐겨하는 말이라 동의하고 싶진 않지만, 어쨌거나 종교가 나쁜 거라는 이론만큼은 유효하다. 우리 집안은 대대로 종교와 잘 안 맞는다……. 마태웅은 이후 교회에 발을 끊고, 가훈을 '종교와 상종하지 말자'로 정했다.

그 2년 후 터진 한국전쟁으로 제주도에 피란민들이 몰려들자 제주도 전역의 토지 실태 조사가 이루어졌다. 마태웅은 요시모토의 땅 소유권을 정리했다. 아버지가 과수원과 표고밭 마름이었고, 서류상 해방 전해에 요시모토로부터 토지를 구매한 것으로 되어 있었기 때문에 아무런 걸림돌이 없었다. 아버지가 나중에 문제가 생길 경우를 대비해서, 요시모토의 지장을 받을 때 토지 거래 날짜를 1944년으로 적어놨던 것이다. 마태웅은 상속 절차를 거쳐 모든 재산을 자신의 명의로 등록할 수 있었다.

❖

손정엽이 하효의 쇠소깍에서 시체로 발견된 것은 2000년 9월 1일 오전이었다. 그해는 제주도가 두 개의 태풍 영향권 아래 놓여 있었기 때문에 8월 중순부터 하순까지 하루도 빼놓지 않고 비가 내렸다. 10호 태풍 빌리스는 8월 19일부터 8월 23일까지 타이완을 강타했다. 한반도에 상륙하지 않았지만, 태풍 영향권에 든 제주도에는 연일 호우가 집중되고 있었다.

이어 12호 태풍이 한반도로 접근했다. 태국어로 '비의 신'을 뜻하는 쁘라삐룬은 이름과 달리 비보다 바람이 거센 태풍이었다. 흑산도에서 순간최대풍속이 초속 58.3m에 이를 정도로 강력했다. 쁘라삐룬은 위도를 높이며 한반도 전체를 뒤덮을 만큼 몸집을 불리고 빠른 속도로 북상했다. 태풍 중심권에서 가까웠던 서해 도서 지역과 호남, 충남, 서울, 경기, 인천 지역이 직격탄을 맞았다.

빌리스와 쁘라삐룬은 사망실종 28명에 재산 손실 2,520억 원의 큰 피해를 남겼다. 시기가 겹쳤기 때문에 두 태풍의 피해액이 합산되어 집계되었다. 제주도에서는 사망 2명과 30여억 원의 피해를 남긴 것으로 보고되었다. 이 두 태풍은 2012년 한반도를 찾아온 덴빈과 볼라벤의 루트와 비슷했다.

현세희가 말한 2000년 8월 말의 집중호우는 사실이었다. 서귀포 기상대 데이터베이스를 조회해봐도 태풍 빌리스가 활동하던 8월 20일 하루 강수량은 68.5mm였다. 쁘라삐룬이 지나가던 8월 31일 목요일은 바람이 심하게 불었으며 39.0mm의 비가 내렸다. 한라산 진달래밭에는 500mm 이상의 물 폭탄이 떨어졌다. 비는 각 계곡을 따라 하천으로 흘러내려 급류를 형성했을 것이다. 손정엽의 사고는 바로 이날 발생했다.

다음 날 김수남이 출근해서 기상청의 과거 기록을 뒤지고 있는데, 강경식으로부터 전화가 걸려왔다. 아침 일찍 경찰 수사 기록을 확인하러 서귀포로 넘어갔던 참이었다.

"현세희씨 말대로 119에 신고가 되어 있었어요. 그런데 이상한 점이 발견되었어요."

"이상한 점?"

"실종자가 한 명이 아니라 두 명이었어요."

"두 명이었다구?"

"손정엽과 현세희씨 아버지 현영학. 손정엽 한 명이 아니었다고요. 두 사람이 급류에 휩쓸렸던 거예요. 현영학은 다음 날 효돈천과 영천이 만나는 지점인 영천악 인근에서, 손정엽은 더 하류 지점인 쇠소깍에서 각각 발견되었어요."

"태풍 쁘라삐룬 때 제주도 두 명의 사망 피해자가 이 두 사람이었단 말이네."

"더 이상한 것은 말이죠, 사건 발생 지점이 하례2리가 아니라 선돌 지경이라는 점이에요. 이 사람들 실종 신고 당시 주소가 그쪽으로 등록되어 있었더라구요."

선돌이라면 하례2리에서 2km가량 북쪽에 위치한 마을이었다.

"그렇다면 현세희가 두 가지 거짓말을 했다는 거네. 죽은 사람 숫자와 사고 발생 장소. 일단 알았어. 조금 이따 서귀포로 넘어갈 거야. 만날 사람이 떠올랐어."

김수남은 바로 샤론농원 문영조에게 전화를 걸었다. 마을 역사를 취재하는 김에 서귀포 동문로터리에서 저녁 식사나

하자고 제안했다.

❖

"마태웅은 이후 성산의 통조림 공장이영 전분 공장이영 손 안 댄 곳이 없엇수다. 호랑이 사라진 곳에 여우가 왕 노릇을 한다더니 값나가는 적산을 모조리 쓸어 담은 거지. 펜대 굴리던 면서기가 와장창 출세해분 거라."

"종잣돈은 하원 표고밭과 서홍동 밀감 단지에서 나왔겠군요."

문영조가 고개를 끄덕였다. 김수남은 노인이 왜 이런 얘기를 자꾸 늘어놓는지 궁금했다. 얘기가 재미없는 것은 아니었다. 서귀포 동문로터리 막걸릿집에 앉은 게 벌써 두 시간 전이었다. 한 시간 넘게 이야기했으나, 변죽만 계속 이어졌다.

"친일파가 적산을 차지하는 과정이네요. 이런 얘기는 처음 듣습니다. 이것에 대한 비판은 없었나요?"

"마태웅은 후에 사회사업도 많이 했고, 병원이나 학교, 운동장, 요양원 지을 땅도 제주도에 무상으로 기증했거든."

"이미지 세탁을 했던 것이군요."

"경허난 서귀포에서는 긍정적인 평가만 남겨지게 되었지. 재산을 어떻게 모았는지는 아무도 관심이 없었어. 마태웅이가 서귀포의 유지로 승승장구헌 게 탁월한 선택이었던 거야. 서귀포 상공회의소 대표에 제주도 행정과도 밀월 관계를 유지했고. 심지어 교육 쪽에도 상당한 기여를 했지. 문화예술 방면에도 안목이 뛰어났고. 누군가 과거를 문제 삼기엔 계란으로 바위 치기여시난."

"그래서 그 선글라스 사내는 하원 표고밭과 선돌 쪽 땅 중어떤 것을 선택했습니까?"

김수남이 대화의 방향을 바로잡듯 직설적으로 물었다. 얘기를 너무 빙빙 돌려 출발 지점을 잊어먹은 듯 보였다. 노인이 재촉하지 말라는 듯 손을 가로저었다.

"진짜 연속극은 지금부터우다. 어이 아지망, 여기 막걸리두 통 더 가져와붑서!"

❖

표고밭을 둘러본 선글라스 사내는 영 마음에 들지 않는 눈치였다. 마태웅은 얼른 이 자리를 뜨고 싶었다. 이 정도면 도지사 놈한테 의무방어전은 했다고 생색낼 수 있었다.

표고밭 인부들은 사내가 쳐다보고 있는데도 각자 작업 공정에 따라 분주하게 움직이고 있었다. 표고농장은 한라산 중턱에 동떨어져 있어 막장이라 불리는 곳이었다. 전과자나 도망 온 범죄자들부터 돈에 팔려온 아이들까지 온갖 인간쓰레기들이 모인 곳이었다. 강력 사건도 일 년에 한두 번씩 꼭 발생하는 약육강식의 세계였다. 경찰과 기자 입 틀어막느라 '와이로 멕인' 돈이 집 한 채를 사고도 남을 정도였다.

마침 광주리에 생 표고버섯을 든 여자가 지나가고 있었다. 흰 저고리에 검정 치마를 입어 정갈해 보이는 여자였다. 하얀 얼굴에 가녀린 몸이 묘한 분위기를 자아냈다. 못 보던 여자였다. 여자는 선글라스 사내와 눈을 마주쳤다가 그만 넘어지고 말았다. 그럼 그렇지, 이 사내놈이 이상하긴 이상한 모양이야. 나만 그렇게 느낀 게 아니라고.

대나무 광주리가 뒤집혀 표고버섯이 사방으로 흩어졌다. 쯧쯧, 일 좀 요망지게 하지, 저렇게 약해빠진 몸뚱이로 뭘 하겠다고……. 그 순간 마태웅의 눈을 잡아끈 것은 여자의 벗겨진 고무신이었다. 덕지덕지 진흙이 묻어 더럽혀진 하야말쑥한 고무신이었다. 시선이 먼저 반응하여, 검정 치마 속 뽀얗고 탐스러운 허벅지를 훑고 있었다. 여자의 겁먹은 표정까지 보태지니 금상첨화였다. 묘하게도 춘기가 일어 몸이 부르르 떨렸다. 술집 낡아빠진 작부년들 상대할 때와는 또 다른 욕정이었다. 당혹스러울 만큼 아랫도리가 뻣뻣하게 일어섰다. 그 순간 어디서 나타났는지 작업반장이 재빨리 다가와 여자를 잡아 일으켰다.

마태웅은 작업반장 현영학이 있어 표고농장을 이만큼이나마 운영할 수 있었다. 정체를 알 수 없지만, 말할 때 가끔 이북 억양이 튀어나오는 것으로 보아 실향민일 가능성이 컸다. 3년 전부터 사람 부리는 일에서 표고버섯 포장까지 모든 공정을 감독하고 있었다. 이제는 제법 신뢰가 쌓여 마태웅은 표고농장의 외부 문제만 신경 쓰고 내부 운영은 현영학에게 전권을 위임한 상태였다.

"여기서 하룻밤 묵어야 되겠소."

선글라스 사내가 떨떠름한 표정을 거두고 드디어 입을 열었다. 의외로 중저음의 듣기 좋은 목소리였다. 혹시 표고밭에 관심이 있는 것일까. 순간적으로 기대가 일었지만, 바로 생각을 접었다. 긁어 부스럼만 만드는 게 아닌가 걱정되었다.

"여기는 선생님 같은 분이 머물기에는 누추합니다. 저 아래 천지연으로 가시지요. 각하께서 서귀포 내려올 때마다 묵는 호텔이 있는데, 오늘 서귀포 칠십리 칙사 대접 코스 한번 밟으셔야지요."

"임자, 거 말이 많구만. 작은 A텐트 하나면 되니까 적당히 준비해 두시오."

당최 기가 눌려 아무 대꾸도 할 수 없었다. 현영학을 불러 자리를 만들라고 지시했다. 선글라스 때문에 정확히 어디를 보는지 확인할 수 없었지만, 현영학 뒤쪽에 눈길이 멎어 있었다. 순간 사내의 입꼬리가 슬며시 올라갔다. 멀찌감치 좀 전의 그 여자가 머리에 광주리를 이고 건조장으로 들어가는 게 보였다. 마태웅은 그걸 놓치지 않았다. 눈치로만 살아온 한평생이었다. 이 녀석, 뭔가 꿍꿍이속이 있다. 음침한 게 보통 기분 나쁜 놈이 아니다.

❖

"결국 선글라스 사내는 선돌부터 지금의 샤론농원까지 땅을 선택했지. 그런데 말이야, 입석동에 이미 터를 잡고 눌러살던 원주민들과 마찰이 생겼주게."

이야기가 전혀 다른 방향으로 흘러갔다. 문영조가 주위를 환기하듯 담배를 피워 물었다. 주인아주머니가 창문을 열면서 얼굴을 찌푸렸다.

입석동(선돌)은 일제 강점기에 일본 재단법인 이에수단(イ

ㅈㅅ團, 예수단) 우애구제소(友愛救濟所) 소유였으나 해방 이후 적산으로 분류되어 국가에 귀속된 땅이었다. 1963년 서귀읍 남부수리조합 조합원들이 정부의 허가를 받아 선돌 인근에 수리답을 개척하기 시작했다. 그러나 농업용수가 문제였다. 빗물에만 의존하여 농사를 짓다 보니 힘에 부친 조합원들이 하나둘 떠나갔다. 야심차게 밀어붙인 사업은 흐지부지 끝났지만, 그중 열한 세대는 포기하지 않았다. 생계가 막막했던 그들은 작물이 자랄 만한 땅을 찾아 밭농사를 짓기 시작한다.

그러던 중 육지로 나가 살던 오영진이 조상 땅을 되찾겠다고 나타났다. 그의 아버지는 예수단 우애구제소 지분 1/23을 가진 유일한 조선인이었다. 예수단 우애구제소의 설립자는 가가와 도요히코(賀川豊彦, 1888~1960) 목사로 우찌무라 간조와 더불어 근대 일본을 대표하는 기독교인으로 알려졌다. 그는 '사선을 넘어서'라는 자전소설을 남겼고, 일본 협동조합의 아버지라 불리기도 했다. 그러나 '빈민 구제'라는 애초 설립 취지와 달리, 서귀포 서호, 서홍, 토평, 영천 공동목장 소유자로 떡하니 이름을 올린다. 그 크기가 무려 44만 평이었다. 입석동도 이에 해당되었다.

입석동 주민들도 느닷없는 오영진의 등장에 아연했다. 즉각 제주도지사와 제주세무서장에게 이 땅이 친일 은닉 재산이라는 탄원서를 넣고, 실제 점유자인 자기들에게 불하해달라고 진정했다. 오영진은 국가를 상대로 소유권 반환 소송을 제기했고, 이후 10여년간 지난한 법정 투쟁이 이어졌다.

1975년 선돌 주민들이 다시 진정서를 제출하자, 제주세무서는 오영진과의 재판이 끝나는 대로 합법적으로 처리하겠다고 회신했다. 친일 은닉 재산 신고와 국가 소유의 황무지를 개간한 노고를 참작하여 긍정적으로 검토하겠다는 답변이 날아왔다. 농민들은 자기 땅을 갖는다는 꿈에 부풀어 감귤나무와 밤나무 등 대규모 과수원 단지를 조성하기 시작한다.

그러나 1976년 11월 대법원에서 오영진의 패소 확정판결이 나자 국가는 안면을 몰수했다. 15년간 가졌던 주민들의 꿈이 국무총리의 국유재산 불하 금지명령으로 산산조각났다.

"1977년 제주세무서가 선돌땅을 NK재단에 넘겨버린 거지. 당시 제주세무서는 청사가 낡아서 이전을 검토하고 있었는데, 건물 지을 돈이 없으니 어떻게 헐 거라? 그때 NK재단이 신청사 건물을 올려주고, 그 대가로 입석동 땅을 받아챙긴 거지."

"NK재단이 뭐죠?"

"나도 지금까지 그게 뭔지 잘 모르크라. 정체를 숨기고 활동한 프로젝트 재단일 수도 있고. 선돌 주민들만 하루아침에 닭 쫓던 개 지붕 쳐다보는 신세가 된 거지."

"그렇다면 선글라스 사내가 오영진의 패소를 미리 알고 있었단 말이네요. 선글라스가 하원 표고농장에 들어온 것은 75년 여름이고, 대법원 확정판결이 난 것은 다음 해 11월이었잖아요. 선생님 말씀이 맞다면 하원 표고밭과 선돌 땅을 두고 국세청과 NK재단이 막판 조율에 들어간 상태였고, 그 선글라스 사내가 선발대로 나서 어느 땅이 나을지 저울질하고 있었다, 이런 결론이군요."

"제주세무서는 선돌 주민에게 온갖 사탕발림을 하고 핑계를 대면서 시간을 번 것뿐이라. 뒤로는 NK재단과 똥구멍을 맞추면서 말이야. 현지 주민들만 하루아침에 날벼락을 맞은 거지."

일은 속전속결로 처리되었다. 그해 NK재단은 선돌과 하례리 인근의 땅 20만 평을 법원에 등기 완료했다. 실제 농사 짓고 있는 농민에게 최우선 순위로 토지를 불하한다는 대원칙이 깨진 순간이었다.

20　NK재단

"그 양반이 바로 현영학이었단 말이여."

문영조가 집중하라는 듯 드럼통 탁자를 탁 치며 말했다. 빈 막걸리병이 균형을 잃고 쓰러지자 재빠르게 오른손을 뻗었다. 한 병은 구출했지만 한 병은 그대로 추락사했다.

세 시간 만에 드디어 본론에 도달했다. 산 넘고 물 건너 끝도 보이지 않는 너덜길을 지나 베이스캠프에 도착한 기분이었다.

"1976년 한라산 국립공원 내 표고 재배 금지령이 공포되면서 표고농장들이 강제 폐쇄됐잖아. 어른 주먹만 한 백화고여 흑화고여 전국 제일의 표고버섯 주산지가 하루아침에 된서리를 맞아분 거라. 마태웅이 제아무리 미쳐 날뛴다 한들 이빨도 들어갈 일이 아니었지. 마침 표고농장에서 불미스러운 사건도 발생했고. 결국 표고농장을 제주도에 헐값에 넘길 수밖에 없었지. 그 하원 표고농장 작업반장이 현영학이었곡.”

“불미스러운 사건이라뇨?”

“사람이 두 명이나 죽은 사고가 있어났어. 표고밭은 지금으로 치면 양어장 같은 데라. 뭘 하다가 흘러든 사람인지 확인도 안 하고 데려다 쓰당 사달이 난 거주. 신문을 찾아보면 확인할 수 있을 거라. 언론에서 표고농장의 노동 실태와 저임금, 인권유린을 들먹이며 집단 다구리를 놓아시난.”

“표고 재배 금지령과 관련이 있어 보이는군요.”

“당시 제주도에서 방귀깨나 뀌는 사람 중 표고밭 한두 개가지고 있지 않았던 사람이 없었단 말이여. 경허난 누가 순순히 제 사업장을 내놓겠나? 그런 상황에서 마침 그 사건이 탁 터져 버리니까……”

“기자들이 옳다구나 달려들어 표고농장을 물어뜯었다는 말이군요.”

“후제야 도청에서 부추겼다는 게 확인됐지만, 당시에 거기까지 생각할 정도로 머리가 돌아가는 사람은 많지 않앗주.

여론이 나빠지니까 마태웅도 손 털고 순순히 물러났던 거고. 처음에야 시간 질질 끌면서 도청 애 좀 멕이려고 했을 거 아니? 상부로부터 압력을 받은 건 제주도청이었으까. 적당한 가격에 못 이기는 척 쏘부를 봐주려 했는데 공교롭게 그 사건이 터진 거주. 그 여파로 표고 농장주 전체가 좆돼분 거라."

"선생님은 현영학을 어떻게 만나게 됐습니까?"

"내가 현영학을 만나게 된 것도 그 사건과 관계가 있어. 마태웅이 NK재단의 그 선글라스에게 현영학을 소개한 거 같아. NK재단에서도 사람이 필요했거든. 선돌마을 원주민들에게 재단 입장을 대변해 줄 사람, 나아가서는 지금의 샤론농원을 제 일처럼 맡아서 관리할 집사가 필요했던 거라."

1977년 현영학은 폐쇄된 하원 표고밭을 나와 선돌로 이사한다. 입석동 원주민들과 원만히 타협하고 샤론농원을 개발하기 위해서였다. 6만 평의 땅을 측량해서 250평씩 잘라 별장지로 만드는 공사가 시작되었다. 총 23개의 별장을 만드는 대형 개발 공사였다.

"나가 육지서 내려와그네 삼부토건에 다니고 있었거든. 5·16도로 끝자락도 깔고. 남제주군청에서 나포리호텔까지, 비석거리 검문소에서 신효까지도 포장하고. 장비가 귀할 때난 삽이여 괭이여 골재 이런 것을 관리하는 책임자였어. 나야 뭐 연고 없이 서귀포로 흘러들어 와서 믿을 게 몸뚱이 하나뿐이어시난 죽기 살기로 달려들었지. 그러던 어느 날 현영학씨가 찾아온 거라.”

“샤론농원에 와서 일 좀 해달라는 거였겠군요.”

“스카우트 제의였지. 그디 큰 공사가 있는데 현장 책임자가 필요하다면서. 그 당시에 노가다꾼이나 장비 기사들, 뭐 함바집 식모까지 다 구할 수 있는 위치였거든. 수첩에 잡다한 연락처까지 빼곡히 적혀 있었곡. 그게 다 나 자산이었으니까.”

“외지인이 서귀포에서 버텨내기가 쉽지 않았을 텐데요.”

“당시만 해도 4·3사건 끝난 지 얼마 안 되고, 간첩도 출몰허던 때라 육지 사람에 대한 적대감이 말도 못 했어. 지들끼리 쏙닥쏙닥 허멍 죄짓고 도망온 사람 같다, 조심허라 소문을 내기도 허곡. 집단 따돌림으로 기선 제압도 하고 말이야.”

“현영학과는 친하게 지내셨나요? 육지 사람이니까 서로 의지했을 거 아닙니까?”

김수남이 이야기를 멈춰 세우고 다시 개입했다. 순간 방심했다가는 날이 새도록 이야기가 이어질 것 같았다.

“육지 사람끼리는 과거를 묻지 않는 게 불문율이라. 딱히 외지인이라는 연대감이 있었던 것도 아니고. 정서도 많이 달랐곡. 그 양반 고향이 이북이었거든. 시간이 꽤 흘러 신뢰가 쌓인 다음에야 알게 된 사실이지. 처음에야 현영학씨도 내가 금방 육지로 떠날 거 아닌가 해서 테스트도 허고 그랬어. 서로 못 믿었으니까. 그렇다고 내외할 것까진 없었으니 명절 때 고맙다고 옥돔 몇 마리 들고 찾아가 성의 보이는 정도였지."

"그래도 선돌 쪽 사람들한테 욕을 많이 먹었을 거 아닙니까? NK재단의 앞잡이로 보였을 테니까요."

"그거에 대해서는 언급하고 싶지 않아. 그 사람도 첫발을 잘못 들인 것뿐이야. 표고밭이 망해부난 하루아침에 실업자가 되어 살길도 막막했곡. 두 살짜리 물애기 세희를 키우는 홀아방 신세였으니, 나름 고민이 많았을 거라."

"그래도 마태웅이 현영학을 잘 봤던 모양입니다. 선글라스 사내에게 소개한 걸 보면."

"현영학씨 마음 씀씀이가 괜찮았어. 하루는 나한테 선돌 원주민들을 샤론농원 공사 현장 인부로 써달라고 찾아왔더라더구. 웃사람이난 그냥 시켜도 되는데 에둘러 의견을 물은 거지."

"샤론농원 별장지 분양은 어떻게 했습니까? 개간 이후에 말입니다."

"웃대가리들이 연필로 그려 놓고. A급, B급, C급 이런 식으로 250평씩 나눠 분양했지. 처음에는 잘 됐어. 얼굴이 꽤 알려진 탈렌트가 구매하기도 했으니깐."

"그렇게 잘 나가던 샤론농원은 어쩌다……."

"처음에야 자기네들이 직접 관리하고 종업원을 두기도 했는데, 그때만 해도 괜찮았다고. 시방은 감귤 해서는 돈이 안 되거든. 그러니까 아는 사람한테 팔고 그 사람은 또 되팔고 영 돼분 거라."

"폭탄 돌리기를 했단 말이군요."

"그러다가 현영학한테 일괄적으로 임대를 줘버린 거지. 그 상황에서도 폭탄 돌리기는 계속되었고. 명의가 하도 많이 바뀌니까 이제는 누가 어느 땅 주인인지 모를 정도로 막 섞어져 분 거지. 뭐 좀 하려고 하면 땅 주인입네 나타나서 겐세이를 놓는데, 수도 파이프 하나 못 묻을 지경이라. 농원 중앙에 깔린 시멘트 길까지도 서로의 지분이 맞물려 있다구. 결론적으로 아무도 못 건드리는 거지."

"NK재단만 땅장사 해서 이득을 본 거네요."

"거저나 다름없는 가격에 땅을 불하받아서 수십 배의 이득을 취했으니까. 전두환 때라 경기도 좋았고."

"혹시 내창 건너편 5·16도로 일방통행 길에 있는 폐건물

하고 관계가 있나요, 샤론농원이?"

"그디가 원래는 샤론농원 분양 사무실이었어. 나중에는 샤론농원 주인들이 방이라도 팔겠다고 해서 민박 사무실을 열었던 거지. 예를 들어 방값 10만 원을 받으면 수수료 지불하고 7만 원은 집주인이 먹겠다, 이런 식이었지. 현영학이 그디 책임자였고. 지금은 사람이 안 사니까 고물 장수들이 샤시문 다 뜯어가불곡. 그러다 보니 흉물이 될 수밖에."

제주시로 넘어가는 막차 시간이 가까워졌다. 문영조를 만나 술을 마시려고 부러 차를 끌고 오지 않았다.

"세희가 예쁘게 컸지. 부모 속도 안 썩이고."

"현영학씨는 어떻게 돌아가셨나요?"

"그 양반이 죽기 전에 나를 찾아왔었어. 췌장암 말기 판정을 받고 한 일 년 되었을 때였던가. 세희를 잘 부탁한다면서 말이야. 남편이 시퍼렇게 살아 있는데 왜 나한테 부탁하나 했지. 하긴 기생오라비처럼 생겨서 밖으로만 싸도는 게 나 눈에도 영 못미덥긴 허더만."

"손정엽 말이군요?"

"이녁이 그 친구를 어떻게 아나? 아, 그러니까……."

문영조는 그제야 김수남이 자신을 찾아온 이유를 깨달은 눈치였다. 눈빛이 급속도로 싸늘하게 변했다. 창문을 열어 환기시킨 것처럼 분위기가 냉랭해졌다.

"그러면서 나보고 샤론농원에 들어와 살라고 하더라구. 그때만 해도 내가 버스정류장 근처 내창 옆 하꼬방에서 지내고 있었거든. 세희 도울 일 있으면 돕고 미깡 농사도 지어 먹으라는 거였지. 미깡밭 주인들도 막 섞어지난 누가 뭐라고 해도 그냥 뭉쓰고 살멍 세희 좀 보살펴주라고 헌 거라."

문영조가 황급히 막걸리 잔을 비웠다. 갑자기 바쁜 일이 생긴 사람처럼 허둥댔다.

"나가 지금 세희에게 피해 주는 일을 하는지 모르겠구먼. 나도 모르게 헛소리를 너무 많이 했어. 사실을 사실대로 알려야 한다는 생각에……. 나머지 얘기는 세희에게 직접 듣는 게 나을 거 같군."

문영조가 슬그머니 발을 뺐다.

"마지막으로 한마디만 더 여쭐게요. 현영학씨와 손정엽의 사고가 선돌 인근에서 일어났나요?"

"선돌마을 꼭대기에 살고 있었으니까. 세희 신혼집도 현영학씨 집 바깥채였고. 그 사건 있고 나서 샤론농원으로 이사를 나왔어. 선돌은 말이지 밤에 무서워서 일반 사람은 못 가는 곳이야. 지금도 가끔씩 멧돼지 출몰하는 데라. 그디가기가 세서 무당들이 기도를 드리는 토굴들이 곳곳에 박혀 있고. 육지로 치면 계룡산 계곡 같은 곳이라. 여자 혼자 살기엔 무리가 있지."

"그럼 히원 표고 농원에 찾아왔다던 NK재단의 그 사내는 어떻게 됐습니까?"

집에 가려는 사람 바지 끄덩이를 잡듯 김수남이 계속 질문했다. 문영조는 어서 빨리 자리를 뜨고 싶은 눈치였다.

"그 사람 샤론농원 초기 공사 때 한 번인가 봤어. 공사 진행 상황을 점검하러 왔지. 그런 사람이 어디 우리 같은 사람하고 말을 섞기나 하나, 어디 간다고 보고하기를 하나. 기분 나쁜 녀석이었어. 나중에 마태웅 형님한테 들은 인상착의와 비슷해서 기억하고 있지."

"마태웅씨와는 자주 만났습니까?"

"지역 유지인데 우리 같은 공사쟁이를 안 만날 수가 없지. 그래도 내가 명색이 인부들 몰고 다니는 십장인데. 어느 정도 친해지니까 술김에 그런 얘기를 하더라구. 하원 표고밭 그 선글라스 얘기를 꺼내면서 참 이상하다, 요상타 했거든. 사람이 뭔가 삔또가 안 맞는다면서. 오늘은 이만 끝내는 게 좋겠군. 나머지 얘기는 세희에게 직접 듣게. 난 바빠서 이만. 술도 이빠이 취해부렀곡."

21 표고밭 미스터리

"이번 이성로 변호사 사건을 조사하다 보니 뭔가 조금씩 왜곡되었다는 느낌을 지울 수 없어. 사실을 알고 있는 자들이 주변의 인간관계 때문에 본질을 외면하고 한 번쯤 꼬아서 말한다고 할까. 좁은 지역사회라 고려할 사항이 많은 거지."

김수남이 담배에 불을 붙이며 말했다. 강경식은 병문천 맞은편 신축 빌라 건설 현장에 눈을 두고 있었다. 요즘은 제주도 전체를 파헤치는 느낌이었다. 오라동 집도 주변 밀감밭을 밀고 빌라를 짓는 통에 섬처럼 고립된 지 오래였다. 공사장 인부들이 집 입구까지 차를 대는 바람에 아침마다 주차 신경전이 벌어지기도 했다.

"그러면 그럴수록 우리는 역사를 올곧게 바라볼 수 있는 눈을 가져야 해. 어떤 사적 욕망이나 교묘한 기술이 역사를 왜곡하는지 짯짯이 짚어낼 수 있어야 한다구."

"한때 제가 그토록 찾아 헤매던 진리가 교회나 신학 서적이 아니라 역사 속에 존재할 수도 있겠다고 생각한 적이 있었어요. 역사 속에서 하느님이 존재하는 게 아닌가 하는."

"강 기자를 보고 있으면 본회퍼라는 신학자가 떠올라. 결국 '신(神) 없이 신 앞에'라는 경지에 도달했던 본회퍼 아닌가. 윤리와 강령이 성서에만 존재하는 게 아니라는 말이지. 신이 있건 없건 간에 우리 인간은 삶의 품격을 유지하려 노력해왔고, 그것이 짓밟혔을 때는 힘을 합쳐 투쟁해서 극복했다, 뭐 이런 거 말이야."

"본회퍼의 경우는 엄밀히 말하면 폭력에 대한 투쟁이었죠. 절대악이었던 히틀러에 대항하는 인간 본회퍼의 양심 고백이었던 거죠. 제 생각으로 여기에 신은 필요하지 않아요. 하느님이 왜 이 세상에 히틀러 같은 악마를 보냈는가. 골방에 처박혀 원망 섞인 기도를 할 게 아니라, 거리로 나가서 무력을 써서라도 저지해야 한다는 결론에 도달했던 거지요."

"본회퍼는 반나치 레지스탕스를 조직했다가 잡혀 형장의 이슬로 사라지지."

"그때 '미친놈이 광장에서 운전하지 못하도록 차에서 끌어 내려야 한다'는 명언을 남겼지요. 본회퍼의 행동이 신을 위한 건지, 인간을 위하는 건지는 좀 더 따져볼 문제예요. 히틀러란 악마를 제거하는 게 가장 시급한 당면 과제였으니까. 폭력에 대해 끊임없이 성찰하지 않으면 언제고 다시 비극이 발생한다는 게 함정이지만."

"그건 다소 보수적인 이야기야. 강 기자의 저변에는 기독교적인 관점에서 폭력을 저어하는 가치관이 깔려 있다구. 폭력은 악이다,라는 전제에서 출발한 말이라고. 우리 역사를 빗대어 얘기한다면 본회퍼의 행동은 폭력이 아니라 의거라고 해야 옳아. 일제 강점기 안중근이나 윤봉길 의사처럼 말이지."

김수남이 다시 담배를 피워 물었다. 이제 업무를 분담해야 할 시각이었다.

"자네는 NK재단 쪽을 조사해봐. 샤론농원 토지 대장을 떼 보면 실마리가 잡힐 거야. 소유 관계를 추적하다 보면 이들의 정체가 밝혀지겠지."

"선배는요?"

"현세희가 무엇을 숨기는지 알아봐야겠어."

다시 현세희를 만나기 전까지 완벽하게 조사해 놓아야 한다. 그래야 이 여자가 무엇 때문에 거짓말을 했고, 어느 지점에서 교묘히 말을 비틀었는지 짚어낼 수 있다.

❖

김수남이 향한 곳은 우당도서관 지하 수장고였다. 현재 도내 유력 일간지들은 대부분 1990년 전후로 창간되었기 때문에, 당시 신문을 구해야 했다. 하드커버로 제본한 2년 치 《제주신문》을 책상 한가운데 펼쳤다. 지하 3층이라 공기가 서늘하고 축축했다. 자료 보존을 위해 대형 제습기가 돌아가고 있었다.

> 산림청과 도에서는 도내 표고 재배장 31개소 중 11개소가 한라산 국립공원 지역에 있으므로 1단계로 이들을 국립공원 밖으로 옮기게 하고, 2단계로 벌채량을 줄임으로써 산림 훼손을 막고 신규 사업 허가를 억제하기로 했다.(1975. 12. 20)

《제주신문》은 전산화가 안 된 상태였다. 1975년 신문부터 뒤적거렸다. 문영조가 말한 표고농장 사건 기사가 실려 있는지 확인하기 위해서였다. 그물망을 저인망식으로 펼치고 '표고'라는 키워드만 잡히면 일단 노트북에 옮겨 적었다.

제주도는 한라산 천연보호구역 안에 있는 표고밭을 폐쇄 또는 다른 곳으로 옮길 방침이다. 대상 사업장 11개소 중 1개소에 대해서 사업장 임대를 말소하는 등 적극적인 공권력 행사에 나섰다. 한라산 내 표고사업장으로 인한 환경 파괴 등을 면밀히 조사해온 도는 나머지 10개소도 빠른 시일 내 강제 수용할 것으로 알려졌다.(1976. 1. 10)

표고버섯이 제주의 인기 수출품으로 각광받고 있는 이면에는 11세의 연소자부터 미성년자들까지 마구 고용하여 하루 13~14시간씩 노동을 시키는 표고밭 사업주의 비양심이 자리 잡고 있다. 성인 남녀의 하루 임금이 평균 1,200원에서 1,600원으로 중노동 저임금이라는 비난이 끊이지 않고 있다. 이러한 노동 착취뿐 아니라 비가 새고 흙이 드러난 토굴에서 남녀혼숙까지 시키는 등 사회의 무관심 속에 각종 범죄의 온상으로 전락했음이 드러났다.(1977. 4. 29)

하원리 표고밭에서 일해오던 백인옥(37)이 며칠째 돌아오지 않는다는 가출 신고가 접수되어 경찰이 수사에 나섰다. 동거인 현영학(48)의 진술에 따르면, 7월 25일 작업 인부 염인택(33)과 심한 말다툼 후에 실종된 것으로 알려졌다. 경찰은 실종자가 지난해 3월 출산한 아기를 그대로 두고 사라진 점을 감안, 범죄에 연루됐을 가능성을 조심스럽게 타진하고 있다. 이들은 기독교 계열의 소수 비밀 교파로 알려졌다.(1977. 8. 1)

김수남은 소스라치게 놀랐다. 현영학이라는 이름이 기사에서 발견된 것이다. 더 충격적인 것은 다음 대목이었다. 지난해 3월에 출산한 아기가 있었다. 백인옥의 동거인이 현영학이다. 이 문장에서 여러 가지 가설이 가지를 뻗어 나갔다. 아기가 76년생이고, 지금 현세희가 마흔쯤이니까…… 그렇다면 백인옥이 현세희의 어머니라는 뜻인가.

5일 오후, 표고밭 실종 여인의 수색작업을 벌이던 경찰과 하원리 주민 170여 명은 표고밭 인근에서 백인옥(37)의 사체를 발견했다. 백씨는 목이 졸려 사망한 채 나뭇가지와 바위 등으로 유기되어 부패가 상당히 진행된 것으로 알려졌다. 이에 따라 경찰은 염인택을 유력 용의자로 지목하고 신병확보에 나섰다.

염씨는 평소 표고밭 인부로 일하면서 백인옥을 연모했는데, 지난 3월 출산 이후 백씨가 기거하는 방에 몰래 들어가 강간을 시도하는 등 갈등이 심했던 것으로 알려졌다. 백씨는 어깨와 허리 등에 심한 타박상을 입었지만, 직접 사인은 경부압박질식사로 판명되었다. 경찰은 서귀포와 중문에 염씨의 몽타주를 대량으로 배포하는 한편 서귀포항과 제주항의 검문검색을 강화했다.(1977. 8. 7)

역시 불온한 예감은 틀린 법이 없었다. 문영조가 말한 두 명의 사망자 중 한 명이 백인옥이었다는 사실을 확인한 순간, 김수남은 충격에 사로잡혔다. 다시 현세희의 모습이 오버랩되었다. 이 여자, 대체 뭐가 이리도 복잡한 거지? 하원 표고밭에서 76년 3월에 태어난 아기가 현세희라면 어머니로 추정되는 사람은 살해되었고, 그로부터 20여 년 뒤에는 남편과 아버지가 불의의 사고로 사망했다. 이 여자 주변에는 죽음의 그림자가 왜 이리도 짙게 드리워진 것일까. 그리고 기독교 계열의 소수 비밀 교파란 무엇일까. 호기심이 폭발했다.

지난 8일 하원리 표고밭 백인옥 살해사건의 유력 용의자인 염인택이 숨진 채 발견되었다. 사체 발견 당시 염씨는 목에 새끼 줄을 감은 채 땅에 누워 숨진 것으로 알려졌다. 10여 미터 옆 적송에서 목을 맨 흔적이 발견되었다. 나뭇가지에는 염씨의 목에 감긴 것과 동일한 줄이 끊어진 채 늘어져 있고, 바닥에 둥근 통나무 의자가 넘어져 있는 점 등으로 처음부터 자살 가능성에 무게를 두고 수사가 진행되었다.

염씨는 경찰의 수사가 점점 좁혀오자 압박감과 죄책감에 못이겨 극단적 선택을 한 것으로 알려졌다. 경찰은 용의자가 스스로 목숨을 끊어 사망함에 따라 '공소권 없음' 의견으로 사건을 검찰에 송치할 것으로 알려졌다.(1977. 8. 10)

❖

문영조가 말한 두 사람은 백인옥과 염인택이었다. 피해자와 가해자가 열흘 사이에 모두 사망한 사건이었다. 백인옥의 시체가 발견되면서 사건 수사는 급물살을 탔다. 보통 이런 사건은 시체가 발견됨과 동시에 범인의 윤곽이 드러나게 마련이었다.

사건 전후로《제주신문》기자들은 번갈아 가며 한라산 내 표고농장의 실태를 적극적으로 부각시켰다. 표고밭 인근 산림 훼손을 고발하는 기사를 필두로, '한라산 표고밭 범죄 온상화', '표고밭 인권유린실태' 등 자극적인 헤드라인의 고발 기사를 연이어 보도했다. 허나 경찰의 수사 종결 선언 직후 표고농장 사건은 새로운 국면을 맞게 된다.

기자 한 명이 염인택의 자살 여부에 대해 정식으로 검증을 요구하고 나선 것이다.

사건 당일은 비가 와서 작업 인부들 대부분 늑장을 피웠다. 아침부터 표고밭은 안개로 뒤덮여 있었다. 이런 날은 일이 많지 않아 느지막이 일어나 아침 겸 점심을 먹고 설렁설렁 일하다가, 그래도 비가 그치지 않으면 일찌감치 막걸리 판이 벌어지기 일쑤였다. 술에 취한 인부가 오줌을 누러 나갔다가 염인택의 시체를 발견하고 경찰에 신고했다.

현장에 도착한 경찰은 아연하지 않을 수 없었다.

염인택은 마지막까지 매듭을 풀려고 발버둥 치다가 사망한 모습이었다. 그는 적송 몸통을 기둥으로 삼아, 허리 높이께 줄을 묶고 올가미를 기둥 뒤로 넘겨 왼쪽 나뭇가지로 던져 늘어뜨렸다. 이어 둥근 통나무 의자에 올라가 올가미 속으로 목을 집어넣고 뛰어내렸다. 문제는 끈이 낡아 끊어졌다는 점이었다. 첫 번째 의문은 목을 맨 줄이 끊어졌을 경우의 생존 여부였다.

며칠 후 두 번째 의문이 추가되었다. 적송 몸통의 기둥 매듭이 매우 부자연스럽다는 것이었다. 목에 감은 매듭은 교수형 매듭의 변형으로 당길수록 더 조여지는 형태였다. 그러나 기둥으로 쓴 적송 몸통 매듭의 끝 선 처리가 매우 폐쇄적으로 닫혀 있다는 점이 지적되었다.

자연스럽게 목을 매는 형태라면, 과정은 이럴 것이다. 먼저 적송 몸통에 줄을 고정한다. 선 자세이므로 허리 높이가 가장 무난하다. 끈에는 전혀 무게가 실리지 않은 상태이므로 적당한 정도로 두세 번 감으면 된다. 그러나 현장의 매듭은 기둥에 먼저 고정하는 것 치고는 너무나 꼼꼼하고, 여러 번 겹쳐 감은 형태였다. 매듭이 완전한 폐쇄형으로 닫혀 있고, 여장이 지나치게 짧다는 게 의혹의 핵심이었다.

기자는 이 대목에서 조심스럽게 타살 가능성을 개진했다. 현장의 기둥 매듭이 반대편 끈에 무게가 실려 있을 경우 주로 발견된다는 일반론에서 출발한 가설이었다. 즉, 무게가 많이 나가는 물건을 끌어 올려 기둥에 맬 때의 매듭이라는 것이었다.

이로 보아 어떤 형태로든 염인택이 올가미에 목을 넣은 채 통나무 의자에 서 있을 때, 범인이 기둥에서 끈을 팽팽하게 잡고 있었을 가능성이 제기되었다. 끈에 염인택의 무게가 실리자 그것을 매달기 위해 적송과 끈의 마찰력을 이용하여 여러 번 겹쳐 감았으며 완전 폐쇄형으로 매듭을 닫았다는 게 골자였다.

마지막 의문은, 줄이 끊어졌다면 어째서 나무 밑에 시체가 있지 않고 적송에서 10m나 떨어진 곳에서 발견되었느냐는 점이었다. 또한 새끼줄이 왼쪽으로 꼬인 점도 지적되었다. 통상적으로 오른 방향으로 꼬아서 만드는 게 새끼줄이었다. 이에 대해서는 적극적인 물음이 아니라 기록을 남기듯 무미건조하게 서술해 놓았다.

경찰은 즉각 반박에 나섰다. 먼저 인부 전체를 조사한 결과 아무런 범죄 혐의도 발견하지 못했다고 말문을 열었다. 피해자의 동거인 현영학을 중점적으로 조사했으나 의심할 만한 단서는 발견되지 않았다고 전제했다.

첫째로 한 사람의 힘으로는 줄을 잡아당길 수 없다며 타살 가능성을 일축했다. 한 사람이 낡은 줄로 75kg의 건장한 염인택을 들어 올릴 수 없으며, 설사 새 끈을 사용해도 불가능하다고 강력하게 주장했다. 목을 맨 적송의 왼쪽 나뭇가지 위쪽에 한 번, 기둥으로 사용한 적송의 몸통에 또 한번, 이 두 번의 마찰 저항값을 극복하려면 순간적으로 150kg 이상을 들어 올릴 힘이 필요하다는 것이었다. 농장 내부에는 그럴 만할 괴력의 소유자가 없었다.

이 대목에서 친절하게 부연 설명도 덧붙였다. 목을 맸을 경우 일시적으로 몸무게가 전부 실리므로 끈이 목 살갗 깊숙이 들어간다. 가는 줄일수록 더욱 그렇다. 자살에 사용된 끈은 어른 새끼손가락 굵기의 새끼줄이었다. 억새와 띠로 촘촘히 꼬아 5mm PP로프와 굵기가 비슷했다. 이 끈은 너무 가늘어서 정신이 혼미한 상태에서는 절대로 풀 수 없다. 설사 끊어졌다 해도, 그대로 두었다가는 끈의 탄력이 목을 계속 졸라 서서히 죽을 수밖에 없다……. 제법 과학수사 티가 나는 설명이었다.

두 번째와 마지막 의혹에는 어떤 답변도 내놓지 않았다. 적송에서 10m 떨어진 지점에서 사체가 발견된 거나 새끼줄이 왼 방향으로 꼬인 점이 불가사의하기는 하나, 타살과 무관하다는 말만 되풀이했을 뿐이었다. 감식반 역시 끈을 풀고 염인택의 목에 난 상처를 검시한 결과 전형적인 완전 의사에 의한 자살이라는 소견을 첨부했다.

❖

김수남은 표고농장 살인 사건 기사를 읽고 또 읽었다. 정황상 염인택이 극단적 선택을 할 만큼 심리적 압박에 시달린 것은 사실로 보였다. 그러나 타살 의혹이 여러 번 제기되었음에도 경찰은 자살이라는 입장에서 한 치도 물러서지 않았다. 심지어 감식반은 염인택의 사체를 전문가에게 부검을 의뢰하지도 않았다. 서둘러 사건을 덮었다는 인상을 지울 수 없는 대목이었다.

이후 기자들은 표고농장에 좌표를 찍고 융단폭격 같은 기사를 쏟아냈다. 혹시 서귀포 유지 마태웅이 개입해서 이 사건을 축소 은폐한 건 아닐까. 자신의 농장 살인 사건의 초점을 흐리려고 표고밭 전체의 사회 문제라 물타기 해버린 것은 아닐까. 이렇게 된 마당에, 자폭하는 심정으로 표고밭이 범죄의 온상이라는 제주도청의 공작에 편승해버린 것은 아닐까.

22 천지연 로즈마린

끝도 없이 취잿거리가 곁가지를 뻗어 나갔지만, 김수남은 퇴근 시간이 되자 거리로 나섰다. 늪인 줄 모르고 한 발짝씩 발을 들이다 보니 어느새 허벅지까지 물이 차올랐다. 미소 카페 사건은 여전히 답보 상태였고, 이성로 변호사 사건은 취재량만 기하급수적으로 늘었을 뿐 이렇다 할 성과가 나오지 않았다.

첫 번째 콜은 쉽게 잡힌 편이었으나, 퇴근 피크 타임에 걸려 길이 너무 막혔다. 다음으로 연동에서 도두 해안 횟집 가는 렌터카가 배정되었다. 그사이 도로가 풀려 바로 처리되고, 해수사우나 버스 정류장 앞에서 대기했다. 하수종말처리장에서 정수되지 않은 오물을 그대로 버린다더니 과연 바다에서 똥 냄새가 나는 것 같았다.

0.1 30ⓚ 하영하영횟집 → 서귀포

자동콜이 올라와서 재빠르게 승낙 버튼을 눌렀다. 손님은 중문 신라호텔에 다니는 신참 호텔리어였다. 술 냄새가 아니라면 꽃내음이 날 듯한 여자였다. 서홍동 신라호텔 직원 기숙사에 도착한 시각은 9시 55분. 시외버스가 출발하는 일호광장까지 뛰면 막차를 탈 수 있다. 중문을 경유한 평화로 노선이므로, 버스 안에서 제주시 넘어가는 콜을 노려도 괜찮을 것 같았다.

4.0 30ⓚ 토평교육청 → 제주시

다시 콜이 떴다. 네 번째 콜이었다. 도착지를 확인한 순간, 무작정 손이 나갔다. 그러나 너무 멀리서 호출한 콜이었다. 직선거리 4.0km라면 실제로 6km 이상일 터였다. 손님에게 15분쯤 걸리겠다고 양해를 구하고 택시를 잡았다.

토평교육청에서 내리려는데 택시 한 대가 빈차 등을 켜

고 유턴하더니 서귀포 방향으로 돌아가는 게 보였다. 손님에게 전화를 걸었다. 통화 중이었다. 주변을 확인했다. 한 사내가 빠른 걸음으로 교육청 옆 골목으로 들어가고 있었다.

김수남은 다시 전화를 걸었다. 10여 미터 앞 허우룩한 그림자가 스마트폰 액정에 불이 들어오자 검지손가락을 왼쪽으로 그었다. 전화 신호가 바로 끊겼다. 조바심이 났다. 확인하기 위해 다시 통화 버튼을 눌렀다. 이번에는 검은 실루엣이 배터리를 아예 분리시켰다.

제기랄, 중복 콜이잖아.

손님이 대리운전 회사 두 군데로 호출한 것이다. 빨리 오는 것 잡아타고 가려는 손님들의 수법이었다. 콜이 많이 터지는 곳에서 발생한 중복 콜이라면 그나마 데미지가 적었다. 그러나 여기는 서귀포, 그것도 중심가에서 6km나 떨어진 외곽 마을이었다. 서귀포 시내로 나가려 해도 콜택시를 불러야 할 만큼 밤에는 인적이 드문 곳이었다. 바로 회사 상황실에 중복 콜이라 보고하고 콜 취소 요청을 넣었다.

어떻게 한담. 김수남은 터벅터벅 토평동사무소 쪽으로 걸어갔다. 맥이 탁 풀렸다. 시간을 확인해보니 10시 15분. 괜찮을까…… 서귀포에서 얼마 떨어지지 않은 토평마을만 해도 깜깜이 세상인데, 하례2리에서는 터널을 빠져나오는 기분일 터였다.

문자를 넣고, 토평사거리 남쪽으로 좌회전해서 서귀포 시내로 향했다. 안 되면 말지 뭐. 어차피 하루 만 보가 목표니까, 어떻게 되든 목표량을 달성하게 될 거야. 그렇게 위안을 하자. 그나저나 이 밤에 실례가 아닌지 모르겠네. 자꾸만 신경이 쓰였다. 그 순간 스마트폰 알림 소리가 들렸다.

그래요, 천지연 로즈마린.

현세희에게서 바로 답장이 날아왔다.

❖

약속 장소에 먼저 도착해서 주변을 둘러보니 대부분 짝을 맞춰 앉아 있었다. 대학생인 듯한 젊은이들은 흠모하는 상대에게 매력을 어필하고 눈빛을 교환하느라 정신이 없었다. 눈빛 레이저 광선이 등대 불빛처럼 허공을 떠돌다가 목표물을 향해 사방팔방 흩어졌다.

로즈마린은 노천 카페였다. 평일인데도 손님이 많은 것은 천지연에서 흘러내리는 민물과 서귀포항의 바닷물이 만나서 색다른 풍광을 자아내기 때문이었다. 한 번 방문한 관광객이라면 두 번 세 번 다시 들르게 되는 명소였다. 사방이 바다로 가로막힌 섬에서 드물게 강의 정취를 느낄 수 있는 곳이라 제주도 사람들에게도 인기가 높았다.

"이 시각에 무슨 일로 서귀포까지 방문하신 거죠?"

뒤늦게 도착한 현세희가 말문을 열었다. 셀프 시스템이라 원두커피 두 잔을 사서 탁자에 둔 상태였다.

"일 때문에."

"홀아방이 밤늦게까지 일하시는군요, 안쓰럽게도."

김수남이 무슨 말이냐는 듯 눈을 마주쳤다.

"결혼 여부 정도는 저도 알고 있어요. 제주도는 지역사회이고 문학하는 사람들의 바운더리는 더 좁죠. 저도 제주시에 정보원 두셋은 두고 있으니까."

현세희가 가디건을 벗어 옆자리에 개켜놓았다. 에메랄드빛 린넨 원피스 차림이 되었다. 연청색 머플러로 포인트를 준 게 우아하면서도 세련돼 보였다.

"저기 보세요."

바다 건너편 도로 위쪽을 가리키며 한 말이었다. 서귀포항으로 이어지는 절벽과 맞닿은 외길이었다. 솔동산 끝자락이었다.

"혹시 질매턱이라고 들어보셨나요?"

"잘 모르겠는데."

"그럼 길마는 아시죠? 쇠등에다가 물건을 실으려고 올려놓는 길마. 길마를 제주도에서는 질매라고 불러요. 저기, 낙타 등처럼 움푹 패인 부분, 소 목 부분을 말하는 거예요."

무슨 말을 하는지 통 알아들을 수가 없었다. 빛이 거의 없어서 실루엣으로만 보일 뿐이었다.

"머리 부분은 저 문섬갈비. 문섬갈비 입구에 오래된 소나무 두 그루가 있는데 여기서는 뿔처럼 보이죠. 저 도로 비탈에 당(堂)이 하나 있는데, 예로부터 어부들이 출항을 앞두고 제를 지내는 곳이죠. 그 바로 위 신목 노릇 하는 팽나무를 중심으로 숲이 우거져 소의 몸통으로 보이는 거고."

설명을 들으니 조금 눈이 열리는 것 같았다. 어찌 보면 신비롭기도 했다. 문섬갈비 입구에 있다는 소나무 뿔도 절묘해 보였다.

"저런 질매턱 구도는 어떤 의미가 있지?"

질문을 던지면서 슬그머니 대리운전 배차 시스템을 작동시켰다. 제주시로 넘어가려면 아무래도 들여다보고 있어야 할 것 같았다.

"자, 집중."

현세희가 플라스틱 빨대로 탁자를 툭툭 치면서 말했다.

"질매턱은 풍수에서 명당이라 불려요. 저 목 부분, 그러니까 움푹 패인 부분에 묘를 쓰면 발복하고, 때에 따라서는 왕후지지(王侯之地)가 되기도 하죠."

슬그머니 말을 놓았는데, 현세희는 아무렇지도 않다는 듯 대화를 이어갔다. 오히려 자신도 슬슬 말끝을 잘라 먹고 있었다. 질매턱 얘기가 객쩍은 소리로 들렸는데, 가만히 들여다보니 재미난 해석이라는 생각이 들었다.

"소설은 언제부터 썼죠?"

"대학 때부터. 세희씨는 어땠지?"

"습작 기간 포함하면 뭐 한 15년쯤. 초창기에는 시조 배운답시고 유명한 선생들 따라다니기도 했고."

15년 필력이면 대단한 것이었다. 그러나 소위 시조 선생이라는 작자들이 몰고 다니는 아줌마 부대 속에 있는 현세희가 잘 그려지지 않았다. 제주도 시조판은 지금도 누구누구 사단이라 해서 패가 심하게 갈려 있었다.

"2000년쯤 되겠군. 선돌에서 하례2리 샤론농원으로 이사한 이후 쓰기 시작했다는 뜻인가?"

"시조라는 게 가슴 저 밑바닥에 쌓여 있는 응어리까지 담아내는 데 한계가 있더라구요. 할 얘기는 많은데, 형식에 맞추다 보니 명치 아래가 무지근하기도 했고."

현세희가 즉답을 피했다.

"하고 싶은 이야기에 비해 글자 수가 너무 적었다는 뜻이군."

"그래서 늘 긴 호흡으로 쓰는 글을 동경했지. 당신이 쓰는 장편소설 같은 거 말이야."

"장편동화도 있잖아."

현세희가 후훗, 가볍게 웃었다.

"동화를 납량 특집으로 만들 수는 없잖아요. 아이들 정신 건강에도 해롭고. 애들이 콩나물처럼 쑥쑥 자라야 하는데, 제 얘기를 들으면 창백한 민낯에, 머리통만 큰 가분수 외계인이 되고 말 거예요."

"납량 특집 이야기가 뭔지 궁금하군."

"대학 다닐 때는 어땠나요? 정확히 문청 시절에."

스트레이트로 묻자, 현세희가 잽싸게 피하며 이야기 방향을 틀었다.

"소설 써서 차도 사고 집도 사고 여자도 꼬시려고 했었지. 등단만 하면 내 인생이 하루아침에 바뀔 거라 착각한 거지. 그런데 단편소설을 쓰다 보니 성에 안 차는 거야. 세희씨가 좀전에 말한 글자 수가 문제였지. 할 얘기는 많은데 원고지 분량에 맞춰 줄여야 하니까 답답하더라고. 그러던 어느 날 문득 작품이 되든 말든 하고 싶은 말 다 하고 속이나 풀자는 생각이 들더군."

제주시 가는 콜이 떴지만, 터치도 하기 전에 사라졌다. 자리 정리하는 소리가 들려 곁눈질로 보니, 뒷자리 여자가 출입문 쪽으로 걸어가고 있었다. 남자가 잰걸음으로 따라 붙어 손목을 잡았다. 여자가 아프다는 듯이 남자를 뿌리쳤다.

"사람 앞에다 불러다 놓고 대화하는 태도가 왜 이리 불량해요? 주위도 산만하고. 스마트폰은 왜 그렇게 만지작거리는 거죠? 이래서야 소설 한 단락이나 제대로 쓸 수 있겠어요?"

찔끔 놀라 바로 스마트폰을 뒤집어 놓았다. 현세희의 눈에서 레이저 광선이 뿜어져 나왔다.

"일은 마음에 드나요? 신문기자 생활."

시나리오대로 대화가 흘러가고 있다. 집에서 나오면서 구성을 마친 걸까. 먼저 문청 시절 얘기로 운을 떼고, 현재 직장 얘기로 이어 가다가 그다음은……. 이런 식이었다. 신문사 생활도 제주시에 풀어놓은 정보원들을 통해서 파악해 두었을 것이다.

"내일 당장에라도 그만두고 싶지. 이번 프로젝트만 끝나면 정리할까, 생각 중이야."

"생계는 어떻게 하구요?"

"그사이 모아둔 돈도 있고. 남자 혼자 사는 데는 돈이 많이 필요하지 않아. 기자 때려치워도 다 살 방법은 있어. 그래서 목숨 걸고 하고 싶지 않아."

"이번 프로젝트는 다른 것 같던데."

"후배 기자 녀석 명줄이 달려 있으니까. 신문사에서 자리를 잡게 해줘야 한다는 부담감도 있고. 그래야 사직서 낼 때 폼도 나고 그러잖겠어?"

"전에 함께 왔던 강경식 기자 말이군요. 막걸리라도 한잔해요. 이거 뭐 맹숭맹숭해서 말이죠."

전반부 인터뷰는 통과했다는 뜻이었다. 하지만 11시 20분. 막걸리를 마시기에는 너무 늦은 시각이었다. 내일 출근에도 지장이 있을 것 같았다. 서귀포에서 방을 빌려 자고 가려 해도 출근 시간 맞추려면 아침에 꽤나 허둥대야 할 터였다.

대화에 집중하자. 목적이 있어서 불러낸 게 아닌가. 하지만 자꾸만 여자의 연청색 머플러 끝으로 눈길이 달려갔다. 호흡할 때마다 린넨 원피스 앞부분이 부풀어 올랐다.

"차를 가지고 와서 말이야. 내일 아침 일찍 프로젝트 회의가 잡혀 있거든."

김수남이 여자의 가슴을 외면하면서 거짓말을 했다.

"마시고 싶으면 혼자 마셔도 돼."

"당신 참 이기적이네요. 밤늦은 시각 불러놓고 술친구도 안 해주다니. 하여튼 이야기 사냥꾼들은 필요할 때는 제 심장이라도 빼줄 듯 알랑거리다가 끝나면 나 몰라라 뒤돌아서지. 여자 꼬시려는 남자처럼."

현세희가 직접 카운터로 가서 막걸리 두 병을 가져왔다. 막걸리 통 목을 잡고 빙빙 돌려 거품이 쏟아지지 않게 뚜껑을 따더니 양은잔에 가득 부어 단숨에 들이켰다. 시큼한 맛 때문인지 몸을 부르르 떨었다.

"사실 문자 왔을 때 적적하던 차에 잘됐다고 생각했죠. 그런데 당신 만나니까 더 심심하고 외로워. 제주도에도 잘 적응하지 못하는 것 같고."

"내가 왜 제주도에 적응해야 하지?"

"왜 안 떠나는 거죠?"

제주도 사람들이 심술부릴 때 하는 말이었다. 공격적으로 대답하자 바로 표창 같은 질문이 되돌아왔다.

"나는 지금 여기에 살고 있고, 제주도 이야기를 쓰려 노력하고 있어. 내가 선택한 삶의 현장이기 때문이지. 나는 이 뒤

커플처럼 제주도에 관광 온 게 아니란 말이야. 나도 당신들처럼 치열하게 고민하고, 똑같은 물과 공기를 마시면서 살고 있다구. 나름 신문기자 생활하면서 제주도 걱정도 하고, 비판도 가하면서 좀 더 나은 세상을 만들려고 노력하는 중이지."

애기를 하다 보니 불뚝 짜증이 치밀었다. 새로운 제주도 사람과 만날 때마다 언제까지 이런 대화를 반복해야 하나, 자괴감이 들었다.

"그런데 왜 자꾸 밀어내려고 하는 거지? 제주도 사람들은 암묵적이며 때로는 감정적으로, 혹은 교활하게 선을 그으면서 외지인들을 퉁겨내잖아. 내가 번호표 뽑고 이미그레이션 통과하고 나서야 제주도 이야기를 쓸 수 있다고 생각하나? 제주도에서 육짓것, 도라짱 같은 새끼, 들으며 사는 게 바닥인 줄 알았더니, 아직 지하 세계 체험 단계가 남았다는 거야 뭐야. 당신들은 무슨 자격으로 나를 판단하고 심사하는 거지? 결국 당신들에게 가장 좋은 외지인은 잠깐 놀러 와서 눈탱이 맞고 지갑 털려 돌아가는 관광객일 뿐인 건가?"

애기가 길어지다 보니 호흡이 가빠졌다.

"그 양반, 더럽게 까칠하네."

현세희가 한마디 툭 던져놓고 다시 잔을 들었다. 흥분해서 핏대를 세운 것 치곤 품평이 너무 짧아 맥이 풀렸다. 여자가 꺼내 문 담배 연기가 허공으로 구불구불 뒤엉켜 피어올랐다.

23 　　　사실과 진실

"쁘라삐룬 태풍 때, 아버지와 남편을 동시에 잃었는데 슬
프지 않았나?"

이번에는 김수남이 직설적으로 질문을 던졌다. 현세희가
빈틈을 찔린 듯 순간적으로 머뭇거렸다. 얼굴에는 불그스름
한 술기운이 돋아 있었다.

"나는 부모 남편 복 없는 박복한 여자예요. 평생 그랬다고
생각해요. 태어날 때부터 지금까지 줄곧 외롭고 힘들었죠.
내 잘못도 아닌데 왜 이런 일이 벌어지는지 원망도 많이 했
고. 그것은 부모님 윗세대부터 대대로 내려오는 운명 때문
이었어요. 당시만 해도 어떻게 살아갈까 무섭기도 했고, 자

살 충동까지 느꼈으니까."

표고농장 살인 사건이 떠올랐다. 현세희가 말을 이었다.

"사실 결혼 생활이 원만하시 않았어요. 그런 사람이라는 것을 미리 알았더라면 결혼하지 않았을 거예요."

"손정엽을 말하는 건가?"

"타인에게 자신이 어떻게 보일지 예상하고 그것에 맞춰 자신을 변화시킬 수 있는 사람이었죠."

뒤집어 놓은 스마트폰을 봤다가는 또 한소리 들을 것 같아서 벽시계를 확인하니 12시 30분이었다. 밤은 깊어가고 새벽을 향해 내처 달려가고 있다. 또 다른 내일을 위해 집으로 돌아가야 할 시각이다.

"동문로터리 삼진탕 앞이었어요. 스무 살 때였죠. 거기 주차해놓은 차가 시동이 걸리지 않아 보험 회사에 전화했는데, 그 사람이 렉카를 끌고 나타났어요. 당시 저는 고등학교를 졸업하고 이동통신 대리점 직원으로 휴대폰을 팔고 있었고, 나름 빛나는 청춘을 즐기고 있었죠."

"손정엽이 렉카를 몰았다고?"

"처음 만났을 때, 그 사람이 나를 아래위로 쓰윽 훑어보더니 놀란 표정을 지었어요. 지금도 잊혀지지 않아요. 돌이켜보면 찰나의 순간에 전신의 냄새를 맡았다고 할까, 첫 느낌이 그랬죠.”

“찰나의 순간에 전신의 냄새를 맡았다는 표현이 마음에 걸리는군.”

김수남이 콕 짚어 다시 말하자, 현세희가 손을 떨면서 목덜미를 어루만졌다.

“어쨌든 상당히 매력 있었어요. 아버지 따라다니면서 밀감밭 농약 치거나 땡볕에서 마늘 놈삐 뽑는 애들하고는 달랐으니까. 손가락도 길고 희었고. 잘 생겼죠. 말도 재미지게 하고. 그렇게 몇 번 만났는데, 다 좋았어요. 황홀한 청춘의 나날이었죠. 주말에 영화를 보러 가기도 하고, 바닷가에도 가고. 그렇게 결혼하게 됐어요, 그 사람과.”

“1997년 일이네. 신혼집은?”

“그 사람 돈이 별로 없었거든요. 개발 전 신시가지 외딴 밀감밭 관사에 살고 있었죠. 그래서 선돌 집에 신혼방을 꾸미게 된 거고. 대신 조건을 걸었죠. 직업이 마음에 걸렸으니까.”

“새로운 가정을 꾸리는데 좀 더 안정적인 직장을 가졌으면 하고 바란 거군.”

“그 사람은 렉카 운전수라는 직업에 꽤 만족한 듯했어요. 건당 수수료를 받아서 수입도 괜찮았고, 무엇보다 자유직이라고. 제가 요구했죠. 직업을 바꾸라고. 남의 불행 팔아 돈 벌지 말라고. 우리도 곧 아기가 태어날 거라면서."

이 여자, 매력 있다. 생가이 남다르다. 취새가 아니라 다른 식으로 만나 대화를 해도 괜찮을 것 같았다.

"남이 불행해져야 돈을 번다……. 돈을 벌려면 사고가 나길 바랄 수밖에 없는 메커니즘. 서귀포 시내 어딘가 길목에 대기하고 있다가 사고 소식이 들리면 재빨리 출동해서 사고 차를 확보하는 것. 과연 그게 좋은 직업일까요?"

경찰과 동일한 주파수의 무전기를 들고 다니며 경찰보다 먼저 사고 현장에 도착하는 경우도 있었다. 물론 도움을 주는 렉카 기사도 많지만, 최종 목적은 사고 차를 카센터로 견인하는 것이었다.

"그런데 그 사람 말이죠, 무슨 생각을 하는지 도무지 눈치 챌 수가 없었어요. 생각이 안 읽히는 사람이었다구요. 의뭉하다고 할까. 뭔가 행동을 하려면 예비 동작이 있어야 하는데, 그런 게 전혀 보이지 않았거든요."

"예비 동작은 누구에게든 있게 마련이야. 미처 알아차리지 못한 거겠지."

"즉흥적으로 행동하는 것 같았다니깐."

"그런 사람들은 만나기 어려워. 상당한 위장 고수들이야."

사람들을 잘 관찰하면 그런 걸 알아차릴 수 있다. 이 사람이 어떻게 행동하고 말할지 예측할 수 있다. 그것은 직관이 아니라 통계다. 직관은 어떤 면에서는 천부적인 재능이다. 하지만 통계는 과학의 영역이라 후천적으로 노력하면 꽤 많은 정보를 얻어낼 수 있다. 빅데이터처럼. 이럴 때 어떤 말을 하고 저럴 땐 어떻게 행동하는지 데이터베이스를 쌓아놓으면 영락없다. 그것은 소설가나 기자들의 직업병이었다. 이 병에 걸리면 자신도 모르는 사이에 남을 관찰하고 있다. 미세한 변화는 당연히 감지된다.

"단언컨대 나는 발견하지 못했어요. 그렇게 틈새가 조금씩 벌어지고 있었죠. 그러던 중에 부중근 캠프 선거 운동원으로 들어간 거예요. 나는 서귀포를 떠나고 싶어하는구나, 라고 생각했죠. 그것으로 부부관계를 끝내고 싶어하는 눈치였고."

"왜 그렇게 마음먹었을까?"

"제주시로 넘어가서 직장을 찾으려 했던 거예요. 그래서 적성에 맞지도 않은 선거판에 뛰어든 거죠. 제주도에서 평생직장을 가지려면 자기만의 능력으로 되지 않는다는 것을 깨달았던 거죠. 선거 운동도 나름 잘했어요. 제가 말했잖아요, 상황에 따라서 자신을 변신시킬 수 있는 사람이라고."

"핑계 아닐까? 분명 다른 문제가 있었을 거야. 아버지와의 관계는 어땠지?"

"그즈음 그를 대하는 태도가 부쩍 달라지긴 했죠. 그것도 원인 중 하나일 거라 추측될 뿐."

"2000년 사고를 당하기 전까지 서로 부딪힌 적은 없었고?"

"그해 겨울부터 아예 제주시로 나가 살았으니까. 만날 일도 거의 없었고, 아버지가 암 투병 중이라 많이 쇠약했거든요."

"이성로 사건 이후 줄곧 제주시에서 살았다?"

"그러다가 다음 해 태풍 때 잠깐 집에 들렀어요. 아버지가 불렀던 모양이에요. 죽음을 목전에 둔 아버지는 재결합을 바라는 눈치였어요. 아파트라면 몰라도 단독주택이라 남자가 옆에 있었으면 했던 거죠. 비가 많이 와서 집이 위험했으니까 걱정도 되었고. 그러다가 사고를 당한 거죠."

다시 거대한 시멘트벽에 다다른 느낌이었다. 가까워지니 벽이 더 높게 보였다. 결국 헛다리를 짚은 건가. 더 이상 물어볼 말도 떠오르지 않았다. 마음이 조급해져서 이번이 마지막 기회라 생각하고 도발적으로 질문을 던졌다.

"이성로 변호사 피살 사건과 관계가 없을까, 손정엽이?"

"당신. 정말 집요한 사람이에요. 거기다 잔인하기까지 하군요. 그 사람이 대단한 또라이긴 했지만, 이성로 변호사를 죽였다고는 생각하지 않아요. 고작 생각해낸 게 그거예요?"

현세희가 한심하다는 듯이 맞받아쳤다. 백 퍼센트 손정엽이 범인이 아니라고 확신하는 눈치였다.

"손정엽에 대한 개인적인 감정은 어때?"

"사랑은 영원하지 않아요. 결과적으로 2000년 그 사건 때문에 샤론농원에 들어와 살게 되었죠. 지금 저는 꽤나 만족도 높은 삶을 영위하고 있어요. 이제야 비로소 사소한 것들에 재미를 붙였다고 할까. 시를 쓰는 것도 행복하고, 집에 햇빛도 다사롭게 들고, 방풍림 사이로 지나가는 바람 소리도 듣기 좋고, 황혼도 예쁘고, 허스키도 마음에 들고, 밀감도 맛있고. 삶의 질이 전혀 달라졌죠."

"전에는 그렇지 않았다는 말이군."

이대로 자리가 끝나는가 싶어 심술이 났다. 현세희가 즉각적이고 신경질적으로 반응했다.

"그만해요. 이제 그만! 모두 다 지나간 일이에요. 이제야 저쪽 지진 나는 땅에서 이쪽 안전한 땅으로 간신히 발을 들였단 말예요. 거기 있으면 땅이 쩍쩍 갈라지고, 쓰나미가 몰려오고, 화산이 폭발하고, 세상 지옥도 그런 생지옥이 없어요. 나는 절대 거기로 다시 되돌아갈 생각이 없어요. 진절머리 나고 소름 끼친다구요."

불현듯 현세희의 어머니 백인우이 기독교 계열 소수 비밀 교파였다는 신문 기사가 떠올랐다. 여자가 말하는 것은 그런 이미지와 가까웠다. 인류 최후의 전쟁이라는 아마겟돈 전쟁을 연상케 하는 말이었다.

"혹시 어머니가 기독교와 관계 있었나?"

"아니, 할머니……. 정확하게 말하면 외할머니가 남방여왕이라 불렸죠."

"남방여왕?"

그러나 대답이 없었다. 좀 더 조사해 봐야겠다는 생각이 들었다.

"그럼 1977년 표고농장 살인 사건은 어떻게 된 거지?"

자꾸만 조바심이 일었다. 김수남은 정말 마지막이라 생각하고 질문을 던졌다. 뺨을 얻어맞을 각오로 한 질문이었다. 현세희가 다시 목덜미를 어루만졌다. 손가락이 미세하게 떨리고 있었다.

"그걸 당신이 어떻게 알죠?"

감정의 소용돌이가 여과 없이 실린 목소리였다. 여자가 진드기를 떨구듯 어깨를 툭툭 쓸어내고, 목을 다시 어루만졌다. 이어 옷매무새를 바로잡더니 허리를 반듯이 폈다. 평정심을 찾으려는 모습이었다.

"표고농장 사건은……."

김수남의 눈동자가 커졌다. 현세희가 갑자기 일어서더니 두 팔로 테이블을 짚었다. 황소처럼 어깨를 불끈 일으킨 모습이었다.

"이봐, 기자 아저씨. 그렇게 초짜 기자 티 꽉꽉 내지 말고, 이야기 사냥꾼답게 내면의 눈으로 접근해 봐요. 왜 이렇게 서툴고 전투적인 거죠? 불만 보고 질주하는 하루살이처럼 왜 이렇게 서두르는 거죠? 왜 이 사람이 이런 행동을 했는지, 이런 행동을 할 수밖에 없었던 이유는 무엇이었는지 내면화시켜 보란 말예요. 기자는 사실을 추적하지만, 소설가는 그 사실 속에서 진실을 꿰뚫어 보기도 하잖아요. 사실과 진실 사이에는 엄청난 간극이 존재한다구요. 그렇게 여기저기 함부로 스피드건 들이대지 말고 생각이란 걸 좀 하란 말예요. 이번 참에 상대방 존중하는 법도 좀 배우고!"

이만 자리를 끝내자는 말이었다. 김수남은 여자의 기세에 눌렸다. 현세희가 바다 쪽으로 고개를 돌리는가 싶더니 대국해저 방향으로 걸어가기 시작했다.

현세희가 자리를 박차고 일어난 뒤에도 한동안 성불처럼 앉아 있었다. 쭉 뻗은 스트레이트 한 방에 그만 다리가 풀린 느낌이었다. 이 여자는 얼마나 지옥에 살았기에 이런 말을 하는 걸까. 손정엽은 대체 어떤 사람이었을까. 1977년 표고밭에서는 또 어떤 일이 벌어졌던 것일까. 도대체 무슨 사연이 있기에, 당신 같은 사람은 꿈도 못 꿀 간극이 있다고 말한 것일까. 사실은 무엇이고 진실은 무엇이란 말인가.

시곗바늘은 새벽 한 시를 가리키고 있었다. 제주시로 복귀해야 할 시각이다. 에라 모르겠다. 이왕 이렇게 된 거 콜이라도 잡아서 제주시에 가자. 자리를 옮겨 서귀포 항공모함 나이트 앞에서 대기해야 할 것 같았다. 그러다가 안 되면 합승 택시라도 타야 내일 출근에 지장이 없을 것 같았다.

그 순간 스마트폰 알림음이 울렸다. 배차 시스템 프로그램에서 난 소리였다. 자동으로 콜이 들어온 것이었다.

0.0 30 ⓚ 천지연 로즈마린 → 제주시

경쟁이 심해서 도저히 잡을 수 없는 콜인데 자동으로 꽂혔다. 손님이 호출한 장소에서 GPS 상 300m 안에 있는 기사에게 우선권을 주는 콜 배정 시스템 때문이었다. 이런 경우 다른 기사가 가로챌 수 없었다.

하루에 두 번씩이나 자동콜이 들어오다니 운이 좋았다. 김수남은 바로 손님에게 전화를 걸었다. 로즈마린 옆 주차장으로 오라고 했다. 대국해저 방향이었다.

"대리 부르신 분?"

어둠 속에서 포옹 중이던 남자가 여자 등 뒤로 까딱 손을 들었다. 아까 뒷자리에 앉아 있던 커플 같았다. 바다 방향으로 머리를 두고 주차된 렌터카가 보였다.

바로 달려가 손님에게 인사하고 스마트키를 받았다. 오픈 버튼을 누르고 운전석 문을 여는 순간 뒤통수가 뻣뻣해졌다. 동시에 사늘한 기운이 몰려왔다. 그것은 냉소의 시선이었다. 거기, 방파제 쪽에 눈을 두고 있다가 고개를 돌린 또하나의 실루엣이 있었다. 여자 한 명이 손가락 사이에 담배를 끼우고 어이없다는 표정을 짓고 있었다. 생담배 연기가 허공으로 구불구불 떠오르다 흔적도 없이 사라졌다.

오 거기, 현세희가 서 있었다.

못 본 척 고개를 외로 꼬고 렌터카 안으로 들어갔다. 시동을 걸자 현세희가 차 앞유리를 뚫어져라 바라봤지만, 애써 눈길을 외면했다. 왠지 그래야 할 것 같았다.

24   폐쇄형 매듭

"목을 맸을 때 줄이 끊어지면 살 수 있다?"

강경식이 혼잣말을 하더니 생각에 잠겼다. 오른손 검지를 관자놀이에 대고 왼손을 집게 모양으로 벌린 게 담배가 필요해 보였다. 집게 사이로 새하얀 담배를 끼워주면 방전된 배터리가 충전되어 좀 더 심도 있는 분석을 할 수 있을 것 같았다.

"염인택은 손가락으로 줄을 풀려는 자세로 발견되었어. 그것도 목맨 지점에서 10m나 떨어진 땅바닥에서 말이지. 그렇다면 끈이 끊어진 다음 염씨 스스로 10m를 걸어가 죽었다는 뜻이 되잖아."

이틀 후 김수남과 강경식은 사무실 둥근 탁자에서 토론하고 있었다. 하원 표고밭 사건은 시간이 많이 지났고 단순 자살로 종결되어 경찰 측 자료를 구할 수 없었다.

"현장의 적송은 백 년은 족히 됨직한 고목으로 보이는데요. 나무 몸통 기둥으로 써서 뒤로 끈을 던져 나뭇가지 사이로 떨어뜨렸죠. 가지 바로 아래 통나무 의자가 쓰러져 있었으니, 매듭 안으로 목을 걸은 다음 통나무를 찼다……. 대략 이렇게 구도가 만들어지는데요."

"여기서 돌발 변수가 발생했잖아. 줄이 끊어진 거지."

"줄에 생채기가 있어서 염씨의 몸무게를 지탱하지 못했던 거죠."

"끈에서 수상한 점은 발견되지 않았나?"

"경찰은 현장 사진을 꼼꼼히 찍고 끈을 모두 회수했어요. 기둥에 묶여 있던 것과 염씨의 목에 감긴 줄 끝을 대조했는데 동일한 끈이라 결론 내렸죠."

"장력은?"

"사용된 새끼줄은 지금도 사용하는 5mm PP로프 계열과 비슷하게 가늘었어요. 의외로 인장강도가 340kg에 달해요. 물론 이건 새 로프일 때니까 흠집 난 새끼줄의 경우 더 적었을 거예요. 그래도 75kg에 175cm의 염씨가 죽기에는 충분히 튼튼했다고 추정할 수 있죠."

"누군가 살해하고 자살한 것처럼 위장했을 경우, 시체가 10m의 거리를 걸어갈 수는 없잖아. 염씨 몸에서 땅에 끌린 흔적이 발견된 것도 아니고."

"이 사건의 핵심은 목을 매 자살할 때 줄이 끊어졌을 경우 사망의 여부로 모아져요. 꽤 특이한 케이스였으니까."

강경식이 설명을 시작했다.

사람이 자살하려고 목을 맸을 때 여러 가지 돌발 상황이 발생할 수 있다. 끈이 체중을 견디지 못하고 끊어지거나, 매듭이 풀리는 경우다. 간혹 줄을 고정한 지지대가 파손될 수도 있다. 이런 일들은 목을 맨 직후부터 죽음에 이르기까지 언제라도 벌어질 수 있다. 만약 사망한 다음 끈이 끊어졌다면 시체는 목을 맨 지점 바로 아래에서 발견된다. 사망하지 않았지만, 의식을 잃은 경우도 마찬가지다.

"그렇지만 의식을 잃기 전이라면 이야기는 완전히 달라져요. 가령 의식이 있고 올가미가 지속해서 목을 압박하지 않는 경우, 운동 능력이 남아서 움직일 수 있단 말예요."

"목을 맨 후 의식을 잃는 데 얼마나 걸리지?"

"보통 15초 내외로 봐요."

"그렇다면 염씨의 경우는 목을 맨 직후 줄이 끊어졌다는 말이네."

"문제는 염씨가 선택한 새끼줄이 5mm로 아주 얇았다는 점이죠."

상식과 달리, 끈이 너무 가늘어서 오히려 치명적이었다는 주장이었다. 염씨가 통나무 의자에서 뛰어내린 순간, 무게를 감당할 수 없었던 끈은 순식간에 목을 파고들면서 숨통을 조였다. 그와 동시에 목 피부가 끈을 뒤덮었을 것이다. 다행히 끈은 끊어졌지만, 섬망에 빠진 염씨가 손톱 끝을 세워 피부 속 깊이 박힌 줄을 뽑아 당기거나 마찰열로 단단하게 조여진 올가미 매듭을 푸는 건 불가능했다는 결론이었다.

"그런데 말이야. 자네 신학대학 나왔다고 했지? 혹시 남방여왕이라고 들어봤나? 현세희의 외할머니가 남방여왕이라 불렸다는데."

"남방여왕은 왜요? 한국 기독교 역사에서 이단 계보도를 그리면 맨 위에 오르는 전설 속 인물이에요. 해방 전에 이북에서 활동했고, 우리나라 이단의 창시자로 불려요. 한반도 최초로 계시를 받은 국산 토종이라 할 수 있죠."

"현세희의 외할머니가 남방여왕이라면, 표고밭에서 살해된 백인옥이 남방여왕의 딸이었단 말인가?"

"그런 얘기는 금시초문인데?"

"모교 교수에게 전화해서 좀 알아봐. 그쪽은 자네가 전문이잖아."

"확인해볼게요. 근데 현세희씨에게 너무 집착하는 거 아닌지 모르겠네. 이러다 둘 사이에 뭔가 정분날 것 같은 느낌 적인 느낌은 어떻게 설명할 거죠?"

❖

다음 날 출근하기 전에 '귤꽃피는정원' 창고에서 A형 사다리와 나무 의자를 챙겼다. 노도는 멀찌감치 꼬리를 말고 앉아 있었다. 배가 고픈지 강아지들이 맹렬하게 노도의 아랫도리로 파고들었다. 새끼는 두 마리밖에 남지 않았다. 일곱 마리의 새끼 중 두 마리는 자연사하고, 한 마리는 마당에 나돌아다니다가 후진하는 차에 깔려 비명횡사했다. 두 마리는 이웃집에 분양되었다.

사료통을 가득 채우고 집을 나왔다. 연삼로 '개밥그릇'에서 사온 사료였다. 새끼 한 마리를 죽인 미안함에 기름기 번들번들한 사료로 한 단계 업그레이드해 주었다. 김수남은 표고밭 살인 사건을 두 번째 연재로 때워 넣을 생각이었다.

아라동 도로변 철물점에서 5mm PP로프, 마대 자루 40kg

짜리 10장, 잡끈, 칼 등을 구매했다. 강경식은 15분 늦게 현장에 도착했다. 회사에는 조사할 게 있어 현장 출근하겠다고 둘러댔다.

먼저 40kg짜리 마대 자루에 흙을 퍼 넣었다. 30여 분에 걸쳐 돌과 흙을 넣어 반 이상 채우고 주둥이를 끈으로 묶었다. 마대 3개를 만들어 무게를 확인하니 각각 25kg 정도 돼 보였다.

"그런데 뭐가 이상하다는 말이죠?"

"현장 사진 중에 이해되지 않는 부분이 있어서 말이야."

먼저 새로 산 PP로프를 풀었다. 인터넷에서 알아본 방법대로 에반스 매듭을 만들었다.

"입장을 바꿔 생각해봐. 강 기자가 직접 자살하겠다고 생각해보란 말이야. 현장 사진처럼 형태가 나오려면 어떻게 해야 되겠나?"

"그런데 왜 매듭을 먼저 만드는 거죠? ⓑ와 ⓒ 가지 사이로 끈을 던진 다음에 매듭을 지어도 되잖아요."

"자네가 먼저 해봐."

매듭을 풀어서 강경식에게 건네고, 등받이 없는 나무 의자를 가져다가 ⓓ 지점에 놓았다.

강 기자가 끈 *끄트머리*를 획획 돌려 ⓑ와 ⓒ 가지 사이로

던졌다. 한 번에 성공하자 의기양양하게 나무 의자에 올라섰다. 그러나 바로 당황한 기색을 보였다. 땅이 고르지 않아 중심을 잡기 힘들었기 때문이다.

"거기서 에반스 매듭을 만들어보라구."

강경식이 의자 모서리를 밟고 서서 매듭을 짓기 시작했다. 하지만 거친 숨소리만 들릴 뿐 작업 진척은 더뎠다.

"내려와 봐. 내가 해볼게."

"거참 더럽게 자세 안 나오네. 뭐든 자세가 잘 나와야 하는데."

강경식이 민망했는지 툴툴거리면서 의자에서 내려왔다. 김수남이 대신 올라갔다. 수평이 맞지 않아 오른발에 힘을 더 주고서야 간신히 균형이 잡혔다. 어젯밤 집에서 연습했는데도 쉽게 매듭이 만들어지지 않았다. 양팔을 들고 작업해서 어깨에 힘이 많이 들어가고 팔도 아팠다.

"이봐, 사람들이 자살을 왜 하나?"

"죽기 위해서죠. 살기 싫으니까."

"그런데 자살할 때도 요령이 있다는 말이 있어. 사람들은 마지막 죽는 순간까지 편한 방법을 찾거든. 이런 식으로 했다가는 자살하기 전에 진이 빠져 죽을 것 같은데?"

물론 진이 빠져서 죽지는 않을 것이다. 하지만 방법상 이것은 틀렸다. 실제로 의사(縊死) 중에 두 발이 허공에 떠서 발견된 경우가 많지 않은 이유는 따로 있다. 아픈 게 두려운 것이다. 줄 역시 무지막지한 전기선 같은 것을 사용하지 않는다. 죽기 전까지도 살에 닿는 끈의 감촉을 고려해서 되도록 부드러운 것을 고르고 또 고르는 것이다. 그리고 단순한 방법으로 목을 맨다. 곧 죽을 건데 부드럽거나 거친 거나 아무 끈이면 된다고 생각했다면 오산이다.

그러므로 현장에서 전기선 같은 줄이 발견되었다면 타살

가능성을 의심해봐야 한다. 이 사건 역시 억새와 띠로 엮은 투박한 새끼줄이 사용됐지만, 당시 중산간 표고밭에서 쉽게 구할 수 있었다는 점에서 정상참작 되었다.

"여기 기둥 지점에 여장이 짧게 남아 있었다는 점도 고려해야 한다구."

"그렇네요. 여장이 짧다면 마지막에 묶었다는 뜻이겠지요."

강 기자가 에반스 매듭을 완성한 다음 ⓒ 지점 위에 안착시켰다. 좀 더 신중해진 모습이었다. 줄을 팽팽하게 잡아당기지 않고 기둥에 두어 번 감더니 끈을 남겨두었다. ⓒ 지점에 걸린 에반스 매듭이 교수대처럼 늘어져 바람에 가만가만 흔들리고 있었다. 가지가 사선 형태로 기울어서 자꾸만 가지 안쪽으로 미끄러져 내렸다. 김수남이 에반스 매듭 채로 현수점 위로 던져 한 번 더 감았다.

"이렇게 해 놓으면 미끄러지지 않을 거야. 이제 저 매듭에다가 목을 넣고 의자를 발로 차면 완벽한 자살이 성립되겠지. 중간에 줄이 끊어지지 않는다면 말이야. 일단 테스트해 볼까?"

25㎏짜리 마대 자루 세 개를 매듭에 묶자 급속도로 자유 낙하했다. 마대 자루가 바닥에 떨어지면서 순식간에 줄이

팽팽해졌다. 탄력이 붙어 칼끝만 대도 끊어질 것 같았다. 에반스 매듭이 더욱 깊고 단단하게 조여졌다. 끈의 인장강도가 340kg인 것을 고려하면 끊어지진 않겠지만 몹시 위태로워 보였다. 저 올가미에 목을 넣었다간 순식간에 죽고 말 것이다.

"그런데 왜 이런 고생을 하지요?"

강경식이 느닷없이 다리를 걸고넘어졌다. 사수가 하는 일이라 잠자코 있었지만, 인내심에 한계를 느낀 모양이었다. 《제주신문》에 실린 사진 복사본을 보여줬다.

"자네가 묶은 것과 비교를 해봐."

강경식

사건 현장 사진

바로 강경식의 낯빛이 바뀌었다.

"자네는 줄을 다시 풀어야 한다는 강박감 때문에 이런 식으로 기둥 매듭을 지었을 거야."

"저는 두 번 감았는데 사진에서는 네 번이나 감았어요. 지나치게 많은 게 아닌가 싶은데."

"그렇지. 에반스 매듭을 먼저 만들어서 걸어두었기 때문에 지금 이 줄에는 전혀 무게가 실려 있지 않아. 시작점이자 기둥일 뿐인 거지."

"기둥 끝 선 처리도 좀 수상한데요."

"여길 봐봐."

김수남이 사진 속 끈의 형태를 지목했다.

"먼저 감은 줄을 누르는 식으로 또 한 바퀴 감고, 다음 것도 겹쳐 감았어. 이게 무엇을 의미하겠나? 그것도 네 바퀴씩이나 말이지. 상당한 힘을 들였다고 생각되지 않나?"

"이 대목에서 확연한 차이를 보이는군요."

《제주신문》 기자도 이 점을 수상하게 여겼던 거야. 아무 힘도 받지 않는 출발점치고는 끈을 너무 꼼꼼히 묶었다, 이 말이지. 이걸 보고 마지막 끝 선 처리가 너무나 꽉 닫힌 폐쇄형 매듭이라고 말했던 거야. 마치 저쪽에 무거운 뭔가를 걸어놓고 잡아당긴 것처럼 말이지."

"지금 이 사건이 타살이라는 거예요? 위장의사(僞裝縊死)라 주장하는 거예요?"

강경식의 눈빛이 사납게 바뀌었다. 김수남은 부정도 긍정도 하지 않았다. 다만 줄을 감은 형태가 다르다는 점까지는 동의했으므로 다음 단계로 넘어갔다.

"지금부터는 순전히 가정이야. 이것 좀 도와줘."

먼저 기둥에 묶은 줄을 풀어 늘어뜨렸다. 끈 끝단 에반스 매듭에 마대 주둥이 세 개를 넣고 꽉 조였다.

"지금부터 자네하고 나하고 이 줄을 잡아당겨 보자구. 75kg짜리가 한 번에 들려 올라오는지 테스트해 보잔 말이야."

강경식이 장갑에 퉤퉤 침을 뱉더니 줄을 움켜잡았다. 김수남은 뒤에 서서 힘을 보탰다.

"하나, 둘, 셋!"

꿈쩍도 하지 않았다.

마대 자루 한 개를 제거한 50kg 역시 마찬가지였다. 현수점에 끈이 눌어붙어 꼼짝도 하지 않았다. 거기다가 끈이 미끄러지지 않도록 두 번 감았기 때문에 저항값이 갑절로 높아졌다. 현수점에 감은 줄을 한 번 풀고 다시 시도했지만, 결과는 똑같았다. 억지로 끌어올리려면 150kg 이상 들 힘이 필요할 것 같았다.

무게를 줄여 25kg 마대 1개를 겨우 드는 데 성공했지만, 두 명이 달라붙어도 힘에 부쳐 허공으로 30cm가량만 띄웠을 뿐이다. 시체의 발 위치가 50cm 이상 떠 있다고 가정할 때, 75kg의 무게를 인력으로 들어 올리는 일은 불가능했다. 그렇다면 당시 경찰의 주장이 옳다. 자꾸만 미궁 속으로 빨려드는 느낌이었다.

다만 확실한 소득은 있었다. 25kg짜리 마대 자루를 30cm 가량 들어 올려 기둥에 고정하는 매듭을 테스트해 본 결과였다. 김수남이 마대 자루를 받치자, 강경식이 고개를 끄덕여 신호를 보냈다. 마대 자루를 놓으니 강경식이 팔을 부들부들 떨며 끈을 기둥에 감았다. 누가 시키지 않았는데도 네 바퀴를 감고 나서 매듭을 지었다.

놀랍게도 사건 현장 사진과 같은 형태의 매듭이 만들어졌다.

"선배 말이 맞네요. 줄 저쪽에 무게가 걸려 있으니까 두 번째 바퀴를 돌릴 때는 먼저 감은 끈 위에 겹쳐 감게 돼요. 그래야 힘이 적게 드니까. 그래서 네 번째까지 자꾸 겹쳐 감게 되고, 마지막 선 처리도 이렇게 야무지게 할 수밖에 없었어요. 줄이 풀리면 안 되니까."

"두 사람이 힘껏 잡아당겨도 25kg을 들기 힘든데, 타살이라면 어떤 방법으로 이런 형태가 나오게 되었을까?"

"살아 있을 때 의자에 올라가 목을 매게 하고……."

강경식이 말을 하다가 급브레이크를 밟았다. 자신을 죽이려고 목을 매게 하는데 순순히 의자에 올라갈 사람이 있을까. 당연히 거세게 반항하게 되고, 그렇게 죽었을 때 시체에는 여러 징후가 나타난다.

자살로 가장하여 위장의사를 하는 경우는 매우 드물다. 정상적인 성인을 의살(縊殺) 하는 것은 거의 불가능하다고 알려져 있다. 만약 피해자를 미리 죽여서 목을 매달았다 해도 부검하면 금방 사인이 밝혀진다. 위장의사의 대상은 주로 어린이나 노약자, 의식 소실자 등으로 한정되어 있다. 그렇지만 이조차도 타인의 조력을 받는 경우가 많다. 단독 범행일 경우는 가해자와 피해자의 체격에 현격한 차이가 있어야만 가능했다.

"예를 들어 몇 년 전 발생한 박근혜 대통령의 오촌 살인 사건만 해도 그래. 의식을 잃은 사람의 목에 올가미를 걸고 서너 사람이 끌어올렸다는 프로파일링이 이루어졌거든. 이럴 때도 일반적인 자살과 똑같은 증상이 나타난다구. 전혀 차이가 없어. 다만 이 경우는 체내에서 발견된 졸피뎀 성분 때문에 위장의사의 가능성이 제기되었지. 그렇지만 이 표고 밭 사건은 약물 검사뿐만 아니라 부검도 하지 않고 사건을 덮어버렸단 말이야."

"어쨌거나 선배가 지금 가정하는 것은 염씨 목에 올가미를 걸고 들어 올려서 고정했다는 거잖아요."

강경식이 담배를 피워 물었다. 그러더니 눈빛을 반짝이며 덧붙였다.

"그렇다면 두 가지 조건이 성립되어야 해요. 염씨가 75kg의 건장한 성인 남성이라는 점을 감안하면, 피해자가 항거 불능 상태여야 한다는 것. 또 하나는 조력자가 있거나 단독 범행이라면 뭔가 사용했을 것이다……. 표고밭이 닫힌 공간이므로 범죄 특성상 두세 사람이 조력했을 가능성은 현저히 낮고. 그렇다면 도구 같은 걸 사용하지 않았을까요? 왜 사람 힘으로 안 되면 제일 먼저 찾는 게 도구잖아요. 사건 발생 장소도 한라산 깊숙한 산골짝이었으니까 인부 눈만 피하면 나름 시간은 충분했을 거고. 이도 저도 아니면……."

"아니면?"

"염인택 선생님께서 스스로 극단적 선택을 하신 걸 가지고 우리가 엄청 헛다리를 짚고 있다. 이런 비극적인 결론에 도달하겠지요?"

"도구라고? 강 기자, 방금 도구라고 말했나?"

공소시효의 늪

사실 대리운전을 하는 게 부끄럽지는 않았다. 막연히 살을 빼겠다는 기대감으로 시작했으나 차츰 관록이 붙으면서 생각도 바뀌었다. 무엇보다 길 위에서 무작위로 손님을 만나 허심탄회하게 대화하는 게 흥미진진했다. 신문기자로 경험할 수 없는 제주도의 길바닥 정서가 앞으로 쓸 소설의 기초 자료로 차곡차곡 쌓이는 재미도 쏠쏠했다.

어쨌거나 현세희와 로즈마린 밖에서 눈이 마주쳤을 때 외면하고 말았다. 그것은 회피성 인격 장애의 일종이었다. 사십 평생 이어온 관성이라 한순간 바뀔 성향도 아니었다. 로즈마린에서 술자리가 파분났을 때 이미 균열은 시작되었고,

대리운전 하는 게 발각됨으로써 관계 파탄이라는 확정판결을 끌어낸 것뿐이었다.

표고밭 살인 사건 기사가 두 번째 연재 기사로 나가자, 홈페이지에 300여 개의 댓글이 달렸다. 시비를 걸고 비난하는 악성 댓글도 있었지만, 마지막 도구 사용의 가능성이라는 대목에서 몇몇 창의적인 의견들이 개진되었다. 그중 나뭇가지 현수점의 마찰 저항을 줄이기 위해서 도르래를 달았을 가능성이 높다는 댓글이 눈길을 사로잡았다.

75㎏이 나뭇가지에 걸려 있을 때는 150㎏ 이상의 저항값이 발생하지만, 도르래에 걸었을 경우는 혼자서도 쉽게 들어올릴 수 있다. 그래, 단독 범행이고, 도구를 사용했다면 도르래밖에 없다. 강 기자 말마따나 한 사람이 자백하면 주르르 감자 뿌리처럼 엮여 나올 만큼 폐쇄적인 표고밭에서 공범의 가능성은 없다고 봐야 옳다. 도르래를 사용했다 해도 무게가 많이 실렸기 때문에 기둥의 폐쇄형 매듭까지 쉽게 설명이 된다.

김수남은 방학 초기에 숙제를 몰아 해 놓은 학생처럼 홀가분했지만, 이내 무기력감에 사로잡혔다. 현세희와 인터뷰도 중지되었고, 손정엽을 추적하는 것에도 한계가 느껴졌다. 그 순간《제주신문》사진 한 컷이 떠올랐다. 1998년 6월

9일 손정엽의 '불법 금권 선거 운동 고발 긴급 기자회견' 현장 사진이었다.

당장 루피노 신부를 찾아가 인터뷰해 봐야겠다는 생각이 들었다. 2002년 부중근 성추행 사건 당시 정의구현사제단이 침묵으로 일관했다고 신철구가 주장했는데, 그에 대한 해명도 듣고 싶었다. 루피노 신부는 오랜 민주화운동과 강정해군기지 건설 반대, 4·3사건 진상조사 등으로 명성이 자자했다. 제주도 시민단체에서 잔뼈가 굵은 실천적 종교 행동가였다.

❖

"손정엽이가 양심선언을 한 내막은 잘 모르겠고. 1998년에 부중근의 선거 부정행위를 고발한 몇 건이 있었던 걸로 기억하는데, 이슈가 되진 않았죠. 대부분이 해프닝으로 끝났으니까. 양심선언은 성로가 나를 찾아와서 부탁하지 않았나 싶은데."

루피노 신부가 과거를 회상하듯 멀리 눈을 두며 말했다. 한기평 교수와 이성로 변호사, 그리고 루피노 신부는 친구 사이였다. 동문성당 주임신부 집무실에서 인터뷰가 진행되었다. 루피노 신부는 연방 담배를 피워댔고, 수시로 전화벨이 울렸다.

"성로 왈, 이런 식으로 선거 끝나면 되느냐, 너무 허망하다, 이렇게 덮여서는 안 된다. 그런데 자기가 전면으로 나설수 없으니 나한테 도와주라고 했던 것 같아. 내가 서귀포 복자성당 주임신부로, 정의구현사제단 대표와 탐라참여환경연합 공동 대표를 맡고 있을 때야. 친한 친구가 찾아와서 그렇게 부탁하는데 들어줘야지 어떡하겠나?"

"장소는 신제주 노형성당이었잖아요?"

"양심선언을 하겠다는데 마땅한 장소가 없어서 섭외하던중이었어. 노형성당 신부에게 부탁해서, 기자회견 자리를만들어 줬던 거로 기억해요."

"어째 제3자적인 뉘앙스로 들리는데요? 직접 관여한 것은 아닙니까?"

"사실 나는 얼굴도 본 적이 없어. 손정엽이 어떤 사람인지도 몰라. 그래도 누군가 양심선언을 하겠다는 데 자리는 마련해 줘야겠다, 이런 정도로 생각하고 있었죠. 지금도 그렇지만 누구든 말을 하고 싶으면 자유롭게 발언할 수 있어야한다는 게 일관된 내 신념이거든. 설사 그 양심선언이 조작되었거나 불순한 의도를 품은 거라 해도 말이지."

루피노 신부의 말을 들으니 맥이 풀렸다. 책임 회피로 들리기도, 더 이상 관련되기 싫다고 선을 긋는 소리로도 들렸다. 그러나 평소 발언이나 활동 반경을 볼 때 면피하려고 거짓말하는 것 같지는 않았다.

"양심선언 현장에도 참석하지 않은 겁니까?"

"나는 내용도 모르는 상태에서 자리만 주선해준 것뿐이야. 좀 전에 말한 것처럼 서귀포에 있었고. 손정엽이가 직접 나를 찾아와서 부탁한 것도 아니었고. 직접 통화한 사실도 없어요."

"그렇다면 그 이후에는?"

"전혀. 그렇게 끝나버린 거죠."

"이성로 변호사 친구분들을 두루 만나서 인터뷰를 해봤습니다만. 여러 추정을 하시는데, 손정엽 얘기를 하는 사람은 한 명도 없었습니다."

"손정엽이는 지금도 전혀 연락이 안 닿고?"

"2000년 태풍 때 사고사를 당한 것으로 밝혀졌습니다. 노형성당 양심선언 직후 제주지검에 갔다는 것까지 확인했습니다."

"제주지검에서 손을 썼단 말인가?"

"그걸 대비해서 이성로 변호사가 동행한 거겠지요. 일단은 귀가 조치되었는데, 그 주말에 손정엽이 사라졌어요. 자진 출두 형식으로 다음 주 조사를 받기로 해 놓고 검찰청에 나타나지 않은 거죠."

"그때 부중근 지사 캠프 상황실장 했던 친구가 있어요. 이영훈이라고. 지금은 친구들 사이에서 요원해졌는데 제대로 알려면 그 친구를 만나봐야 할 거예요. 제주대학에서 학생운동을 하다가 평민당에도 관여했고, 탐라참여환경연합에도 잠깐 있었고. 그러다가 나중에는 정치 브로커가 되었죠."

"이영훈이라구요?"

처음 듣는 이름이었다.

"1998년 선거 끝나고 2002년 부중근 지사 성추행 사건이 있었잖아요. 그 일로 내가 아주 핍박을 많이 받았거든요. 나는 걔를 친구로 대했는데 나중에 알고 보니 부중근 선거 브로커로 활동하고 있었죠. 나를 이용한 거지. 1995년 지방선거 때 신철구 지사를 아주 열성적으로 밀었고, 그러다가 배신당했다고 칼을 갈다가 1998년에는 부중근 캠프로 넘어간 거거든. 그 이후 일본에 살면서 선거 때마다 용돈 벌러 들어온다는 얘기가 들리더라고. 이번 원세륜 캠프에 참여했단 얘기도 있고. 워낙 물밑으로 움직이는 친구라 종잡을 수가 없어요. 98년 선거 당시 이야기라면 이영훈이가 제일 잘 알고 있겠는데?"

"만나면 증언해줄 거 같습니까?"

"거 뭐 이제 지나간 일인데 얘기 못 해줄 거 뭐 있어?"

"제주도에 계십니까?"

"오사카에 산다고 들었어. 그 여동생도 내가 알고 있거든. 혹시 지금 제주도에 와 있을지도 모르겠어요. 어머니가 아프다는 소식을 들었거든요."

"그때 손정엽을 빼돌린 세력 뒤에 큰 게 버티고 있어서 정의감에 사로잡힌 이성로 변호사가 이거를 뿌리째 뽑아보겠다고 했답니다. 신 지사가 증언한 내용입니다."

"손정엽이 양심선언을 한 게 선거 후 언제였죠?"

"6월 4일 선거가 끝났는데 9일에 했습니다."

"그런데 이건 뭔가?"

루피노 신부가 김수남이 자료로 가져간 문서에 관심을 드러냈다. 신철구 지사의 인터뷰를 풀어놓은 문서였다. 2002년 부중근 성추행 사건 당시 시민단체가 부중근 편에 서서 진실을 왜곡했다는 내용이었다.

"신 지사가 이런 오해를 하고 있었구나. 난 다 풀린 줄 알았는데."

"2002년 선거 때 신부님이 부중근과 손을 잡았다는 식으로 말하더라구요. 이건 어떻게 된 일입니까?"

"손정엽이는 잘 모르지만, 2002년 부중근 성희롱 문제는 내가 좀 압니다. 신 지사가 지금까지 그런 오해를 하고 있다는 게 나로서는 좀 의외인데. 이런 얘기 해도 되려나 모르겠네."

"신부님 말씀대로 다 지나간 일 아닙니까?"

루피노 신부가 담배를 한 모금 깊숙이 빨더니 허공으로 길게 내뿜었다.

"결정적인 장면 몇 개가 있는데. 부중근에게 성추행 당했다는 녹취 파일을 시민단체에서 나한테 가져왔어. 읽어보니까 너무 리얼했단 말이야. 그래서 이건 공포해서 문제 삼아야겠다 생각하고 있는데, 그때 또 이영훈이가 등장한 거예요. 이영훈이가."

2002년 지방선거에서 신철구와 부중근의 갈등은 최정점을 맞이했다. 앞선 두 차례 도지사 선거에서 사이좋게 1승 1패의 전적을 주고받았던 두 라이벌은 숙명의 3차 격돌을 벌이게 된다.

고영희는 부중근 지사와 오빠동생 하는 사이거든요.

부중근 집무실에서 성추행을 당한 고영희는 다음 날 오전 제주도 여성정책과장에게 항의 전화를 했다.

"나한테 영 해도 되는 거꽈?"

"밖으로 알려지는 날에는 둘 다 인생 종 치는 거우다. 이 얘기는 무덤까지 가져가야 허쿠다. 미친개에게 물렸다고 생각허영 고만히 계십서양."

고영희는 고민에 빠졌다.

부중근은 제주도 권력의 최고 정점에서 제왕적 권력을 휘두르고 있는, 그것도 서슬 퍼런 현직 도지사가 아닌가. 서울 중앙의 권력자와 줄이 닿아 있다고 했고, 지난 1998년 부정 선거 때도 보이지 않는 세력이 뒤를 봐주고 있다 하지 않았던가. 게다가 이번 선거에서도 당선 가능성이 가장 높은 살아 있는 권력이다. 이 일이 알려지면……. 길거리에서 얼굴 들고 다닐 수 없을 정도로 망신살만 뻗칠지 모른다. 아니, 제주도에서 살 수 없을지도 모른다.

그러나 고영희는 용기 내서 시민단체를 찾아간다. 여민회에서는 물증이 있어야 한다면서 증거를 요구했고, 고영희는 부중근과의 2차 면담 자리를 만들어 성추행 사실에 대한 녹음에 성공한다. 그렇게 녹취록이 확보되자 탐라참여환경연합과 정의구현사제단이 움직이기 시작했다.

여민회는 송재홍 기자를 불러 녹취록의 존재를 기사화하고, 사실 검증에 나섰다. 송재홍의 특종으로 분위기는 반전되었다. 고영희는 여세를 몰아 성추행 폭로 기자회견을 열고, 여성부에 정식으로 고소장을 제출한다. 파문은 일파만파 퍼져 나갔다.

내가 당시에 부 지사 성추행 사건 진상 조사와 중재를 맡고 있었거든. 고영희씨가 원한 것은 사과였어. 도지사 사퇴나 뭐 이런 거창한 구호가 아니었다고. 시민단체에서도 정치적 음해라고 몰아붙인 걸 사과하면 모두 용서하겠다는 입장이었어. 다만 이런 요구가 정치적 압력으로 비춰질까 봐 수위를 조절했을 뿐이야. 선거 판도가 달라질 걸 염려해서 비공개로 촉구했던 거지. 어느 쪽에 유리 혹은 불리하게 중재하려던 의도는 전혀 없었다고.

그런데 말이야, 돌이켜 보면 제주도민들은 우리 시민단체가 부중근 편을 드는 것처럼 보였던 모양이야. 신 지사도 지금까지 그게 앙금으로 남아 있는 거고. 우리는 누구의 편도 아니었어. 다만 진실과 정의의 편에 서고자 했을 뿐이었어.

녹취록 법률 검토도 모두 마친 상태였고.

그 시각 부중근 선거 캠프의 좌장 이문식은 녹취록 사본을 들고 나타난 이영훈을 독대하고 있었다. 이영훈은 시민단체에서 대외비로 묶어놓은 녹취록을 최초로 입수했다는 자부심으로 기세등등했다.

"아맹해도 이번엔 힘들 거 같수다. 이건 빼도 박도 못 허크라마씀."

녹취록을 확인한 이문식의 얼굴이 새파랗게 질렸다. 누가 봐도 성추행이 분명했기 때문이다.

대체 무슨 놈의 악연인지, 그때 또 이영훈이가 등장한 거라. 친구이기 때문에, 그때는 분명히 친구였지. 슬그머니 찾아와서 녹취록 좀 보자는 거야. 어떤 내용인지 읽어보기나 하자고. 그때 보여주지 말았어야 했어. 이영훈이도 읽어보니까 이건 확실한 성추행이거든. 누구라도 부중근의 성추행을 부인할 수 없었단 말이야.

부중근 캠프는 초상집 분위기가 되었다. 캠프에는 이문식과 이영훈만 남아 있었다. 다른 참모들은 이번 선거는 방법이 없다면서 썰물처럼 빠져나간 뒤였다. 그들 중 일부는 어디에 줄을 대야 하나 술집에서 난상토론을 벌이고 있었다. 밤이 이슥해질 무렵 불콰하게 취한 부중근이 모습을 드러낸다.

"어, 괜찮아. 괜찮다고."

부중근이 휑한 사무실을 스캔하듯 둘러보며 말했다. 그러더니 힘내라는 듯이 이영훈의 어깨를 툭툭 쳤다.

"전에 이보다 더 심한 일도 있었잖아. 이 정도 가지고 뭘 그래. 캠프의 최고 하이바가 무사 영 주눅 들고 경 허나? 구짝 밀고 나가부러."

부중근이 의미심장하게 말했다. 자신만만한 표정이었다. 이런 오연한 자신감은 어디에서 나오는 걸까? 거대한 우환에 휩싸여 선거 참모들이 난민 수준으로 흩어졌는데……. 다들 선거 끝났다고 짐 싸서 집에 가자는 분위기인데.

"녹취록을 읽었습니까, 지사님?"

이영훈이 조심스레 물었다.

"그까짓 거 뭐, 변호사가 이 정도쯤은 충분히 해볼 만하다던데. 다툼의 소지가 있다, 이거야. 그런 건 걱정 말고 참모들 다시 집합시켜불라. 제대로 되받아칠 준비를 하란 말이야. 이녁은 신철구하고 엮게 하이바좀 꽉꽉 굴리고."

부중근이 자기 머리를 검지로 가볍게 두어 번 찍으며 말했다. 이영훈은 궁금증이 폭발했다. 녹취록은 여민회에서 일급 기밀로 취급해서 접근이 원천 차단된 상태였다. 루피노 신부에게 트로이 목마처럼 스며들어 어렵게 구해온 것이었다.

바로 이 대목에서 미스터리가 발생한 거지. 부중근이 어디서 그걸 구했느냐, 이거였거든. 녹취록 복사본은 탐라참여환경연합과 여민회에 있었어. 이거는 여민회가 주도했던 사건이야. 공식적으로 발표하기 전까지 아무한테도 나가면 안 된다고 이중삼중으로 자물쇠를 걸었는데, 내가 칠칠치 못하게 이영훈이한테 주고 말았어. 근데 부중근은 이미 다른 사본을 확보하고, 변호사 만나 법률 자문까지 끝냈던 거야. 이영훈으로서는 돌아버릴 지경이었지. 대체 그걸 어디에서 구했는지 궁금해서 미칠 지경이 아니었겠나?

루피노 신부가 다시 담배를 피워 물었다.

그때 나 나름대로 여기저기에서 굉장히 압력을 받고 있었다고. 특히 제주교구장 바오로 주교한테 말이야. 다른 신부가 이거 정치 공작입니다, 이런 식으로 보고했나 봐요. 그걸 듣고 교구장이 나한테 나서지 말라고 압박 전화를 넣은 거예요. 몇몇 신부들과 공동으로 기자회견 하려고 했는데, 내부에서 반대 의견이 많았다고. 선거판에서 신부가 이쪽저쪽 편드는 게 모양새가 좋지 않다면서. 교구장에게 포섭된 신부들도 있었고. 그러다 보니 주저하다 몇 사람 빠지기도 하고. 그러면 나 혼자 이름으로라도 발표하겠다……. 원래는 연명해서 하려고 했는데, 대표 이름만 넣어서 정의구현 사제단 명의로 내게 된 거죠.

나중에 밝혀진 사실이지만, 녹취록 대외비가 깨진 것은 여민회 때문이었다. 여민회는 루피노 신부와 함께 시민운동을 했던 또 다른 신부를 찾아가서 자문을 구했다. 그 신부가 사본을 부중근에게 건넨 것이었다. 그는 교구장에게 이번 사건이 고영희의 자작극이자 정치 음해라고 귀띔한 인물이었다. 루피노 신부에게도 정치적 발언을 삼가라고 경고한 인물이었다.

부중근 측에서는 내가 빨리 기자회견을 취소해야 팩트가 사라지고 더는 기사화가 되지 않을 텐데, 내가 계속 버티고 있으니까 눈엣가시였겠지. 그러자 이영훈이 나의 사생활에 대해 공격하기 시작했어. 대외 신뢰도를 추락시키려는 계략이었지. 이렇게 해서 이영훈과 나는 되돌아올 수 없는 강을 건너게 된 겁니다.

그렇게 도내 일간지 인터넷판에서 기사가 내려갔다. 하지만 중앙 신문 제주 파견 기자들이 보도해서 기록으로 남게 되었다. 나중에라도 시시비비를 따져야겠다는 생각으로 모든 신문사에 보도 자료를 배포한 결과였다. 그 기록이 지금도 인터넷에 남아 있다.

루피노 신부는 허벅지에 힘을 주고 버틸 만큼 버텼지만, 뒷심이 달리는 것은 어쩔 수 없었다. 대세는 부중근 쪽으로 기울어 있었다. 교회 안에서도 거미줄처럼 엮인 각자의 입장 때문에 의견이 모이지 않았다. 가장 정의로워야 할 정의구현사제단마저 권력의 입김에 휘둘려 버리는구나, 자괴감이 들었다.

아무튼 사정은 그랬다고. 그런데 신철구 지사는 교회 내막도 모르고, 정의구현사제단이 부중근 편을 드는구나, 그렇게 오해했던 거야. 지금까지 신 지사의 오해 내용을 몰랐는데, 김 기자 얘기를 듣고 나니 가슴이 먹먹하구먼. 내가 자기를 배신했다니……. 당시에 내가 교회 안에서 얼마나 고생하고 따돌림을 당했는지 신 지사는 모르잖아.

녹취록 미스터리를 알게 된 이영훈은 부중근의 외교력에 다시 한번 경악을 금치 못했다. 경조사 순례를 하는 부중근에게 뭐 그런 사소한 것까지 신경 쓰냐며 비판하던 자들은, 그가 평소 쌓아둔 인맥이 결정적인 순간에 뒷심을 발휘하는 것을 보며 아연하지 않을 수 없었다. 그의 친화력은 타의 추종을 불허했다. 가톨릭 교회도 예외는 아니었다. 교구장부터 평신부, 정의구현사제단 사제들까지 감자 뿌리처럼 복잡하게 엮여 있었다.

❖

정의구현사제단이 평정되자, 부중근 캠프의 총반격이 시작되었다. 곧바로 성추행이 근거 없는 허위 주장이라며 기자회견을 열더니 고영희와 제주여민회 대표를 명예훼손 혐의로 검찰에 고소했다.

"이번 사건은 부중근 도지사를 음해하기 위해 불순분자

가 조작한 것이 확실합니다. 불순한 의도를 가진 배후 세력이 조종하고 있는 게 틀림없습니다."

어차피 쏟아진 물이니 과감한 정면 돌파밖에 없었다. 캠프의 모사꾼 이영훈의 머리에서 나온 발 빠른 결정이었다.

"배후 세력이란 누구를 말합니까?"

송재홍이 《삼다일보》 선임기자 자격으로 물었다. 그는 부중근의 성추행 사건 특종 이후 상황을 예의주시하고 있었다.

"여러분의 판단에 맡기겠습니다."

"혹시 신철구 후보를 말하는 겁니까?"

송재홍이 집요하게 물고 늘어졌다.

"피해자라고 주장하는 고영희라는 여자, 나도 좀 아는 사람인데 평소 행실에 문제가 많았습니다. 남자관계가 복잡해서 더러운 추문이 한두 가지가 아닙니다."

정무부지사가 즉답을 회피했다. 그러면서 두 주먹에 힘을 주며 소리쳤다.

"거듭 말하지만, 이번 사건은 현직 도지사의 이미지를 실추시키고 정치적 타격을 입히려는 불순 세력이 조작한 음해입니다. 현직 도지사의 실명을 들먹거리는 이 사건으로 말미암아 우리 제주도가 전국적인 웃음거리로 전락했습니다. 이는 불신을 가중시켜 정치 혐오를 부추기려는 전략이 분명

합니다. 선거 때만 되면 난무하는 악성 루머나 유언비어가 더는 우리 제주도 정치판에서 발붙이지 못하도록 이번 참에 확실히 본때를 보여야 합니다."

부중근과 제주도민을 일체화시킴으로써 이번 사건이 마치 제주도민의 타격인 양 호도하는 계산된 발언이었다. 거기다 경쟁 후보인 신철구가 개입하고 있다는 뉘앙스까지 흘림으로써 일석이조의 효과를 노린 것이었다.

송재홍은 자존심이 상했다. '현직 도지사 성추행 사건'이라는 특종을 터트렸지만, 부중근이 되치기 기술로 멋지게 상대 후보에게 덮어씌웠기 때문이다. 신철구가 현직 도지사를 상대로 입에 올리기도 부끄러운 사건을 조작함으로써 제주도의 명예를 실추시켰다는 방향으로 여론은 급선회했다. 권력이 제아무리 좋기로서니 물불 가리지 않고 달려드는 신철구야말로 도지사 감투에 환장한 파렴치한이라는 프레임이 씌워졌다.

자신감을 회복한 부중근은 급기야 선거 유세장마다 고영희 사진을 들고 다니며 이렇게 외친다.

"이 여자 얼굴 좀 봅서. 여러분 같으면 이렇게 생긴 여자와 하고 싶겠습니까?"

정말 간 큰 행보였다. 성추행 피해자 고영희를 농락하고 조롱하는 발언이었다. 바로 이 대목에서 송재홍의 인내심은 폭발했다. 당시 그는 정의감에 사로잡혀 있었다.

그러나 《삼디일보》 고위 관계자들은 몸을 사리고 선거 이후의 판도를 조심스레 점치고 있었다. 그런 마당에 눈이 뒤집혀 부중근 비난하는 기사를 쏟아내고 있으니 신경 쓰이지 않을 리 없었다. 부중근의 성격상 후환이 없으리라는 보장도 없었다. 너도나도 '오늘만 살고 내일은 살지 않으려는' 송재홍이라고 뒷말을 해댔다. 그러던 중 그가 다시 특종을 터뜨린다.

부중근 선거 캠프에 심어놓은 정보원에게서 흘러나온 녹음 파일이 발단이었다. 선거 판도가 바뀌자 캠프 회식이 벌어졌다. 재선 축하연 같은 분위기였다. 얼큰하게 술이 오른 부중근이 집중하라는 듯이 외장쳤다.

"아, 더럽게 시끄럽네. 내가 고자냐? 앞에서 알랑거리는데 안 만지면 발기 불능이지!"

주변 사람들이 히히덕거리면서 조소했다.

"신제주 룸살롱마다 전국 각지에서 몰려든 각양각색의 팬티 천진데. 내가 무사 그런 암 덩어리를 만지겠나? 야, 술이나 마시자. 누가 건배사 좀 해보라."

바로 캠프 임원이 일어서서 "조직을 배신하면 죽음이다.

조, 배, 죽 만세!" 선창하자, "조배죽 만세"라는 함성이 회식 자리를 쥐흔들었다.

고영희는 갑상선암 수술을 받은 병력이 있었다. 이번 사건으로 암이 재발했다는 소문도 들렸다. 상스럽기 그지없는 발언이었다. 대놓고 비난하진 못해도 여기저기에서 부르르 발끈하는 소리가 하늘을 찔렀다. 이토록 천박한 자가 제주도지사라는 게 부끄럽고 창피하다는 반응이었다.

그러나 녹취를 근거로 특종을 했음에도 지지율은 요지부동이었다. 술판 가십거리만 늘었을 뿐이다. 개중에는 부중근의 우람한 숫기를 은근히 부러워하는 남자들도 있었다.

권력이 참 좋다 이.

게메 권력이 있어야 싱싱한 여자를 품지.

역시 장교 출신이라 다른게. 박력이 차고 넘친다.

아시, 오늘은 전라도 팬티 어떵? 아님 지역색 무난한 서울 경기 쪽 팬티로?

"그러니까 손정엽이 양심선언 하겠다는 의사를 표명한 거고, 이성로 변호사가 신부님에게 자리를 주선해달라고 전화했단 결론이군요."

"그런데 가만있어 보자. 이성로 변호사는 1999년에 피살됐고, 손정엽은 2000년에 사고사로 죽었다니 지금은 이 사실을 증명해줄 사람이 없네."

"뭐 하나 알아내면 또 막다른 골목에 들어서고……."

"이영훈이가 모든 걸 알고 있을 거야. 1995년 신철구 캠프로 시작해서 1998년부터는 부중근의 책사로 활동했으니까. 최근 원세륜 캠프까지 참여했다고 하니 아직은 쓸 만한 모양이야. 그 친구가 제주도 선거사의 산증인이지. 핵심 모사꾼이니까 뒤에서 벌어진 일이라면 모르는 게 없을 거야."

루피노 신부가 전화기를 들었다. 여러 군데 단축키로 이어진 키폰이었다.

"동광성당에 전화해서 이수희 루시아 전화번호 좀 알아봐라."

성당 사무원에게 전화를 건 모양이었다. 전화를 끊자마자 바로 수화벨이 울렸다. 루피노 신부가 메모지를 꺼내 받아 적었다.

"이거 이영훈의 여동생 전화번호예요. 거기 오빠랑 만나고 싶은 사람인데, 어머니 위독하시다고 들었는데 혹시 오빠가 제주도에 와 있는가, 연락처는 어떻게 되는가, 물어봐요."

김수남은 메모지를 반으로 접어 지갑 안에 넣었다.

"이영훈이가 분명히 내막을 알고 있을 거야. 자기만 알고 있는 소스도 있을 거고. 우리 사이가 터버렸지만, 나는 친구의 죽음을 부중근 때문에 숨길 거라고는 생각 안 해요. 지금까지 부 지사한테 충성할 만큼 크게 받은 것도 없고. 언제나 아이디어 팔아 단발 치고 현금으로 용돈 챙긴 친구였으니까."

"이영훈이 정말로 말해줄 거 같습니까?"

루피노 신부가 다시 담배를 피워 물었다.

"솔직히 살인의 공소시효도 끝났고. 자기가 죽인 게 아니면 얘기 못 할 이유가 없잖아. 부중근이야 요새 뒷방 늙은이 신세라 주변에 사람도 없고, 어깨에 힘도 많이 빠졌고. 설사 응징한다 해도 겁날 것도 없고. 이영훈이 고만히 앉아서 그걸 곧이곧대로 당할 만큼 멍청한 놈도 아니고……."

루피노 신부가 이야기의 질주를 멈추고 급브레이크를 밟았다.

"그나저나 자네는 육지 출신인데 왜 이 사건에 관심을 갖고 있는 건가?"

"사적인 욕망이나 이해관계는 없습니다. 기획 기사를 쓰다 보니 이 사건이 눈에 띄었지요. 다른 사건과 달리 이 사건은 제주도의 수재로 불렸던 40대 남자가 살해당한 영구 미제 사건입니다. 신부님 외에도 많은 친구들이 아직도 제주도에 살아 계시구요. 그런데 사건이 일어난 지 20년 가까이 되었는데도 아무도 언급하는 사람이 없어서 기사 형식으로라도 다뤄봐야겠다고 생각했습니다."

"우리 친구들을 나무라는 소리로 들리는군. 우리가 무능해서 그런 건 절대 아니야. 경찰 역시 죽게 고생하며 범인을 추적했지만 실패하고 말았지. 우리도 수많은 추측을 하고 나름 추정도 해봤지만 역시 한계에 봉착했고."

"어떤 측면에서는 제주도의 전반을 이해하는 데 상징적인 사건이라는 느낌도 들었습니다."

"제주도에 10년 살았다고 했나? 그동안 자네가 제주도에 살면서 느낀 소회 같은 건가?"

"제주도 사람들이 관계에 있어 속마음을 잘 드러내지 않는다는 게 지금의 제 생각입니다."

"뭐가 그렇다는 말이지?"

"제가 밤에 잠깐 대리기사를 하고 있는데, 술 한잔 걸친 손님의 말과 행동을 관찰하다 보면 사람들의 속내에 좀 더 가까이 다가갈 수 있었지요."

"계속 얘기해보게."

루피노 신부의 얼굴이 일그러졌다. 제주도 비판이 탐탁지 않은 눈치였다.

"얼마 전 이야기입니다. 멀리 표선에서 제주시로 들어오는 손님 네 명을 경유로 모셨어요. 한 테이블 인원이니까 보통 네 명을 태우게 되지요. 다들 50대 사내였습니다. 같은 직장에 다니는 거로 보였구요. 저는 관찰자로서 지켜보기만 했습니다. 예를 들어 네 명이 있을 때는 원세륜을 지지하다가, 중간에 한 명이 내리면 양대석으로, 두 명이 되었을 때는 다시 원세륜으로, 마지막 한 명만 남았을 때는 양대석 이런 식으로. 한 사람 내릴 때마다 지지 후보가 바뀌더라 이 말입니다. 왜 처음부터 나는 원세륜이다, 양대석이다, 대놓고 말하지 못하는 것이지요? 저는 이 일화가 제주도를 단적으로 보여주는 예시라고 생각합니다."

"얘기가 많이 빗나갔군."

여전히 불쾌하다는 투였다. 그만하면 됐다는 듯이 루피노 신부가 선을 그었다.

"죄송합니다. 이성로 변호사의 죽음과 관련해서 증언하

는 사람은 많은데, 자꾸만 핵심이 빠져 있다는 느낌이 들어서 말입니다. 뭔가 빙빙 돌리면서 애를 먹이는 느낌입니다. 저는 그 이유가 뭔지 알아내고 싶을 뿐이에요. 다만 제주도 사람들이 본색을 가장 적나라하게 드러낼 때가 선거철인 만큼, 이들이 주저하는 이유가 정치와 관련 있지 않을까, 추정하고 있습니다."

"제주도에 살면서 제주도를 객관적으로 파악하는 눈을 갖기는 힘들어. 늘 당연하게 봐 왔던 거고, 주변 이웃들을 신경 써야 하는 상황에서 소신 있게 발언하기는 무척 어렵지. 세속을 떠났다는 나 역시 종종 맞닥뜨리는 한계고."

"바로 그런 점이 이성로 변호사 사건이 미궁에 빠지게 만드는 데 일조한 것은 아닐까요? 아무리 공소시효가 끝난 사건이라 해도 친한 친구들마저 손 놓고 있는 모양새도 좀 그렇습니다. 친구로서 도리가 아니지요. 제 주장이 과하다고 생각되십니까?"

"솔직히 할 말이 없네."

루피노 신부가 녹취록 A4 용지를 책상에 탁탁 치더니 앞으로 밀었다. 이어 국면 전환하듯 다리를 꼬면서 얼굴을 가까이 들이밀었다.

"본론으로 돌아와서 자네는 성로가 죽기 전까지 손정엽

을 추적했던 이유가 무엇이라고 추정하나?"

"손정엽은 검찰청 정식 출두를 앞두고 사라졌습니다. 바로 그 직전에 부중근 측에 회유된 게 아닌가 생각됩니다. 검찰에서는 출국 금지를 걸어놓는 식으로 흉내만 냈고요."

루피노 신부가 고개를 끄덕였다. 그러더니 예리한 눈빛으로 째려보았다.

"이성로가 손정엽을 끝까지 물고 늘어졌던 이유는?"

원하는 답변이 나오지 않자, 질문을 바꿔 다시 물었다.

"부중근의 부정선거 건을 집중적으로 부각시키려 했겠죠. 손정엽을 회유한 사실까지 알려지면 치명상을 입을 게 뻔하고. 부정선거로 도지사 자리에서도 내려와야 했을 테니까요. 그런 까닭에 부중근은 사활 걸고 매수를 시도했고. 손정엽이 이를 예견했다면 나름의 계획에 성공한 거겠죠."

"성로가 손정엽에게 이용당했다?"

"그렇게 보입니다."

"아…… 잠깐만."

루피노 신부가 다시 급브레이크를 밟았다.

"손정엽이 정식으로 증언하면 부중근이 도지사 옷을 벗게 될 것이다, 부정선거 건으로. 김 기자, 지금 이렇게 말했나?"

"그렇습니다."

"처음부터 다시 차근차근 따져보자고. 자네는 지금 뭔가 단단히 착각하고 있어."

김수남이 루피노 신부를 칩떠보았다. 제주도를 비판한 것에 대한 앙금으로 해석되었다.

"선거는 1998년 6월 4일에 치러졌어. 손정엽이 양심선언을 한 건 언제였다고 했지?"

"1998년 6월 9일입니다."

"성로가 피살된 날은?"

"1999년 11월 5일입니다."

"그렇다면 이상하잖아."

"이상하다니요?"

"성로가 손정엽이를 1998년 12월까지 추적했다면 이해할 수 있어. 그런데 1999년 피살 직전까지 그랬다는 거는 상식적으로 납득하기 어려워. 성로가 법에 능통한 변호사라는 사실을 감안하면."

"무슨 뜻입니까?"

쯧쯧, 루피노 신부가 혀를 찼다.

"명색이 기자라는 사람이 선거법 공소시효도 모르나?"

아……, 선거법 공소시효는 6개월이다. 왜 그 생각을 못했을까. 앞만 보고 들입다 질주하다 보니 기본적인 사실을 망각했다. 루피노 신부의 지적이 비수처럼 심장으로 날아와 박혔다. 머릿속은 연산 오류를 일으킨 컴퓨터처럼 뒤죽박죽이었다. 기본 전제부터 모두 무너져내린 느낌이었다. 이성은 오류의 시작점을 찾으려고 백스페이스 키를 계속 누르고 있었다. 그렇다면…….

"이성로 변호사는 왜, 무엇 때문에, 그렇게?"

그것은 루피노 신부와 자신에게 동시에 한 질문이었다.

"손정엽이를 찾으면 그 배후를 알 수 있었겠지. 꼭 선거의 결과를 뒤집겠다는 것보다도, 부중근의 정치생명에 타격을 안겨야겠다는, 선거법 공소시효가 끝났으니 다음 기회를 노리지 못하게 하겠다는……. 정의감의 발로 같은 게 아니었을까."

또 그 망할 놈의 공소시효.

그러나 루피노 신부의 말은 일반론에 머물러 있었다. 즉각 반박에 나섰다.

"공소시효가 끝났다면 손정엽을 추적할 이유도 없었겠지요. 선거법으로 옭아매서 도지사 옷을 벗기지도 못하는데……. 그런데도 공소시효가 끝난 11개월 동안이나 손정엽을 찾았다녔다? 이걸 어떻게 해석해야 하지요? 어떻게 이해해야지요? 혹시 그것이 자기 명을 재촉할 정도로 큰 죄가 되었을까요? 죽음을 불러들일 만큼 대역죄였단 말입니까? 그럼 누구한테? 도무지 이해할 수 없군요."

김수남은 혼란스러웠다. 지진으로 풍비박산 난 심연 깊은 곳에 다시 한번 여진이 찾아왔다. 실핏줄처럼 가지를 뻗치며 평정심을 무너뜨렸다.

"생전의 성로는 너무 똑똑한 천재 타입이었어. 그래서 친구를 가려가며 잘 어울리지 않았고. 검사 생활하면서 외톨이로 지냈다는 소문도 돌았고. 그 집요한 성격 때문이 아닐까."

또다시 보이지 않는 벽에 부딪힌 느낌이었다. 이번에도 반응을 보이지 않자, 루피노 신부가 멋쩍게 담배를 피워물었다. 환풍기가 시원찮은지 사무실로 연기가 역류하는 느낌이었다.

"나는 대학교 방학 때면 내려와서 두루두루 친구들을 만났어. 그게 신학교에만 박혀 있던 나에게는 해방구 같은 느낌이었어. 등 푸른 청춘의 나날이었지. 그때 제주도 각 분야에서 도드라졌던 친구들을 만나서 토론도 하고 싸우기도 하고. 앞으로 우리의 시대가 온다. 우리가 살 만한 제주도로 만들자. 4·3사건도 진상 규명하고……. 기평이, 나, 성로, 이영훈이 다 갑장에 친한 친구들이었는데. 돌이켜보면 정치적 입장에 따라 결별하기도 하고. 한 친구는 죽고, 한 친구는 일본 가서 살고. 뭐 이렇게 되었어. 누가 뭐라고 하겠나. 다 개개인이 선택한 삶인데. 각자의 인생이잖아. 그렇지만 정치가 매개체가 되어 그렇게 되었다는 점이 조금 서글프긴 하지. 그렇게 우리의 청춘은 끝났네."

이미 귀에는 아무 소리도 들리지 않은 지 오래였다.

"어쨌거나 손정엽이는 양심선언을 했고. 검찰 조사를 받기로 했는데 사라져버린 거지. 성로가 검사 출신이기 때문에 자기 특유의 감각도 있었을 거야. 예리한 촉이 발동했겠지. 궁금하면 지옥 끝까지라도 찾아가서 알아내야 직성이 풀리는 친구였으니까. 그래서 죽기 전까지 손정엽이를 물고 늘어졌을 걸세."

그 순간, 뇌리에 하나의 질문이 날아와 박혔다.

그렇다면 이성로 변호사! 도대체 당신은 뭘 본 거지?

26   수요일의 여자

다음 날에도 그 다음 날에도 현세희의 휴대폰은 꺼져 있었다.

사람이 왜 그런 행동을 하게 되는지 내면화시켜 생각해보란 말예요.

사실과 진실이 엄연히 다르다는 거 잘 아시잖아요.

2000년 어느 여름날, 남편 손정엽과 아버지 현영학을 동시에 잃은 그날, 그녀에게 무슨 일이 일어났던 것일까. 1977년 하원리 표고농장 사건과 현영학은 어떤 관계가 있었을까. 분명히 공통으로 짚이는 맥이 하나쯤 있을 터인데, 핵심 연결 고리가 떠오르지 않았다.

김수남은 늘어지게 기지개를 켜고 두 발을 책상 위로 꼬아 올렸다. 한 시간 뒤에는 도의회로 취재를 나가야 한다. 강경식은 성산 제2공항 주민 설명회 현장으로 급파되었다.

책상 위에는 세 권의 책이 놓여 있었다.

시집 두 권과 짧은 산문을 엮은 수상집 한 권.

현세희가 출간한 책이었다. 첫 번째 시집 『라비앙로즈』, 다음으로는 수상집 『가려진 시간 사이로』, 최근에 나온 시집 『샤론농원』이었다. 세 권을 시간 날 때마다 정독했으나 눈에 띄는 내용은 찾을 수 없었다. 수상집은 신문에 연재한 짧은 산문을 묶은 것이었는데, 사사로운 사건을 소재로 풀어놓은 아줌마식 수다가 대부분이었다.

그러나 여자는 세 번째 작품집 『샤론농원』에서 본인의 스타일을 완성한 듯 보였다. 자기 목소리를 내기 시작했고, 흉내 내기식 문체도 사라졌다. 소위 유명 작가가 되겠다는 조바심을 털고 자기 자신에게 충실해지는 각성의 단계로 접어든 것이다.

삶에서 마흔 살이라는 나이는 참으로 변화가 많은 시기였다. 문단도 똑같다. 소싯적 문학 지망생 중에 중앙 문단 문

턱을 밟으려고 피땀 흘려 노력하지 않은 사람은 없다. 그 한
계를 느끼는 나이 역시 마흔이다.

이쯤에서 어떤 사람은 본색을 드러내기도 한다. 방법은
여러 가지다. 소위 아줌마 부대 무리에 들어가 유명 작가에
게 간택 받을 방법을 모색하기도 하고, 불나방처럼 문단 정
치판에 뛰어들기도 한다. 스팩을 쌓고 사회적 명성을 한 단
계 끌어올릴 요량으로 문학을 도구화하는 것이다.

그러나 세 번째 책 출간 전후, 현세희에게는 눈에 띌 정도
로 변화의 조짐이 나타났다. 마흔의 그녀는 '문학의 도구화'
와 결별을 선언하고, 추세에 역행하는 행보를 보였다. 활발
하던 협회나 문학회 임원 활동과 신문사 고정 필자 자리를
스스로 정리했다. 제주 시내로의 외출도 삼갔다. 자살 징후
로 오해 받을 만큼 주변 관계 정리에 나선 것이다. 이후 밀
감 농사짓듯 한 땀 한 땀 글밭을 일구더니 세 번째 책을 상
재했다. 그 자체로 존중받을 만했다. 그것은 제주 문단에서
의 영향력이나 유명세, 혹은 작품집 판매 부수와 별개의 문
제였다.

원점으로 돌아와서 이성로 변호사 사건을 조사하다 보니
손정엽이 나타났고, 현세희를 만났으며, 마침내 현영학이라
는 인물이 등장했다.

손정엽은 다양한 스펙트럼을 지닌 사내였다. 현세희의 증언에 따르면 팔색조처럼 자기를 바꿀 수 있는 사람이었다. 겉으로 보기에는 선거운동을 하고 한자리 하사받아 삶을 바꾸려는 기회주의자였으나, 계획이 틀어지자 부중근의 불법 선거를 고발하고 돌연 자취를 감추었다.

현영학 역시 미궁의 인물이기는 마찬가지였다. 우선 표고밭 살인 사건에 대한 혐의에서 벗어날 수 없는 사람이었다. 염인택의 죽음이 거짓 의사라면, 누가 가장 먼저 용의선상에 오르겠는가. 염인택은 그의 아내 백인옥을 죽인 살인자였다.

김수남은 의자에서 일어나 창 쪽으로 다가갔다. 문을 열어 사무실 공기를 환기하고 싶었다. 창문 고리를 돌리려는 순간 에어컨 찬바람이 얼굴을 때렸다. 편두통이 일 것만 같았다. 맞다……. 접근 방식을 달리해야 한다. 현세희의 조언대로 '내면화된 눈'으로 접근해야 한다.

염인택의 죽음이 거짓 의사이고, 현영학이 진범이라고 가정해보자. 현영학은 새끼줄이 끊어지리라 예상치 못했을 것이다. 우발적인 상황이었다. 그렇지만 그는 아무 행동도 하지 않고 마냥 내려다보고 있다. 땅에 떨어진 염인택은 목에 감긴 새끼줄을 풀려고 발버둥 치고 있다. 하지만 피부 깊숙이 박힌 새끼줄을 풀 수가 없다.

만약 현영학의 원안대로, 새끼줄이 끊어지지 않았으면 어떻게 되었을까.

그래, 시체 전시와 같은 광경으로 보일 수도 있겠다. 보는 사람에 따라서는 그렇게 해석될 수도 있으리라. 그게 뭘 의미할까. 혹시…… 처형이 아닐까? 해적선 갑판처럼 시체 전시를 해서 접근하지 말라고 경고한 건 아닐까. 중세시대 마녀 화형식처럼 본보기 무대를 만든 게 아닐까. 왼 방향으로 꼬인 금줄이 사용됐다는 점에서 꽤 설득력 있어 보이는 추정이었다.

대체 표고밭 살인 사건 이면에는 무엇이 있는 걸까. 현영학이 진정으로 바랐던 것은 무엇일까. 그 이면에 놓인 진실은 무엇이었을까.

김수남은 '내면화된 눈'으로 이성로 변호사 사건을 다시 검토했다. 사건 현장은 피범벅이 되어 어지러웠지만, 마치 락스로 닦아낸 것처럼 아무 증거도 발견되지 않았다. 범인은 어떤 증거나 유류품도 남기지 않았다. 이성로 변호사는 왼 팔꿈치 동맥이 절단되었고, 세 군데나 더 찔려 과다 출혈로 숨졌다. 동맥이 찔렸을 경우에는 피가 분사하여 비산흔을 남기게 된다.

한 발 양보해서 이성로가 모직 겨울 외투를 입고 있었다 해도 어떻게든 피가 범인에게 묻었을 가능성은 99%다. 피를 옴팡 뒤집어썼을 가능성도 높다. 그런데도 피 묻은 범인을 목격했다는 사람은 단 한 명도 나타나지 않았다. 범행 직후 범인이 현장 주변에 주차해놓은 자동차를 타고 빠져나갔다는 의미였다. 처음부터 치밀하게 계획된 범죄라는 방증이었다.

이 사건에서 가장 신경 쓰이는 것은 루피노 신부가 지적한 공소시효 문제였다. 사건을 전혀 다른 방향에서 접근하게 만든 계기가 되었다. 공소시효가 끝난 이듬해까지 이성로 변호사가 왜 손정엽을 추적했느냐가 핵심 과제로 떠올랐다. 결국 1998년 당시 부중근 선거 캠프의 최고 두뇌였던 이영훈을 만나보는 방법밖에 없어 보였다.

❖

김수남은 신문사를 나와 제주도의회로 향했다. 그사이 천리마그룹이 지하수 증산을 두고 공격적인 광고와 무력시위로 도발했지만, 고희수 의장은 '직권 상정 보류'라는 배수진을 치고 버티고 있었다. 등 뒤 부하들의 불온한 침묵에도 온

몸을 폭탄으로 칭칭 감고 앞으로 나선 지휘관 같은 모습이었다. 도의장 임기 중 마지막 본회의라 그의 입에 모든 스포트라이트가 집중되었다.

"저는 제주를 지키는 장두의 심정으로 이 자리에 섰습니다. 제주 지하수는 도민의 생명수이자 명백한 공공재이므로 소중히 다뤄야 한다는 도민 여론도 잘 알고 있습니다. 이런 민의에도 일부 몰지각한 도의원들이 증산 동의안을 날치기 처리하겠다며 호시탐탐 기회를 노리고 있습니다. 이렇듯 천리마워터 증산 요구가 있을 때마다 우리 제주도는 갈등과 반목에 휩싸였습니다."

고희수 의장이 연설을 중단하고 주변 반응을 살폈다. 둥글게 포진한 도의원들이 숨죽여 듣고 있었다.

"저는 '지하수 공수(公水)화'라는 신념을 끝까지 지키겠다고 이 자리에서 분명히 밝힙니다. 제주도는 지난 1991년 12월 31일 공포된 제주도개발특별법에서 전국 최초로 지하수를 법적으로 관리할 수 있는 기틀을 마련했습니다. 그때부터 정립한 '공수화' 개념이 현재 지하수 정책의 근간이 되었다는 것은 부인할 수 없는 사실입니다. 이렇게 오랜 세월 어렵사리 자리 잡은 공수화 개념을 일개 기업의 사리사욕 때문에 무너뜨릴 수는 없습니다."

2006년 2월 제정된 제주특별자치도 설치 및 국제자유도시 조성을 위한 특별법은 제주 지하수를 공공자원으로 규정했다. 도지사가 직접 관리해야 한다고 구체적으로 명시하며 공수화 개념을 한 단계 격상시켰다. 자기 소유의 토지에서 뽑은 지하수마저 소유권을 인정하지 않게 된 것이다.

"이번 회기를 마지막으로 저는 도의회에서 떠납니다. 관례에 따라 차기 도의원 선거에 출마하지 않을 예정이며, 제3의 길을 모색하려 합니다. 저는 제2공항 반대 운동에 전념할 생각입니다. 천리마워터 증산 문제와 제2공항 건설 문제는 떼려야 뗄 수 없는 동일 문제입니다."

고희수 의장이 다시 연설을 멈추고 주변을 둘러보았다. 무슨 소리냐는 듯이 카메라 플래시가 산발적으로 터졌다.

"원래 천리마목장은 적산(敵産)으로 규정되어 도민에게 당연히 돌아와야 할 땅이었습니다. 반민특위가 제대로 작동했다면 1순위로 체포된 화신그룹의 박홍식, 그 박홍식의 재산은 모두 국가로 환수되었어야 마땅합니다. 박홍식은 해방 후 박정희의 친서를 기시 노부스케에 전달한 일급 친일파입니다. 그가 가지고 있던 방대한 녹산장 터를 지금 천리마라는 악덕 기업이 차지하고 있습니다. 여러분도 알다시피 그곳은 천리마워터 취수지이고, 제주도의 생명수 삼다수 공장

과도 아주 가깝습니다."

고희수 의장이 잠시 연설을 끊고 목을 축였다.

"이번 제2공항 부지 결정 역시 천리마에서 밑그림을 그렸다는 소문이 파다합니다. 어째서 제주도에 두 개의 공항이 필요합니까? 왜 그것 때문에 생땅을 헤집어야 합니까? 왜 주민들이 정든 고향 땅을 떠나야 합니까? 저는 제주도를 이용하여 온갖 사익을 추구하고 부동산 재벌을 꿈꾸는 악덕 기업 천리마와 끝까지 싸울 것입니다. 삼다수를 지키기 위해서라도 천리마 취수 허가권과 제2공항 건설은 반드시 원점에서 재검토되어야 마땅합니다."

여기까지는 김수남도 예상한 바였다. 그러나 고희수 의장이 어떤 연유에서 지하수 문제를 제2공항과 연계하여 발언했는지 궁금증이 폭발했다. 지하수와 제2공항은 어떻게 관련이 있는 걸까. 이 중요한 순간, 생뚱맞게 조선 제일의 갑부 박홍식이 소환된 까닭은 또 뭐란 말인가. 역시 제주도에서 나고 자란 토박이의 내공은 이길 수가 없다.

그래…… 고희수는 대학 운동권 시절 제주 땅의 역사에 대해 학습했을 것이다. 1980년대 도내 학생운동의 화두는 전두환 독재 타도와 대기업의 땅 투기 문제였다. 김수남은 부끄러웠다. 누구도 관심 갖지 않던 역사적 진실을 도의장이 작정하고 발언했기 때문이다. 그것은 신문기자가 손들고 먼저 따져 물어야 할 문제였다.

❖

고희수 의장의 직권상정 보류 기사를 송고하고 강경식과 술을 마셨다. 도의회 분위기를 팩트 중심으로 스케치해서 적당량의 기사를 작성했다. 다만 그의 발언이 어떤 역사적 사실에서 기인하는지 자료를 보충해서 후속 기사로 낼 생각이었다.

1차로 가볍게 두루치기에다 반주로 한라산소주 한 병씩 비웠다. 2차는 노형동 '속에천불'로 갔다.

"강 기자, 연애도 하고 그래. 취직도 했으니까."

두부김치 안주가 나오기 전에 소주를 한 잔 따라주면서 김수남이 말했다. 1차에 이어 소주로 계속 이어가기로 했다.

"취직은 무슨? 당장에라도 문 닫고 거리로 나앉게 생긴 회사인데요 뭐. 거기다 아직 수습 딱지도 못 뗐고."

"법원의 최종 판단이 남아 있잖아.《삼다일보》가 제주도 중견 일간지라는 상징성도 있고. 아무리 법정 관리에 들어갔다 해도 신문사 자체를 문 닫게 할 순 없을 거야."

"투자자가 나타나야 말이죠."

"곧 좋은 일이 생길 거야. 그러니까 회사 열심히 다니라구. 기사도 하영 쓰고. 취재도 맹렬하게 하곡."

"그런데 제가 연애 안 하는 걸로 보여요?"

대답하는 모양새가 불퉁스러웠다.

"그게 아니라 여자도 만나고 해야 할 것 같아서. 사귀었던 여자는 있었을 거 아냐?"

"대학 시절에 꽤 인기 있긴 했죠. 동시에 세 여자를 사귄 적도 있었으니까."

강경식이 술을 한 잔 더 마셨다.

"수남이 오랜만에 왔네."

주인 여자는 누구와 함께 있건 이름을 그대로 불렀다. 두부김치를 들고 있었다.

"요새 일이 좀 많아서. 이리 와서 한잔해요."

"오늘은 좀 바쁠 것 같아서. 이따 상황 봐가면서 올게."

강경식에게 얘기를 계속하라는 듯 술잔을 채워 주었다.

"저 여자 사장은 여기서 장사 오래 했나 봐요? 근데 올 때마다 반말이야?"

"여기는 단골 장사하는 데야. 문화예술계나 언론사 기자들, 공무원이나 변호사들이 주 고객이지. 술 마시다 보면 아는 사람이 계속 바뀌어 들어온다구. 때론 접시가 날아다닐 만큼 과격해지기도 하고. 손님이 테이블 옮겨 다니며 막 섞어지다 보니까 뜨내기들은 적응하기 어려운 곳이지."

"대학 졸업하고 사회에 나오니까 적응이 잘 안 되더라고요. 사실 제대하고 대학에 복학했을 때부터 조금씩 균열이 시작되었지만."

"뭐가 그렇게 적응이 안 되었지?"

"친한 친구놈이 있었는데, 어느 날 그랜저를 끌고 학교에 나타나더라고요. XG였던가? 앞 문짝 독특하게 생긴 모델 말예요. 여자들 눈이 휘둥그레졌어요. 차 있는 애들이라고 해봤자 교회 이름이 찍힌 썩음썩음한 봉고차를 끌고 다녔으니까. 시골 교회 출신이 많아서 주머니 사정이 고만고만했는데. 아, 돈이 좋구나. 이래서 돈 있는 남자가 인기 있구나, 생각했죠."

"그 친구는 지금 뭘 하나?"

"고향으로 내려가서 마트 운영해요. 아버지한테 물려받았죠."

"목사가 되지 않고?"

"그 친구도 저처럼 기독교에 회의를 느끼고 있었거든요. 그래서 친하게 지냈고. 학교에서 여자 친구와 노닥거릴 때는 좋았지요. 근데 졸업하고 나니까 진짜 세상에 나 혼자만 뚝 떨어진 기분이었어요. 친구들은 시골 교회라도 주말마다 갈 데가 있었고, 대학원 진학도 많이 했으니까. 제주도 모(母) 교회에서는 신학교 가더니 사탄의 신학에 빠졌다는 소문이 돌고 있어서 가기가 좀 뭣했죠. 당시 저는 저놈의 십자가 좀 안 보고 살면 좋겠다고 생각하던 때였고."

"사귀던 여자들은 어떻게 됐지? 졸업하면서 바로 헤어졌나?"

"한 명은 다른 선배가 채 가서 결혼해서 잘살고 있고요. 경상도 어느 교회 사모가 되었지요. 다른 하나는 아예 자퇴를 해버렸고. 남은 여자는 대학 졸업하니까 지지리 궁상 그만 떨라면서 저주를 퍼붓더라고요. 걔는 아마 남자 따라서 미국으로 유학 갔을 거예요. 학교 졸업하고 나니까 다 자연스럽게 정리가 되었죠."

"지금 연락하면서 지내는 사람은 없고?

"나중에 들었어요. 자퇴한 후배가 다른 대학에 들어갔다고. 한 번인가 찾아갔어요. 소문 듣고. 충남대학교라 서대전역까지 기차 타고 갔는데."

소주 한 병을 다 비워 김수남이 직접 냉장고에서 꺼내왔다. 가게 테이블은 만석이었다. 아는 사람 몇이 눈에 띄었는데, 가볍게 눈인사만 건넸다. 대화하자고 소매를 잡아당길 눈치였다. 표고밭 살인 사건 신문 기사 때문일 거라고 추측되었다.

"솔직히 잘 수도 있겠다고 생각했죠. 잘하면 다시 시작할 수도 있을 거라고. 그 밤에 학교 앞 궁동 술집에서 술을 마셨어요. 많이 성숙해졌다고 할까 단단해졌다고 할까, 그런 느낌을 받았죠."

"그사이에 무슨 일이 일어났던 거로군."

"걔는 신학교 때려치우고 경기도 분당 집으로 낙향했어요. 방에만 틀어박혀 일주일인가 안 나왔대요. 당연히 부모님도 이상하다고 생각했겠죠. 그 친구 저 때문에 학교 그만둔 거였거든요. 그때 사귀는 여자가 셋이다 보니 뭐가 뭔지 모를 정도였으니까. 어느 날 보니까 서로 암묵적으로 합의가 되었던 모양이에요. 하나는 월요일 목요일, 다른 하나는 화요일 금요일, 얘는 수요일. 주말은 다 쉬고 말이죠. 교회에 가야 했으니까. 거 왠지 남자 친구하고 잔 다음 날 교회 가서 애들 가르치고 예배 보기 거시기 하잖아요. 상도의에 어긋나는 거 같고. 청춘의 허랑방탕한 삶에도 주일 성수는 의무였던 거죠."

'수요일의 여자'는 석달 동안 식음 전폐하면서 두문불출했다. 어머니가 눈치챈 것은 당연했다. 방에 밥상을 차려 넣어주고, 일이 있으면 식탁에 챙겨 놓고 나가고, 인내심을 가지고 계속 기다렸다. 모든 가족이 그녀의 눈치를 봐야 했다. 수요일의 여자는 그게 더 싫었다. 죽고 싶다는 생각도 들었다. 하루 종일 침대에서 뒹굴면서 이따금씩 창밖을 내다보았다. 뛰어내릴까, 생각하면서.

"그러던 어느 날 엄마가 걔를 데리고 백화점에 갔대요. 오랜만에 외출한 거라 햇빛 맞으니까 머리가 어지러웠겠죠. 엄마가 향한 곳은 백화점 숙녀복 코너였어요. 엄마가 옷을 고르면서 걔한테 눈빛으로 동의를 구했대요. 걔는 마지못해 고개를 끄덕였고."

백화점에서 나온 어머니의 양팔에는 쇼핑백이 가득 들려 있었다. 보도블록 위에 멈췄는데, 어릴 적 자주 다니던 길인데도 방향감각이 서지 않았다. 수요일의 여자는 다리가 풀려 털퍼덕 바닥에 주저앉았다. 눈동자가 뒤집히더니 곧바로 공황장애가 찾아왔다. 어머니는 뒤에서 울고 있었다. 마침내 어머니가 앞으로 다가와 그녀의 양어깨를 짚고 섰다. 두 손이 부들부들 떨리고 있었다.

"어머니가 걔한테 뭐라고 했는지 알아요?"

"글쎄."

"네가 너를 조금만 더 사랑하면 안 되겠니? 이 어미를 봐서라도 너를 조금만 더 아끼면 안 되겠니?"

그 순간 강경식이 고개를 바닥으로 떨어뜨렸다. 눈물이 나는지 어깨를 들썩였다.

"좋은 어머니를 뒀네."

"그 얘기 듣고 나 돌아버리는 줄 알았어요. 저는 지금도 내가 너무 어린가, 사회를 모르는 게 아닌가 그런 생각이 들어요. 몸은 계속 커졌는데, 생각은 아직도 고3 때에 멈춰져 있는 게 아닌가 하는."

"다시 시작해보자고 얘기해보지 그랬어?"

"차마 용기가 나지 않았어요. 걔한테 그 얘기를 들었을 때 혹시 오늘 밤 애하고 한 번 할 수도 있겠다, 생각했던 제가 너무나 부끄러웠어요. 그 길로 새벽 기차를 타고 서울로 돌아왔죠."

"스무 살 때야 그럴 수도 있지. 이후에 연락하지 않았나?"

"여기 취직이 되어서 바로 제주도로 내려오게 되었어요. 저는 지금도 사는 데 별로 자신이 없어요. 그닥 재미도 없고. 그 뒤로 한 번인가 통화했는데, 요리사가 되었다고 하더라고요."

"지금이라도 다시 연락해 봐. 이제 신문사에서 자리도 잡아가고 있고. 제주도 여행 오라고 해서 맛집도 찾아다니고, 올렛길 꼬닥꼬닥 걸어도 좋을 것 같은데."

"휴가 받으면 자주 해외여행 나간대요. 저야 뭐 신문사 일도 바쁘고 해서. 걔는 이제야 자기 삶을 찾은 것 같아요. 솔직히 그걸 방해하고 싶지 않아요. 다시 상처 줄까봐 두렵기도 하고."

소주 두 병을 마시다 보니 술기운이 올라왔다. 막걸리로 주종을 바꾸고 싶었다.

"선배 얘기 좀 해봐요. 어쩌다가 신문기자가 되었지요?"

"아버지가 요즘 고향의 요양병원에 계셔. 그런데 그게 벌써 다섯 번째인가 그래."

강경식의 내밀한 고백 때문에, 김수남은 평소 잘 하지 않던 집안 이야기를 꺼냈다.

"뭐 요상한 요양병원이 하도 많으니까."

"그게 아니라 노인네 성격이 유난히 까탈스러워서 어딜 가도 잘 적응하질 못해. 이번 요양원은 그나마 오래 버티는 건데, 얼마나 갈지는 모르겠어. 그런데 말이야, 작년인가 휴가 받아서 어머니랑 요양원 옮기는데, 아버지가 나한테 쌍욕을 하더라구. 소설 쓴답시고 제주도 이딴 데서 유배 생활을 하는 꼬락서니가 못마땅했던 거지. 돈도 못 버는 신문기자 나부랭이에, 결혼도 못하고 빌빌대고 있으니까. 요양병원 직원들 다 듣고 있는데, 면전에서 그러니까 낯이 뜨거워지더라구. 나도 낼모레 쉰인데 언제까지 이런 쌍욕을 들어야 하나 자괴감도 들었고."

강경식은 뭐라 대꾸할지 난감한 표정이었다.

"원래 아버지가 비난을 기가 막히게 잘해. 그래서 동네에서 왕따도 당하고. 어머니나 나나 항상 그런 가정환경에서 살아왔어. 아버지 세대에게 제주도는 아직도 유배지 그 이상도 그 이하도 아닌 거지. 한라산 백록담에서 축구공 뻥 차면 바다로 골인하는 조그만 섬인 거야. 내가 어떻게 살고 있는지 털어놓지 않았는데도 노인네는 내 사정을 간파하고 있었던 거지. 늘 뭔가를 꼭 찍어서 지적해야 직성이 풀리는 양반이니까."

"나이가 들면 알면서도 모르는 척하고, 보고도 못 본 척하는 게 인지상정 아닌가요?"

"그러니까 말이지. 근데 우리 아버지는 그게 안 되는 사람이야. 사람 성격이 어떻게 변하나? 평생 그렇게 남 비난에 열중하던 양반이 쉽게 바뀔 거 같냐고. 차라리 개가 똥을 끊지."

"사실 비난이라는 것도 눈이 좋아야 하는 거잖아요. 상대방의 단점을 적확하게 찍어줘야 데미지도 크고."

"비난과 비판은 달라. 크게 보면 이란성 쌍둥이처럼 같은 계열이긴 해도."

"근거 없이 남을 음해하려고 하는 게 비난이라면, 비판은 좀 더 긍정적인 요소가 강하다는 거겠죠. 그렇지만 남을 음해하려 해도 보는 눈은 필요하잖아요. 아무 근거 없이 남을 비난하면 그 설득력에 하자가 생기죠. 가장 능률적으로 적재적소를 찌르려면 보는 눈은 필수 조건이에요. 그래야 비난이라는 소기의 목적을 달성하게 되고."

"실은 내가 하고 싶은 말도 그거야. 긍정적인 측면에서 우리 아버지는 좋은 눈을 가진 사람이야. 인생이 잘 풀리지 않으니까 그 좋은 눈으로 남을, 심지어 가족에게 비난을 일삼은 거지. 나이가 들면서 나에게도 그런 성향이 나타났던 거고. 어느 날 보니까 나도 아버지처럼 누군가를 비난하고 있더라구. 주위 사람들과 친구들을 말이야. 심지어 어머니 단점도 보였고. 그때마다 솔직히 내 눈알을 파버리고 싶었지. 일부러 외면해보기도 하고. 왜 나한텐 이런 것들이 자꾸 보이는가…… 절망스러웠지."

"장점은 그렇다 치고, 단점만 딱딱 짚어내는 건 문제가 크지요. 단점이란 게 지적당하는 입장에서는 너무 아프고 고통스럽잖아요. 그래서 남에게 들키지 않으려고 교묘하게 숨기거나 허세를 부리기도 하지요. 그런데 그걸 한순간 알아차리고 지적하는 사람과 친구 하기는 어렵겠죠."

"그래서 생각을 바꿔 먹었지. 자네가 얘기했듯이, 비난을 잘하는 것도 재능의 일부라고. 그때부터 고민했어. 앞으론 비난이 아닌 비판을 하겠다. 사적 차원의 비난을, 비판이라는 공적 단계로 끌어올려야겠다. 그래서 비판이라도 실컷 하겠다. 그렇다면 그걸 대놓고 할 수 있는 직업이 뭘까, 뭐 이런 고민을 하게 된 거지."

27 칼과 자상

"어이, 김수남이. 여기서 술 마시고 있었구만."

고개를 들어보니 송재홍이 서 있었다.《삼다일보》에서 퇴사하고 보지 못했으니까 꽤 오랜만에 만난 것이었다. 테이블이 만석이라 아무 데나 합석하기가 마땅치 않아 보였다.

"편집국장님께서 여길 어떻게?"

강경식이 송재홍을 알아보고 인사를 건넸다. 송재홍은 이지호 제주시장이 낙마한 후 다른 공기업의 하마평에만 오르다가 몇 달 동안 보직을 받지 못했다. 지금은 도지사 직속 전략기획실장으로 근무하고 있었다. 5급 사무관 직급이었다.

"혼자 왔냐?"

송재홍이 슬그머니 옆자리에 앉았다.

"이사 왔어. 저 밑 남녕고 북쪽 아파트로 말이야."

"집 사서 이사 왔냐?" 하고 묻자, 고개를 끄덕였다. 그제 야 김수남은 송재홍을 아래위로 훑어내렸다.

퇴근해서 용담해안도로 같은 데서 1차로 생선회 한 세트 먹고, 근처 단란주점에서 양주를 따다가 온 행색이었다. 집 에 들어가다가 술이 부족해서 '딱 한 잔만 더' 하려는 모양새 였다. 송재홍이 주종을 맥주로 바꾸자면서 과일 안주를 추 가 주문했다.

"신문에 연재 시작했어. 봤나?"

"바빠서 지역 신문은 못 봐."

꼭 중앙지만 읽는다는 소리로 들려 배알이 뒤틀렸다. 강 경식은 아직도 송재홍이 편집국장인 양 군기가 바짝 들어 있었다.

"그나저나 도남 옛날 집은 어떻게 하고?"

송재홍의 집은 구제주 도남오거리 근처 단독주택이었다.

"집 허물고 주차장 지으려고. 아는 후배가 놀고 있어서 운 영은 개한테 맡기고."

"그 좋은 집을 왜 주차장으로요?"

강경식이 끼어들자 송재홍이 같잖다는 듯 흘겨보았다.

"새 건물 지을 때까지만 해볼 생각이야. 땅을 놀리자니 그렇고 해서. 근데 말이야, 아무리 수습기자라 해도 세상 보는 눈이 그리 느려터져서 어떻게 살려고 하나? 언제까지 경 초짜 티 팍팍 내면서 살 거냐고."

송재홍이 강경식에게 한마디 쏘아붙였다. 느닷없는 타박에 강경식이 앵돌아져 고개를 돌렸다. 주인 여자가 접시에 과일을 담아 가져왔다. 턱으로 과도를 가리키는 모양이 알아서 깎아 먹으라는 것 같았다.

"지난 1년 동안 차가 하루에 몇 대씩 느는 줄 아나? 하루 평균 예순일곱 대야. 육지놈들이 그만큼 많이 들어오고 있다고. 정식으로만 들어오는 것도 아니지. 이놈 저놈 별놈 다 있으니까 등록 안 하고 타는 차도 많을 테고. 그럼 뭐가 제일 필요하겠나?"

"주차장 아닙니까? 그래도 제주도 사람들이 어디 돈 내고 주차합니까? 시청 인근만 해도 500대는 무료로 댈 수 있을 겁니다."

송재홍이 훈계조로 말하자 강경식이 발끈하며 받아쳤다.

"그것은 하나만 알고 둘은 모르는 소리야. 내년부터 차고지 증명제가 모든 차종으로 확대될 거야. 무료 공영 주차장도 전면 유료화될 거고. 도남 집 자리에 3층짜리 유료 주차장을 세울 거야. 도하고 협의도 끝났고."

기발한 발상이었다. 도남오거리 근처라 이용객이 꽤 많을 것이다. 도남은 집세가 싸서 들고나는 뜨내기들이 많은 인구 밀집 지역이었다. 거기다가 유동 인구도 끊이지 않아 하루 종일 주차난에 시달리는 곳이었다.

"그래도 여전히 불법 주차들 많이 하잖아."

김수남이 둘 사이에 불꽃이 튈까 봐 일부러 호흡을 늦추면서 제동을 걸었다.

"내가 거기다 유료 주차장을 세우면, 그 꼴을 그대로 보겠냐? 차 한 대 한 대가 다 돈인데. 주차 단속 엄청 때리도록 압력을 넣어야지. 고정식 주차 감시 카메라도 달게 하고. 그러면 다 유료 주차장으로 들어오게 돼 있어. 불법 주차 범칙금보다는 주차비가 싸니까. 거기다가 도남 주민들 상대로 한 달 정액권 만들어서 저렴하게 팔면 불만도 누그러질 거고. 붕당붕당 하다가도 결국 다 주차장으로 기어들어 오게 돼 있단 말이야."

"도청 들어가더니 세상 보는 눈이 활짝 열렸네. 돈 냄새도 잘 맡고."

"그렇게 해서 제주도 차량 대수가 줄어듭니까? 강압적으로 주차 단속을 하면 도정에 반감이 생길 거라고요. 그건 근본적인 대책이 아니에요."

김수남이 속물성을 에둘러서 비난하자, 강경식이 한마디 거들고 나섰다.

"아니, 제주도 들어오겠다는 차를 무슨 수로 막나. 정책이 나와도 한참은 걸릴 거라고. 그때까지 차들은 어떻게 할 건데. 이제 차를 가지고 다니려면 비용을 지불해야 돼. 무료 주차장 시대는 끝났다고. 막말로 나는 이거 망해도 돼. 적당히 가건물 지었다가 땅값 오르면 건물 올리면 그만이라고. 젊은 친구가 공부 좀 더 해야겠어."

송재홍이 자꾸 강경식을 타깃으로 잡아 타박했다. 김수남은 과도를 들어 사과를 깎기 시작했다. 이등분 내고 반으로 또 잘라서 1/4 조각을 집어 들었다. 씨 부분을 오목하게 도려내고 껍데기를 벗겼다. 손잡이 그립감도 좋고 날도 잘 서 있었다. 칼날 길이 10cm에 너비 2.5cm, 손잡이 역시 10cm쯤 돼 보였다.

이 칼로 사람을 찌르면 어떻게 될까.

이성로 변호사의 자상 깊이가 10cm쯤 되었던가. 이 칼로 사람을 찌르면 깊이가 10cm가 될까? 느닷없이 그런 의문이 들었다. 집에 가서 확인해봐야겠다……. 송재홍과 강경식은 사과 깎는 방식이 신기했는지 접시를 내려다보고 있었다.

"뭐 하나만 물어보자. 지하수 말이야. 천리마는 왜 그렇게 지하수 증산에 목을 매는 거냐?"

사과 접시에 붙은 시선을 털어내듯 질문을 던졌다.

"돈 때문 아니겠냐?"

"그런 건 누구나 할 수 있는 얘기고. 천리마워터가 많이 팔리면 삼다수의 시장 점유율이 떨어지잖아. 같은 제주 지하수 가지고 상표가 두 개인 것도 모양새가 그렇고."

"말이 나와서 하는 말인데, 삼다수는 계륵 같은 거라."

"계륵?"

더 얘기해달라는 듯 이쑤시개로 사과를 찍어 송재홍에게 건넸다.

"삼다수야 공기업이난 제주도에 수익의 절반을 내놓는단 말이야. 이익금을 지역에 환원하는 거지. 그런데 말이야, 삼다수가 워낙 덩치 크게 움직이다 보니까 거기에서 떨어지는 콩고물이 거의 없다구. 정산이나 감사 시스템이 꽤 촘촘하거든. 정치인으로서는 잘해야 본전이고, 못하면 욕을 얻어먹는 사업이지. 그만큼 운용의 묘가 없단 말이야. 운신의 폭도 좁고."

"그래도 제주도 물을 팔면 제주도 사람에게 이익이 돌아와야 하는 거 아닙니까?"

강경식이 다시 반론을 제기했다.

"제주도가 꼭 삼다수 사업을 해야 하나? 지방정부가 무슨 물장사를 한다고 지랄이냐고. 정치는 정치인이 하고, 장사는 장사꾼이 하면 되는 거야. 서로 터치하면 안 된다고."

"제주도는 지하수 증산을 허가해주고 원수대나 챙기라는 말로 들리는데?"

"그게 바로 모순 아니겠나? 정치인으로서는 천리마워터 증산해주고 대가를 받아 챙기는 게 낫지. 삼다수는 10원 한 장 떨어지는 게 없잖아."

"선거 자금이든 자녀 취업 보장이든 어떤 형태로든 가능하겠네?"

"아, 이제야 알겠어요. 그래서 천리마 항공기로 월동 채소를 운반하네 마네, 변죽을 울리는 거로군요."

강경식이 끼어들어 한마디 덧붙였다.

"엄밀히 말해서 변죽은 아니지. 농민 표도 무시 못 할 정도고. 정치인들은 이것저것 고려해야 할 게 많으니까."

송재홍이 여전히 강경식을 무시하는 투로 받아쳤다.

"그래도 고희수 의장은 끝까지 천리마워터 증산 상정을 직권 보류했잖아."

"제 손으로 명을 단축한 거지. 스스로 무덤을 판 거야. 정치생명은 이제 끝났다고 봐야 옳아. 지금까지 천리마하고 붙어서 몸 성하게 살아남은 정치인이 없어. 신철구도 그랬고."

"신철구가 왜?"

"그러니까 병신아, 뭘 비판하려면 공부 좀 하라구! 알지도 못하면서 함부로 나대지 말고. 내가 이런 것까지 알려 줘야 하나?"

다시 벽에 부딪혔다. 뒤통수를 해머로 맞는 느낌이었다. 고희수 의장의 오늘 도의회 발언이나 송재홍의 얘기를 듣고 있으면 다른 먼 나라 이야기 같았다. 공부를 더 해야겠다는 생각이 들었다. 그러나 자존심이 상했다. 심술기가 발동했다.

"그래, 친정 내팽개치고 도청에 들어간 소감은 어떠냐? 한때 제주도에서 내로라하던 신문기자가 주차장 사업에 대기업 로비 같은 얘길 하고 있으니까 아주 흥미진진하다. 부역자 노릇은 어째, 할 만한 거냐?"

배알이 뒤틀려 배배 꼬면서 힐난했다.

"부역이라니, 내가 친일파냐?"

"신문사 망하게 생겼으니까 재빨리 다른 배를 갈아탄 놈이 누구냐고? 죽게 생긴 친정 방치하고 선거판에 뛰어들어 원세륜이 똥구멍이나 빨던 새끼가 너 아니냐구. 그러고 나서 취업에 성공한 게 부역이 아니고 뭐냐?"

"《삼다일보》회생 절차에 들어갔잖아.《삼다일보》나 없어도 잘 돌아간다. 그러니 걱정 마라."

"그리고 신문사 졸업했으면 편집국장한테 지령 좀 그만 내려, 새끼야. 밤마다 이불 뒤집어 쓰고 모르스 부호라도 날리는 거냐, 뭐냐? 일개 공무원 나부랭이가 언론사 편집국장한테 전화하고 지랄이냐구. 왕따 지시나 시키고. 인생 똑바로 살아."

김수남이 묵은 감정을 담아 회심의 일격을 날렸다. 비판을 넘어 인신공격의 비난 수준이었다. 송재홍의 얼굴이 붉으락푸르락 바뀌었다. 그러더니 잔에 맥주를 꾹꾹 눌러 따라 단숨에 들이켰다. 눈동자에서 파란 불꽃이 일고 있었다.

"이봐, 김수남이."

"왜 인마."

"인제 너 쫌 가라."

'도라짱 같은 새끼'라는 욕을 들었을 때처럼 당황스러웠다. 순간적으로 무슨 말인가 고민했다. 내가 생각하는 그 의미가 맞을까.

"너네 고향으로 가란 말이다. 그따위 생각으론 우리 제주도에서 못 산다. 더 늦기 전에 조용히 꺼지라고."

송재홍의 말끝에 예리한 증오가 서려 있었다.

"니가 뭔데 나한테 가라 마라 지랄이냐. 제주도가 니 꺼냐? 변절자 새끼 주제에 주둥이만 살아가지고."

하마터면 맥주컵을 송재홍의 면상에 던질 뻔했다.

"너는 마, 제주도를 몰라. 우리 제주도에는 제주도만의 룰이 있다고."

"너 인마, 그러다가 원세룐이 재선 실패하면 끈 떨어진 가오리연 신세 된다. 조심하란 말이야."

"어이, 김수남이. 걱정 붙들어 매시고 니 앞가림이나 잘하셔. 언제까지 신문사 왕따 당하면서 인정도 못 받고 고따구로 살 거냐고. 너 인제 쫌 사라질 때가 되지 않았냐?"

"어떻게 살아야 하는지 방법 좀 가르쳐줘라. 나도 어떤 놈처럼 개기름 좔좔 묻혀가며 폼나게 살아보게."

"안 말해줘, 새끼야. 너 같은 놈 대가리로는 평생 이해 못하는 게 있다."

송재홍이 옷을 툭툭 털더니 자리에서 일어섰다. 그러더니 주인에게 소리쳤다.

"사장, 여기 계산. 이 새끼들 처먹은 것까지 다 계산해줘."

"그냥 꺼져. 그리고 다시 여기 나타나지 마라!"

"니가 뭔데 나한테 오라 마라, 지랄이냐! 여기가 니 가게냐?"

"내가 너보다 이 가게 오래 다녔다, 씨발놈아!"

✦

택시를 타고 '귤꽃피는정원'으로 귀가했다. 송재홍과 대
판 싸우고 나니 뒤가 찝찝했다. 레토나는 신문사 근처에 주
차되어 있었다. 택시에서 내렸어도 레토나 엔진 소리가 들
리지 않아서인지 노도가 나타나지 않았다. 어디 밤마실이라
도 간 모양이었다. 방안에 들어서자마자 노트북을 켰다.

왼쪽 중복부, 왼쪽 상복부, 심장 총 세 개의 자상. 세 군데 모두
폭 1.8cm, 깊이 9.6~9.7cm, 두께 1mm로 일정한 크기. 왼팔 두
군데 관통상은 방어흔. 팔꿈치 동맥 파열.

이성로 변호사의 자상 위치와 크기였다. 부엌에서 과도를
꺼내와 자로 쟀다. 20cm의 크기. 칼날 길이 10cm, 손잡이
10cm, 너비는 2cm였다. 만약 이 칼로 찌르면 최대한으로 들
어가도 깊이 10cm에 너비 2cm다.

문제는 몸통에 자상이 세 군데 났다는 점이었다. 세 번을
순식간에 찔렀다면 날 길이 10cm의 칼로는 어림도 없다. 칼

에 찔렸을 때 근육이 놀라서 칼을 꽉 움켜쥐기 때문이다. 10cm의 칼날이라면 손잡이까지 거의 다 들어가야 한다. 그렇다면 칼이 근육에 꽉 물려서 빼기는 정말 어려워진다. 아름드리 통나무를 작은 톱으로 자르다가 톱날이 물려 안 움직이는 것과 같은 이치다. 칼이 몸에서 잘 빠져나와야 한다. 그래야 다시 찌를 수 있다.

그렇다면 최소한 칼날 길이 15cm, 폭 1.8cm 정도 되는 칼이어야 한다. 손잡이까지 고려하면 최소 25cm의 칼이다. 10cm쯤 찔렸을 때 살갗 너비가 1.8cm쯤 되는 칼이다. 칼을 뺀 순간 피부가 오그라들었다 해도 넉넉잡아 길이 10cm 지점에서 2cm의 너비를 가진 긴 칼이어야 한다.

바로 인터넷 쇼핑몰에서 칼 길이를 검색해보았다. 대부분 칼은 칼끝 3cm 지점에서 너비가 2cm가량 되었다. 10cm 지점에서는 3cm였다. 그것이 일반적인 크기였다. 그런데 이성로가 맞은 칼은 이 지점에서 너비가 2cm였다. 폭이 좁아도 너무 좁은 칼인 것이다.

당시 신문 기사를 뒤적거려봐도 마찬가지였다. 범행 도구는 사시미칼보다도 더 좁고 예리한 칼이라 적혀 있었다. 사시미 칼은 대부분 길이 10cm 지점에서 폭 3cm였다. 그 칼이 왼 팔꿈치 뼈를 뚫고 동맥을 절단했다. 칼을 위로 잡아서 아래로 찍은 것도 아니었다. 왼 팔꿈치를 제압하고 배에서부터 심장까지 자연스럽게 세 번을 올려 찌른 것이다.

대체 어떤 칼이어야 이런 상처가 날까. 어떤 칼이 너비 2cm에서 10cm의 날을 세울 수 있을까. 그 얇고 예리한 칼이 갈비뼈를 뚫고 심장을 찌르려면 대체 어느 정도의 강도를 지녀야 할까. 그리고 누가 이런 칼을 가지고 다닐까.

28   고래리 비밀 비행장

1944년 7월, 사이판이 함락되고 일본 열도가 미군의 공습 가시권에 들어서면서 태평양 전쟁은 드디어 끝을 향해 질주하기 시작한다. 이후 필리핀 레이테, 이오지마, 오키나와까지 미군의 수중에 떨어지자 일제에게 남은 지상 과제는 오직 하나, 미군의 일본 본토 상륙을 최대한 지연시키는 것이었다.

패색이 짙어진 일제는 종전 협상 대신, '최후의 본토 수호 결사 항전' 카드를 빼 들었다. 암호명 '결7호작전'이었다. '결7호작전'에 따라 17방면군 산하 58군이 제주도에 창설되고, 1944년 300명에 불과하던 주둔 병력은 일제 최정예 부대 관동군까지 합류하면서 75,000명으로 불어났다. 제주는 오키나와만큼 중무장했고, 58군은 그보다 더 위험했다.

❖

미드웨이 해전에서 대패한 후, 육군에게 전쟁의 주도권을 빼앗긴 일본 해군은 제주도 해안에 특공 시설을 구축하는 등 착실하게 '결7호작전'을 준비했다. 서귀포 삼매봉, 성산 일출봉, 고산 수월봉, 모슬포 송악산, 함덕 서우봉에 특공 기지를 구축했다. 또한 모슬포에 해군 전용 알뜨르 비행장을 운용하고 있었다.

이에 질세라 일본 육군 역시 비행장 건설을 서둘렀다. 육군이 처음으로 건설한 비행장은 정뜨르 육군 서(西)비행장으로, 현재의 제주국제공항이었다. 1942년 착공하여 1944년 5월 준공했다. 1,800m×300m, 1,500m×200m 크기의 활주로 두 본이 존재했다. 비행장 서쪽 도두봉에는 네 개의 동굴 진지가 들어섰는데, 제96사단 주력부대가 비행장을 경비했다.

하나로 만족할 수 없었는지, 아니면 해군과의 경쟁에서 우위를 과시하려 했는지 육군은 또 하나의 비행장을 건설한다. 신촌 진드르에 착공한 육군 동(東)비행장이었다. 신촌에서 원당봉까지 도로를 정비했고, 진지 구축 현장에서 나온 흙과 돌들이 비행장 평탄 작업을 하는 데 사용되었다. 원당봉 진지 역시 진드르 비행장을 경비하기 위해 만들어진 것이었다.

이 글을 읽는 순간, 삼양에서 신촌으로 이어지는 일주도로가 떠올랐다. 최근 형성된 대규모 아파트 단지인 삼화 지구를 지나면 탁 터진 너른 들판이 나타난다. 보통 제주 시내권과 동쪽 면 지역을 구분하는 경계이기도 하다. 그 일주도로 갓길에서 봄에는 딸기, 여름에는 수박을 파는 광경이 연출되었다. 이곳은 한경면 고산 일대처럼 제주도에서 보기 드물게 평평한 지역이었다.

그나마 모슬포 알뜨르 비행장은 지금도 활주로의 모습이 살아 있고, 잔존하는 지하터널이나 격납고 같은 콘크리트 구조물 때문에 비행장이 있었다고 짐작할 수 있다. 육군 서비행장 역시 현재 제주국제공항으로 바뀌어 그 형태나 규모를 가늠할 수 있다. 그러나 진드르 비행장은 아무런 흔적이 없었다. 그런 장소는 또 있었다. 서귀포 일호광장과 서귀포 고등학교 서쪽으로 조성되었다는 비행장이었다. 김수남은 계속 자료를 읽어나갔다.

저기 삼양 검문소 있지요? 그 남쪽부터 시작해서 신촌 입
구까지 활주로가 있었습니다. 활주로는 완전히 만들어졌어
요. 그래서 삼양 저쪽 문화방송 있는, 저 철탑까지 연결하려
하다가 못했는데, 그디 아까돔보라는 비행기가 서너 대 있
었지요. 지금의 일주도로가 활주로입니다. 저 일대가 꽤 넓
었는데, 그때 우리가 도로꼬로 흙을 실어다가 평탄 작업 한
결과물입니다.

삼양 검문소에서 신촌 입구 삼거리까지 실제 거리는
1.8km였다. 이는 제주 서비행장의 활주로와 맞먹는 크기였
다. 공사를 시작한 지 2년 가까이 되자, 어느덧 활주로가 모
습을 드러내고 원당봉 진지 공사도 거의 마무리되었다.

그러던 어느 봄날 58군 참모장에게 '육군 동비행장 공사
전면 중지'라는 긴급 명령이 하달된다. 미군의 제주도 상륙
이 임박했다는 위기감에 초조한 나날을 보내던 무렵이었다.
공사에 동원됐던 주민들도 1945년 6월 이후 공사가 중지됐
다고 의견을 모았다.

이때 멀찌감치 서 있던 다른 증언자가 참지 못하고 한 발
앞으로 나섰다. 얼굴이 붉으락푸르락했다.

아무리 생각해봐도 무산지 몰르크라. 2년 넘게 강제 동원 되그네 죽게 고생해서 만든 비행장 아니라? 완공을 코앞에 뒤시민 끝을 봐야 헐 거 아녀게. 나가 지금 일본놈들을 두둔 허는 게 아니여. 무사 경 해신지 이해가 안 될 뿐이라. 지금 도 궁금해서 죽어지쿠다. 작업이 끝나난 집에 갈 수 있어 그 땐 생각도 못 햇주마는, 난중에 따져보고 따져봐도 영문은 끝까지 오리무중. 일본놈들이 경 무대뽀로 일하는 놈들이 아니란 말이여.

하지만 이유를 아는 사람은 아무도 없었다.

❖

일본 육군은 신촌에 진드르 비행장을 건설 중이었으나, 정 뜨르 비행장에서 직선거리로 10km밖에 안 되는 곳에 비행 장을 또 하나 건설하는 오류를 범했다. 미군이 지나가는 길 에 폭탄 하나만 더 떨어뜨리면 폭격할 수 있는 위치였다. 위 치상 치명적 실수를 인정한 참모본부는 진드르 비행장 완성 을 목전에 두고 과감히 공사 중지를 명한다. 이어 한라산 중 산간 지대에 새로운 비행장이 들어설 만한 땅을 찾아 나선다.

그 무렵 제주시 조천읍 중산간에 비행장이 건설되고 있었다. 1945년 4월 13일, 일본군 참모본부는 58군사령부에 교래리 비밀 비행장 건설을 지시한다. 어떠한 일이 있어도 그해 6월 말까지 완공하라는 강도 높은 지령이 떨어졌다.

교래리 비밀 비행장은 참모본부에서 야심차게 건설한 소규모 비행장이었다. 이에 따라 108여단 공병대가 긴급 투입되고 수많은 인력이 동원되어 석달 동안 활주로를 만들었다. 지역 주민이 공사하는지도 몰랐을 만큼 속전속결로 진행되었고, 경비 또한 삼엄했다. 교래리 비밀 비행장의 존재를 아는 사람은 극소수였다. 활주로는 길이 1,000m 폭 100m(1,000m×100m), 길이 900m 폭 50m(900m×50m) 크기의 두 본이었다.

이 대목에서 김수남의 눈에 걸리는 문장이 있었다. '소규모 비행장'이란 무얼 의미하는 걸까. 미군에게 쉽게 발각되지 않도록 중산간에 비행장을 조성했다는 말은 이해가 되었다. 그러나 아무리 생각해봐도 활주로 길이가 너무 짧았다. 알뜨르 해군 비행장은 1,400m이고, 정뜨르 비행장은 1,800m였다. 공사가 중지된 진드르 비행장의 길이도 1,800m 어간이었다.

일반적으로 활주로의 길이에 따라 띄울 수 있는 비행기의 기종이 달라진다. 프로펠러가 달린 비행기를 이륙시키기 위해선 최소 1,000m, 전투기는 1,500m, 소형 여객기는 2,000m, 보잉 747을 띄우기 위해선 2,500m 이상의 활주로가 필요하다. 현재 제주국제공항의 활주로는 3,750m와 1,910m짜리 두 본이다.

그러나 교래리 비밀 비행장 활주로는 1,000m×100m, 900m×50m의 크기였다. 이 정도로는 대형기는 고사하고, 일본 해군 주력 기종인 중형기 제96식 육상 공격기의 이착륙도 불가능했다. 규모가 더 작은 소형기만이 뜰 수 있는 구조였다. 그렇다면 무엇을 띄우려고 소형 활주로를 만들었을까.

❖

교래리 비밀 비행장은 가미카제 전용 특공 기지였다. 가미카제는 일본인들이 오래전부터 호국의 바람이라 믿던 신풍(神風)에서 비롯된 이름이었다. 1945년 7월, 교래리 비밀 비행장이 완공되자 육해군 모두에게 비밀 지령이 하달된다. 미군이 제주도에 상륙하면 비행기로 자살 특공을 펼치라는 내용이었다.

먼저 불을 지핀 쪽은 해군이었다. 일본 해군은 자살 특공 부대로 신요(震洋)와 카이텐(回天) 기지를 건설했다. 신요는 폭탄을 장착한 자폭용 소형 보드였고, 카이텐은 미사일처럼 생긴 1인용 인간 어뢰였다. 어뢰 속에서 잠망경으로 적함을 확인하고 전속력으로 달려가 부딪치도록 설계되었다. 1.55 톤의 화약이 탑재된 카이텐은 한 번 출발하면 그대로 죽을 수밖에 없는 시스템이었다. 탄두가 불발해도 수압 때문에 안에서 문을 열 수 없었기 때문이다.

일제 최후의 저항은 하늘에서도 준비되고 있었다. 해군에 제로센과 시덴카이가 있었다면, 육군에게는 히엔(飛燕)이 있었다. 히엔은 당시 육군이 보유한 가장 우수한 전투기로 속도도 빠르고 회전 반경도 작았다. 날개폭 12m, 길이 8.75m, 높이 3.7m의 소형 전투기로 250kg의 폭탄을 탑재할 수 있었다. 교래리 비밀 비행장은 이 히엔에 특화된 비행장이었다. 건설할 때부터 가미카제 전용 비행장으로 설계되었다는 의미였다.

❖

그렇다면 교래리 비밀 비행장의 위치는 어디일까? 지역 주민 사이에서 일제 강점기에 군인들이 뭔가를 만들어 놓았다고 수군거리는 곳이 있었다. 지리적으로 비행장이 들어설 수 있을 만큼 평평한 지형도 한 군데밖에 없었다.

현재 천리마항공에서 훈련 비행장으로 사용하고 있는 점도 석연치 않고요. 정황이나 지형상으로 이곳 외에는 전혀 가능성이 없습니다.

교래리 비밀 비행장이 현재 천리마항공의 훈련 비행장이라니……. 김수남은 점점 더 흥미로워졌다.

❖

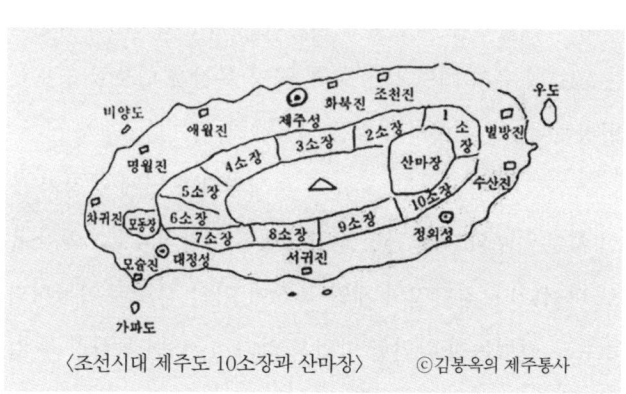

〈조선시대 제주도 10소장과 산마장〉　ⓒ김봉옥의 제주통사

교래리 비밀 비행장은 녹산장(鹿山場)이라 불리는 땅이었

다. 예로부터 제주도는 말을 사육하기에 최적의 장소로 손꼽혀왔다. 고려시대에 원(元)이 제주도를 탐라총관부로 삼아 직접 통치한 이유도 말 사육 때문이었다. 이러한 지리적 특성 때문에 조선 왕조는 해발 200~600m의 한라산 중산간 지대에 '10소장(十所場)'이라는 국영 목장을 설치했다.

제주 동부지역에는 '산마장'도 있었는데, 현재의 남원읍 의귀리, 표선면 가시리, 조천읍 교래리 등 200여 리에 걸쳐 해발 400m 이상의 초지와 산림 지대로 이루어진 드넓은 땅이었다. 숙종과 영·정조 때에는 침장, 녹산장, 상장으로 명명되었고, 녹산장 내에 갑마장이 설치되었다. 나라에 바치는 말 가운데 상등마(上等馬)를 사육하는 지역이라 갑마장(甲馬場)으로 불렸다. 녹산장 일대는 헌마공신(獻馬貢臣) 김만일(金萬鎰) 소유의 개인 목장으로, 국영 목장을 압도할 정도로 번창하여 1만여 마리의 말을 사육했다.

녹산장은 갑오경장(1894) 때 폐해졌다가 일제 강점기 조선 황실 업무와 재산 관리를 담당했던 이왕직(李王職)의 소유로 바뀌었다. 김만일의 개인 목장이 어떤 경로로 이왕직의 소유로 변했는지 확인할 방법은 없다. 1933년 녹산장 중 갑마장은 가시리 공동 목장으로 변경되었고, 마을공동목장조합에서 관리와 운영을 맡게 되었다.

이후 녹산장이 역사의 수면 위로 떠오른 것은 1937년이었다. 1937년 6월, 제주도흥업(濟州島興業)이란 회사가 녹산장 땅 420여만 평을 구입했다. 제주도흥업은 농사, 목축, 부동산 경영 및 금융업을 목적으로 하준석(河駿錫), 조준호(趙俊鎬), 박흥식(朴興植)이 공동으로 출자해서 설립한 주식회사였다. 자본금은 50만 원이었다. 김동환(金東煥)이 발행한 잡지 『삼천리』1939년 제11권 제4호는 이렇게 증언하고 있다.

오십만원의 제주도흥업

― 군마, 면양, 개간이 목적

하준석 사장의 사업 계열 속에 제주도흥업주식회사라는 50만 원 전액 불입의 회사가 있다. 이것은 주식회사라 하지만은 주로

하준석(河駿錫)

박흥식(朴興植)

조준호(趙俊鎬)

김근기(金根耆)

사씨(四氏)가 출자하여 창립한 것으로 총독부의 제주도 개발방침에 따라 년전에 창설되었다.

제주도로 말하면 이조시대 때부터 군마 사양지로 매우 호적한 곳이다. 불서불한한 그 기후와 평원에 천연생한 목초가 무한하게 풍부한 점이 모도다. 목마에 적하다. 제주도개발회사에서 아직은 목마를 하지 않고 있으나 장차로는 시작하리라 하며 현재는 면양 수백 두를 사육하는 중인데, 면양의 유용은 다시 더 말할 여지도 없이 국책상 중요한 것이 되야 방금 총독부에서도 북부 조선에 수만 두의 면양을 치고 있는 터이다.

그리고 이 회사에서는 축우 백여 두를 하고 있으며 또한 토지의 개간에도 착수하고 있다.

박흥식은 설명이 필요 없는 일제 강점기 조선 제일의 갑부였다. 중일전쟁 발발 후 전시 배급 체제 통제 경제로 모든 민간 분야가 된서리를 맞았는데도, 계속 조선 제일의 갑부로 승승장구했다. 1937년 화신백화점이 세워지던 해 그는 제주도흥업에도 투자하여 취체역(이사)으로 취임한다.

실제로 1938년 일제가 조사한 제주도 목장의 통계 자료에는 '녹산장은 면적 1,000정보(3백만 평)로 섬 제1의 평탄지이고, 개간에 착수했다'고 적혀 있다. 이때 개간에 착수한 회사가 바로 제주도흥업이었다. 김수남의 눈길을 사로잡는 또 다른 문장이 있었다.

1941년 박흥식은 제주도흥업 주식 100%를 인수하였다.

취체역이 아니라 사장이 되었다는 뜻이었다. 다른 자료에서는 조금 다르게 설명하고 있다.

녹산장 일대는 1944년 조선비행기공업을 세운, 한때 '조선 제일의 갑부' 박흥식이 조종사 훈련장으로 불하받은 땅이었다.

녹산장 땅 중 일부는 가시리마을 공동목장으로 편입되었고, 나머지 땅은 통째로 박흥식 소유로 넘어갔다는 의미였다. 그는 해방 이후에도 이 땅의 소유권을 인정받게 된다.

❖

박흥식은 1944년 10월 2일 주식회사 조선비행기공업 사장에 취임했다. 1945년부터 5년 동안 조선총독부는 조선비행기공업에 소득세와 사업세 등 파격적인 면세 혜택을 제공할 예정이었다. 그는 회사 설립 이유를 이렇게 밝히고 있다.

금년부터 징병제 실시에 따라 수백만의 장정이 영미(英米) 격

멸에 참가하는 광영을 얻기에 이르렀다. 반도에서 총후의 우리는 이를 기념하기 위해 징병제 실시를 계기로 국가가 요청하는 비행기를 생산하고 대동아전에 전열을 가다듬기 위해 전선 총후가 하나가 되어 성전의 완대를 위해서……

일제는 사업 구상 단계에서 사장으로 염두에 두었지만, 박흥식은 자신은 유통업자일 뿐 비행기에 대해 아는 바가 없다며 고사했다. 이와 관련하여 1966년 인터뷰 기록이 남아 있다.

일본의 패전을 예감하고 있던 나는 그 명령을 거절하느니 비행기 공장을 건설하여 그들에게 협력하면서 한국 청년들에게 비행 기술을 습득하여 청장년 및 저명 인사들을 취업시킴으로써 집요한 징용으로부터의 피난처로 제공할 수 있으며, 나아가 비행기 공업의 경험이 종전 후의 한국 자동차 공업을 육성하는 데 절호의 기회가 될 것이라는 원대한 포부를 품고 비행 공장 건설을 승인하였다.

조선비행기공업에서 만들고자 한 비행기는 '키79병(キ79丙)' 기종의 목철(木鐵) 혼합기였다. 월 60대 생산을 목표로

했다. '키79병' 고등 연습기는 만주비행기제조가 생산한 기종으로 1939년 노몬한 전투에 참여한 79식 전투기를 고등 연습기로 개조한 것이다. 조선총독부와 조선군사령부의 지도하에 이 기종을 생산하기로 결정하고 만주비행기제조와 기술 제휴를 맺는다.

이와 별도로 박흥식은 1944년 10월 하순, 기술진을 초빙하고 공작 기계를 마련하기 위해 도쿄와 상하이를 방문하는 등 활발한 행보를 보인다. 한편 국내에서는 안양의 토지 10만 평을 사들여 조립 공장, 격납고, 비행장을 순차적으로 건설했다. 또한 기술자를 양성하기 위해 광신상업학교를 조선비행기공업학교로 전환하고 본격적인 기술 교육에 들어갔다.

키79병 고등 연습기는 날개폭 11.50m, 길이 7.85m, 최고 속도 340km/h, 총중량 1,300kg, 항속거리 920km에 7.7m 기총 두 정을 장착한 기종이었다.

이 대목에서 김수남은 호흡을 멈추고 두 눈을 껌뻑였다. 두뇌가 회전을 멈춘 느낌이었다. 마른침이 꼴깍 넘어갔다. 뭔가에 홀린 사람처럼 앞서 읽은 자료를 되작거리기 시작했다. 어디에서 봤더라……. 입술로는 저도 모르게 히엔, 히엔이라 중얼거리고 있었다. 히엔과 크기를 비교해봐야겠다는 생각이 불쑥 들었던 것이다.

히엔의 실제 크기는 날개폭 12m, 길이 8.75m였다. 그 순간 김수남은 책상을 탁 쳤다. 그렇다면…… 키79병 고등 연습기는 언제든지 육군 가미카제 자살 특공기로 전환 가능했다는 뜻이었다. 250kg의 폭탄을 탑재하고 적의 함대에 돌진할 수 있는 기종이었던 것이다.

그러나 조선비행기공업은 1945년 8월 15일까지 목철 혼합 시작기 1기를 생산하고 해방을 맞았다. 실제로 비행이 가능했는지도 불분명하다고 알려졌다.

❖

박흥식이 생산하려던 키79병 고등 연습기가 여차하면 히엔으로 전환 가능한 기종이었다는 게 어떤 의미일까. 이번에는 김수남의 두뇌가 금속 절삭기처럼 빠르게 회전하며 불꽃을 튀겼다.

해방 후 박흥식은 자신이 조선비행기공업을 경영했다는 이유 하나만으로 '매판자본가 제1호'라는 오명과 함께 '저주받은 삶'을 강요당했다고 주장했다. 단지 목철 혼합 시작기

1기를 제작했을 뿐, 결과적으로 약 2,500여 명의 조선인 청년들에게 강제징용의 피난처를 제공했다고 두둔하는 학자도 있다. 전시체제 말기 그의 기업 활동이 명백한 군수 협력이었던 것은 사실이나, 민족 반역자로 단정하기에는 과정보다 결과가 썩 괜찮았다는 게 주장의 핵심이었다.

또한 반민특위에 끌려가서 당당하게 자기주장을 펼쳤던 것도 같은 맥락으로 해석된다. 1945년 8월 이후 일본인 조선군 사령관이 일본 망명을 권유하며 비행기까지 내주었지만, 단호하게 거절했던 이유도 이러한 신념의 연장선상이라 볼 수 있겠다.

그러나 결코 간과해서는 안 될 지점이 있다. 교래리 비밀비행장은 일제가 최후의 발악을 하던 1945년 7월 완공되었고, 그 땅 주인이 박흥식이었다는 점이었다. 혹자는 조종사 훈련장 목적으로 불하받은 땅이라고도 주장한다.

엄혹한 일제 말기 조선비행기공업 안양 공장 건설 과정에서 "뭐든지 요구하는 것을 즉각 해결해주지 않으면 나는 언제나 즉시 공장 건설을 중단"할 수도 있다고 배짱을 부리던 그가, 어째서 자신의 사유재산이었던 녹산장 땅을 일제의 가미카제 비행장으로 내주었는지 의문이 든다. 전쟁 말기였으므로 훈련용 비행장이란 말은 성립이 안 된다.

거기다 반박할 수 없는 증거가 하나 더 있다. 조선비행기 공업이 생산하려 했던 키79병 고등 연습기가 일제 최후의 광기라 평가받는 가미가제 자살 특공기로 전환 가능했다는 점이었다.

다행히 1945년 8월 히로시마와 나가사키에 원자폭탄이 떨어지자 일제는 즉시 항복했다. 미군은 오키나와의 비극에 부담을 느끼고 있었음이 분명하다. 역사에 '만약'이라는 가정을 붙일 수 없지만, 일제의 예상대로 '만약' 미군이 제주도에 상륙했다면 어떤 일이 벌어졌을까.

제주도에는 '오키나와 그 이상'의 피바람이 불었을 것이다. 옥쇄를 강요당한 제주도민이 중산간 곳곳에서 집단 학살 당하고, 제주의 젊은이들은 키79병 고등 연습기에 올라 일왕이 내린 식어 빠진 사케 한 잔과 목숨을 맞바꿔야 했을 것이다. 그 자살 특공의 핵심 기지가 녹산장 터에 있었다. 박홍식은 이러한 혐의에서 과연 자유로울 수 있을까.

그런데도 그는 해방 이후 녹산장 토지소유권을 그대로 인정받았다. '만약' 반민특위에서 '매판자본가 제1호' 친일반민족행위자로 처벌받았다면 결과는 어땠을까. 녹산장 땅은 모두 몰수되어 국가로 귀속되지 않았을까. 김수남은 고희수 의장의 주장이 옳다고 생각했다.

29 　스텔스의 밤

　　고희수 의장의 이야기와 천리마그룹 역사를 종합해서 탈고했으니 꼭 열흘 만이었다. 녹산장 땅 이야기를 1부로, 천리마그룹 이야기는 2부로 나누어 연재할 예정이었다.

　　첫 건을 잡은 것은 8시가 넘어서였다. 탑동 서부두 방파제 인근에서 호출한 40대 초반의 사내가 마수걸이 손님이었다. 하지만 몸이 찌뿌드드하니 컨디션이 좋지 않았다. 오랜만에 대리운전을 나와서 그런지 도로는 좁아 보이고, 상대적으로 차는 크게 느껴졌다. 차선에 꽉 낀 느낌이었다.

　　차는 에쿠스 구형이었고, 목적지는 한림이었다. 워낙 무겁고 덩치가 큰 차였다. 신제주를 뚫고 나가는 게 싫어 용담

해안도로를 거쳐 도두로 에둘러 나가는 루트를 택했다. 일주도로 이호해수욕장사거리까지는 신호등이 거의 없어서 브레이크를 덜 밟아도 되었다. 동한두기 시나 사대부숭을 끌어안고 좌회전했다. 이 커브를 지나면 탁 터진 바다가 펼쳐지고 횟집이 즐비하게 늘어선 용담해안도로가 나온다.

막 커브에 들어섰을 즈음이었다. 브레이크가 무뎌서 속도 제어가 안 되는 바람에 차체가 바다 쪽으로 쏠렸다. 잽싸게 브레이크를 깊숙이 밀어 밟고 회전 반경을 좁혀서 간신히 정상 궤도에 진입했다.

사십 대 중반의 손님은 아는 누님에게 전화를 걸고 있었다. 보아하니 탑동 횟집 거리 끄트머리에서 배를 고치는 사람 같았다. 지금 출발했는데 고등어와 갈치 말린 거 갖다 주겠다면서 운을 뗐다. 소금 좋은 거 써서 알맞게 짭조름하고……. 냉장고에 두었다가 하나씩 꺼내 구워 먹으면 맛좋을 거라면서 연신 추파를 던졌다. 휴대폰 저편에서 탄성에 가까운 소리가 들렸고, 사내는 희열을 느낀 듯 침을 튀겨댔다.

그렇지만 김수남은 왠지 불안했다. 차체도 우측으로 기우는 느낌이었다. 핸들이 바로 정렬되지 않는 게 아무래도 타이어 공기압이 맞지 않는 것 같았다. 자꾸만 브레이크로 발이 갔다. 핸들 역시 톱니바퀴처럼 정교하게 맞아떨어지는 게 아니라 나사가 풀린 것처럼 헛돌았다. 총체적 난국이었다. 방심했다가는 우측으로 차선을 이탈할 수 있어 운전대에 꽉 부여잡았다.

"무사 이추룩 불편허게 운전햄수가? 아까 해안도로에서 커브 틀 때도 경허드만."

손님이 전화를 끊더니 한마디 쏘아붙였다. 눈동자가 물방개처럼 번들거렸다.

"죄송합니다. 대리운전 한 지 얼마 안 돼서."

컨디션 난조인가, 차 상태 이상인가. 판단이 서지 않았다. 손님이 다시 누군가에게 전화를 걸었다. 좀전에 걸었던 여자인지 다른 작업 대상인지는 확실치 않았다. 똑같은 말을 반복하는 것으로 보아 다른 여자 같았다. 운전에만 집중하려 했지만, 머릿속에 여러 생각이 뿌연 안개처럼 뿜어져 나왔다.

요즘 들어 삶의 바운더리가 점점 더 좁아지고 고립되는 느낌이었다. 사회적으로나 심리적으로 자꾸만 위축이 되었다. 제주도에서의 삶은 사는 게 아니라 하루하루를 버텨내는 느낌이었다. 길을 가려고 해도 끊임없이 장애물이 나타나 발걸음을 더디게 만들었다. 피하기도 하고, 부러 외진 길을 택해도 어김없이 장애물은 등장했다.

이게 제대로 된 삶인가. 모든 사람에게 환영받을 순 없지만, 모든 사람의 적이 된다는 것은 참으로 피곤한 일이다. 제주 천혜의 환경과 역사, 그리고 이야기들은 상당히 매력적이고 재미있는데, 실제로 제주도 사람들과의 관계는 그렇지가 않다. 제주도는 좋은데 제주도 사람들은 싫다……. 언제까지 이런 이율배반 속에서 살아야 하나, 자괴감이 들었다.

❖

비가 오려는지 습기 냄새가 코를 찔렀다. 손님한테 한소리 얻어먹고 차를 몰았더니 다리에 힘이 없었다. 한림항 세븐일레븐에서 콜 대기를 하고 있는데, 야외 테이블로 몇몇 젊은이들이 몰려들었다. 베트남 선원들 같았다. 빗방울이 후드득 떨어졌다. 영상통화를 하거나 서로 대화하며 떠드는 모양이 어수선했다. 풍랑 예비 특보가 발효되어서 제주도에 발이 묶인 모양이었다.

빗줄기가 더 거세졌다. 베트남인들이 처마 쪽으로 바짝 붙어 앉았다가 더는 버틸 수 없었는지 짐을 싸기 시작했다. 누군가의 숙소로 자리를 옮길 모양이었다. 그들이 사라지자 나무 테이블에 빗방울이 튕길 만큼 비가 쏟아지기 시작했다.

그나저나 어떻게 한다⋯⋯. 비 예보를 듣고도 우산을 챙겨오지 않은 까닭이었다. 오라동 집까지 가려면 탑동에 주차해놓은 차를 꺼내와야 하는데⋯⋯. 탑동은 들어가는 경우보다는 나오는 손님이 많아서 차 위치에 딱 맞춰 대리를 종료하기 어렵다. 그게 안 되면 구제주 쪽 콜이라도 잡아야 한다. 아니, 제주 시내 방향으로 뜨는 콜은 무조건 잡아 나가야한다.

편의점 통유리창으로 밖을 바라보며 생각에 잠겨 있을 때, 전화벨이 울렸다. 루피노 신부였다. 밤 9시가 넘은 시각이었다.

"그동안 어떻게 지냈나? 표고밭 기사 잘 읽었네."

"신부님께서 이 시각에 어쩐 일이십니까?"

"혹시 이영훈에게 연락해봤나?"

그사이 녹산장 원고 때문에 시도조차 하지 못하고 있었다. 육지도 아닌 일본에 살고 있다는 이영훈에게 연락을 건네기가 부담스러웠다.

"이영훈이 지금 제주도에 들어와 있네."

"어떻게⋯⋯."

"어제 어머니께서 소천하셨어. 오늘이 일포야. 낮에 상갓

집 다녀왔는데 불쑥 자네 생각이 나더군. 모르고 있을 것 같
아서."

"장소가 어딥니까?"

"노형중앙병원 장례식장. 모레 일본으로 떠난다고 하더
군."

전화를 끊고 어떻게 할 것인가 망설였다. 그래, 오늘 당장
장례식장에 가서 만나야 한다. 내일이면 이영훈은 더 바빠
질 것이다. 바로 휴대폰을 들어 콜택시를 호출했다.

✤

상갓집은 썰렁했다. 부조 봉투에 '삼다일보 김수남'이라
세로로 적고, 분향실로 직행했다. 제3분향실 입구에는 몇 개
의 조화가 서 있었다. 동광성당 교우회, 중앙여중 동문회, 제
주여고 동문회라는 글자가 제일 먼저 시선을 잡아끌었다. 모
니터에서 상주 이름을 확인했다. 이영훈과 이수희. 남매지
간이었다. 이수희 옆에는 남편 이름이 적혀 있었으나, 이영
훈은 너른 칸을 홀로 차지하고 있었다.

조화는 모두 이수희의 사회적 관계 때문에 배달된 것이
었다. 이영훈과 관련된 조화는 보이지 않았다. 부중근과 원

세륜 선거 캠프의 핵심 브레인 가족의 장례식장이라기엔 너무 초라했다.

신철구의 몰락도 바로 이 경조사로부터 시작되었다. 신철구는 도지사 재직 중에 더 이상 경조사에 참석하지 않겠다고 폭탄선언을 했다. 제주도에는 죽은 사람과 결혼하는 사람이 없으면 정치인 밥줄이 끊긴다는 말이 회자될 정도로 '경조사 정치'가 성행했다. 경조사 자리는 각양 각지에서 사람들이 몰리고, 그만큼 민심이 오가며 당연히 표가 집결되는 장소였다.

현직 도지사의 폭탄선언이 터진 다음 날, 도청 내부에서는 "그래서 우리도 경조사에 다니지 말라는 거냐?"는 불만이 터져 나왔다. 도청 공무원들은 잔칫집이나 초상집 입구에서 서성거리다가 높은 사람이 방문하면 쪼르르 달려가 안내하고, 술과 안주를 실어 나르며 눈도장을 찍는 게 일과였다. 특히 고위직 경조사에는 5급 사무관이 직접 음식을 나르고, 밤새워 녁둥배기를 하며 돈을 잃어주기도 했다.

반면 부중근은 민선 1기 선거에서 신철구에게 물 먹고 난 뒤로, 서울에 살면서도 주말마다 제주도로 내려와 일일이 경조사를 챙겼다. 언론들은 표밭을 일구거나 여론 동향 파악이라 우호적으로 보도했으나, 실상은 결혼식장이나 장례식장을 돌아다니며 얼굴도장을 찍은 것뿐이었다. 말단 공무원이나 선거 캠프의 하위직까지 꼼꼼하게 챙기고, 빠뜨린 부조금을 나중에라도 꼭 전달했다. 이런 경조사 정치는 결정적인 순간에 힘을 발휘했다.

분향실에 들어서자, 인기척을 느꼈는지 초로의 사내가 나타났다. 곧바로 중년의 부부도 따라 나왔는데, 이수희 내외로 보였다. 초로의 사내가 이 시각에 웬일이냐는 듯 쏘아보았다. 짜증이 잔뜩 묻어 있는 표정이었다. 서둘러 절을 하고 인사치례를 한 다음 내실 식탁에 자리를 잡았다.

김수남은 알고 있었다. 제주도에 10년 살면서 체득한 제주도만의 경조사 문화였다. 이렇게 탁자에 앉아 있으면 상주 중 누군가 찾아오리라. 누구를 보고 왔다는 제스처를 취하지 않았고, 누구에게도 부조 봉투를 건네지 않았기 때문이다.

"실례지만, 저희 어머니를 알고 있습니까?"

상주 세 사람 모두 김수남을 모르니 그렇게 묻는 것은 당연했다. 제일 연장자인 이영훈이 물었다. 흰 머리카락에 윤기가 돌고 있었다.

"선생님을 뵈러 왔습니다."

부조 봉투를 건네자 이영훈이 봉투를 반으로 접어 주머니 속으로 집어넣었다. 상품권 봉투를 꺼내 화답하더니 이수희에게 눈짓했다. 음식을 내오라는 뜻이었다.

　"방금 루피노 신부님께 소식을 들었습니다. 부랴부랴 오느라 좀 늦었습니다."

　명함을 꺼내 두 손으로 건넸다. 이영훈은 눈이 어두운지 명함을 얼굴 가까이 대고 한참을 찍어보았다.

　"그런데 무슨 일로?"

　눈동자에 서기가 번뜩였다.

　"이성로 변호사에 대해 듣고 싶은 게 있습니다."

　질문이 마음에 들지 않아도, 자리가 자리인 만큼 내치지는 못할 것이다.

　"성로에 대해서 듣고 싶은 건가?"

　오랜 침묵 끝에 그가 입을 뗐다.

　"실은 손정엽이 더 궁금하긴 합니다만. 선생님이라면 알고 계실 거라 들었습니다. 그래서 실례를 무릅쓰고 이 시각에 찾아온 거구요."

　막다른 골목이었다. 한 발도 물러설 생각이 없었다. 손정엽이 이성로 변호사 사건의 핵심 키다. 모든 게 손정엽과 연결되어 있다. 이자가 증언하지 않으면 이성로 변호사 사건은 영원히 미궁에 빠진다.

공기 사이로 팽팽한 신경전이 오갔다. 김수남 역시 양해를 구하지 않고 담배를 피워 물었다. 다시 침묵이 흘렀다.

"뭐 때문에 이런 것에 관심을 갖고 있지? 다 지난 일인데?"

"그래도 선생님 친구 아닙니까? 공소시효도 지났고, 그 누구도 입에 올리지 않기에 저라도 말을 해야겠다고 생각했습니다만."

"내가 부중근 지사와 일을 하면서 두 번의 위기가 있었어. 지금까지 잊혀지지 않는 장면이지. 두 번 다 이성로와 관계가 있었고. 성로……. 성로는 내 친구가 맞지. 정치라는 게 우리 친구 사이를 완전히 갈라놓았어. 그때 뭐가 씌었는지 친구도 몰라볼 정도로 나는 앞만 보고 질주하고 있었네."

이영훈이 과거를 회상하듯 하얀 벽에 눈을 두었다. 이윽고 결심했다는 듯이 말했다.

"이제 와서 말 못 할 것도 없지."

아무래도 긴 밤이 될 것 같았다. 스마트폰을 꺼내 녹음기 앱을 활성화하고 빨간 버튼을 눌렀다.

"손정엽이 양심선언을 한 이후부터 말씀해주시죠."

"그때 말이야. 캠프는 초상집 분위기였어. 다른 건 다 해결했는데, 손정엽이가 난데없이 급발진하고 나선 거야. 다 된 밥에 고춧가루를 뿌린 꼴이었지.”

“저도 거기까지 추적했지만 이후 손정엽은 사라졌잖습니까? 부중근 쪽에서 손을 쓴 것입니까?

“사라진 게 아니야. 그 밤에 손정엽이는 납치되었네.”

“납치되었다구요?”

충격에 휩싸여 곧바로 되물었다. 전혀 예상치 못한 방향으로 증언이 흘러갔다. 하지만 내색하지 않고 차근차근 다시 시작하는 마음으로 톤을 낮춰 말했다.

“제주법원에 자진 출두해서 부정선거를 자백하겠다는 데가 끝입니다. 이성로가 변호사 자격으로 입회했다고 들었습니다. 그런데 법원에서 그때가 주말이고 하니 다음 주 월요일에 출두하라고 내보냈지요. 그것이 마지막 공식 행적이죠. 그 밤 이야기입니까?”

“손정엽이는 선거가 끝난 다음 주 화요일 오후엔가 노형 성당에서 양심선언을 했지. 검찰에 가서 자수서도 제출했고. 바로 그 주 금요일에 손정엽이 다시 제주지검에 출두했네. 사실 여부 등을 간략하게 조사하는 형식이었어. 다음 주 월요일 정식 조사를 앞두고 있었지. 그 두 번 모두 성로가 변호사 자격으로 동행했고.”

두 번에 걸쳐서 검찰청에 갔다는 말은 금시초문이었다.

"바로 그 금요일 밤이었어. 성로와 손정엽이가 검찰청에서 나와 근처 갈빗집에 갔던 모양이야. 부중근 측의 미행이 붙은 상태였지. 그 밤에 소주 한잔하고 집으로 돌아가는 손정엽이를 중간에 낚아챘어. 나도 손정엽이 납치된 현장에 있었고. 그만큼 부중근도 똥줄이 탔던 거야. 정치판에서 산전수전 공중전까지 겪었다는 거물치고는 당황한 기색이 역력하더군."

"당황해서 직접 나섰다?"

"근데 말이야, 지금 돌이켜보면 별문제도 아니었는데. 선거 한두 번 하나? 이런 거쯤은 가십 수준의 기사 하나로 적당히 끝낼 수 있었어. 그런데도 부중근이 직접 기획하고 진두지휘까지 했다? 이건 뭐랄까, 거미줄 걷어내려고 전기톱을 꺼내든 형국 아닌가. 그때 뭐가 있다는 느낌을 받았지."

"선생님 머리에서 나온 게 아니구요?"

"나는 무력을 사용하는 사람이 아니야. 여론의 방향을 감지하고 우리 측으로 유리하게 이끄는 것이 내 주특기지. 누구도 생각해내지 못한 역발상으로 여론을 반전시켜 상대방의 숨통을 단번에 끊는 게 내 전공이야. 나의 역할은 책사로 조언하는 것까지였지. 부중근은 그 밤에 작전을 나가는 야

전 사령관처럼 아주 비장한 표정이었네."

❖

　그들은 까만 양복을 입은 날렵한 젊은이들이었다. 손정엽
을 납치한 검은색 이스타나는 그대로 제주 동부 산간지대로
내달렸다. 전조등도 켜지 않은 채 제법 속도를 내는 게 평소
자주 다니던 길인 모양이었다. 밤의 무법자라 불리는 스텔
스 차량이었다. 전신 문신 한 사람처럼 노골적으로 위화감
을 조성한 모습이었다. 이따금씩 브레이크등이 들어오지 않
았다면 차가 달리고 있는지도 모를 정도였다.

　부중근의 다이너스티는 이스타나를 멀찌감치 따라붙었
다. 스텔스 차량을 처음으로 목격한 이영훈은 소름이 돋아
올랐다. 꽉 문 이빨 사이로 시큰한 침이 흘러나왔다. 난데없
이 베트남전쟁 때 캄캄한 강물을 동력 없는 길쭉한 배로 침
투했던 베트콩이 떠올랐다. 까만색 파자마만 입고 온몸에
숯검정 칠을 한 베트콩의 하얀 이빨이 떠올랐다. 말로만 듣
던 무력의 현장에 본의 아니게 참여하게 되니 무릎 안쪽이
떨렸다. 저런 차량에 납치된 손정엽 역시 찔끔 오줌을 지렸
을 터였다.

한 시간쯤 달려 도착한 곳은 불빛 하나 보이지 않는 동부 중산간 지대였다. 차를 타고 지나가도 전혀 기억나지 않을 듯한, 그냥 무심코 지나치게 되는 곳이었다.

"그때까지 제주도 살면서 그런 데가 있는 줄 몰랐지. 송당 인근 목장 부지 같았는데, 주변에 아무것도 없고 수십 개의 안테나만 삐쭉빼쭉 솟아 있었네. 곶자왈 숲을 밀고 전략적으로 조성한 요새였지."

"안테나만요? 뭘 하는 곳이었는데요?"

"그곳은 송당호텔이었네."

"송당호텔요?"

"안기부 송당 분실 말이야."

30　축산 대전성시대

　　해방 이후 제주도에서 박흥식이 다시 등장한 것은 '도백 열전'에서였다. '도백열전'은 제1대 박경훈부터 제30대 김문 탁까지 역대 제주도지사의 활동과 행적을 신문에 기획 연재 해서 묶은 책이었다.

　　국립 송당목장을 민간에 불하한다는 소식이 전해지자 제주도 사람 안정립이 재일동포의 자금을 지원받아 목장을 매수하고 싶다는 뜻을 전해왔다. 김영관 도지사는 송당목장만큼은 제주 도 사람이 임자가 되어야 한다는 생각으로 1963년 2월 농림부 에 적극 추천했다.

5·16정부가 안정림을 낙찰자로 검토하고 있을 무렵, 서울 화
신백화점의 박흥식 사장이 일본 제국인견(帝國人絹)과 합자해
서 송당목장을 불하받고 싶다는 의사를 전해왔다.

김영관 도지사는 안정림에게 불하하기로 거의 결정된 마당에
박흥식이 뒤늦게 끼어들자 입장이 난처했다. 박흥식은 녹산장
일대에 수백만 평의 땅을 소유하고 있으며 송당목장 부근에도
대규모 목야지를 가지고 있다는 이유를 들어 자신이 적임자라
주장했다.

5·16쿠데타 발발 직후 혁명위원회는 각 지역에 주둔 중
인 육군 예비사단 사단장들을 전국 시도지사로 발령한다. 제
주도에는 해군 제독이 임용되었다. 김영관은 해군사관학교
를 졸업하고 해군대학 총장을 거쳐 국방연구원에서 교육받
던 중 제주도지사(1961. 5.24~1963.12.16)로 전격 발탁되었다.

위의 기록으로 보아 박흥식은 녹산장 외에도 송당목장
인근에 대규모 땅을 가지고 있었던 것으로 추정된다. 그는
이 사업을 위해 길성운을 고문으로 기용했다. 제7대 제주도
지사(1953.11.23.~1959. 5.12)로, 국립송당목장 설치를 주도했
던 자였다. 제주 실정에 정통했던 길성운은 송당목장을 불
하받으면 면양 50만 마리를 사육하여 외국 수입 원모의 1/3

을 제주에서 생산하겠다는 구체적인 사업 실행 계획서를 제출한다.

송당목장은 '우리 국민도 이제는 쇠고기를 먹어야 한다'고 주창하며 이승만이 각별한 애정을 쏟아부었던 국립목장이었다. 이승만과 선을 긋고 싶었던 박정희는 송당목장을 정상 궤도에 올리려고 온갖 공을 들였으나 적자 경영을 면치 못하고 있었다. 이런 마당에 전 정권의 실세 길성운 제주도지사가 송당목장을 불하해달라고 나섰으니 탐탁지 않았을 게 분명하다.

결국 송당목장은 제주도 사람 안정립에게 불하되었다. 그러나 자금을 대기로 한 재일동포가 부도를 내는 바람에 삼호그룹에게 운영권을 넘겨주게 된다.

❖

1961년 5·16쿠데타 일주일 후 5월 23일 밤, 박흥식은 자택에서 연행되어 마포형무소에 수감되었다. 군사정부는 그가 민주당 정부에 거액의 정치자금을 조달하고 막대한 이권과 특혜 융자를 받아 챙겼을 거라 내다보았다. 당국에서 파견된 조사관이 화신산업의 회계장부를 말 그대로 '탈탈' 털었으나, 공식적인 정치자금 100만 원 외에 어떤 혐의점도 발견하지 못했다.

43일 동안 수감되었던 박흥식은 소정의 벌과금을 내고 석방된다. 그즈음 군사정부는 종합경제재건 5개년 계획안을 발표하는데, 사업 경험이 풍부했던 그에게도 국가 재건에 적극 참여해서 타기업의 모범이 되어달라고 종용한다. 화신산업은 오래전부터 6대 사업 계획안을 갖고 있었다.

박흥식은 일제 강점기에 사 두었던 녹산장 땅을 떠올려 제주도를 관광 허브로 키워야 한다는 아이디어를 제공한다. 그것은 곧바로 1961년 9월 박정희의 첫 번째 제주도 방문으로 이어졌다. 박정희는 제주도의 온화한 기후와 천혜의 자연 조건, 광활한 초원 등의 이국적 풍치에 매료되었다. 제주도의 때 묻지 않은 자연환경과 민속을 자원으로 한 관광 개발, 광활한 초원을 활용한 축산, 그리고 따뜻한 기후에 적합한 감귤을 특산품으로 키우겠다는 구상을 하게 된다.

바야흐로 제주도 개발에 물꼬가 트인 순간이었다. 그 첫 번째 단계로 가장 먼저 도로가 뚫렸다. 1962년 3월 24일, 제주와 서귀포를 잇는 한라산 제1횡단도로 공사가 시작되어 1963년 10월 11일 비포장 상태로 전 구간 개통되었다. 5·16도로가 개설되자 제주와 서귀포가 한 시간 거리로 단축되고, 제주도는 일일생활권으로 바뀌었다. 이어 1970년 11월 3일에는 일주도로가 포장 완료되었고, 1973년 12월 17일에는 제2횡단도로가 개통되었다.

❖

그즈음 박정희는 한일 관계 재정립을 시도하고 있었다. 일본의 실세는 일급 전범 기시 노부스케였고, 박정희 주변에는 만주사관학교 출신 관료들이 포진해 있었다. 이른바 '만주 네트워크'가 주도권을 쥐고 있었다.

여기에 또 박흥식이 등장한다. 대한해협을 넘나들며 이 둘 사이에 다리를 놓은 자가 박흥식이었다. 극비리에 박정희의 밀서를 기시 노부스케에게 전달했고, 이 물밑 작업의 결과 한일기본조약이 체결되었다.

이에 대한 보상으로 박흥식은 송도해수욕장 개발권과 흥한화학섬유 단독 설립권을 받았다. 곧바로 남양주 도농 17만 평 부지에 8억5천만 원짜리 화학섬유 제조 공장 건설 공사가 시작되었다. 가지고 있는 현금을 모두 쏟아부었다고 해도 과언이 아닐 만큼 대대적인 공사였다. 이는 오래전부터 구상했던 화신산업 6대 사업 중 하나였다.

박홍식은 넉넉잡아 2년이면 공장을 완공할 수 있다고 내다봤다. 해서 외자 차관 기간을 2년 거치 10년 상환으로 정했으나, 정부의 지급 보증이 늦어지는 바람에 기계도 돌리기 전에 원리금을 상환해야 하는 궁지에 몰렸다. 8억5천만 원이면 충분할 거라 예상했던 내자 역시 실제 금액을 뽑아보니 14억 원에 육박했다. 이후 물가 급상승까지 더해져 25억 원으로, 끝내는 40억 원으로 눈덩이처럼 불어났다.

화신산업은 옛 종로경찰서 대지와 신문로 사옥을 팔아 건설 자금으로 충당했다. 이어 기업 소유의 부동산을 시장에 내놓고, 박홍식의 사재마저 털었으나 내자를 채우기에는 역부족이었다. 악재가 계속되자 조흥은행으로부터 편타 대출을 받게 된다. 내자 조달도 어려운 판에 차관 상환까지 밀어닥쳤으니 물불 가릴 처지가 아니었다.

박홍식의 몰락은 이 이름도 생경하고 뜻도 어려운 '편타 대출'로부터 시작되었다. 장기형 부총리가 조흥은행에 3억 5천만 원을 더 대출하도록 압력을 넣었던 것이다. 대출한 금액을 담보로 다시 대출해주는 '한도 외 대출'로 특혜 융자를 해준 케이스였다.

1965년 벽두부터 야당인 민정당과 민주당은 임시국회에서 이 '금융 특혜'를 문제 삼고 나섰다. 장기형 부총리가 화신산업에 특혜를 주도록 은행에 압력을 넣었고, 방법과 절차에 이르기까지 세세히 가이드라인을 내렸음을 폭로했다. 야당은 조흥은행의 '편타 대출' 사건을 은행법 위반이 아니라 정치 스캔들로 끌어올렸다.

급기야 박정희에게 정치적 책임을 물어 '대통령 하야 권고 결의안'을 국회에 상정하는 촌극까지 벌어진다. 정권의 최고 책임자가 직접 개입한 사실이 드러났으므로 책임지고 하야하라고 정치 공세를 벌인 것이다. 야당은 1963년 대통령 선거 때 화신산업 등 3개 재벌 회사가 15억 원의 정치자금을 제공했으며 박정희가 보답 형식으로 145억 원의 특혜 여신을 해주었다는 사실까지 거듭 폭로했다. '민정 이양'이라는 혁명 공약을 깨고 여당 후보로 출마하여 당선된 박정희로서는 여간 곤혹스러운 상황이 아니었다.

그 무렵 정계와 재계에는 박정희가 박흥식을 버렸다는 소문이 파다하게 나돌았다. 결국 박흥식은 담보로 잡힌 화신백화점과 사업체, 그리고 사유재산까지 모두 매각할 수밖에 없었다. 사업에서 손을 떼면서 재계의 주류에서 밀려났고, 언론은 기다렸다는 듯 '조선 제일 갑부의 몰락'이라 헤드라인을 뽑았다.

막대한 예산을 쏟아부었는데도 국립송당목장이 사면초가 신세를 면치 못하자, 박정희의 수심은 깊어만 갔다. 그 무렵 제주도 서부 중산간 지대에서 누구도 상상치 못한 도전이 시작되고 있었다.

박정희는 그때까지만 해도 마소를 방목할 수 있는 야산과 축사만 있으면 된다고 축산을 이해하고 있었다. 이러한 고정 관념을 완전히 뒤집어 놓은 이가 있었으니, 이시돌목장으로 파란을 일으킨 맥그린치 신부였다. 아일랜드 출신인 그가 제주 땅을 밟은 것은 1954년 4월, 스물다섯 젊은이의 눈에 비친 제주의 모습은 처참했다. 그는 제주에서도 오지중의 오지였던 한림 금악에 터를 잡는다.

맥그린치 신부의 소식을 듣고 박정희는 큰 충격을 받은 것 같다. 젊은 외국인 신부가 대규모 목장을 성공적으로 조성했다는 데 호기심과 질투가 일었다. 곧바로 청와대로 불러올려 성공 비법을 묻는 박정희에게 파란 눈의 신부는 딱 한마디로 잘라 말한다.

"제주도 전통 방식의 방목으로는 절대 성공할 수가 없습니다. 진드기 잡겠다고 들판과 산을 태우는 화입(火入)은 언발에 오줌 누기와 같지요. 땅을 로터리 쳐서 완전히 갈아엎고, 목초를 심어 개량 초지 방식으로 바꿔야 합니다."

한 줄기 빛기둥 같은 조언에, 박정희는 한껏 고무되었다. 축산업의 기본 인프라가 화입과 방목에서 개량 초지 방식으로 바뀐 순간이었다.

이에 영감을 얻은 박정희는 농가의 소규모 주먹구구식 축산으로는 희망이 없다고 판단했다. 용돈벌이 부업 수준에, 해도 그만 안 해도 그만이라는 나약한 정신 상태로는 뭘 해도 되지 않는 것이었다. 기껏 목장이라고 만들어 놓아봤자 1년도 지나지 않아 고사리 수북한 황무지로 변하지 않았던가. 너도나도 마음이 4월 고사리밭으로 가 있으니 목장이 제대로 될 리 없었다. 그렇게 마을의 공동 전업 축산 단지나 대규모 기업 목장에 집중적으로 투자하는 게 효율이 높다는 결론에 다다랐다.

곧바로 정부의 대대적인 축산 진흥 정책이 발표되었다. 세제 감면 제도를 마련하고, 인재 양성 프로젝트가 가동되었다. 대학의 축산과와 농고 축산과에 우수한 학생들이 입학하도록 각급 학교를 독려했다. 그즈음 서귀포 일호광장 북쪽에 제주대학 이농학부 캠퍼스가 들어섰고, 뉴질랜드로 초지학 유학을 떠나는 학생들도 하나둘 생겼다. 몇 년 후 초지학 전공자들이 속속 귀국하기 시작했다. 금의환향이었다. 이른바 '졸박사'들의 전성시대를 예고하는 신호탄이었다.

❖

정부의 축산 진흥 정책이 가열화되자 기업형 목장이 본격적으로 모습을 드러냈다. 그 선두에 선 사람은 최남건이었다. 그는 제주 동부 지역의 녹산장(鹿山場) 터를 사들여 천리마목장을 조성했다. 다른 기업들도 이에 뒤질세라 대단위 목장 매입에 나섰다. 대원목장, 남영목장, 건성목장 등이 그것이었다.

최남건은 1960년대 중반 베트남전이 확전하자 전장에 '전쟁 특수'가 따른다는 사실을 일찍이 간파했다. 전쟁에는 전략물자 하역과 수송이 필수라 판단하고 한국에서 가장 먼저 베트남 시장에 뛰어들었다. 사업은 성공적이었고, 하역 능력과 운송 서비스가 일정 궤도에 오르자 미 국방부로부터 더 많은 용역을 받게 된다.

천리마상사는 120인승 비행기를 구입하고, 외화 벌이로 나선 근로자들을 수송하기 위해 서울과 베트남을 왕복 운항했다. 공기업인 정부항공공사의 항공기가 홍콩까진 운항했으나 결항이 잦아 인력 교대와 수급을 제때 맞출 수 없었기 때문이다. 정부항공공사는 1946년 3월 1일 설립된 대한민국 교통부 산하 최초의 국영 항공사로, 적자 누적이 심각한 상태였다. 그러자 정부는 1969년 10년 분할 상환 조건으로 14억5천3백만 원에 천리마상사에 불하해 버린다.

당시 천리마상사는 월남 특수로 정부의 외환 보유고보다 10배나 많은 달러를 보유하고 있었다. 박정희의 권유로 적자 투성이 정부항공공사를 떠안은 최남건은 1972년 천리마 목장까지 손아귀에 넣는다. 홍한화섬 부도로 자금 압박에 시달리던 박홍식이 급매물로 내놓았으나 팔리지 않던 땅이었다. 부지는 총 451만 평, 매입가는 18억 원이었다.

최남건의 동생 최남훈이 건성목장을 구입한 시기도 이때와 일치하는 것으로 보아, 박홍식 소유의 녹산장 땅과 송당목장 인근 부지가 이들 형제에게 한꺼번에 팔린 것으로 보인다.

❖

이후 천리마그룹은 승승장구했다. 뒷배가 되어 챙겨주던 박정희가 살해당하고, '서울의 봄'이 오고, 6·29선언이 나올 때까지 제주도에서 영향력 1위의 재벌 자리를 고수했다.

1989년 최남건은 천리마목장 내 훈련 비행장 확장 사업을 강행한다. 1982년 개설한 활주로 900m×25m 외에 대형 활주로 1본을 추가하겠다는 내용이었다.

인근 마을 주민과 축산 농가의 격렬한 반대가 제주 사회의 문제로 대두되고 있을 무렵, 이 계획은 노태우 정부의 느닷없는 '5·8경제조치'로 철퇴를 맞게 된다. 1990년 노태우는 전국의 부동산 가격이 요동치자 '5·8경제조치'를 전격 발표했다. 부동산 가격 폭등을 부추긴 주범이 재벌 대기업이라 판단한 정부가 고심 끝에 내놓은 초강력 부동산 투기 억제책이었다.

정부는 대기업 소유의 부동산 실태 파악에 나섰고, 비업무용 부동산들을 매각하도록 강제했다. 당시 삼성, 현대, 대우 등 10대 재벌이 시장에 내놓은 토지만 해도 전국적으로 1,570만 평에 달했다.

제주도의 천리마목장도 비업무용으로 규정되었다. 토지 규모는 461만 평이었다. 목장 부지를 팔지 않으면 그대로 앉아 세금 폭탄을 맞을 판이었다. 최남건 역시 제주대와 서울대, 그리고 그룹 소속의 재단에 땅을 기부했다.

그로부터 5년 뒤, 1994년 7월 천리마그룹은 또다시 활주로 개설을 시도한다. 그야말로 '집념의 훈련 비행장'이었다. 최종 목표는 2,000m×45m짜리 활주로 하나를 더 건설하는 것이었다. 대형 기종인 점보기가 이착륙할 수 있는 크기였다.

❖

최남건이 지역 주민의 반대를 무릅쓰고 세 번씩이나 훈련 비행장 확장을 강행했던 이유는 무엇일까. 그 내막은 아주 오래전 박흥식으로부터 녹산장 땅을 매입할 때로 거슬러 올라간다. 1991년 7월 《경향신문》에 연재한 자서전 형식의 글에서 그는 이렇게 밝히고 있다.

내가 그 황무지를 산 것도 당초에는 일본항공과 제휴해 조종사 훈련장을 건설하려는 데 목적이 있었다. 일본의 한 은행에서 2천만 달러를 융자받아 장차 조종사 부족 시대에 대비하여 점보기급 훈련 비행장을 세워놓고 싶었던 것이다.

그러나 이 야심찬 계획은 김대중 납치 사건 때문에 성사 직전 수포로 돌아갔다. 1973년 8월 8일, 일본 영토에서 한국의 공권력을 남발한 이 사건은 한일간 외교 문제로 즉각 비화했다. 최남건은 다나카 가쿠에이 내각이 박정희 정권에 강경한 태도를 보이지 않도록 로비스트로 나섰다. 그때 만난 사람이 오사노 겐지였다. 천리마목장에 조종사 훈련장을 건설하려고 제휴를 시도했던 일본항공 대주주였다.

최남건은 오사노의 소개로 다나카 총리를 만나 납치 사건 무마를 청탁했다. 서울에서 각기 다른 스타일의 접대부 다섯 명을 대동하여 환심을 사고, 정치자금 명목으로 3억 엔을 은밀히 전달했다. 이로써 국제적 고립 위기에 처한 박정희를 구하는 기염을 토했다. 다나카 매수에 성공한 이후 그의 앞에는 탄탄대로가 열리게 된다.

❖

최남건은 1990년 노태우의 5·8경제조치 때 훈련 비행장만큼은 업무용이라면서 재심을 청구하며 버텼을 만큼 이 땅에 애착을 보였다. 소송전까지 불사하면서 이 훈련장 확장을 평생의 숙원 사업으로 삼았다.

무엇 때문에 이토록 훈련 비행장에 집착했던 것일까. 녹산장 땅을 산 이유도 훈련 비행장 때문이라고 했다……. 그 순간 김수남의 뇌리를 후려치고 지나가는 게 있었다. 그래, 녹산장 터. 그곳에는 일제가 만들어 놓았던 활주로가 그대로 남아 있었다!

　1,000m×100m 1본, 900m×50m 1본.

　김수남의 동공이 바로 지진을 일으켰다. 그렇다면 처음부터 최남건은 가미카제 활주로의 존재를 알고 있었다는 말인가…… 겉으로는 박정희 발 축산 대(大)전성시대에 부응하여 천리마목장을 일구는 척하면서 뒤로는 다른 계산기를 두드렸단 말인가. 특히 1982년에 개설한 크기가 900m×25m라는 점이 의미심장했다. 그렇다면 1,000m×100m 자리가 하나 더 남아 있었을 터였다. 30년간 사용하지 않아 재사용이 불가했다 해도, '일제가 보증한 천혜의 입지(立地)'라는 사실만큼은 누구도 부인할 수 없었으리라. 바로 거기에 점보기를 띄울 2,000m×45m짜리 활주로를 건설하려 했던 것이다.
　그렇다면 어떻게 알았을까. 교래리나 가시리 주민조차 모르는 비밀 비행장의 존재를 최남건은 어떻게 알게 되었을까. 토지 구매 당시 길이 없어 헬리콥터로 사전 답사했을 만큼 사방이 꽉꽉 막힌 황무지 아니었던가. 누군가 분명 귀띔을 해주었을 것이다. 가능성은 두 가지밖에 없었다. 그가 제휴를 시도했던 일본항공 관계자 아니면 정부의 고위 관료, 둘 중 하나였을 것이다.

김수남은 아무래도 정부의 고위 관료 쪽일 가능성이 높다고 판단했다. 최남건이 천리마목장을 차지한 일련의 과정이 너무 거침없고 매끄러웠다. 마치 잘 짜여진 시나리오 같았다. 눈치 빠른 사람이라면 상황은 예측 가능했다. 펀타 대출 건으로 박정희가 박홍식을 버렸다. 그것은 홍한화섬의 부도로 직결되었다. 부도를 막기 위해 박홍식 소유의 토지가 급매물로 등장했다. 거기에는 녹산장 땅과 송당목장 인근 부지도 포함되어 있었다. 공교롭게 훗날 그것들을 차지한 이는 최남건과 최남훈 형제였다······.

그렇다면 정부의 고위 관료 중 이 고급 정보를 알려준 사람은 누구였을까. 그리고 그들 사이에는 어떤 정경 유착의 고리가 형성되어 있었을까.

31 　송당호텔

올해는 장마가 일찍 시작될 모양이었다. 부중근은 팔짱을 끼고 앉아 깊은 고민에 빠진 모습이었다. 다이너스티 승용차 안에는 금방이라도 폭발할 듯한 불온한 침묵이 내리깔려 있었다.

꼭 이렇게까지 해야 하나.

이영훈은 불뚝 짜증이 일었다. 손정엽이 제아무리 미쳐 날뛴다 한들 하룻강아지 아닌가. 하루살이 잡겠다고 백전노장까지 나선 모양새가 좀 그렇지 않은가. 부중근이 쩍벌다리를 하고, 덩치 큰 경호실장은 팔꿈치를 벌리고 앉아 여간 불편한 게 아니었다.

앞서 봉개까지 스텔스로 운행하던 이스타나는 본격적으로 동부산업도로에 들어서면서 전조등과 비상 깜빡이를 켰다. 15분쯤 달리다가 거문오름 교차로에서 좌회전하니 꽉 막힌 안개 구덩이 사이로 2차선 도로가 희미하게 잡혀왔다. 5분쯤 더 달렸던가. 어디선가 사내 한 명이 튀어나와 외여닫이 철문을 안으로 끌어당겼다. 북동쪽 먼바다 방향으로 한치잡이 배가 떴는지 아슴하게 빛기둥이 보였다. 금방이라도 비가 쏟아질 것 같았다.

손정엽은 무릎이 꿇린 채 다섯 명의 사복조 사내들에게 둘러싸여 있었다. 창문까지 새카맣게 도색된 이스타나 옆 다이너스티 운전수가 핸들에 상체를 기대고 있는 게 보였다.

"사실대로 말해라. 대맹생이 모사불기 전에."

부중근이 양발을 기둥처럼 벌리고 서서 말문을 열었다. 뚝심이 그대로 묻어나는 중저음이었다. 피 냄새가 났다. 권력을 탐하는 자들, 특히 정치인들이나 정치 지망생들에게서 풍기는 특유의 냄새였다. 이영훈은 목에 걸린 습기를 내뱉듯 가래를 톺아 뱉고 서둘러 구둣발로 비볐다.

아닌 게 아니라 부슬부슬 비가 내리기 시작했다. 손정엽을 내립떠보던 부중근이 인상을 찌푸리면서 양복 소매로 빗방울을 털어냈다.

"야, 비 온다. 지하로 들어가자."

다이너스티 조수석에 앉았던 정체불명의 사내가 길을 열었다. 구릉 서쪽 한라산 방향이었다. 출입문 셔터 바닥 자물통에 열쇠를 끼우고 한 발 뒤로 물러섰다. 안기부 담당 직원으로 보였다. 사복조 사내가 다가와서 셔터를 끌어올리자 요란한 마찰음이 났다. 그러더니 손가락 마디 굵기의 휴대용 랜턴을 꺼내 물고 더듬더듬 벽면 스위치를 찾았다. 희미한 백열등 사이로 가파른 계단이 펼쳐졌다. 두 명이 간신히 교차할 수 있는 좁은 계단이었다.

부중근을 따라 지하 방에 들어선 이영훈은 그대로 얼어붙었다. 목덜미에서 식은땀이 흘렀다. 간이침대 하나, 나무탁자 한 개와 몇 개의 철제 접이식 의자가 가장 먼저 눈에 띄었다. 오른편 대각선 구석 얇은 비닐 커튼 사이로 회색 욕조가 보였다. 그 옆으로 누렇게 변색한 세면대와 변기가 놓여 있었다. 말로만 듣던 칠성판이 보였고, 벽에는 쇠로 만든 갈고리 같은 각종 도구가 주렁주렁 매달려 있었다. 벽면에는 몽둥이로 보이는 나무토막과 쇠파이프가 크기별로 정렬되어 있었다. 창문 없는 밀실 구조라 머리가 지끈지끈 아플 만큼 습기가 가득했다.

"이디가 어딘지 아나? 제주도 골수 빨갱이들 심어다가 쥐도 새도 모르게 앗아부는 데라. 사라봉 제주 보안사령부쯤으로 생각했다면 오산이지. 조무래기들 상대하는 한라기업사와는 차원이 틀려. 그디가 여인숙이라면 여기는 별 다섯 개짜리 특급 호텔이라. 제주도 대공분실의 본향당이라 할 수 있지."

난데없이 장소 설명이 이어졌다.

"지금도 4·3이네 뭐네 시끄럽게 떠드는 넋 빠진 것들이 드글드글하지만, 예로부터 제주도에는 빨갱이들이 하쪄. 일본과 가깝다 보니 간첩도 자주 출몰했곡. 박정희 땐 이디서 억지 빨갱이들 하영 제조되기도 헷주. 전두환 대통령 시절에는 학생 운동권이나 재야 두목급들을 심어당 인간 개조 시켰던 곳이기도 하고. 사지 멀쩡하게 나가도 이디 다녀가고 사람 변했다는 소리 많이 들었다. 제풀에 뒈싸지는 것들은 우리도 어쩔 수 없고."

단순히 겁을 주려고 한 말이 아니었다. 박정희 시대부터 전두환, 노태우까지 군부독재 시절에 반체제 인사들을 고문했으리라 짐작되었다.

옛날 짜장면집 같은 바닥에는 흰색 자갈과 돌이 불규칙한 모양으로 박제되어 있었다. 도기다시 바닥은 놀랍도록 반들반들하고 단단해 보였다. 벽면에 거꾸로 세워놓은 플라스틱 대형 마대도 보였다. 널찍한 모양이 바닥을 쓸어내는 용도겠지. 세숫대야로 물을 받아 바닥에 뿌리고 저 솔 마대로 바닥을 밀어낼 거야. 생각이 거기까지 미치자 벽면 바닥 모서리에 설치된 배수로가 냉큼 눈길을 잡아끌었다.

손정엽은 그제야 자신의 처지를 깨달은 모양이었다. 투명 비닐이 여러 겹 깔린 도기다시 바닥에 꿇려 있었다. 김장 비닐처럼 꽤 튼튼해 보였다. 그것을 본 순간, 머리카락이 쭈뼛 곤두섰다.

부중근이 씨익 웃으면서 접이식 철제 의자를 끌어다 역방향으로 앉았다. 손정엽은 빠져나갈 궁리를 하는지 눈동자를 절박하게 굴리고 있었다.

"동작 그만. 네가 바보가 아닌 이상 분위기는 눈치챘을 테고."

말이 먹혔는지 손정엽이 미동도 하지 않았다.

"거두절미하고!"

부중근이 집중하라는 듯이 소리쳤다. '동작 그만' 명령에 차려 자세로 굳어 있던 사복조가 일제히 바닥을 내립떠봤다. 허망한 느낌이었다. 이런 약골 뭐 손볼 게 있다고 도지사 당선자께서 납시셨단 말인가. 손정엽은 기세에서 밀렸을 뿐만 아니라 무력에서도 불가항력 상태였다.

"원본 서류 어디에 뒀나? 그거 내놓고 조용히 사라지라."

부정선거 증거로 양심선언 현장에서 쥐고 흔들었던 밥값 영수증과 장부를 말하는 것이었다. 증거 서류만 빼앗으면 손정엽의 말을 곧이곧대로 믿을 사람은 없다. 제주지검 고발 건은 연줄로 무마시키고 언론을 동원해서 물타기 하면 깨끗하게 정리될 것이다.

"전세 버스 동원 건은 어떻게 해결하실 겁니까?"

손정엽이 물었다. 처음으로 꺼낸 말이었다. 자기나 걱정할 일이지. 쥐도 새도 모르게 죽게 생겼으면서.

"어, 그거는 윤영찬이 독박 쓰기로 햇져."

"그자에게는 뭘 주기로 약속했습니까?"

"이 천둥벌거숭이 같은 놈이 궁금한 게 뭐 이리도 많아? 그래, 오늘 다 말해주지. 어차피 너도 거짓말했다간 사지 멀쩡하게 이곳을 빠져나가지 못할 테니까. 저 마당 안테나 피뢰침 접지 아래 파묻혀서 낙뢰나 처맞게 되겠지. 윤영찬이는 선거법 위반으로 기소될 거야. 한 일이년 빵을 살겠지. 원대 복귀하면 4·3유족연합 회장 자리를 주기로 해쩌. 가이 아시는 도청으로 불러들여 사무관으로 영전시키기로 햇곡."

"게민 나에겐 뭘 줄 거꽈?"

"이 자식이 진작에 이렇게 말할 것이지. 무싱 거 허겠다고 양심선언 같은 쑈를 하고 지랄이냐고. 귀찮게스리."

"아무리 연락해도 만나줘야 말이지. 똥차들이 가득 밀려 있어서 그 잘난 제주도지사 면상 뵙기가 하늘에 별 따기라. 나도 어떵 살아야 하지 않으쿠가?"

아무래도 딴 주머니를 찬 게 틀림없다. 이런 험악한 분위기에서 자기주장을 하는 게 보통 담력으로는 불가능해 보였다.

"이 도라짱 같은 새끼가 여기가 어디라고 아직도 똥오줌 못 가리나? 네가 칠성판 위에서 뼈가 부러져봐야 제정신이 돌아올 거냐? 아니면 고춧가루 물을 들이켜고 피를 토해봐야 말본새가 부드러워질 것이냐. 정말 변사체가 되어 벼락이나 처맞고 싶은 거냐?"

부중근이 눈짓하자 경호실장이 뚜벅뚜벅 걸어가 벽에 기대 놓았던 쇠파이프를 집어 들었다. 쇠파이프를 끌고 오다가 비닐이 깔린 부분부터는 바닥을 툭툭 때렸다. 도기다시 바닥과의 마찰 때문인지 둔탁한 쇳소리가 방을 가득 메웠다. 그러더니 쇠파이프를 늘어진 성기처럼 다리 사이에 안착시키고 눈동자를 뒤집으며 손정엽을 노려보았다.

"아, 무사 영 햄수과? 원본 서류는 이성로 변호사 차에 있을 거우다. 아까 저녁 먹을 때 넘겨시난."

"너는 말이야, 세상에 둘도 없는 개또라이야. 이 쥐새끼가 자기 잘못 덮으려고 이성로까지 끌어들였어. 너는 비열한 기회주의자 새끼야."

"아니우다. 나는 경 생각한 적 없어마씨. 나는 단지······ 그래 단지, 이성로 변호사가 옆구리를 쿡쿡 찔러서 경했던 것뿐이우다. 나는 잘못 하나 엇수다."

부중근이 사납게 이빨을 드러내자 손정엽이 재빠르게 자세를 낮췄다.

"나는 서운했던 거뿐이라마씀. 나도 이번 선거에서 죽게 고생햇수다. 서귀포 표가 하영 나온 거 알아지지 않읍니까? 일개 도의원 선거도 아니고 제주도지사 선거에 뛰어들려면 나도 모든 걸 걸어야 햄니깨. 모든 걸 걸고 덤벼야 헐 거 아니우꽈? 경헌디 돌아온 것은 아무것도 없엇수다. 그래서 순간적으로 부아가 치밀었던 것뿐이라마씀."

일은 순조롭게 풀리는 듯했다. 겁을 집어먹은 게 분명했다. 부중근은 자신의 힘을 과시하려고 일부러 납치 행각을 벌였고, 손정엽이 그걸 모를 정도로 멍청하지 않았다.

부중근은 개처럼 납작 엎드린 상대를 보자 더욱더 얼굴이 붉게 상기되었다. 손정엽 입만 틀어막으면 5년간의 야인 생활을 청산하고 제주도 권력의 최정점에 서게 된다. 관선 도지사가 아닌 민선 도지사다. 중앙에서 찍어 내린 낙하산과는 가오 자체가 다르다. 한때 정부의 기획처 차관까지 지냈던 내가 관선 도지사로 유배 왔다가 그 자리마저 빼앗겼다. 그렇게 굴욕을 짓씹으며, 대우도 못 받는 전임 도지사로 몇 년을 전전긍긍 살았는지 모른다.

"이디서 하나만 맹세해불라. 앞으로 입 다물고 조용히 살겠다고."

"나한테는 뭐가 떨어집니까?"

"신철구 측 움직임이 심상치 않다. 이성로는 하이바깨나 돌아가는 서울대 출신에다 인맥도 상당하다. 이디는 나가 정리해불라니까 너는 조용히 사라지라. 당분간 육지로 나가 조용히 지내는 게 좋겠다."

"나한티도 뭐가 떨어져야 허는 거 아니우꽈?"

정말로 집요한 손정엽이었다. 이 정도면 알아들을 법한데, 자기 밥그릇에 놀라우리만치 집착했다. 눈치도 없이 요구 사항을 몇 번이고 되풀이하고 있다.

"이 새끼, 말로 해서는 안 되겠구만."

부중근이 상의를 벗으면서 눈짓하자, 경호실장이 가랑이 사이에 두었던 쇠파이프를 들어 내려쳤다. 어깨를 맞은 손정엽은 그대로 고꾸라졌다. 부중근이 바로 달려들어 배를 걷어찼다. 바닥에 데구루루 구르자, 이번에는 구둣발로 목을 밟았다.

"너 이 새끼, 여기가 어디라고!"

"그래서 나에게 뭘 줄 거꽈? 나헌티도 뭔가 떨어지는 게 있어야 헐 거 아니꽈!"

그러나 손정엽은 끝까지 저항했다. 끊어질 듯 신음 같은 소리가 이어졌다.

"네가 원한다면 필리핀으로 보내주겠다. 그디서 스페인 혼혈 보댕이나 빨멍 찌그러져 있으라."

"그쪽으로 보내서 아예 입막음을 하려는 거 아니우꽈? 필리핀 갱들 시켜 총 쏴불라고 해그네."

손정엽이 몸을 움츠리며 떨리는 목소리로 울부짖었다. 감정이 과도하게 실린 목소리였다. 어딘가 부자연스러워 보였다. 연극을 하는 것인가. 이자는 왜 냉탕과 온탕을 이리도 끊임없이 넘나드는 걸까.

"경 나를 못 믿겠으면 육지로 나가불라니까. 강원도 같은 데 콕 박혀 있으라. 숨도 호끔만 쉬멍. 잠잠해질 때까지만."

"경허쿠다. 경허쿠다! 근데……."

말끝이 늘 개운치 않다. 오케이 했으면 끝이지 거기에 또 사족을 단다. 부중근이 같잖다는 듯 피식 웃더니 손정엽을 내려다보았다.

"제주도로 돌아오민 나도 자리 하나 보장해줘야 헙니다. 외곽지 어디 한적한 데라도 좋수다."

"어려운 일도 아닌데 무사 경 어렵게 입을 떼나. 그 정도야 백 번 천 번이라도 해줘불지. 알앗져. 그렇게 하마. 월요일 새벽 육지로 떠나불라. 선거 공소시효 끝날 때까지 제주도 쪽으로는 오줌도 싸지 말아. 내년이나 그 후년까지 있어도 좋으켜. 아예 육지에 말뚝을 박아도 좋고."

협상은 막판으로 치닫고 있었다. 주변의 사복조도 한숨 놓았다는 듯이 긴장을 풀었다.

"고만히 생각해보니 해외도 구미가 당기긴 허는디. 필리핀은 총 들고 설쳐부난 위험허곡. 베트남 쪽은 어떻습니까? 그쪽으로 손써 줄 수 있으쿠가?"

손정엽이 히쭉 웃으며 말했다. 순간적으로 그의 눈에 광기가 지나갔다. 서늘함도 느껴졌다. 이건 또 뭘까.

"좋은 말로 할 때 그 입 다물라. 혓바닥 조심하고."

"베트남 쪽도 요즘 경기가 좋다는디. 지사님 생각은 어떻습니까? 아맹해도 필리핀보다는 베트남 쪽이 더……."

어딘지 모르게 말끝을 비트는 느낌이었다. 염장을 지르는 것 같았다. 손정엽의 얼굴은 광기로 도배되어 있었다.

"빳빳한 만 원짜리로 1억을 준비헙서."

"이 도라짱 같은 새끼가 뭐라 씨불이는 거야?"

"베트남 쪽은 어떻허냐니까? 잘 안 들립니까? 베, 트, 남!"

"닥치라! 그 주둥이 찢어버리기 전에."

부중근의 주먹이 손정엽의 얼굴로 날아갔다. 구둣발도 연이어 나갔다. 그러더니 손정엽의 배 위에 올라타서 마구 주먹을 휘둘렀다. 나중에는 목을 조르기도 했다. 그래도 분이 풀리지 않는지 경호실장에게서 쇠파이프를 빼앗아 닥치는 대로 내려쳤다.

얼마나 지났을까.

손정엽이 소매로 입술을 훑으며 몸을 일으켰다. 얼굴 곳곳은 부풀어 있었고, 교통사고가 난 것처럼 만신창이였다. 그렇지만 핏발 선 눈을 지릅뜨며 한쪽 입꼬리를 비대칭으로 끌어올리고 있었다. 미백 관리를 하는지 피 묻은 하얀 이빨이 기괴해 보였다.

반면 부중근은 몹시 초췌한 모습이었다. 가해자와 피해자가 바뀐 느낌이었다. 아이러니한 광경이었다. 오히려 부중근이 안절부절못하고 있다……. 그 순간 이영훈은 부중근이 손정엽에게 기가 눌리고 있다고 판단했다. 혹시 내가 모르는 속사정이 있는 건 아닐까. 자신이 죽으면 부중근에게 의혹이 증폭된다는 과도한 맹신에 사로잡힌 걸까. 그렇다 해도 이건 너무 자신만만한 거 아닌가. 대체 뭘 믿고?

❖

"부중근이 손정엽을 빼돌렸단 말이군요."

김수남은 이 순간이 '영원한 지금' 같다고 생각했다. 이 인터뷰가 과거와 현재를 잇는 가교 역할을 하고 있다고 주석했다. 세기의 인터뷰라고 할까. 20년 동안 가라앉아 있던 비밀이 마침내 수면 위로 드러난 순간이었다.

"대가는 2천만 원이었어. 입을 다물고 출도하는 조건으로 말이야."

이로써 제주도지사 부정선거 건은 마무리된 듯 보였다. 부중근은 자신에게 쏠린 부정선거 의혹을 털어내고 분위기 반전을 획책했다. 상대 후보에게 반격의 화살을 돌렸다. 제주도지사 임기 동안의 비리 의혹에 눈초리를 집중했다. 검찰이 나서서 신철구의 피의 사실을 흘리고, 지역 언론은 검증 없이 받아적어 여론을 호도했다.

가장 먼저 물꼬를 튼 곳은 《중앙일보》였다. 사회면 톱기사에 신철구가 거론되었다. KBS와 MBC도 제주국제컨벤션

센터로부터 선거 자금 5천만 원을 받았다는 의혹을 제기했다. 전임 도지사의 뇌물 비리는 곧바로 은혜재단으로 확산했다. 신철구는 이를 정치 보복으로 규정하고 무기한 단식에 들어간다.

신철구 친인척의 예금계좌가 탈탈 털린 것은 물론, 은혜마을 공사를 맡았던 건설 회사까지 수사가 확대되었다. 삼오종합건설 사장이 전격 소환되고, 이틀에 걸쳐 강도 높은 밤샘 수사가 진행되었다. 삼오종합건설은 결국 부도 처리되었다. 임직원 105명, 제주도 내 도급 순위 2위의 건실한 업체가 한 달 만에 공중분해된 것이다.

이 수사의 중심에는 우병호 검사가 서 있었다. 관덕정 살인 사건에서 무리한 수사를 진행하여 법원으로부터 기각당했고, 삼오종합건설 조사 건을 마지막으로 제주지검을 떠났다. 제주도에서 그의 악명은 하늘을 찔렀으나, 이 모든 악행은 박근혜 대통령과 연결되어 영어의 몸이 된 후 서서히 밝혀지기 시작한다.

❖

"송당호텔 사건 직후 성로가 날 찾아왔었네."

역시 그랬다. 이성로가 그대로 물러설 위인이 아니었다. 서로가 고등학교 동창인 점을 고려하면 충분히 가능한 일이었다. 그로부터 4년 뒤에 부중근이 다시 도지사 선거에 출마하여 성추행 추문에 휩싸였을 때, 이영훈이 루피노 신부를 찾아갔던 일을 떠올리면 충분히 개연성 있는 일이었다.

"성로는 사법연수원 동기 홍진표를 만나겠다고 했네. 범죄와의 전쟁에서 이름을 알린 홍진표는 모래시계 검사 이미지까지 덧대어져 승승장구하고 있었지. 새정치국민회의 스스로 해당(害黨) 행위가 될 일을 할 필요는 없지 않은가. 그래서 한나라당과 접선을 시도했던 것 같아."

"제주도 안에서는 이 변호사에게 힘을 실어줄 사람이 없었던 거겠죠. 새정치국민회의가 한나라당의 봉건적인 행태를 그대로 답습했다는 게 비극의 시작이었죠. 부중근이 새정치국민회의 후보로 결정된 게 원죄라고 생각합니다만. 그래서 전국적으로 이 사건을 부풀릴 생각이었겠지요."

"대한민국 최초로 정권 교체를 이뤄 김대중 정부가 되었다지만, 그 밑의 관료나 선거 공신 대부분이 구세대 봉건적 인물이었으니까. 김대중만 잘한다고 해서 나라가 바로 서는 건 아니었지. 대통령이 바뀌었다 해서 하루아침에 개벽 세상이 올 리 있겠는가."

"너 이제 그만하고 손 떼라."

이영훈이 이성로를 노려보며 말했다.

"그사이에 무슨 일이 일어났던 거냐. 좀 알려줘라."

"니가 아무리 날고 기는 변호사라 해도 이번엔 이길 수 없다. 제주도지사는 확정되었고, 그걸 뒤집는 건 불가능하다. 불가항력이여게."

사라봉 등대 북쪽 바닷가에 낙조가 진행되고 있었다. 미행을 따돌리려고 인적이 뜸한 곳으로 약속 장소를 잡았다. 도청당할지 몰라 보안 수위를 높여 암호화했다. 영주2경 18시. 영주십경(瀛州十景) 중 제2경 사봉낙조(紗峯落照)를 가리키는 것이었다.

"그러다 너 죽을 수도 있다. 이만 손 떼고 물러서라. 너도 할 만큼 한 거다."

이영훈은 송당호텔에서 벌어진 폭력 사태를 떠올리며 몸서리쳤다. 그러나 이성로는 막무가내였다.

"손정엽이는 지금 어디에 있지?"

"육지로 떠났다. 우리 쪽에서 벌써 작업 들어갔다."

"대체 무슨 일이 있었던 거냐?"

"제발 내 말 들으라게. 너 죽을 수도 있다니깐!"

✥

"그것은 분명 내 진심이었어. 그간 소문으로만 떠돌던 안기부와의 관계도 이 두 눈으로 목격했고. 검찰총장부터 제주지검까지 연줄을 세세히 파악할 수 있었어. 거기다 전화한 통이면 기동타격대처럼 움직이는 무력 사조직의 실체도 확인했고. 그런 상황에서 제아무리 서울대에, 서울지검 검사 출신 변호사라 해도, 계란으로 바위 치기 아니였겠나."

"제주도 지역사회에서 대세를 거스르는 일에 얼마나 용기가 필요한지 잘 알고 있습니다. 선생님께서 그렇게 말씀하시는 이유를 알겠습니다."

김수남이 맞장구치며 이야기의 바통을 넘겼다.

"나는 내부 고발 하기에는 발을 너무 깊숙이 담그고 있었던 거야. 부중근의 치부를 속속들이 너무 많이 알고 있었지. 지금에 와서 부중근이라는 독재자를 위해 대학에서 공부하고 청춘을 바쳤다고 고백하면 너무 무책임한 소리로 들리려나? 나도 결국 낙동강 오리알 신세가 되었지. 친구 관계도 다 틀어졌고."

이영훈이 텅 빈 장례식장 내실을 음울하게 둘러보며 한숨을 내쉬었다.

"실제로 선거판에서 보면 최전방 공격수나 내부 사정에 밝은 선거 지략가들은 종국에 토사구팽을 당하더군요. 그게 선거판의 생리죠. 성격상, 이성로 변호사는 그 단계에서 포기하지 않았을 겁니다."

"솔직히 그때 판도라의 상자를 연 느낌이었어. 애당초 그 근처에 얼씬거리지도 말았어야 했는데. 나야 뭐 재능도 인정해주고 돈 몇 푼 벌겠다는 욕심에 그랬다 쳐도, 성로는 다른 인생을 살았으니 솔직히 끌어들이고 싶지 않았던 거지."

"송당호텔에서 일어났던 일들을 사실대로 말해줬군요."

"이야기의 끝부분에서 성로가 되물은 게 있었어."

"그게 뭡니까?"

"지금부터 하는 말 잘 들어야 할 거야. 앞으로 누구에게도 두 번 다시 이 얘기를 하지 않을 걸세. 내가 너무나 고통스럽다고."

❖

이영훈이 한발 앞으로 나가 쇠파이프를 들고 있는 부중

근을 가로막았다. 쇠파이프 끝까지 빳빳하게 힘이 들어가 부들부들 떨리고 있었다. 이쯤에서 멈춰야 한다. 더 나아가서는 안 된다. 지도자가 사조직 부하에게 이런 모습을 보이면 안 된다. 특히 이성을 상실한 모습은 치명적이다. 느닷없는 불뚝거림은 심리적 균열을 일으켜 결정적인 단계에서 영(令)이 서지 않게 된다.

"느 아방은 목요일 새벽 결국 용연에 떨어져 뒈싸져부럿져. 집구석에서 너를 학대하던 아방 죽어부난 속이 시원했겠지? 속이 확 풀렸을 거야. 이 싸이코 새끼야."

화를 참지 못하고 부중근이 와장창 소리쳤다. 덫에 걸린 날짐승처럼 미쳐 날뛰는 모습이었다. 이영훈은 부중근이 손정엽 아버지의 죽음을 언급한 게 마음에 걸렸다. 요일과 시간대를 특정해서 말한 점에 의문이 들었다.

"그래서 너는 더 좋아졌잖아."

놀랍도록 차가운 목소리였다. 손정엽이 기다렸다는 듯 나지막한 목소리로 되받아쳤다. 그 파장이 만만치 않았다. 아, 눈빛! 헤르츠가 다른 세상에서 떠도는 눈빛. 광기 같은 것이 그의 눈에서 다시 폭주하기 시작했다. 이러다간 부중근이 손정엽을 죽일 수도 있겠다 싶었다.

"그 아비에 그 아들이구만. 그 악질 개새끼 때문에 내가 얼마나 고생을 했는데. 느 아방 죽어서 한시름 났다만. 그런데 부전자전이라고 신종 또라이가 나타나서 지랄발광 염병을 떨고 있네. 시즌 투냐 뭐냐, 씨발."

"그래서 니가 병신인 거야. 내가 뭘 했는지 다 알면서, 뒷조사까지 했으면서도 빙다리핫바지 취급하면 되나? 내가 그 허접쓰레기 같은 청년사조직 팀장 맡아서 자리 하나 차지하려고 이 지랄을 떨었겠나? 도지사 해먹겠다는 놈 대맹생이가 그 정도밖에 돌아가지 않나?"

이건 또 무슨 소린가. 이영훈이 둘 사이에 뭔가 깊은 사연이 있다고 추정하는 순간, 부중근의 안색이 파랗게 질렸다. 그제야 사태 파악이 되었는지 주위를 둘러보며 외장쳤다.

"야, 다 나가 있어."

다소 늦은 감이 있었지만, 다행이라고 생각되었다.

❖

"이 말을 하는 순간, 나는 성로도 진실의 무덤 속에 갇히게 되는구나 생각했지. '임금님 귀는 당나귀 귀'라고 대나무 숲에서 소리쳐야 하는 비밀이 성로의 가슴속에 똬리를 틀게 된 거야. 그렇게 궁금하면 함께 지옥에 떨어지자는 반 포기

심정으로 알려준 거였지만."

"이성로 변호사가 뭐에 대해 질문을 했지요?"

"손정엽과 부중근 사이에 오간 대화에 꽂힌 눈치였어."

"손정엽이 자기 아버지에게 학대 당했다는 것은 무슨 뜻입니까?"

"자세한 내막은 몰라. 나도 그 자리에서 바로 물러났으니까."

"손정엽의 아버지가 줄곧 부중근을 귀찮게 하며 괴롭혔다? 손정엽의 아버지가 죽어서 부중근이 한시름 놓았다?"

김수남이 담배를 한 모금 빨아 길게 내뿜었다.

"또 하나. 부중근이 손정엽의 아버지가 죽은 요일과 시간을 알고 있었잖아. 그게 벌써 10년도 더 지난 일인데 어떻게 그것을 기억하고 있었을까. 만약 자신이 관련된 일이 아니라면 그럴 리 없다는 게 성로의 감이었지. 전직 검사로서의 촉이 거기에서 발동했던 거야. 대화 전개상 뭔가 어색하다고 캐치한 거지."

바로 이 지점이다. 여기가 틀림없어 보였다. 이성로 변호사가 끝까지 부중근을 물고 늘어졌던 이유가 바로 이것 때문이라고 추정되었다.

"사실 2002년 제주도지사 선거 때 부중근 선거 캠프에 다시 합류해서 슬쩍 떠본 적이 있어. 한배를 탔으니 어쩌겠나. 하지만 부중근은 신경도 안 쓰는 눈치였어. 아직 때가 아니었던 거지."

"어째 부중근이 이성로 변호사의 죽음과 직접적인 관계가 없다는 뉘앙스로 들리는군요."

"실제로 성로 이름도 기억하지 못하고 있었어. 부중근 입장에서는 거치적거리는 장애물 중 하나에 불과했겠지. 부중근이 멜라버린 사람이 어디 한둘인가? 다만 98년 신철구 캠프에 서울대 출신 변호사가 있어 다소 고생했다는 정도였겠지."

"그래서 때를 기다린 겁니까? 경찰마저 조사하지 않는 영구 미제 사건이 될 때까지?"

김수남이 냉소적으로 물었다.

"나로선 어쩔 수 없었어. 부중근의 어깨에서 힘이 빠질 때까지 기다릴 수밖에. 뭔가 눈치챘는지 2010년 선거부터는 나를 부르지 않더군."

"그 사이에 제주도가 완전히 망가졌어요. 정치판이나 환경적으로나."

"그렇게 빈정거리지 말아. 다 때가 있는 법이야. 역사는 절대 한순간에 바뀌지 않아. 부중근이 자연스레 몰락하니까 성로 죽음의 실체를 밝히겠다며 자네 같은 기자가 날 찾아오고 하는 거 아니겠나?"

"1998년 선거에서 신철구 지사가 당선되었다면 지금보다 훨씬 살 만한 제주도가 되었을 것입니다. 신 지사가 한 번더 했더라면 부중근의 설 자리는 없었을 겁니다."

"그것은 한쪽 면만 본 거야. 나도 신철구를 잘 알아. 내가선거 지략가로 데뷔한 곳이 1995년 민선 1기 신철구 선거캠프였으니까. 선거는 정책으로만 하는 게 아니야, 특히 제주도에서는. 신철구의 치명적인 단점은 궨당을 무시했다는거야. 논공행상에도 약했고. 그러니 도지사 연임에 성공했다 해서 부중근이 설 자리가 없었다는 건 논리적 비약이야.다툼의 소지는 충분했어."

"사실상 그 이후 부중근에게 대적할 만한 후보가 없었어요. 유일한 정치적 라이벌 신철구를 선거 보복으로 철저히짓밟아 회생 불가 상태로 만들었죠. 결론적으로 1998년 선거 승리로 부중근의 장기 집권 기틀이 마련되었다, 이 말입니다. 그런 측면에서 이성로 변호사가 부정선거 건을 물고늘어진 것은 부중근에게 꽤 엄중하고 위협적으로 인식되었을 겁니다. 그런데도 부중근이 이성로의 이름 석 자를 기억하지 못했다는 건 어불성설입니다."

바짝 약이 올라 수위를 높여 반박했다. 세상이 이렇게 돌아가서는 안 되는데, 하는 배신감에서 우러나온 말이었다.

"끝으로 다시 한번 묻겠습니다. 선생님은 이성로 변호사의 죽음이 부중근과 직접적으로 관련 있다고 확신하십니까?"

"그거는 간단해. 성로가 부정선거 증거자료 사본을 하나 더 들고 있었다는 점은 이 대목에서 중요하지 않아. 원본은 부중근이 확보한 상태였으니까. 손정엽이 납치되기 전 원본 서류를 성로에게 넘겼다는 자백을 듣고, 부중근이 즉시 사람을 보내 법원 주차장 성로의 쏘나타를 털었거든. 거기에서 멈췄다면 성로에게 아무 일도 일어나지 않았을 거야. 열패감으로 며칠 끙끙 앓다가 일상으로 복귀했겠지. 그런데 말이야."

이영훈이 집중하라는 듯이 검지를 바짝 세웠다.

"성로가 끝까지 손정엽과 부중근의 송당호텔 대화를 듣지 않았으면 어떻게 되었을까. 그랬다면 성로는 살아 있었을 거야. 지금 이 자리에서 막걸리 잔을 기울일 수도 있었겠지. 그래서 내가 너무 고통스럽다는 말이야."

이영훈이 제주막걸리를 한 잔 따르더니 단숨에 들이켰다. 얼굴에 취기가 불그스레 올라와 있었지만, 눈동자만은 형형

했다. 입매에서 쓸쓸함이 묻어나왔다.

"그렇다면?"

"성로는 누구도 알지 못한 뭔가를 찾아낸 게 틀림없어. 그게 지옥문을 열었던 걸세."

32 한반도 최초 계시자

1919년 한반도 전역에서 독립만세운동이 펼쳐졌던 그해, 우리 기독교인들은 조선의 독립을 위해서 밤낮으로 금식하며 기도의 제단을 쌓았다. 이즈음 여호와 하나님으로부터 특별 계시를 받았다는 삿된 무리가 등장하는데, 오늘날 최대 이단의 원조라 불리는 남방여왕이었다. 거짓 입신(入神)으로 평안북도 신자들을 미혹한 남방여왕은 급기야 조선의 예루살렘 평양까지 마수를 뻗치고 교계를 위협하기에 이르렀다.

남방여왕은 1923년 5월 17일 사탄의 방해를 물리치고 영계(靈界)에 들어가 예수를 독대했다고 주장했다. 그때 인류의 죄악이 음란(淫亂)으로부터 시작되었고, 인류의 불신 때문에 예수가 억울하게 죽었다는 이야기를 듣는다. 그로부터 열흘 뒤 두 번째 독대가 이루어지는데, '재림주가 육신을 쓴 인간으로 한반도에 온다'는 계시를 받았다.

남방여왕은 '때가 급하니 속히 세상에 알리라'는 예수의 명령에 따라 소속 교회였던 평안북도 철산장로교회 담임 목사를 찾아갔다. 그러나 눈 밝은 담임 목사는 사탄의 역사임을 알아보고 자제하라며 차갑게 돌아선다. 그 와중에도 거짓 영에 미혹된 자들이 자주 찾아오게 되니 급기야 장로 교단으로부터 제명당하고 책벌을 받기에 이르렀다. 상황이 이렇게 되자, 그녀는 몇몇 추종자들과 자기 집에서 가정 집회를 열기 시작한다.

집회의 열기가 뜨거워지고 낯선 신자들이 모여들자, 이번에는 총독부 경찰이 개입했다. 수상한 자들의 방문이 이어짐에 따라 요시찰 대상으로 분류하고 감시 수위도 한 단계 격상시켰다. 누구든 남방여왕의 집회에 참석하는 자는 먼저 철산군 경찰지서에 신원을 신고하도록 선제 조치를 취했다. 이는 남방여왕의 집회소가 비인가 종교 시설이었기 때문이다.

경찰의 감시가 삼엄해지자 교회 관계자들은 출구 전략을 모색한다. 먼저 평양 쪽 주류 개신교계와 접촉을 시도했으나 묵묵부답이었고, 원산 쪽은 즉각적인 반응을 회피했다.

그렇지만 끈질긴 구애 끝에 1932년 원산파인 이용도, 백선주, 이호빈이 남방여왕의 철산 집회소를 방문하는 쾌거를 이루어낸다. 마침내 1933년 10월 남방여왕파는 원산의 예수┼교회에 흡수 통합되었다. 비인가 종교 시설이 예수┼교회 교단 소속 교회로 등록되었으니 사탄이 최고조로 역사했던 순간이었다.

1935년으로 접어들면서 남방여왕은 특별한 손님 두 명을 맞는다. 원산 예수┼교회의 창립 주역이었으나 '천국 결혼' 사건으로 파면당한 백선주와 그의 제자 김선문이었다.

이 중 백선주는 남방여왕의 교리를 체계화시킨 인물이었다. 남방여왕은 1923년 두 번에 걸쳐 받은 계시를 길이 2m, 폭 30cm의 종이 몇 장에 기록해 두었는데, 백선주가 이를 취합하고 정리해서 한 권의 책으로 묶었다. 문장에 주석을 붙이고 직접 그린 열두 장의 삽화를 실었는데, 남방여왕파의 경전(經典)으로 추앙받았다. 이 거짓 계시서는 백선주가 직접 쓴 자필고본(自筆稿本)으로 총 3권이 존재했다고 전해진다.

백선주는 남방여왕파에 또 다른 업적을 남겼으니, 종교 단체로 조선총독부에 정식 등록하는 기염을 토했다. 그 결과 1937년 '기독교 남방여왕파'가 탄생했다. 남방여왕은 곧바로 예수┼교회와 결별을 선언하고, 신흥 교단으로 독자적인 행보를 걷게 된다. 그사이 백선주와 남방여왕 사이에 염문설이 퍼지기도 했다.

이러한 상황 가운데 1943년 가을 철산교회에서 신령한 은혜 체험을 한 김영수라는 청년이, 한 남자를 만나 포교할 욕심으로 남방여왕파 교인들 사이에서만 내밀하게 오가던 계시 내용을 누설했다. 머지않아 두 개의 불덩이로 일본이 멸망하고, 해방된 조선은 아시아의 강대국으로 크게 쓰인다는 내용이었다.

그 남자는 바로 도경에 신고했고, 남방여왕과 두 아들이 체포되었다. 죄목은 혹세무민과 신사참배 반대, 허위 사실 유포였다.

다행히 남방여왕은 3개월만에 풀려났으나, 투옥 중 겪은 각종 고문이 명을 재촉하여 1944년 4월 1일 51세의 나이로 세상을 떠난다. 이때 가족에게 유언을 남기는데, 내 비록 죽지만, 다른 사람을 통해서라도 반드시 사명을 완수하리라. 그들은 음란 집단으로 오해받아 핍박당하고 옥고를 치르게 될 것이므로, 쉽게 찾을 수 있을 것이다. 그 교회가 참된 교회이니 찾아가라……. 이런 내용이었다. 남방여왕파라는 거창한 이단 종교의 창시자치고 허망하다면 허망한 죽음이었다.

그로부터 2년 뒤 남방여왕의 유언한 인물이 바로 자신이라고 참칭하는 사내가 나타났다. 그는 평양 시내에서 창조 원리에 대한 강의를 시작하며 집회를 열었다. 에덴동산에서 천사장 루시엘이 하나님의 창조 목적을 알아차리고 하와를 유혹해서 타락시킨 일, 예수의 모친 마리아가 모자(母子) 협조를 하지 않아 예수가 십자가 위에서 죽게 된 일, 육체는 십자가 위에서 죽었으나 영혼은 하늘로 올라갔으므로 다시 재림하리라는 약속, 재림 장소가 평양이라는 내용이었다. 그리고는 추종자를 대상으로 섹스 포교를 시작한다. 첫 대상은 정덕신이었다.

정덕신은 계시 중 여호와와 동침하여 성모 마리아 자격을 취득한 상태였다. 하나님의 아내로 자리 잡은 뒤로 하루하루 계시의 깊이가 달라졌다. 계시 내용을 해석하지 못해 답답했는데, 사내의 가르침을 들으니 조금씩 실마리가 풀리기 시작했다. 거기다 사내가 평양에 등장한 날은 6월 6일, 재림예수가 나타나리라는 복중파의 예언일과도 맞아떨어졌다. 복중파는 남방여왕이 죽고 난 이후에도 평양 지부를 맡고 있었다.

사내의 가르침을 받은 다음 날, 정덕신은 새벽 기도 중 다시 계시를 받았다. 너는 정녕 2천 년 전 마리아처럼 무지할 것이냐. 어서 모자 협조를 하라. 그날 밤 정덕신은 자신의 처소로 사내를 끌어들인다.

마침내 사내가 밑에 깔린 여성 상위 체위로 소생과 장성의 단계를 통과했다. 마지막 완성의 단계에서 정덕신이 밑으로 가고 사내가 위에 있는 미셔너리 체위가 되었다. 이렇게 총 3회 혈분(血分)을 했다.

혈분은 즉 피갈음이었다. 혈분을 행하는 방법은 여자가 피를 나누어주는 경우 소생과 장성의 단계에서는 여상남하(女上男下), 마지막 완성 때는 남상여하(男上女下)의 체위여야 했다. 남자가 나누어주는 경우는 그 반대로 3단계 3회 교접을 통해 복귀 의식이 완성되었다. 2천 년 전 마리아가 모자 협조를 거부해서 실패한 혈통 복귀를 성모 정덕신과 재림예수 사내가 성취한 순간이었다. 이때 사내는 26세, 정덕신은 40세였다.

❖

"남방여왕 이야기가 다소 부정적으로 묘사되고 있는 것 같은데?"

강경식이 조사한 자료였다. 김수남이 품평하듯 말했다.

"이 글은 해방 후 서울에서 발간된 '이북통신(以北通信)'이라는 잡지에서 어렵게 찾아낸 거예요. 저자가 서영서라고 서북청년단 계열의 목사죠. 평양 출신 기독교 근본주의자 였기 때문에 이단에 대해서 부정적으로 기술하는 게 당연 하죠."

"종교가 나서서 남녀 간의 체위까지 관여하다니 좀 놀라 워. 여상남하 남상여하라니 꽤 남세스럽군."

"이 글 내용이 남방여왕의 원래 교리였는지, 글 말미에 등 장하는 사내의 교리였는지는 확실치 않아요."

"그래도 구체적인 체위까지 명시했다면 선을 많이 넘은 거 아닌가. 아무리 피갈음 교리라 해도 개인 취향까지 너무 침해한 거 아니냐, 이 말이야. 글 말미에 나온 내용은 한국가 족연합교회의 교리와 비슷한 거 같고."

"한국가족연합교회 창시자 문용선이 남방여왕에게 영향 받았기 때문이에요. 그쪽에서는 쉬쉬하고 있지만, 이 글에 등장하는 자칭 재림예수가 문용선이라는 걸 알 만한 사람은 다 알고 있어요. 그도 당시에는 청년 구도자였으니까. 그만 큼 남방여왕의 영향력이 지대했던 거예요. 외국에서 들어온 종교가 아닌 한국 자생 이단들은 거의 모두가 남방여왕의 수하에 있다고 해도 과언이 아니죠."

남방여왕은 독보적이고 독창적인 신앙 체계를 구축했으

나, 해방 전에 죽음으로써 모두에게 잊히고 근근이 명맥만 유지하게 되었다. 그 빈자리를 신흥 이단 종교들이 무임승차했다. 한국가족교회도 초기에는 음란한 종교로 찍혔었다.

"들리는 소문에, 문용선은 하룻밤에 여덟 번씩 사정할 정도로 굉장했다고 해요. 그래서 본 마누라가 견디다 못 해 떨어져 나갔고."

문용선은 남한에서 엽색 행각으로 신문 1면을 장식하기도 했다. 개종(開宗) 초기에는 유명 여대의 교수, 학생뿐만 아니라 많은 인텔리 여성들이 몰려들었다. 이북에서 유부녀와 놀아나다 사회질서 문란 죄로 흥남형무소에 갇히고, 월남한 이후에는 섹스 포교를 하다가 간통죄로 투옥되기도 했다. 그의 세례를 받은 여자들이 몸 바쳐 옥바라지했다. 그렇게 한국가족교회가 탄생했다.

"하룻밤에 여덟 번이 가능하긴 한 건가?"

"정액이 차고 넘쳐서 그랬겠죠. 주변에 늘 여자들이 들끓다 보니 추문도 끊이지 않았고."

"그런 걸 보면 이단 종교의 교주들은 다들 정력가인 모양이야. 후발 주자들도 문용선을 벤치마킹해서 종교를 창시한 게 아닌가, 의심이 들 만큼."

"지금 엽색 행각으로 주목받고 있는 정풍천도 만 명의 여자를 구원하는 게 목표였다고 하잖아요."

"정풍천도 그 계열인가?"

"한국가족연합교회 전도사 출신이거두요. 그러니 영향을 안 받았을 수 없죠. 그 정도로 문용선이 이단 종교의 모범 답안이었던 거예요."

최근 사회적 물의와 파장을 일으킨 정풍천이었다. 물리적으로 하룻밤 여덟 번씩 성행위를 한 문용선과 달리, 그는 만 명이라는 숫자에 매몰되어 숫자 채우기에 급급했던 것으로 알려졌다. 해방 전후 생겨난 신흥 이단 종교 대부분이 그렇게 여자의 몸과 돈을 탐했다.

김수남은 남방여왕의 최초 계시 내용이 궁금했다. 무엇 때문에 그의 추종자들이 음란한 종교라 손가락질 받게 되었는지 알고 싶었다.

"남방여왕이 최초로 여상남하, 남상여하라는 체위를 구체적으로 명시해 두었기 때문이에요. 음란한 종교라는 프레임 때문에 실제 계시 내용이 가려진 거죠."

"교세가 약하고 추종자들이 미미하다는 말이잖아."

"끝까지 코우터리(coterie)로 남았으니까."

"코우터리?"

"종교 소종파. 문용선은 월남 이후 박정희 정권과 짜웅을 했고. 그걸 바탕으로 교세를 확장했어요. 일본, 미국까지도. 그래서 문용선과 달리 이름을 아는 사람은 거의 없는 거고. 남방여왕의 분파로 평양의 복중파가 있었다고 전해져요."

"복중파?"

"왜 해방 후에 김일성이 북한 기독교를 핍박해서 많이들 남하했잖아요."

"그들이 한국 교회의 지도자가 되었지."

"복중파는 예수가 평양에 재림한다는 믿음 때문에 끝까지 월남하지 않았어요."

"문용선이 자신을 재림예수라고 주장했잖아."

"복중파는 문용선을 인정하지 않았어요. 그래서 김일성 치하 평양의 지하 교회에서 재림예수를 기다렸던 거예요. 그러다 순교를 당했죠. 6·25전쟁 때 평양 수복을 앞둔 시점에 대동강변에서."

"남방여왕 쪽은 어떻게 되었지?"

"아들 둘, 딸 하나가 있었는데. 모두 월남했다고 해요. 장남은 해방 전에 사두었던 경상북도 칠곡 땅으로 이주했다가 문용선 측 한국가족연합교회에 귀의했고. 차남은 속리산에 칩거했다고 해요. 거기서 소수 신앙 공동체를 이끌며 세상과 연을 끊었죠. 딸이 하나 있었는데 씨가 달랐다고."

"그게 무슨?"

"두 아들은 남방여왕이 사별한 전남편 소생이었어요. 그와 달리 딸은 종교 천재라 불리는 백선주와 남방여왕 사이에서 태어났고. 왜 둘 사이에 염문설이 돌았다고 했잖아요. 딸이 그 결실이었던 셈이죠. 백선주는 남방여왕의 계시를 체계화해서 교리로 만들었다고 전해지는 인물이고. 원본이 세 권 있었는데, 서로 그 책을 차지하려고 했죠."

"책의 행방은?"

"뭐 의견이 분분해요. 세 권 중 한 권은 평양 복중파가 갖고 있어서 현재 북한에 있다. 또 한 권은 원저자인 백선주 목사가 가지고 있다. 또 한 권은…… 뭐 이런 식의 소문만 무성해요. 영화에 등장할 것 같은 이야기죠."

"남방여왕의 딸은 어떻게 되었다고 알려져 있나?"

"현세희씨가 남방여왕의 손녀라고 했잖아요. 그녀의 어머니가 백인옥이고. 하지만 학계나 종교계에 그런 세세한 내용까지는 알려지지 않았어요. 제주도까지 밀려와서 숨어 살다 보니 소식이 끊겼겠죠."

"한반도 최초의 계시자라는 평가와 달리 집안 전체가 비참한 말로를 겪었군."

"그러니까 똘똘했던 남방여왕의 둘째 아들은 속리산 자

연인이 돼서 세상과 절연하고 살았겠죠. 그때까지도 예수의 재림을 기다리고 있었다고 전해져요."

한반도에 휴거 열풍이 불던 그해, 남방여왕의 둘째 아들은 자신의 지지자들과 속리산 꼭대기에서 십자가에 매달려 죽었다고 전해진다. 그가 부활했는지 어쨌는지 여부는 확인되지 않았다.

33   용연 줄다리

"부검의는 만나봤나?"

아무리 생각해봐도 폭 1.8cm 깊이 9.8cm의 자상을 만들어낸 칼의 실체가 그려지지 않았다.

"이 변호사 사체 전면에 총 여섯 개의 자상이 있었잖아요. 그중 두 개는 왼팔을 뚫고 들어간 방어흔이고. 하나는 목에 난 가벼운 상처고. 나머지 세 개는 아랫배에서 차례로 올라오는 형태죠. 심장을 찌른 마지막 칼이 직접 사인이었고."

강경식이 책상 위에 어지럽게 펼쳐 놓았던 부검 소견서 중 A4 용지 한 장을 뽑아 들면서 대답했다.

"언론에 알려지지 않은 게 있는데, 마지막 칼날이 흉골을 뚫고 심장까지 들어갔더라고요."

"갈비뼈가 아니라?"

"명치 바로 위 정중앙에서 심장을 보호하고 있는 여기, 단단한 뼈예요."

강경식이 손으로 자신의 흉골을 가리키며 말했다.

"우리 몸에서 허벅지 뼈 다음으로 가장 튼튼하대요. 최근 인공 흉곽을 만들었는데 티타늄 합금 소재가 사용됐다 하니 그 강도를 짐작할 수 있죠."

"그럼 1.8cm×9.8cm의 깊이로 흉골을 뚫고 심장을 찔렀다는 뜻이네. 그렇게 좁은 칼이 흉골을 뚫었을 리 없잖아. 가령 부엌칼 같은 거로 찔렀다면?"

"부엌칼의 경우 단면이 넓은 탓에 불가능해요. 시중에서 파는 다른 칼들은 그냥 휘어지거나 부러져버리죠. 그렇게 좁고 예리하면서 강도까지 센 칼이 없으니까. 그래서 경찰도 범행 도구를 특정하지 못했던 거고."

"15cm쯤 날을 세우고 칼끝 10cm 지점에서 폭은 1.8cm, 거기다 흉골까지 뚫을 강도 있는 칼이 이 세상에 존재하긴 하는 건가. 조건이 더 까다로워졌잖아."

"그러지 않아도 제주시에서 제일 큰 칼 도매점을 다녀왔어요. 비슷한 게 있긴 한데, 정육점 뼈칼이라고……."

"뼈칼?"

"제일 세다는 독일제 칼인데, 대부분 칼날 10cm 지점에서 2cm 폭을 넘겼고. 더 좁은 게 있긴 한데, 그 칼로 찔렀다가는 범인 손이 남아나지 않았을 거예요. 손이 미끄러져 칼날 뒷부분까지 밀려갔겠죠. 찌르는 용도의 칼이 아니어서 쥐는 방법부터 전혀 달라요."

"그렇다면 펜싱이나 중세 십자군 칼처럼 손잡이 가드가 있거나, 칼날과 손잡이가 훨씬 길어야 한다는 뜻이네."

"뼈칼이 가장 범행 도구와 유사하지만, 용의선상에서 제외된 이유가 바로 그거죠."

"그럼 우리가 예상했던 거와 달리 칼 전체 길이가 30cm 이상이라는 뜻이잖아. 손잡이 가드 같은 게 붙어 있으면 휴대하기 불편할 거고. 문제는 이렇게 깊게 찌를 목적으로 시중에 유통되는 칼이 없다는 거잖아."

"무엇보다 마지막 칼이 흉골을 뚫고 수평으로 들어갔다는 게 가장 충격적이에요. 그게 무슨 의민지 아시겠어요?"

"복부로 칼이 들어오니까 이 변호사가 앞으로 상체를 구부렸고, 그때부터 심장 방향으로 올라가면서 찔렀다. 그리고 마지막 결정적인 한 방을 넣을 땐 방어할 여력조차 없을 만큼 혼비백산했다는 말인가?"

강경식이 고개를 가로저었다.

"부검의 말로는 흉골이 워낙 단단해서 피해자가 움직이지 않는 상태여야 한대요. 항거 불능 상태에서 벽 같은 데 세워놓고 수평으로 칼이 들어갔다는 뜻이죠."

순간 우체국 물류센터 담이 떠올랐다. 아니, 담장에서는 혈흔이 발견되지 않았다. 그렇다면 쏘나타밖에 없다. 차량 운전석 측면에 기대 세워놓고 마지막으로 정조준해서 흉골을 정확히 찔렀다……. 범인이 피해자보다 큰 키에, 둘 다 서 있어야 한다는 전제 조건이 성립해야 가능한 이야기였다. 잔인한 살해 수법이었다.

"그나저나 미소카페 살인 사건은 어떻게 진행되고 있나?"

"피해자와 친했던 금화라고. 그 여자만 찾으면 될 것 같은데, 수배가 전혀 안 돼요. 밤에 움직여서 그런가. 카페 쪽에서 아직도 일하고 있을 건가."

"가명이라고 했잖아."

"그러니까 찾기 더 힘들다는 거 아녜요."

강경식이 불뚝 화를 냈다. 서귀포 사건은 한 발도 앞으로 나가지 못했다. 김수남은 담배를 꺼내 피우면서 생각에 잠겼다. 이영훈의 마지막 말이 떠올랐다.

성로는 누구도 알지 못한 뭔가를 찾아낸 게 틀림없어. 그게 지
옥문을 열었던 걸세.

문득 용담에 가봐야겠다는 생각이 들었다. 그곳에서 기웃
거리다 보면 손정엽의 가정사에 대해 아는 사람과 만날 수
도 있다. 손정엽의 아버지가 죽음으로써 부중근도, 손정엽
도 한시름 놨다고 했다. 분명히 둘 사이에 뭔가 있다.

"혹시 지인 중에 용담 토박이로 나이 지긋한 어르신 없
나?"

"왜요?"

"손정엽이 용담에 살았다는 말을 들었어. 거기 오래 산 사
람과 인터뷰하다 보면 뭐라도 얻어걸릴 수 있잖아."

"저도 서귀포 출신이라. 아, 저쪽 경쟁사에 용담 출신 기
자가 있긴 한데."

❖

"어이, 주인 아지망. 이레 와보라!"

연탄이 놓인 함석 탁자에는 빈 소주병 일고여덟 개가 빽
빽하게 들어차 있다. 한 명은 왼팔에 쇠갈고리 의수를 차고,

502

다른 한 사람은 모자를 푹 눌러 썼다. 쇠갈고리 의수는 후줄근한 얼룩무늬 군복을 입은 게 상이군인 같아 보였다. 도박판에서 기술 쓰다가 팔이 잘린 것 같다 해서 타짜라 불리기도 했다. 손정엽의 아버지 손대수였다.

그들은 동문통에서부터 서문통까지 악명 높은 2인조였다. 주로 출몰하는 곳은 순대국, 돔베고기, 왕대포 같은 글씨가 삐뚤빼뚤 쓰여 있는 선술집이었다. 하루 종일 두더지처럼 방바닥을 파다가 어스름이 깔리면 약속이나 한 듯 동문통을 휩쓸고 다니는 넝마주이였다.

주인아주머니는 소문을 들어 익히 알고 있었다. 이제 술값을 무마시킬 생각으로 시비 걸 타이밍이 되었다.

"무사 불릅디가?"

아주머니가 도끼눈을 뜨며 되받아쳤다.

"이봐, 아지망. 여기 그릇에 고춧가루 묻었잖아. 더럽게 이게 무슨 짓이야. 이걸 먹으렌 주는 거라? 장사 치와불고 싶어?"

손대수는 결벽증이 심한 편이었다. 줄이나 각이 제대로 서야 뭘 하지, 그전에는 손도 대지 않았다.

"아이고. 바꿔드리쿠다."

역시나 그랬다. 분위기를 눈치챈 아주머니가 재빠르게 응대했다. 다른 손님들은 2인조에게 트집 잡힐까 봐 눈도 마주치지 않았다.

"나가 월남 가그네 베트콩 새끼들 어떻게 죽였는지 알아지나? 이까짓 고망가게 수류탄 하나 까 던지면 순식간에 완전 분해된다고! 야, 너희들, 야전삽으로 대맹생이 뽀개면 무싱 거 나오는지 알아?"

타짜가 갈고리 의수 뱅뱅 돌리며 눈을 부라리자, 옆자리 사람들은 찔끔 자라목이 되어 고개를 더욱 바닥으로 처박았다.

손대수는 밤만 되면 친구 고씨에게 전화를 걸었다. 둘은 48년생 갑장이었다. 밤마다 용두암으로, 용연 줄다리 건너 동한두기나 탑동 바닷가를 미친 듯이 휩쓸고 다녔다. 그가 앞장서 휘적휘적 걷고 있으면 허깨비가 둥둥 떠다니는 것 같았다.

그의 아내는 장애인이었다. 다리를 좀 절긴 해도 가만히 서 있으면 어디에 내놓아도 손색이 없는 여자였다. 월남 갔다 왼손을 잃은 상이용사에게 마침맞은 신붓감이 구해질 리 없었다.

알음알이로 소개를 받아 둘이 만난 날, 유채꽃이 흐드러지게 피어난 봄날에, 천리마호텔 커피숍에서 바다 방향으로 앉아 그는 베트콩 죽이는 이야기만 했다. 손수건 움켜쥐고 입꼬리가 차갑게 내려앉는 여자 앞에서, 저녁 내내 동굴에 대검 베어 물고 들어가 수류탄 터트리는 이야기만 한 것이다.

어머니의 눈에도 아들은 몰라보게 변해갔다. 쟤가 왜 저리 공격적이냐, 물방개처럼 유달리 번들번들한 눈빛이 본시 제 것이 아니라며 탄식했다. 급기야 집안에 며느리를 잘 못 들였다는 이야기가 새어 나오기에 이르렀다.

하기야 어릴 적에는 드잡이도 할 줄 모르던 손대수였다. 아이들끼리 패싸움을 해도 친구들 그림자 뒤로 숨고, 어머니가 회초리라도 들면 무릎을 바들바들 떨던 아이였다. 어머니는 아비 없는 자식이라는 소릴 듣기 싫어 가혹하리만치 운동을 시켰다.

손대수는 성장하면서 나약한 아들이 아니라 결단력 있는 남자로 보이고 싶었다. 외동아들이라 군대를 면제받을 수 있었는데도, 진정한 사나이가 되겠다고 기왕지사 맹호부대에 지원한 김에 나라에 충성도 하고 돈도 벌 수 있는 월남에 가겠다고, 입영 전야에 코가 비뚤어지게 술을 마셨었다.

베트남에서 1년을 보내고 복무 연장 신청을 한 것은 순전히 가난 때문이었다. 입대 동기들은 후방에서 군수 물자를 빼돌렸다느니, 베트남 꼰가이가 어떻다느니 허풍을 떨었지만, 그는 1년 내내 베트남 중부 안케패스 밀림만 박박 기던 참이었다. 다행히 2년 차에는 운전병 보직을 받았다. 꿘년에 있던 맹호부대 중대장이 제주 출신이라고 했다. 그러다가 작전 도중 사고를 당해 2년을 채우지 못하고 의병 제대를 했다. 남은 것은 훈장 대신 쇠갈고리 의수와 '타짜'라는 닉네임뿐이었다.

어떤 날은 새우처럼 팔딱팔딱 뛰며 언덕을 구르고, '베트콩이다' 하면서 숨죽여 엎드리고, 고엽제에 오염되었다며 사타구니와 엉덩이를 피가 맺히도록 긁기도 했다. 그러던 어느 날, 베트콩이 쳐들어왔다면서 자다 말고 아내의 목을 쇠갈고리로 눌러 질식사시킬 뻔하기도 했다.

아내는 그의 차가운 갈고리 손이 살갗에 닿을 때마다 허벅지에 좁쌀만 한 소름이 돋았다. 결국 남편을 버리고 육지로 야반도주하기로 결정했다. 외동아들도 그대로 둔 채였다. 그 외동아들이 바로 손정엽이었다. 손대수는 아내가 바람 나서 육지로 도망갔다고 소문을 냈다.

❖

　"사실 나도 대수가 죽었다고 했을 때 올 것이 왔구나, 생
각햇주게. 세상 잘못 만나 남의 나라 전쟁터 가서 손목 잃고
영 사달이 나는구나 했지. 대수 아방은 4·3사건 때 죽어불
곡. 홀어멍 밑에서 고아나 다름없이 커신디, 하나밖에 없는
외동아들이 월남 가서 팔 병신 되어 돌아오난 어멍 속이 말
이 아니엇주. 어멍도 손 병장 장가간 지 얼마 안 돼서 죽어부
렀고."

　용담동 노인정에서 다행히 손대수와 어울리던 고씨 하르
방을 만났다. 이야기를 듣다가 저녁때가 되어 근처 식당으
로 자리를 옮겼다. 일흔이 넘었는데도 어르신은 만년 청춘
처럼 왕성한 식욕을 드러냈다.

　"손대수씨는 용연에서 어떻게 돌아가신 겁니까?"

　"월남 갔다 온 뒤로는 언제나 위태로워 보엿주. 밤마다 동
한두기로 해서 탑동 넘어가려면 줄다리를 지나가야 햇주게.
그때만 해도 다리가 엄청 위험했거든. 여차하면 바다로 떨
어질 만큼 로프가 느슨했는데, 거길 매일 술 취해 건너다녔
으니까. 그것도 시커멍허게 어두운 새벽에 말이지. 경허다
가 어느 날 다리 아래로 추락사 해분 거라."

"갑작스런 소식에 놀라셨겠습니다. 오랜 친구가 그렇게 됐으니 꽤 섭섭했을 것 같은데요."

"게난 나 대수 얼굴 구경도 못 했져. 그때 나도 갑자기 병이 들어왔으니까. 육지 갔당 사기 맞아 돌아오난 살고정 하는 생각이 없엇주. 쪽팔려서 말이야. 대수허곡 동문시장에서 서문통 바닥까지 매일 밤 죽어라 술만 퍼마시고 다녔지. 40일 연짱으로 경했더니 하혈이 시작되더라고. 죽고 싶은데 어떵 죽어지지도 않곡. 병원 신세를 지고 있을 때 사고 소식을 들은 거라."

"손대수씨와 어울리는 사람이 더 있었습니까? 이를테면 뒤를 봐주는 사람이라든가."

둘 사이에 분명 접점이 있을 텐데, 고씨 하르방이 읊은 손대수의 삶은 부중근의 그것과 매우 동떨어져 보였다.

"경 말하니까 떠오르는 게 있는데. 한번은 동문시장 순대국밥집에서 싸움이 크게 붙었을 때라. 나도 그때 세상에 불만이 많았곡. 대수는 원체 싸움닭이었고. 깡패들과 와장창 붙었는데, 대수가 그것들 중 하나를 아주 죽게 밟아부럿주게. 대수가 마누라 도망가고 난 이후로 잘도 살벌했거든. 칼들고 뎀비는 것을 워커발로 반쯤 죽여놓은 거라. 나가 말리지 않아시면 사달이 났을지도 몰라."

"경찰이 출동했겠군요."

김수남이 넘겨짚어 이야기의 끈을 잡아당겼다.

"현장에서 무마시킬 만한 스케일이 아니엇져. 경헌디 손 병장이 어디론가 전화를 건 거라. 꼼짝없이 경찰한티 잡혀가 영창 살 판인데, 양복 입은 두서너 명이 나타낫주게. 정식 경찰은 아닌 거 닮아 보였곡. 와서 조용히 처리하는데 경찰이 숫제 손을 대지 못했어. 부동자세로 서서 구경만 하더라고. 산지파 애들 그때 개박살 나부럿주."

"경찰보다 더 윗선에서 내려왔다는 뜻입니까?"

"정보기관 사람들 같아 보였어."

"이를테면 안기부 같은?"

고씨 하르방이 고개를 끄덕였다.

"산지파 깡패들이 꼭 검사 앞에 끌려간 것처럼 꼼짝 못 하더라고. 한겨울 차디찬 시멘트 바닥에 문신 드러나게 웃통 다 까고 무릎 꿇고 앉아 있엇주게. 꼭 테레비 조직폭력배 일망타진된 장면 같더라니까. 구경꾼들이 막 붕당거리는데 대수하고 나만 밖으로 나왔어. 구경꾼들이 허둥지둥 길을 터주더라고."

"혹시 손대수씨가 부중근 지사에 대해 얘기한 적은 없었습니까?"

"부중근 제주지사 말이라?"

고씨 하르방이 뜸을 들이며 곤혹스럽게 되물었다.

"한번도 들어본 적 없져. 전화한 것도 그날이 처음이어시난. 자네 말마따나 대수 뒤에 누군가 있긴 헌 것 같은디, 대수는 제주도에서 나간 적이 없엇주게. 월남전 때 빼고는. 나가 불알친구난 잘 알주."

"손정엽에 대한 기억은 어떻습니까?"

"그 아이는 잘도 착한 아이라. 인사도 막 잘 허곡. 공부도 잘햇져. 아방과는 차원이 틀렸지. 경허니까 사람은 교육을 받아야 허는 거라. 대수가 죽고 난 다음 서귀포로 넘어갔다는 얘기만 들었어. 대수 집도 급하게 처분되었고."

"손정엽이 1998년 제주도지사 선거 때 부중근의 선거 캠프에서 일했다는데, 그런 스타일로 보입니까?"

"게메. 당시만 해도 중학생이라 얌전햇주. 매일 고개 푹 숙이고 제주중학교 댕겼을 거라. 나가 서초등학교 1회 졸업생인디, 서초로 해서 제중 다니다가 서귀포로 넘어가실 테주. 다만 장가갈 때 연락이 없어서 서운허긴 했어. 싸가지 어씬 새끼, 아명 서귀포 나가 산다 해도 장가간다고 연락해줘사 나가 부조도 허곡 얼굴도 한번 볼 거 아니라."

손정엽과 현세희의 결혼을 말하는 것이었다.

❖

다음 날 오전 김수남은 용연 구름다리 앞에 서 있었다. 동한두기 언덕에서 북쪽 먼바다를 조망하다가 다리 중앙 지점까지 걸어갔다. 길쭉한 나무판을 이어 붙인 바닥이라 좁은 틈새로 용연이 내려다보였다. 바로 이 아래에서 손대수가 익사체로 떠올랐다. 바닥이 산호초처럼 파랗게 보이는 지점이었다.

20일 오전 6시 용담동 줄다리 아래 용연에서 손대수(용담동, 39)가 익사체로 떠 있는 것을 관광객 김모씨(35세)가 발견하고 경찰에 신고했다. 경찰은 평소 손씨가 무전취식과 주폭이 심했다는 증언을 확보하고, 귀가 도중 실족 가능성을 두고 수사를 진행했다. 그 결과 타살 의혹이 없고, 전형적인 익사 소견을 보임에 따라 가족에게 시신을 인계했다. 유족으로는 아들 손정엽(16)이 있다.(1987년 8월 21일,《제주신문》)

1982년부터 용연 줄다리는 안전 점검 결과 너무 낡아 붕괴될 위험이 있다는 진단을 받았다. 지지대 역할을 하던 와이어로프가 바닷바람에 부식되어 노후 교량으로 분류되었다. 그러나 제주시 당국은 귓등으로 흘려듣고 4년 넘게 사람들의 통행을 방치했다.

관광명소였던 용연 줄다리가 사라진다. 제주시는 건설부 산하 국립건설시험소의 안전진단 결과 주케이블의 안전도가 낮은 것으로 진단됨에 따라 오는 24일부터 용도를 폐기, 통행을 금지하기로 했다. 용연 줄다리는 1967년 6월 시설, 20여년간 관광객들의 인기를 끌면서 주민 통행 불편 해소에도 크게 기여했다.(1987년 8월 22일,《제주신문》)

제주시는 사건 다음 날 서둘러 교량 폐쇄라는 극약 처방을 내린다. 손대수의 죽음은 지역 술꾼의 사고사로 단신 보도되었다. 누가 봐도 초점은 술주정뱅이의 죽음이 아니라 '줄다리 폐쇄'였다.

용연 줄다리는 시민의 건의로 2005년에 새롭게 착공한다. 길이 52m, 너비 2.2m, 높이 11m로 최대 500명의 하중을 견딜 수 있도록 설계되었다. 1987년 철거된 다리가 18년 만에 재가설 된 것이다.

김수남은 손대수의 행적을 좀 더 찾아보기로 했다. 그가 제주도를 비운 시기는 1968년~1969년 월남에 갔을 때뿐이었다. 둘 사이에 접점이 있다면 그 기간일 가능성이 매우 높다. 둘이 베트남에서 만났을 확률은 얼마나 될까. 그러나 맹호부대 장교 출신이라는 이력만 있을 뿐, 부중근의 월남전 참전 기록은 찾을 수 없었다.

아, 그 순간 고씨 하르방의 말이 떠올랐다. 월남 파병 2년 차 운전병 때 중대장이 제주도 사람이었다고 했다. 부중근의 부인이 한홍선 장군의 부관으로 월남에 갔다는 기록도 새삼스러웠다. 한홍선은 박정희와 쿠데타를 일으킨 혁명주체 세력으로, 나중에 부중근이 제대하고 기획처에서 일할 수 있도록 힘을 실어준 자였다.

❖

제주도 월남전 맹호참전회는 월남전 참전동지회 사무실로 통폐합되어 있었다. 구제주 KT 본부 북쪽의 옛 방송대 건물로, 시민단체들이 새로운 보금자리를 찾아 떠나자 해병대 전우회가 빈 건물을 접수하고 안방마님으로 들어앉았다. 좁은 골목이지만 시민단체 시절부터 방문객이 많아서 일방통행식 사선 주차선이 그려져 있었다. 국가 유공자 응급 차량이라 마킹된 쥐색 스타렉스가 서 있는 모양이 고엽제 피해자나 노령 회원들의 복지 차원에서 움직이는 것 같았다.

사무실 문을 열고 들어서니 백발의 사내가 앉아 있었다. 직원 둘 여력이 없어 사업 기획에서 보조금 정산, 화장실 청소까지 하는 전천후 실무자로 보였다. 회원들의 회비와 정부 보조금으로 사무실 운영비를 충당하고 사업 지출 중 책정한 인건비를 받아 생활할 것이었다. 한때 네이버나 다음 블로그에 월남 참전 수기가 유행하던 시절에 비하면 급격한 쇠락의 길을 걷고 있음이 분명했다.

"어떻게 오십디가?"

사무장이 물었다. 이 나이에 사무실을 지키고 있다면 월남 패망 직전에 참전했다가 마지막 귀국선을 타고 돌아왔을 것이다. 대략 예순 초반쯤으로 보였다.

"큰아버지께서 월남전에 맹호로 참전했는데, 기록 좀 찾아보려구요. 방금 서울에서 비행기로 도착한 길입니다."

신분을 감추고 표준어로 대답했다.

"맹호라고요?"

"맹호참전회가 따로 없어서 여기에서 통합 관리하고 있다는 얘기를 들었습니다만."

"큰아버님 존함이?"

서울에서 왔다는 말에 사무장도 표준어를 사용했다.

"손 대자 수자입니다. 1968년에 들어갔다가 1년 연장해서 1969년까지 복무했다고 들었습니다."

그 순간 사무장의 얼굴이 굳어지더니, 수색조처럼 눈을 가늘게 뜨고 아래위로 탐색했다. 경계의 빛이 역력했다. 찔끔 놀라 한 발 뒤로 물러서자 사무장이 자리에서 일어섰다. 허리를 곧게 편 모양이 건강해 보였다. 그러더니 책상 뒤 책장 쪽으로 천천히 발걸음을 옮겼다. 뒷짐을 지고 산책에 나선 걸음걸이 같았다.

"나가 불만이 있는데, 사업허당 망해부난 청룡 선배가 이디 꽂아주멍 담뱃값이라도 벌어 쓰라고 헌 게 벌써 30년 전 일이라. 그때부터 사무실 말뚝을 서게 되엇주. 문제는 한 번 발을 들이니까, 쉽게 나갈 수가 없다는 거라. 무싱 거 큰 병이나 걸리기 전까지는 이 사무실 귀신으로 눌러앉아야 할 팔잔거주."

다시 제주어로 주절주절 자신의 이야기를 늘어놓는 게 수상쩍었다.

"경허당 보난 평생을 막내로 살앗주. 회식 자리에서 이 나이에 오겹살 구워 선배들에게 바쳐야 허고. 해병 선배들이야 나가 막내니까 일 시키기도 좋고 말 붙이기도 편하난 이디 계속 있길 바랐고. 지금도 막걸리영 담배 심부름 허멍 살

아. 머리카락 해영한 놈이 뒤치다꺼리하는 게 우습게 보일 테지만 나름 재미도 있곡. 그사이 하나둘 만기 전역하고 서천꽃밭으로 가부렀어. 그 선배들허곡 월남전 얘기할 때 하영 재미져신디."

사무장이 깊고 그윽한 눈으로 굽어보았다. 손가락은 책을 쓰다듬듯 책장에 머물러 있었다. 잠시 무거운 침묵이 내리깔렸다.

"정말 큰아버지를 찾아온 건가?"

여전히 손가락을 책장에 둔 채였다. 거리를 두려는 게 느껴졌다.

"무슨 말씀이신지?"

"혹시 기자 아니라?"

대답할 수 없었다.

"요새 누가 큰아버지 행적 찾겠다고 영 제주도까지 찾아오나? 숨겨진 재산 찾는다면 몰라도. 월남 참전 경력 같은 거에 관심 두는 궨당은 이젠 없단 말이여. 잠입 취재 같으면 사실대로 털어놓으라."

전봇대처럼 두 다리를 바닥에 박고 버티기에 들어간 모습이었다. 솔직히 털어놓을 때까지 아무 말도 하지 않겠다는 결연함이 읽혔다. 그 순간 사무장이 사람을 꿰뚫어 볼 만큼 총기를 유지하고 있다고 판단되었다. 계속 뻗대다간 손해만 볼 게 뻔했으므로 순순히 시인하고 신분을 밝혔다.

"나가 이디 30년 있었다고 고랐잖아. 사적 목적을 가진 사람은 금방 티가 나. 나가 도둑고양이 색출하는 데 도사란 말이여."

"경헌디 무사 기자를 싫어햄수과?"

이번에는 제주어로 살갑게 물었다. 그제야 노인의 얼굴이 부드러워졌고, 사무실도 덩달아 환해진 느낌이었다.

"2000년 때쯤였던가? 사이공인가 베트남 어디로 간 운동권 여자가 하나 있어나신디, 그 여자가 베트남 여기저기 들쑤시고 다니멍 월남전 당시 청룡의 민간인 학살 현장을 조사헌 거라. 《한겨레》에 대문짝만하게 연재도 하고."

주간지 《한겨레21》이 떠올랐다. 현지 주재원 자격으로 허수정이 베트남의 한국군 주둔지를 찾아다니며 민간인 학살 증언을 듣고 잡지에 연재한 글이었다. 한국군이 저지른 만행을 폭로하는 내용이었다. 제주도에 심포지엄 참석차 왔다가 봉변을 당했다는 기사를 읽은 적도 있다.

"그때 우리가 출동해서 서귀포호텔 포위하고 가스통을 곳곳에 배치했지. 자살 폭탄처럼 가스통 쇠사슬 칭칭 감은 용사들도 있었고. 완전무장하고 여차하면 터트리겠다고 으

름장을 놓앗주. 군사작전을 방불케할 정도였어. 간만에 청룡이 몸 좀 풀엇주게. 요샛말로 무력시위를 한 거라. 참전 용사 중 몇 명인가 양심선언 하는 통에 청룡이 개망신을 당하기도 했곡. 제주도는 워낙 청룡 강세에다가 강성이라 양심선언을 막앗주마는 다른 디는 경허지 못했어."

사무장은 십여 년 전의 일까지 상세히 기억하고 있었다.

"막말로 전쟁이란 게 원래 피아 구분이 잘 안 되는 거라. 이게 베트콩인지 민간인인지 어떻게 구분할 말이라? 경허니깐 민간인들이 피해 볼 수밖에. 6·25 때도 얼마나 많은 민간인들이 죽임을 당했나."

"선생님 말씀이 지당하십니다."

침 튀기며 주장하는 바를 애써 반박하고 싶지 않았다. 거창하게 전쟁의 명분이나 민간인 학살을 논하려고 여기 온 게 아니었다.

"무사 손대수를 찾고 있는지 똑바로 자백허라."

"문화부 기자가, 그것도 지역사회에서 허수정만큼 그런 기사 쓸 일은 없습니다. 그런 스케일을 다룰 만한 깜냥도 되지 않구요. 불편하셨다면 마음 푸십시오. 저는 단지 손대수 씨의 행적을 조사하고 있을 뿐입니다."

항복하듯 뱃속을 뒤집어 보이자 사무장이 고개를 끄덕였

다. 그러나 그의 눈동자 섬광은 여전히 번뜩이고 있었다.

"무사?"

"어떤 사건에 연루되어서 과거 행적을 조사하고 있습니다."

"나가 방금 전에 말했잖아. 이 사무실에 말뚝을 선 게 30년 되었다고. 경헌디 십몇 년 전에 자네와 똑같이 쑈 허멍 손대수를 찾은 사람이 있어낫져. 뒷조사해보난 서울대 출신 변호사엿주."

"누구…… 혹시 이성로 변호사 말입니까? 그가 여길 찾아왔었다구요?"

그렇다면 이성로 변호사는 여기에서 무엇을 찾았을까. 사무장이 증거가 확보되었으니 범죄 사실을 인정하라는 형사처럼 눈빛으로 압박했다.

"실은 그때 선생님을 찾아온 이성로 변호사의 죽음을 추적하고 있습니다."

"신문에 대문짝만 허게 나서 나도 알고 있져. 사진도 실려있어서 혹시나 했더만 맞더라고. 요망진 게 쓸 만한 사람이 어신디 아깝다는 생각이 들엇주. 제주도 출신인 데다 서울법대 나온 변호사라면 개천에서 용 난 케이스 아니라?"

"손대수씨를 알고 계십니까?"

"그거 완전 도라짱에 술푸대라. 용담 토박이주. 마누라는 도망가불곡."

"동문시장 인근에서 주폭이 심했다고 하던데요."

"우리도 그 사람 얘기는 하영 들어낫져. 나가 그 사람헌티 모임 초대장을 직접 보내기도 허고 고엽제 피해 조사 차원에서 협조해달라고도 햇주. 경헌디 한 번도 참석한 적은 없었고."

"그렇다면 혹시 아들 손정엽은 알고 계십니까?"

"국가유공자 자녀라고 해서 몇 번인가 연락했는데 그디도 응답이 없엇져. 서귀포로 이사 간 뒤에도 어찌어찌 수소문해서 엽서를 보냇주마는 답이 없엇고."

그 순간 눈이 번쩍 뜨였다.

"그렇다면 손정엽의 서귀포 주소도 가지고 계시겠군요."

"가만 있어 봐라. 이디 어디 남아 있을 거 닮은디."

사무장이 책장을 다시 훑었다. 그러다 문턱에 걸린 것처럼 낡은 노트 한 권을 지목해서 꺼냈다.

"정방동 536-2, 2층으로 되어 있구먼."

"혹시 맹호부대 참전 용사 기록을 모아놓은 책 같은 것은 없습니까?"

주소를 받아 적고, 이야기의 끈을 바투 잡아당겼다. 사무장은 결코 서두르는 법이 없었다. 스무고개 하듯 차근차근 절차와 단계를 밟아나갔다.

"그거라면 한 30년 전쯤 참전 용사 명부와 참전 기록을 정리한 게 하나 있긴 허주. 참전 수기도 실렸곡. 월남 파병 20년 기념으로 기획된 책이라. 청룡에서 나서니까 맹호도 따라한 거라. 세가 적어도 형평성 차원에서 주장헌 거고. 군인 출신들이 남들에게 지는 거 싫어허잖어."

"가지고 계십니까?"

사무장이 책장을 훑더니 책 한 권을 뽑아 들었다. 무거운 하드커버로 묶은 월남 참전 용사 기록이었다. 당시 제주도 지사였던 이 모씨의 축사가 맨 앞에 실려 있었다.

무심코 책장을 넘기던 손가락이 바르르 떨린 것은 바로 그 순간이었다. 다음 페이지에 또 다른 축사가 실려 있었다. 부중근의 글이었다. 책을 낼 때 돈을 많이 기부했던가 중요한 인물일 경우 생기는 일이었다. 육지에 나가 사는 제주 출신 중 성공한 사람으로 축사 요청을 받았을 수도 있다.

축사 맨 밑에 그의 경력이 적혀 있었다.

현 기획처 행정국장. 1967.12. 1~1969.11.30 맹호부대 기갑연대 중대장으로 월남전 복무.

그 순간 동공이 확대되었다. 그래, 손대수와 부중근의 동선이 겹치는 부분이 바로 여기다. 속으로 쾌재를 불렀다.

"어르신, 이 책 빌러 갔다 반납허민 안 되쿠가?"

사무장이 소리 없이 고개를 끄덕였다. 목차에서 스치듯 본 것 같아 페이지를 열어 부중근의 참전 수기를 직접 확인했다. 축사와 별도로 사진을 첨부해서 다섯 페이지 정도 작성해 놓았다. 그때까지도 사무장은 서늘한 안광을 뿜으며 내립떠보고 있었다.

"혹시 이성로 변호사도 이 책을 봤습니까?"

"무슨 일인지 몰라도 맹심허라. 그때 그 변호사도 이 축사 페이지를 보고 이녁처럼 안색이 변해시난."

34 도둑고냉이

정방동 536-2번지 집은 사라진 상태였다. 서귀포 기상대와 우체국 수련원 사이, 해당 대지에는 작은 호텔이 들어서 있었다. 호텔 정문 옆으로 '하영국수'라는 간판이 눈에 잡혀왔다. 주인 사내는 주방 앞 테이블에 잡동사니를 수북이 쌓아놓고 앉아 TV에 눈을 두고 있었다.

이를 어떻게 한다?

김수남은 쯧, 하고 혀끝을 찼다. 그러다가 이른 점심을 먹을 요량으로 식당 안으로 들어갔다. 고기국수가 나오길 기다리며 어제 집에 들어가서 읽은 부중근의 참전 수기를 떠올렸다. 거기 인상 깊은 흑백사진이 있었다.

1969년 10월 월남문화센터 준공식 사진이었다. 빈딘성 꿔년에서 찍은 것으로, 왼쪽부터 천리마상사 최남건, 맹호부대 사단장 윤길용, 남베트남 고위 관료, 이수호 주월 한국군 총사령관의 순서로 서 있었다. 저마다 가위를 들고 테이프 커팅을 하는 장면이었다. 본인이 등장하지 않은 사진을 참전 수기 메인 페이지에 실은 게 생뚱맞게 느껴졌다.

40대의 사장이 국수를 가지고 왔다.

"뭐 하나 물어봐도 됩니까?"

"뭔디마씀?"

직원 없이 혼자 가게를 지키고 있어서 콘셉트 있는 외지인이라 생각했지만 제주도 사람이었다. 하긴 제주도 향토 음식인 고기국수 가게를 외지인이 솜씨를 익혀 열 순 없었을 것이다. 삶은 오겹살을 국수 위에 올려놓는 게 쉬워 보여도 절대 만만치가 않았다. 고기 잡내를 잡는 게 핵심 비법이었다.

"이디서 장사 얼마나 했습니까?"

"여기 생길 때부터난 한 5년 해진 거 같수다마는. 무사마씀?"

"사람을 한 명 찾고 있는데. 이 호텔 생기기 전에 살았던 사람이우다. 혹시 알고 잇수가?"

"이디가 우리 집안 형님 땅이어시난."

그제야 사내가 아래위로 훑어보았다. 제주어를 쓰고 있어도 외지인임을 알아차린 눈치였다.

"《삼다일보》 김수남이라고 합니다."

재빠르게 명함을 건네며 신분을 밝혔다.

"그런데요?"

사내는 말을 건성으로 던져놓고 탁자 위에 놓인 명함을 뚫어지게 바라보았다. 위조 여부를 감별하는 모습이었다.

"여기 정방동 536-2번지에 살았던 손정엽이라는 사람을 찾고 있주마씀. 30년 전인가 시에서 이사 왔다고 들었는데. 선생님도 혹시 육지에서 살당 내려왔수강?"

직설 화법보다는 에둘러서 접근하는 게 좋을 거라는 판단이 들었다. 집안 형님 땅이었다는 말 때문에라도 조심해야 했다.

"스무 살 때 육지 나가 살당 제주도로 복귀햇수다. 뭐 젊은 시절 놀 만큼 놀고 결혼도 해봤으니 고향에서 지내는 것도 나쁘진 않주. 헌디 손정엽인가 허는 사름은 무사 찾고 잇수가?"

사내가 눈을 가늘게 뜨며 물었다. 대답을 잘 해야 한다. 그래야 얘기를 더 끌어낼 수 있다. 사실대로 말하기도 뭣하고,

거짓말로 둘러대자니 마땅한 핑곗거리가 떠오르지 않았다. 에라 모르겠다는 심정으로 국수 한 젓가락 크게 집어 입에 밀어 넣고 겉절이 김치를 우거우거 씹었다.

"고기국수가 맛좋수다양."

돼지고기 잡내가 살짝 올라왔다. 제주도 사람이라면 신경 쓰지 않을 정도였다.

"실은《삼다일보》주말판에 맛집 소개하는 코너가 있는데, 뭐 광고비 받고 하는 건 아니구요. 제가 담당 기자를 잘 알아서 이 집을 소개해보고 싶은데. 이 정도 맛에 가게 위치라면 자매국수나 올레국수만큼은 아니어도 꽤 많은 관광객이 들어올 수 있을 것 같은데요."

"가게가 좁아그네 영 파이주."

사내가 딴짓하듯 머리를 긁적거리며 말을 받았다.

"요새 누가 가게 크기로 장사를 합니까? 요 테이블 세 개만 받고, 웨이팅 걸으면 젊은 손님들 환장하고 줄을 섭니다. 저기 기상대까지 대기하면서 쿨한추룩 대화허멍 기다리는 게 요새 젊은이들 문홥니다. 거기다 테이블이 적어서 희소가치를 배가시킬 수 있고. 앱 같은 데 등록해서 관광객 숙소까지 배달해도 좋을 것 같습니다만. 서귀포에도 올레국수 닮은 거 하나 있어야 허지 않으쿠가?"

마지막 말로 쐐기를 박자 사내가 의자를 당겨 앉았다.

"그래서 알고 싶은 게 뭔디마씀?"

"요즘《삼다일보》에서 월남 참전 용사들에 대해 조사하고 있는데 말입니다. 손정엽 아버지가 손대수라는 병장이거든요. 내년 봄쯤부터 연재를 시작하려는데, 미리 만나 뵙고 인터뷰라도 따 놓으려구요. '구술기록사'라고, 어르신들의 경험과 행적을 기록해서 후대에 남기려는 목적입니다. 이게 다 제주도의 역사문화유산 아니겠습니까?"

"그거라면 우리 형님이 잘 알고 있을 거라. 호끔 기다려봅서."

사내의 눈동자는 흐리멍덩하게 풀려 있었다. 가게 부흥을 알리는 마법의 종소리를 듣고 있는 듯 보였다. 두 번의 거짓말 끝에 이루어낸 쾌거였다.

❖

하영국수 사내의 사촌 형님은 서귀포 솜반내사거리에서 철물점을 운영하고 있었다. 가게는 두 명이 앉지 못할 만큼 온갖 자재로 가득 차 있었다. 빼빼 마른 왜소한 몸집에, 얼굴은 새카맣게 졸아붙어서 말가죽을 연상시켰다.

"거기가 본향당이 있는 암반 지대라 터가 좋지 않아. 어렸을 때 그디 2층에 살았는데 꿈자리가 사납더라고. 호텔처럼 많은 사람이 드나들어 땅의 기운을 밟을 수밖에 없는 데라. 그때야 선택권이 없었으니 나야 뭐 성장하면 반드시 이 집을 나간다, 경 생각허멍 학창 시절을 버텼주."

"어디선가 공동묘지 터에 학교를 지어 지세를 잡았다는 얘기를 들은 것 같군요. 학교는 좋은 터에 지어야 하는데 말이죠."

철물점 주인의 풍수 얘기를 듣고 임기응변으로 맞장구쳤다.

"이중섭거리에서 동쪽으로 기상대까지 경사 가파른 바위 지대라고 보면 되어. 강정마을 구럼비바위처럼 한 몸체의 단단한 바위산이주게. 이중섭도 경 드센 디 살아노난 화가로 성공했을 테주마는, 일반 사람들은 살기가 막 힘든 디라. 서귀포 본향당도 바로 근처고. 보통 본향당이란 게 사람이 살기 힘든 곳에 있는데, 그것만 봐도 바로 알아지지. 경허난 우리도 세를 줘버린 거라."

보기와 달리 역사를 잘 알고, 땅에 대한 안목도 있는 사람이었다. 이런 사람이 이 좁은 곳에서 꽉 끼게 지내고 있다니. 공간을 효율적으로 사용하려고 천장 아래 쇠기둥을 가로로 박아 각종 공구를 동태 말리듯 촘촘히 매달아 진열했다. 골조만 완성된 아파트 같은 회색 시멘트벽에도 진열장을 붙여 모든 물건이 한눈에 보이도록 전시한 구조였다. 움직이지만 않으면 주인마저 철물점 정물로 보일 판이었다.

"그 정방동 집에서 섶섬이 훤히 내려다 보였으니까 경치 하나는 끝내줬어. 밤마다 사나운 꿈에 시달리는 것에 대한 보상이라면 보상이었지. 그것을 안 아버지가 2층에 통유리를 달아주었는데, 아침마다 커튼을 열면 서귀포항에 햇살이 눈부시게 쏟아지고 있었지."

"집 구조는 어땠습니까?"

"지금 호텔 정문으로 들어가면 바로 왼쪽에 2층 독채가, 직진 방향으로 낮은 슬레이트집이 있었거든. 거꾸로 뒤집어 놓은 니은(ㄴ)자 구조였는데, 오른편으로 동백낭이 심겨 있었고. 아래는 낭떠러지라 가까이 가지 못했어. 독채 1층에는 부모님이 살고, 2층은 내가. 슬레이트집은 컷주게."

"손정엽이 그 2층에 세들어 살았다는 말이군요. 1층은요?"

"1층은 오막살이 같아서 철물점 창고로 사용했지."

"슬레이트집은요?"

사내가 전기 주전자 뚜껑을 열어 삼다수를 부었다. 딱 커

피 두 잔 나올 만큼 물을 끓였다. 그리고는 종이컵과 믹스커
피를 내밀었다.

"아마 공주 숙소였을 거여게."

"공주 숙소?"

"업소 다니는 여자들 숙소."

"몇 명이나 살았습니까?"

"방 네 칸이라 연세로 250쯤 받았을 거라. 몇 명 사는 것
은 자유고, 거기 사는 아가씨들이 신구간에 돈을 모아서 가
져왔어. 방 네 칸이난 지들끼리 알아서 들고나고 햇주. 나야
뭐 공주 숙소 기웃거려봤자 좋을 게 없어서 거의 찾아가지
않았지. 그디 1층 창고나 가끔 들렀다가 일 보면 바로 나오
는 정도."

"거의 육지 여자들이었겠군요."

"아맹해도 자기 고향에서 술집 다니기가 쉽지 않지. 좁은
섬이라 아는 사람 만나면 괜히 소문만 나곡. 경해도 악착같
이 돈 모으멍 사는 제주도 아가씨도 있었어. 가이가 신구간
마다 연세를 가져왔으니까, 총무 역할까지 헌 거라."

"손정엽은 얼마 동안 그 집에 살았습니까?"

"제주대학에 들어갔을 때였으니까 한 5년쯤 될 건가."

"집세는 어떻게 마련했을까요?"

"돈 얘기가 나오니 퍼뜩 떠오르는 게 있는데……."

"연세를 밀린 적 있었습니까?"

김수남이 넘겨짚었다.

"가이는 정확한 아이라. 연세도 통장으로 따박따박 부쳐오고, 전기 요금 뭐 이런 것도 다 문제 없었고. 한 번은 시에서 전화가 왔었던 것 같은데. 왜 맹호부대 고엽제 전우회라고. 빨간 모자 쓰고 훈장 칭칭 감고 다니는 것들 말이야."

"손정엽 아버지가 월남전에 참전했었지요."

"전세 자금 얘기를 하더라고. 월남 참전 용사 자식들 주거환경개선 뭐 이런 사업을 했던 모양이라."

"그래서 성사됐습니까?"

"연세로 150 해시난 한 3천쯤 받으면 맞았는데 고만히 생각해보난 관에서 주는 돈 아니라?"

"손정엽이 내는 돈이 아니라 단체에서 지원하는 돈이라는 말씀이죠?"

"다음 세입자가 와도 전세를 받아야 하고. 솔직히 3천 내면서 그 집 전세로 들어올 사람은 없었어. 목돈 굴려서 다른 거에 투자하면 월세보담 더 돈이 나오는데. 전세금 돌려주는 것도 귀찮고 해서 하기 싫으면 말라는 식으로 4천을 불렀주. 천만 원이나 높였는데도 군소리 없이 입금되었고."

"계약서도 쓰시구요?"

"정엽이가 직접 썼어. 그때 제주대학에 다녔거든. 성인이 되었으니 갸이 명의로 하고 말이야."

"맹호전우회가 아니구요?"

"나야 뭐 돈만 받으면 그만이니까 명의 같은 건 상관없었지."

문득 니코틴 금단 현상이 느껴졌다. 가게 밖으로 나가 담배를 피우고 싶었지만, 이야기 흐름이 끊길까 봐 자리를 지켰다.

"얼떨결에 도장 찍긴 했는데 사실 전세가 부담스러웠어. 액수 큰 남의 돈 굴리기도 만만찮았고. 당시에 밀감 값을 잘 받아서 정산해 보니 여윳돈이 됐지. 그때쯤 전화국에서 연락이 왔어. 전화국 다니는 동생이 부탁해서 정방동 집에 입상이란 걸 달아놨는데……."

"입상이라구요?"

"2층에 초록색 페인트로 방수 처리를 해놓은 난간 부분이 있엇주게. 벽에 뭔가를 설치해 놓았는데, 거기서 다른 집으로 전화선이 갈라져 나갔거든. 전화국 직원이 전화 개설하거나 고장 수리하려고 자주 오르내렸지. 근데 갸이가 그게 신경에 거슬렸던 모양이라."

"혼자 조용히 있고 싶었나 보죠."

"그 난간에 서면 서귀포 바당 경치가 아주 잘 보였어. 밑에 슬레이트 지붕도 내려다 보이고. 근디 언제부턴가 거기다 큰 개를 키우기 시작한 거라. 똥도 치우지 않고 아주 냄새 나고 지저분했지. 파리도 들끓고. 그러니까 전화국 직원이 전화 고치러 왔다가 질색을 헌 거라. 참다 참다 전화국 아시 통해서 나한티 민원을 걸은 거지. 입상인가 거 달아서 임대료 조로 몇 푼 받고 있었거든."

"그래서 어떻게 되었나요?"

"나가 현장 실사를 나갓주. 어떻게 알았는지 똥도 다 치우고 깨끗하더라고. 썰매견 비슷한 허영한 대형견여신디 순해 보이더라고."

"문제가 없었네요."

"전화국 아시가 실없는 소리 할 사람도 아니고. 헌디 뭔가 구린 구석이 있는 것처럼 안절부절못하는 거라. 사람이 오는 게 싫은 것 같은 느낌이어신디, 뭐랄까 빨리 좀 가 달라, 이런 눈치였거든. 눈도 안 마주치곡. 잠자는 방 둘러봐도 황급히 치운 거 같고. 이거 뭐 사달 날 거 같다. 쫌 이상하다. 뭔가 느낌이 좋지 않더라고."

"방을 지저분하게 쓰는 느낌이었나요?"

"청소에 별로 신경 쓰지 않는 거 같아 뵈더라고. 잠자는 공간 이불만 깨끗하고 방 안은 모두 쓰레기로 가득한 경우라고 할까. 경헌 애들은 차도 완전 쓰레기통이라."

"방을 안 빌려줬으면 그런 일도 없었잖습니까."

"초창기만 해도 완전 조용하게 살앗주게. 몇 년 동안 살아시난 연초 신구간마다 세 안 나갈까 가슴 졸일 일도 없었고. 경헌디 고만히 살펴보니깐, 뭐랄까 느낌이 쎄해. 그때 현장 실사 나갔을 때도 내 오른쪽 어깨 뒤로 얼굴을 들이밀었는데 순간적으로 소름이 끼쳤어. 분명히 내 감각으로는 없었는데 순식간에 와 있어서 깜짝 놀랐거든."

"전화국 동생 때문에 선입견을 가진 건 아닐까요?"

김수남이 애써 부인하는 톤으로 물었다.

"경해그네 확인차 밑에 사는 슬레이트집 아가씨에게 슬그머니 물엇주. 평소 행실이 어떠냐고. 근데 잘 대답을 안 해. 얼굴 표정도 안 좋고. 다른 서울 여자가 도둑고냉이 같다고 했어."

"도둑고양이 같다?"

"평소 조심조심 살금살금 다니던 놈이라 흔적이 없다고. 사람들은 잘 몰라, 가이가 있는 줄. 눈에도 잘 띄지 않곡. 거기다 개똥 치우고 청소를 한 거 보면 그 아가씨 말이 맞다고 느껴졌지. 그런데 말이야······."

사내가 집중하라는 듯이 말했다.

"뭔가 섬뜩한 느낌에 뒤를 돌아봤더니 2층 난간에서 우리를 내려다보고 있는 거 아니? 나 소름 끼쳐 죽는 줄 알았어. 가이 얼굴이 비대칭적으로 일그러져 있었거든."

"그래도 사장님이 집주인이었잖아요."

"나가 어디 가서 쌈박질할 줄도 모르고 경 살았어. 싸움이라는 것도, 남들 앞에서 큰소리 내는 것도 잘 못 해. 근디 가이가 나보다 덩치도 크고 힘도 좋앗주게. 그 얼굴을 보는 순간 소름이 끼쳤어. 아, 야이 내보내야겠다, 이러다 뭔 일 나겠다, 경 마음먹게 된 거라."

"사장님 스타일로 봐서는 다음 신구간까지 기다렸겠군요."

"다시 연세 계약으로 전환하자고 했지. 전세금 모두 돌려주멍. 대신 연세를 두 배로 올려 불렀어. 근디 가이는 나가라고 할 줄 안 눈치였어."

"이사 준비를 하고 있었단 말입니까?"

"어게. 다시 방 내놓으려고 집 청소하는데 아주 가관이라. 화장실 막혀서 뚫어보니 개털이여 담배꽁초가 변기를 꽉 막고 있었고. 방바닥 장판도 담배빵에, 집수리하는데 돈 백은

들은 거 닮아. 집이 워낙 지저분했어."

"어디로 이사갔습니까?"

"지금 신시가지 서귀포시청 2청사 인근이었을 거라."

신시가지라면 서귀포 시내에서 중문 방향으로 7km쯤 떨어진 곳이었다.

"이후 연락한 적은요?"

"나가 이디서 철물점 허고 있지만, 사람 가려가면서 만나주게. 경 사람 야리는 애들은 만날 이유가 없어. 물건도 안 팔아. 사실 정방동 집에서 나갔을 때 서귀포 떠난 줄 알았지. 이사할 때 가보지도 않았고. 가이는 워낙 조용조용 댕기는 애라."

❖

이성로 변호사는 참전동지회 사무장을 만나 손정엽의 정방동 집 주소를 알고 있었다. 이후 그는 어디로 갔을까. 철물점 주인이 언급하지 않은 것으로 보아 찾아온 거 같지는 않았다. 혹시 현세희를 바로 찾아간 건 아닐까.

김수남은 휴대폰을 집어 들었다. 철물점 주인이 한 말 중에 꼭 사실관계를 확인해야 할 부분이 있었다.

"뭐 하나 물어보쿠다. 혹시 월남전 맹호동지회에서 주거 환경개선 사업 같은 거 한 적 있습니까?"

상대는 참전동지회 사무장이었다.

"우리가 보기와 달리 경 예산이 많지가 않아. 이쪽만 밀어주민 다른 디서 전투적으로 민원을 걸기 때문에 고양이 눈물만큼 예산이 책정된다고."

"그렇다면 자녀들을 위한 전세금 보조사업이나 이런 거는 꿈도 못 꿨겠군요?"

"예전에 애들 장학금 조로 2백인가 해준 거 같은디. 그것도 3년에 한 번 정도라. 참전 용사들 자녀 수가 원체 많아노난. 손정엽이도 한 번 타 먹었을 거라. 다 세상 좋을 때 얘기지."

"개인당 천만 원대 지원 사업은 없었습니까?"

"그거 있었으면 나가 영 사무장으로 말뚝이 박혔으카? 너도나도 사무국장 돼서 중간에 보조금 빼먹으려고 달려들지, 30년 동안 나가 말뚝 사무국장을 허겄느냐 이 말이여. 개인 단위로는 그때 장학금 사업이 제일 컸을 거여게."

"알앗수다. 고맙수다."

"근디 말이여. 나가 걱정이 돼서 하는 말인데, 아맹해도 자네도 이성로의 길을 가는 거 같아 보여."

"무사마씀?"

"나가 말이여. 이성로헌티 안 말해준 게 있어. 문 상사라고, 바람 같은 선배가 있어나신디, 그 양반이 그 방면으로다 아는 눈치엿주. 월남전 당시 맹호사령부 방첩대 꿰년파견대에서 복무했던 사람이라."

"문 상사라고요?"

"월남전 끝나고 외국 돌아댕기멍 꽤 오랫동안 떠돌이 생활을 햇주. 제주도에 갇혀 살 팔자가 아니었어. 월남 안 갔어도 외국으로 떠돌 사람이었는데, 그디서 방랑벽이 발동 걸렸던 거 같아. 그래서 떠돌고 또 떠돌았지. 월남전 제대 후 평생을 외국으로."

"무슨 말씀을 하시려고?"

"그 선배가 말년에 제주도로 돌아왔주게. 청춘은 월남에서 보내고 미국이여 시드니여 맘껏 구경하고 돌아댕기다가 몸이 망가져서 제주도로 돌아왔단 말이여. 고엽제 후유증 같아 뵈더라고. 그 선배가 죽기 전에 나헌티 비망록 하나를 가져왔어. 자기가 평생 말 못한 게 있다면서."

"무슨 내용이었는데요?"

"내용이 너무도 허무맹랑했어. 어디다 대놓고 말할 꺼리가 아니었다고."

"무슨 내용이었느냐니까요?"

"세 사내 이야기였지. 어디에서도 꺼내지 못할 비밀 이야기."

"그걸 저한테 말하는 이유가 뭡니까?"

"이제는 내가 보관하기에 한계가 느껴져. 가지고 있다는 것만으로도 부담스럽곡. 엉뚱한 후배놈한테 줬다가는 엿 바꿔먹을 게 뻔하고. 문 상사의 뜻에도 어긋나는 것 같고 해서."

"왜 이렇게까지?"

"나가 태극기 부대니 꼰대니 손가락질 받으멍 살았어도 사람 보는 눈은 있어. 사실은 자네도 죽을까 봐 걱정도 되곡. 죽은 이성로한테 이걸 못 준 것도 한이고. 이제는 밝힐 때가 온 거 같아. 자네라면 허투루 사용하지 않을 거라 믿어."

솔직히 기대도 하지 않았다. 제주도 사람이 자신 같은 육지 사람한테 이런 귀한 자료를 넘길 리 없다고 생각했던 김수남이었다.

"자네는 육지 사람만 정의롭다고 생각하는 거 같아. 그건 너무 편협한 생각이야. 실제로 우리가 국가에 이용당했건 돈을 벌러 전쟁터에 갔건, 결론은 국가를 위해서 월남에 간 거야. 문 상사는 평생을 죄책감에 사로잡혀 지내다가 이 수기를 남겼어. 우리는 청춘을 바치고 대신 불명예를 가져왔지. 그 알량한 달러 몇 푼에 전쟁터로 팔려 갔던 거야. 이게 나의 비공식적인 생각일세."

김수남은 전화를 끊고 담배를 피워 물었다. 사무장에게는 조만간 찾아뵙겠다고 말했다. 철물점 주인이 어서 차를 빼라는 듯이 가게 앞을 서성였다. 정방동 집 전세금 4천만 원은 어디에서 나온 걸까. 그 4천만 원을 손정엽이 찾아갔다……. 그럼 공식적인 지원 사업이 아니란 말이잖아. 잡힐 듯 말 듯한 실마리 앞에서 고민은 점점 깊어져만 갔다.

35   스티븐*

솜사탕 같은 실구름이 허공을 가로지르고 있다. 요 며칠 사이 중문에서 남원까지 해가 뜨지 않았다. 먹구름이 땅의 열기를 짓누르고 있어서 습도가 높고 무더웠다.

머릿속에 라흐마니노프 피아노 협주곡 3번 도입부가 시작되었다. 내 안의 또 다른 내가 깨어나는 느낌이다. 음울하고 악마적인 멜로디 사이로 나른하고 무기력한 자아가 몸을 일으킨다. 빗금처럼 어두운 얼굴을 외로 꼬고, 두 팔을 가슴

---

* Steven. Alice Cooper(앨리스 쿠퍼)의 정규 앨범 'Welcome To My Nightmare' 의 수록곡(1995)

에 X자로 포개 붙였다. 나는 편의상 그를 '라흐마니노프 사내'라 부르기로 한다.

그나마 해가 잠깐 들었을 때 민오름에 오른 게 다행이었다. 멀리 서귀포 시가지가 한눈에 잡혀 온다. 어디선가 피 냄새가 풍긴다. 벅차게 숨을 들이키고, 캭 가래침을 뱉으니 핏덩이가 뭉쳐 나온다. 비릿하다. 흥분된다. 요사이 선돌 집에서 모범생 코스프레를 하느라 스트레스 마일리지가 꽤 쌓였다.

어디선가 꿈틀거리는 소리가 들렸다. 풀숲에 점박이 털무늬 노루가 웅크리고 있다. 태어난 지 얼마 되지 않은 새끼 노루다. 작대기 끝으로 툭툭 건드려보니 수줍은 여자아이처럼 자꾸만 외면한다. 커다란 눈망울을 보여주지 않는다. 어디 아픈 것일까. 배 아래로 작대기를 넣어 쑤석거려도 네 발로 딛다가 그대로 주저앉을 뿐이다. 죽을 걸 눈치채고 어미가 버린 것인가. 도망갈 수도, 도망갈 의지도 없는 물애기 그 자체다.

고개를 들어 멀찌감치 주변을 둘러본다. 어미가 지켜보고 있을지도 모른다. 새끼 한 마리가 더 있을지 모른다. 두 놈을 한꺼번에 잃는 것을 방지하기 위해 한 놈씩 분리해 놓았을 수도 있다. 첫 번째 놈은 항거 불능이므로 패스. 다시 풀숲을 뒤지다 보니 이번에는 새끼 고양이가 보인다. 그래, 두 마리는 되어야 게임이 성립되지. 잽싸게 달려가 등을 잡아 들어 올리자 앙칼지게 반항한다. 짧은 발톱을 들어 할퀴려는 모습이 차라리 안쓰럽다.

얘네들을 어떻게 처리할까. 고양이를 손에 든 채 새끼 노루를 노려보며 고민했다. 마침 배낭 안에 까만색 절연 테이프가 있다.

막상 테이프를 꺼내놓고 보니 노루 꼬리가 너무 짧다. 자세가 잘 나오지 않는다. 노루 왼 뒷발과 고양이 꼬리를 맞잡고 감는다. 고양이가 발버둥 쳤지만, 테이프를 열 번쯤 감자 두 놈이 합체되었다. 두 놈 주변으로 주먹만 한 돌을 주워다가 둥그렇게 둘러놓는다. 원래 있던 산담 옆에 작은 산담을 만들었다. 그사이 고양이는 힘이 달리는지 두부 자세로 숨고르기에 들어간 모습이다. 두 놈이 합사될 것인가?

밤이 되면 새끼 고양이가 마지막 발악을 할지도 모른다. 노루 역시 이런 쨍쨍한 햇볕에 탈진한 상태일지 모른다. 둘 모두 해가 지면 체력이 돌아올 수도 있다. 어떻게 탈출할까. 힘을 합쳐 테이프를 이빨로 끊을까? 아무래도 몸을 유연하게 쓰는 고양이가 몸을 돌려 물어뜯을 가능성이 높다. 새끼 노루는 불가할 것이다. 그래도 원기를 회복하면 새끼 고양이쯤은 끌고 사라질 만한 힘이 있다. 그러면 고양이는 가만히 있을 것인가. 백 퍼센트 반항할 것이다.

결국 이 둘은 죽게 될 것이다. 애당초 둘 모두를 죽이려고 설계한 덫이다. 주변에 돌을 두른 것은 그들만의 죽음의 공간을 만들어주기 위함이다. 살아 나가려면 둘 중 한 마리는 반드시 죽어야 한다. 둘은 탈출하기 위해서 서로 물어뜯고 싸울 것이다. 어쩌면 상대를 죽인 다음 질질 끌고 다닐지도 모른다. 그것에 대비해서 돌담을 둘러놓았다. 이 마지막 고 바위를 넘지 못하면 모두 죽은 목숨이다.

다음 휴일에 다시 와보면 결과를 알 수 있으리라. 이런 무더운 날씨에 밤낮으로 안개가 끼는 습도라면 짧은 시간에 완벽히 부패하게 된다. 구더기 꿈틀거리는 소리와 쉬파리 윙윙거리는 소리가 환청으로 들린다. 둘이 죽으면 거기에 온갖 미생물들이 배양되고, 작은 곤충들이 둥지를 틀게 될 것이다. 그중 구더기가 마음에 든다. 서로 뒤엉켜 들끓는 모습을 보고 있으면 뭔가 오가닉한 생동감이 느껴진다. 삶의 의지가 맹렬해 보이는 것이다.

한 무리의 짐승이 포위망을 좁히며 서서히 접근한 것은 그 순간이었다. 그렇지, 제삼자의 등장. 드디어 중산간의 최상위 포식자가 모습을 드러냈다. 대여섯 마리쯤 된다. 대패로 깎은 듯 귀를 날렵하게 올려붙이고, 삼지창처럼 꼬리를 치켜세웠다. 눈매가 매섭다. 그렇지, 새끼 고양이와 노루는 스끼다시에 불과하지. 이렇게 냄새를 피우면 놈들이 나타나는 건 당연한 수순이지. 중산간 최상위 포식자 들개가 가만있을 리 있겠는가.

들개들이 약속한 것마냥 반원형으로 거리를 좁혀온다. 그중 우두머리가 비난하듯 아래위로 훑고 있다. 자기 나와바리에서 무슨 짓이냐며 꼬나보는 것 같다. 이놈들을 이길 만한 동물은 이 섬에 없다. 자기들끼리 싸워서 공멸하지 않는 한, 영원히 한라산의 최상위 포식자로 자리할 것이다. 우두머리가 사납게 짖기 시작한다.

작대기로 산담을 툭툭 치며 도발적으로 신호를 보내본다. 우두머리 녀석이 고개를 갸우뚱거린다. 벌써 작은 산담 안 고양이와 노루를 확인한 눈치다. 뭐 좀 별난 놈이다, 하는 것 같다. 뭐긴 뭐야. 너희들이 더 이상한 놈들이지. 너희야말로 재미로 살생을 하지. 먹을 것도 아니면서 즐기기 위해 공격하지. 그게 최상위 포식자 위세를 떠는 게 아니고 뭐냐. 물론 전문 칼잡이처럼 군더더기 없는 동작 하나는 인정. 그렇지만 너희는 '먹이 사냥'이라는 정글의 법칙을 거스르고 '재미'라는 요소를 최초로 도입했다.

눈꼬리에 힘을 주고 부라리자 나머지 개들이 한 발 뒤로 물러선다. 바짝 치켜세웠던 꼬리도 약간 각도가 꺾였다. 그러나 우두머리 녀석만은 오연하다. 그래도 대장이라고 가오를 세우고 싶은 모양이다. 그렇다면 맛을 보여줘야지. 오늘이 너의 제삿날이야. 후회하지 마라. 다 네가 선택한 결과다.

그 순간 녀석이 몸을 날렸다. 입질이 시작되었다. 본능이 어떨 땐 치명적 약점으로 작용하기도 한다. 공격이 너무 단조롭다. 목을 물어 한 방에 제압하려는 동작에 허영심이 가득 묻어 있다.

허공을 향해 높이 뜬 녀석을 장외 홈런 날리듯 올려친다. 몸통에 몽둥이가 정확히 꽂혔다. 그래 이 맛이지. 작대기 쩍 달라붙는 촉감에 아드레날린이 폭발한다. 몽둥이가 쩍쩍 늘어 붙는다. 살기 등등했던 녀석이 몇 대 맞더니 쭉 뻗는다. 미세한 경련을 일으킨다.

우두머리 녀석이 다리를 떤다. 인정사정없이 대가리를 내려친다. 피가 사방으로 튄다. 노란색 오줌이 줄줄 새 나온다. 피 냄새가 몰칵 번졌다. 놈의 영혼을 흠숭하듯 깊게 들이킨다. 코로 흡입한 피 냄새가 삼투압처럼 전신으로 퍼져나간다. 스트레스가 확 풀리는 느낌이다. 나머지 개들이 진저리 치며 눈동자를 바닥으로 떨어뜨린다.

마지막 단계로 녀석의 꼬리를 잡고 빙빙 돌려 산담에 후려쳤다. 대가리가 터졌다. 혓바닥이 길게 밖으로 비어져 나왔다. 빠른 동작으로 배낭에서 칼을 꺼냈다. 바로 달려들어 배를 가르자 차곡차곡 정렬되었던 창자가 바깥으로 쏟아져 나온다. 갓 죽은 놈이라 따스한 김이 나는 것 같다.

근처 개울로 내려가서 몸을 닦아냈다. 피 묻은 옷은 까만 비닐봉지에 넣고 새옷으로 갈아입었다. 집으로 내려가서 낮잠이나 늘씬 자야겠다. 거하게 낮거리 한 판 뛰었으니 잠이 잘 올 것 같다. 그렇지만 십중팔구 악몽을 꿀 것이다. 나의 치욕적인 새끼 노루와 고양이 시절이 꿈에 등장할 것이다.

❖

아버지는 술만 마시면 어머니를 때렸다. 매일 술을 마셨으니 매일 팬 거나 다름없었다. 그것은 내가 눈도 뜨지 못한 물애기 때부터 시작되었다. 내 삶의 목표는 아버지의 공격으로부터 최대한 피하는 것이었다. 이런 막장 환경에서 어떻게든 살아남아야 한다는 것. 나는 물애기 시절부터 그것을 동물적 감각으로 체득하고 있었다.

심지어 아버지는 젖을 먹고 있을 때조차 주먹을 휘둘렀다. 어머니가 맞지 않으려고 몸을 비틀면 롤러코스터를 타

야 했다. 그때마다 젖에서 시큼한 맛이 났다. 젖은 잘 소화될
리 만무했고, 설사는 당연한 수순이었다.

월남전에서 의병 제대한 아버지는 왼 팔목이 잘려 쇠갈
고리를 달고 있었고, 어머니는 아버지가 때릴 때마다 멀리
도망가지 못할 정도로 다리를 절었다. 동네에서는 서로의
단점을 보완하며 사는 잉꼬부부 같다면서 뒤로는 병신들,이
라고 손가락질했다. 월남전에 다녀와서 수중에 달러가 있었
고, 국가로부터 나오는 생활 보조금을 타 먹으며 근근이 입
에 풀칠할 정도는 되었다.

아버지는 밤새 술을 마시고 아침 늦게까지 자는 게 일종
의 루틴이었다. 집에 돌아오면 곤히 자는 어머니에게 몽둥
이질을 하거나, 화풀이성 섹스를 한 다음 곯아떨어져 버리
는 것이었다. 집안은 감옥처럼 어둡고 음울했고, 어머니는
늘 주눅 들어 있었다.

덩치가 조금 커지면서 나는 어머니 뒤에 붙어서 잠이 들
곤 했다. 불안하고 암울한 집안 환경은 조금도 개선의 기미
가 보이지 않았다. 그때마다 어머니를 보호하는 당당한 사
내가 된 느낌이었다. 거기다 궁둥이 냄새를 맡고 젖가슴을
만지고 있으면 내 소유물처럼 여겨졌다. 아버지는 자기 자
리를 차지했다며 보이는 족족 발로 걷어찼다.

"이 개새끼가 얻다 대고!"

궁둥이 냄새를 킁킁 맡았으니 개새끼라 불리는 건 당연했다. 소리가 난 것도 아닌데 어떻게 눈치챘는지 궁금해 미칠 지경이었다. 그러나 돌이켜보면 나는 개새끼가 아닌 적이 없었다. 아버지는 항상 나를 개새끼, 어머니를 씨발년이라고 불렀다. 개새끼와 씨발년. 아버지 몫이었던 '씨발년'의 엉덩이에 딱 달라붙은 '개새끼'는 발로 차서 떼어내는 게 맞았다.

내 유년기에 낯선 인물이 등장한 것은 일곱 살 때쯤이었다. 그나마 간신히 힘의 균형을 유지하고 있던 집안은 그의 등장으로 한바탕 홍역을 치렀다. 아버지가 못난이 어머니를 증오하다가 술집 여자에게서 아이를 낳아온 것이었다. 어머니는 소아마비로 태어난 저주받은 인생이었지만, 자신은 국가를 위해서 훌륭한 일을 하다가 장애인이 되었다고 항상 선을 긋던 아버지였다.

어머니는 숙명이라는 듯 동생을 받아들였다. 지금 생각해보면 어머니는 어떤 차별도 행하지 않았다. 그러나 내 입장은 조금 달랐다. 새로운 동생이 왔다는 것은 경쟁자가 생겼다는 의미였다. 아버지 때문에 젖을 독차지하지 못했는데 난데없이 경쟁자가 한 명 더 생긴 것이다. 어머니를 등 뒤에서 둘이 안아도 자세가 나오지 않았다. 다행히 동생은 그 자리를 탐내지 않았다. 그렇지만 그의 등장은 밥상의 숟가락 수부터 옷, 방의 공유까지 내 모든 삶에 영향을 끼쳤다. 그렇게 우리는 세상에 버려진 새끼 노루와 고양이가 되었다.

동생과 나는 어쩔 수 없이 험한 꼴을 공유하는 사이가 되었다. 몇 년이 지나자 어머니는 주먹 대신 야구방망이로 맞았다. 프로야구가 한창 인기를 구가하던 시절, 어머니를 졸라 오일장에서 사 온 것이었다. 술에 취한 어느 밤에 아버지는 야구방망이를 든 채 어머니를 방구석에 몰아놓고 악다구니를 썼다. 그러다가 인정사정없이 내려쳤다. 우리는 이불 가득 쌓인 방 귀퉁이에 숨어서 그 광경을 지켜봐야 했다.

그 순간 동생은 바들바들 떨면서 눈을 감고 있었지만, 나는 옆집에서 봤던 컬러텔레비전 화면을 떠올리고 있었다. 나는 야구장에 가 있었다. 비만한 투수가 껌을 질겅질겅 씹으며 성난 황소처럼 마운드를 다지는 장면. 그리고 던졌습니다, 하는 아나운서의 목소리. 이어 나온 경쾌한 나무 빠따 소리. 빨랫줄처럼 허공으로 쭉 뻗어 나가는 야구공. 아나운서의 송곳 같은 탄성. 관객들의 함성과 박수 소리까지. 흥분의 도가니였다. 마치 '동물의 왕국'에서 얼룩말이 뛰어다니는 장면처럼 환상적이었다.

성장하면서 동생은 놀러 다닐 때마다 자기 좀 데려가 달라고 졸랐다. 또래 친구들이 자꾸 따돌린다고 했다. 어멍 아방 모두 병신이라고 놀아주지 않는다는 것이었다. 그때마다 동생을 두들겨서 떼어놓았지만, 용연에 갈 때는 달랐다.

마침 나는 뿌듯하게도 용연에서 최고난도라는 단수를 마스터한 상태였다. 또래 애들이 뛰어내리는 높이를 초과하여 중학생 형들의 동한두기 6단계 신공을 발휘하고 있었다. 서한두기에서 다이빙하는 조무래기들의 눈에 존경심이 송글송글 맺혔다.

동한두기는 중학생 이상의 형들이 걸리적거린다며 국민학생의 출입을 막은 곳이었다. 용연에서 다이빙하는 학생들의 최종 목표는 출렁거리는 다리, 줄다리 중간에서 수직으로 뛰어내리는 것이었다.

나 역시 부모가 병신이라는 이유로 친구들에게 따돌림 받는 것을 참을 수 없었다. 선택이 아닌 불가항력적인 사유로 괴롭힘 받고 무시당하는 데 자존심이 상했다. 그러면 그럴수록 반항심을 고슴도치 가시처럼 치켜세웠다.

길을 가다가 화분이 서 있으면 발로 차서 넘어뜨리고, 수

선화가 피면 모가지를 툭 분질러놨다. 학교 운동장의 그넷줄을 끊어질 정도로 꼬았다가 풀어놓았다. 고드름이 줄지어 열리면 작대기 들고 직진하며 모두 부러뜨려야 직성이 풀렸다. 용연 다리 줄도 끊어버리려 했지만, 쇠로 돼 있어서 불가능했다. 대신 서한두기 절벽 나뭇가지를 분질러서 축 처지게 만들었다. 동한두기에서 다이빙할 때마다 팔 병신이 된 나무의 속살을 보면 희열감이 느껴졌다. 며칠 후 나뭇가지는 빨갛게 타들어 가 죽어버렸다.

나는 동생에게 사회적 위치를 과시하고 그에 상응하는 존경심을 품게 만들고 싶었다. 그래서 높아서 아무도 시도하지 못하는 곳에서 과감하게 뛰어내렸다. 당장 동생의 모가지를 끌어서라도 6단계 바위 위로 올라오고 싶었다. 그것은 이 험한 세상에서 살아남으려면 이 단계를 넘어서야 한다는 형으로서의 강요일 수도 있다. 그렇지만 동생은 멀리 서한두기에서 두 팔로 자신의 몸통을 감싸고 서 있을 뿐이었다. 동생은 겁쟁이였다. 육짓것 어머니의 피를 이어받아 나약하고 겁도 많았다. 그것을 극복하겠다는 의지도 전혀 보이지 않았다. 동생은 새끼 노루 같았다.

그해 여름 내내 온갖 감언이설로 꼬드기고 부추겨서 어찌어찌 서한두기 2단계까지는 성공시켰다. 평타 수준이었지만 만족이 되지 않았다. 국민학교 저학년이라면 3단계 정도는 마스터해야 학교생활이 편해질 것이었다. 국민학교 2학년인 동생은 그것이 한계였다. 나 역시 더 높은 단계인 7단계에 도전했지만, 끝내 성공하지 못했다.

마지막 다이빙을 끝냈을 때, 내년 여름까지 기다려야 한다는 허탈감에 빠져 있었던 것 같다. 동생은 그저 함께 놀아준 게 고마운 눈치였다. 끄무레한 날씨에다 늦은 오후였기에 으슬으슬 춥기까지 했다. 이대로 집에 들어갔다가는 아버지로부터 날벼락이 떨어질 것이었다. 나의 담력을 존경해서 자주 어울리던 이웃집 친구와 제주대학 서쪽 솔밭으로 향했다.

"내가 마법을 보여줄게."

아버지 몰래 집에 잠입해 부엌 찬장에서 통성냥 두 개를 가져왔다. 몇 달 전 이사할 때 집들이 선물로 들어온 것이었다. 손에 잡히는 대로 가지고 나온 성냥통은 유엔 팔각 성냥과 직사각형 모양의 비사표 성냥이었다. 팔각 성냥은 종이를 뜯으면 그대로 검붉은 성냥 머리가 드러났고, 비사표 성냥은 뚜껑을 접으면 호치키스까지 젖혀지는 여닫이 방식이었다. 아무래도 자세가 잘 나오는 것은 팔각 성냥이었다. 동생에게 유엔 성냥을 주고, 비사표 성냥은 뚜껑이 접힌 부분

에서 찢었다. 콩나물시루처럼 머리를 위로 한 성냥개비가
빼꼭하게 들어차 있었다.

"지금부터 내가 로케트쑈를 보여줄게."

비사표 성냥에 불을 붙였다. 그러자 성냥 머리에 불이 붙
으면서 하늘 높이 타올랐다. 수직으로 머리끝까지 불길이
치솟았다. 동생이 신기하다는 듯이 그것을 쳐다보았다.

로케트쑈는 금방 끝났다. 동생에게 해보라고 옆구리를 찔
렀다. 아무래도 유엔 팔각 성냥 불꽃 모양이 제라허게 나올
것 같았다. 옆집 친구 녀석이 부럽다는 듯 쳐다보고 있었다.
몇 달을 쓰고도 남을 분량을 한순간 태워버리는 과감함에
존경심이 어린 눈치였다.

동생이 유엔 성냥에 불을 당겼다. 부식 하는 소리가 나더
니 통성냥에 불이 붙었다. 팔각 성냥갑이라 불꽃 모양이 원
형으로 만들어졌다. 불기둥이 하늘로 치솟아 올랐다. 바로
그 순간 동생이 손으로 얼굴을 감쌌다. 솟아오른 불기둥을
피하지 못한 것이다. 얼굴에 스쳤는지 머리카락 그슬린 냄
새가 났다. 급기야 동생은 성냥갑을 발로 차기까지 했다. 성
냥갑이 옆으로 누우면서 불기둥을 뿜었다. 그 불이 바람을
타고 뒤에 쌓아놓은 1층 높이의 솔잎 더미로 옮겨붙었다. 순
식간에 벌어진 일이었다.

동생이 불을 끄겠다고 뛰어든 것은 그와 동시였다. 친구 녀석도 허둥대고 있었다. 흙을 뿌렸지만 불가항력이었다. 불이 걷잡을 수 없을 만큼 번졌다. 솔숲을 다 태울 만큼 솟아올랐다. 급변풍 때문에 불길이 더욱 사나워진 것이다. 눈앞에 환상이 펼쳐졌다. 환상이 보여서 몸을 움직일 수 없었다.

"정엽아!"

다급한 소리에 정신을 차렸을 때 동생은 보이지 않았다. 불길이 너무 뜨거워서 한 발도 접근할 수 없었다. 연기가 자욱해서 동생이 보이지 않았다. 바다에서 바람이 불 때마다 솔잎 불이 빨갛게 불잉걸을 보이며 아가리를 벌렸다. 악마의 핏빛 이빨 같았다. 뱃속에 구불구불 포개진 핏빛 내장처럼 보였다. 흥분됐다. 황홀한 광경에 몸을 부르르 떨었다. 친구가 이리 뛰고 저리 뛰며 허둥댔다. 갑자기 어디선가 요란한 사이렌 소리가 들리더니 동네 사람들이 줄지어 양동이로 물을 나르기 시작했다. 나는 그대로 정신을 잃었다.

❖

동생이 죽고 나서 집안은 한동안 침울한 분위기에 빠졌다. 나는 방구석에 다리를 끌어안고 앉아 자숙의 시간을 보내야 했다.

딱히 반성이랄 것은 없었다. 동생이 불에 타 죽은 것은 우연이었다. 그래, 사고였을 뿐이다. 그게 문제가 되려면 그날, 그 시각에 다이빙하러 가지 말았어야 했다. 그랬다면 로케트쇼를 하지 않았을 테고, 동생은 죽지 않았을 것이다. 그것은 놀러 갈 때마다 자신을 데려가 달라고 애걸복걸 달라붙던 동생의 선택이고, 잘못 아닌가. 그게 어째서 내 잘못인가. 그렇지만 지금까지도 동생의 죽음이 나의 진심 아니었을까, 하는 생각이 종종 들 때가 있다.

무엇보다 내가 먹기에도 부족한 젖을 공유해야 한다는 게 가장 거슬렸다. 아버지의 공격 때문에 영양실조로 시름시름 앓고 있는데, 그것을 나누어 먹어야 하는 존재가 등장했다. 고양이 눈물만큼 기회가 생겨 차지할 수 있었던 어머니의 등도 이따금씩 양보해야 했다. 동문시장에서 어머니의 손을 암팡지게 잡은 동생을 볼 때마다 질투가 나기도 했다. 동생이 등장함으로써 손해만 봤지 이득 본 게 없다. 혹시 그런 잠재의식이 발현한 것은 아닐까. 그러나 그것은 분명 사고였다. 의도했던 게 아니다. 그저 마법을 보여준 것뿐이었다.

지금도 역시 동생이 불을 끄겠다고 불구덩이로 뛰어들었다고 생각하지 않는다. 그래, 녀석은 어디에서도 환영받지 못한 인생이었다. 저를 낳아준 어머니는 연락 끊고 도망갔고, 아버지에게 미운털이 박혔으며, 내색은 안 했지만 어머니도 탐탁지 않은 눈치였다. 나 역시 허깨비 형 노릇을 했지만 동생이 싫고 귀찮았다. 소심하고 내성적인 동생은 새끼노루 같았다.

동생이 죽고 난 뒤로 나는 불에 도취되었다. 불의 박력에 매료되었다. 시뻘건 불잉걸이 모든 것을 태우고 재로 만드는 황홀함에 전율이 일었다. 눈 깜짝할 사이에 사나운 짐승의 아가리 같은 핏빛 불잉걸이 모든 것을 집어삼키는 박력에 그만 오줌을 지리고 말았다. 아버지 같은 것쯤은 그냥 재가 되어버릴 거라고, 새까맣게 그을린 돼지가 될 거라고, 왼팔에 걸려 있는 쇠갈고리도 다 녹여 없애버릴 거라고 믿어 의심치 않았다.

이후 모두가 동의했다는 듯이 암묵적으로라도 동생에 대한 언급을 삼갔다. 집에 머무르다가 떠난 방랑자 취급을 했다. 묘한 침묵 사이로 기괴한 공기가 흘렀지만, 누구도 먼저 입을 떼지 않았다. 동생의 죽음에 혐의 없음을 선고받은 후 현장에 함께 있던 친구와는 재빠르게 손절했다.

동생이 죽었는데도 아버지의 엽기적인 술 행각에는 변함이 없었다. 나는 동생과 함께 쓰던 방을 독차지하고 방바닥에 엎드려 시간을 보냈다. 어쩌다 태풍이 치는 날에는 바닷가에 이불을 둘둘 말고 나가고 싶었지만, 그것은 모험이었다. 한마디로 객기였다. 사람이 이길 수 없는 게 있는 것이다. 세상은 이기기 힘든 곳이었다.

그러면 그럴수록 성냥개비 긋는 소리, 통성냥이 로케트처럼 발화하는 소리, 이따금씩 수평선 너머 붉은 해가 떠오르는 장면, 흑백 TV에서 뛰어다니는 얼룩말을 쫓는 사자 등을 떠올리며 시간을 보냈다.

✦

그때쯤 어머니가 이웃집에서 강아지 한 마리를 얻어온 것 같다. 그 뒤로 집안 분위기가 바뀌었다. 학교 갔다 오면 놀랍게도 강아지가 꼬리를 흔들며 반겨주었다. 지금까지는 안방에 항상 늘어져 있던 아버지밖에 없었다. 숙취에 시달리며 늘어진 메리야스 차림으로 떡진 머리를 긁던 아버지밖에 없었다. 방안은 온통 술 썩은 냄새로 찌들어 있었다.

어머니는 다리를 절긴 해도 어디든 걸어 다닐 만큼 건강했다. 어머니의 음식 솜씨는 동문통에서 소문이 자자했다. 아버지 역시 마뜩잖음에도 밥상에 대해서는 비난하지 않았다. 그럼에도 어머니에게는 치명적인 단점이 있었는데, 설거지를 깨끗하게 하지 못하는 것이었다. 닦아놓은 그릇들을 보면 귀퉁이에 음식 찌꺼기가 보였고, 고춧가루 같은 게 묻어 있었다.

식당도 직장이라 설거지를 두 번 세 번 공들여서 했지만, 집에서는 달랐다. 아버지에게 들킬까 봐 황급히 소매나 손으로 닦아낸 게 한두 번이 아니었다. 아버지는 결벽증에 가까울 정도로 발작을 했다. 그것 때문에 야구방망이가 몇 번 날아갔지만 그래도 개선의 기미가 보이지 않자, 불편한 손으로 손수 설거지를 했다. 그때마다 씨발년이, 병신년이, 하며 투덜거렸다. 그렇게 집안에 또 하나의 타협점이 만들어진 듯했다.

나는 무엇보다 아버지가 밥상을 장악하고 앉아 집안의 포식자 노릇을 하는 게 못마땅했다. 찌개에 덕지덕지 밥풀 묻은 숟가락을 담그고 쩝쩝 소리를 내가며 먹는 모습이 역겨웠다. 온갖 반찬을 우걱우걱 씹는 모습도 혐오스러웠다. 찌개를 각자의 그릇에 나누어서 먹는 게 선진국 문환데, 혼자 다 먹겠다는 듯 더럽게 휘저어놓는 게 꼭 야만인 같았다. 다른 반찬 역시 젓가락이 아니라 밥 먹던 숟가락을 그대로 사용했다. 아이러니하게도 더러운 설거지를 용납하지 않는 아버지는, 밥풀 더덕더덕 묻은 숟가락으로 밥상을 더럽히는 만행을 저질렀다.

어머니가 먼저 눈치채고 국이나 찌개를 그릇에 따로 덜어주기 시작했다. 아버지도 처음에는 낯설어 했지만, 남은 음식 모두가 자신의 몫이라는 것에 만족한 모습이었다. 나는 아무리 배고파도 내 밥그릇이나 국그릇 이상의 음식을 절대 탐내지 않았다.

그러던 어느 날 학교를 마치고 집에 왔는데, 강아지가 보이지 않았다. 이른 여름 후덥지근한 해풍이 밀려오고 있을 때였다. 멀리 탑동 앞바다에서는 매립 공사가 한창이었다. 이상하다고 생각하고 있을 때, 아버지가 일찍 일어나 부추가 가득 담긴 고깃국을 먹고 있었다. 부엌으로 뛰어가 솥단지를 열었다. 눈이 뒤집혔다. 내 개였다. 내 강아지를 잡은 것이었다. 그 순간 분노가 빨랫줄처럼 빳빳하게 머리끝까지 치고 올라왔다.

바로 방으로 들어와 어머니를 째려보았다. 어머니가 슬그머니 눈을 피했다. 아버지는 그런 것에는 아랑곳하지 않고 흥분한 표정으로 개장국을 퍼먹고 있었다. 땀을 뻘뻘 흘리면서 개 뼈를 발라 먹고 있었다. 누런 메리야스에 덕지덕지 땀 얼룩이 묻어 있었다. 당장에라도 밥상을 걷어차고 아버지의 뒤통수를 때려주고 싶었다. 어머니가 쇠고깃국이라며 국을 따로 떠주었다.

싫은 내색이나 감정을 드러내지 않은 채 고개 푹 숙이고 조금씩 음식을 넘겼던 것 같다. 그렇지만 한 숟갈 두 숟갈 뜰 때마다 분노가 따박따박 쌓였다. 이래서 부부가 한통속이고 무서운 거야. 그렇게 야구방망이로 처맞고도 개를 끓여 갖다 바치다니. 나를 배려했다면 경 안 했겠지. 이왕 개를 잡을 거면 다리 밑으로 가서 조용히 해결하고 와도 되잖아. 왜 개 주인에게 직접 그걸 먹으라고 잔인한 짓을 강요하느냐 이 말이야.

그로부터 며칠 동안 항문이 다 헐어버릴 정도로 설사를 했다. 그렇지만 그것보다 귀가할 때마다 강아지가 둥글게 또아리 틀고 있던 빈자리를 보는 게 더 괴로웠다. 피가 거꾸로 솟구쳤다. 그때부터 어머니를 본격적으로 미워하기로 마음먹은 것 같다. 정말이지 어머니의 무력함이 경멸스러웠다. 반항할 의지도 없는 게 진짜 병신 같았다. 매일 밤 폭력을 행사하는 아버지를 위해서 개를 잡아 바치다니. 그것은 도저히 용서할 수 없는 만행이자 테러였다.

이후 좀 더 노골적으로 미워하고 괴롭히기 시작한 것 같다. 반항이었다. 물론 일상적인 행동에는 변화가 없었다. 그나마 대화라는 게 가능한 존재였는데, 그것조차 차단했다. 대신 속으로 '씨발년'이라고 욕했다. 아버지에겐 입에 발린 말이었어도 나에게는 금기어였다. 그것은 동정심의 잉여이었다. 그러나 과감히 그 금기를 깨기로 했다. 죄책감 따위는 없었다. 키우던 개를 잡아 개장국을 끓였으니 어머니에게 '씨발년'이라는 호칭이 붙은 것은 타당하고 이유 있었다.

즉각 행동에 돌입하여 식당 월급날 찾아가 동문시장에서 주전부리를 얻어먹던 일부터 중단했다. 꼭 뭔가를 먹으려고 찾아간 게 아닌데도 호떡이나 보리빵을 사주었다. 그때마다 어머니는 뿌듯한 표정을 지었는데 이제는 그럴 기회마저 박탈하기로 했다. 또한 이불 깊숙이 숨겨놓은 돈을 방바닥 귀퉁이에 슬쩍 흘려놓거나, 찬장 속 유채 기름의 뚜껑을 열어놓기도 했다. 제사 때 쓸 쌀에다 묵은쌀을 섞어 쌀벌레를 불러들이기도 했다.

그때마다 아버지는 불같이 화를 내며 응징했다. 괴롭힘을 당하는 어머니를 멀찌감치 바라보고 있으면 묘하게 들뜨고 관자놀이 핏줄이 붉어졌다.

그렇게 세월이 몇 년 지났던가. 내가 제주중학교 입학을 앞둔 어느 날이었을 것이다. 그때까지도 미움은 사그라들지 않은 상태였다. 한겨울 부부싸움을 한 다음 어머니가 가출을 했다. 그날 최초로 정엽이 어쩌구, 하면서 지붕이 내려앉아라 소리를 지른 것 같다. 세간살이를 닥치는 대로 던진 어머니는 그대로 마당에 퍼질러 앉아 울기 시작했다. 이웃들이 걱정되어 올레 돌담 뒤에서 구경했을 정도로 큰 싸움이었다.

하루 이틀 지나면 돌아올 거라는 예상과 달리 전혀 딴판으로 일이 번져나갔다. 집안은 급속도로 횡해졌다. 분노를 쏟아내던 당사자가 사라졌으니 나 역시 허무했다. 아버지의 주폭은 더 심해졌다. 술을 마시는 강도가 달라졌다. 한 달쯤 지났을 때 누군가 어머니가 육지로 도망갔다는 이야기를 슬그머니 건네왔다. 애처롭고 안타까운 눈으로 어멍마저 도망갔으니 어떻게 살 거냐는 이웃의 말에 상황의 심각성을 알아차렸다.

이후 용담 바닷가에 넋을 놓고 앉아서 멀찌감치 일몰을 구경하는 날이 많아졌다. 머릿속은 표백한 것처럼 하얗게 탈색되었고, 가끔씩 어디선가 환청이 들렸다. 그것은 야구장에서 고함치는 소리였고, 얼룩말이 뛰어다니는 소리였다. 그러다가 먼 하늘에서 천둥 치는 소리가 들리기도 했다. 인삼 뿌리처럼 쩍쩍 갈라지는 번개 너머의 세상이 궁금하기도 했다. 저 고압 전류 철조망 같은 세상 너머에는 무엇이 있을까.

36 모슬포 무적콜

　김수남은 어제 일어났던 일이 자꾸만 마음에 걸렸다. 추석 이후 한 달만에 찾아온 황금연휴 첫째 날이었다. 알싸한 가을 냄새가 코끝을 찌르고, 하늘은 산호색 장판을 새로 깐 듯 산뜻했다. 먼지처럼 떠도는 가을의 파편이 눈부시게 아름답던 날이었다.

　이 무렵 제주는 억새가 절정이었다. 이런 날은 따라비오름이나 새별오름쯤, 아니면 서귀포 서성로 따라 가시리까지 내달려도 좋으리라. 곧 중산간의 핏빛 억새가 하얗게 세고, 첫눈 내리면 설산을 밟으려는 등산객들이 한라산으로 몰려들 것이었다. 강경식에게 전화를 걸고 싶었지만, 연휴 긴급

기사를 타전하는 당직 기자로 말뚝이 박혔다.

그사이 이영훈과 인터뷰하고, 참전동지회 사무장을 만나 손대수 이야기를 듣고, 서귀포에서 손정엽의 흔적을 더듬다 보니 계절이 바뀌는지도 몰랐다. 이른 아침 불쑥 집에 찾아온 가을 냄새를 맡고 계절 감각을 복구하느라 황급히 '새로고침' 버튼을 눌렀을 정도였다.

그래서였는지 모른다. 가을 냄새에 무작정 취해 제주시에서 모슬포 나가는 콜을 수락했던 것 같다. 딱히 대리운전을 염두에 두고 외출한 것은 아니었다. 용연 주변을 산책하다가 춘장 맛이 독특한 중국집에서 짜장면 한 그릇 먹으려 했는데, 자동 콜이 꽂혔다.

출발지는 용담 해안도로 비바리횟집이었고 목적지는 모슬포항 인근 호텔이었다. 손님이 억새를 보고 싶다며 새별오름을 경유하자고 했다. 낮콜이라 시간에 쫓기지 않는 데다, 경유 비용을 알아서 챙겨주겠다고 했으므로 불만은 없었다.

새별오름은 제주도 서쪽에서 유명한 억새 명소였다. 들불 축제 때 오름 전체를 태워버리기 때문에 억새가 일정한 높이로 보기 좋게 피어올랐다. 평화로 대로변에 위치해서 카니발 단위의 관광객들이 많이 들어와 있었다. 인생샷을 노리는 젊은 커플도 보였다. 뒤에 주차한 카니발 역시 렌터카였는데, 무슨 까닭인지 주차만 해놓고 밖으로 나오지 않았다.

한 시간쯤 지나자 손님들이 렌터카로 돌아왔다. 딱히 서로에게 성적 매력을 느끼지 않는, 불륜의 비밀스러움이나 은밀함이 풍기지 않는 중년 커플이었다. 남자가 조수석에, 여자가 뒷좌석에 앉은 것만 봐도 그랬다. 억새를 보고 싶다는 말이 무색하게 일상의 대화가 데면데면 이어지다 끊어졌다.

남자가 방금 찍은 사진을 전리품처럼 되작거리는 사이, 여자는 술기운이 오르는지 스르르 눈을 감았다. 벽돌색 황혼의 가을 햇살이 여자의 이마에 무방비로 쏟아졌다. 제주도에 무사히 도착해서 술 한잔하고 나니 긴장이 풀린 걸까. 가을 오후 햇살만큼 두터운 중년의 고단함이 두 사람의 어깨를 짓누르는 것 같았다.

모슬포에서 콜을 종료하고 차에서 내렸다. 숨쉬기 벅찰만큼 공기가 깨끗했다. 곧바로 하모 교차로 중국집을 찾아가 간짜장으로 늦은 점심을 해결했다. 돼지비계로 춘장을 볶아 고소한 옛맛이 났다. 제주시에서 먹으려 했던 짜장면이 풍미 가득하고 세련된 맛이라면, 이곳은 수십 년 모슬포 역사가 담긴 듯 담백했다. 짜장 한 그릇 뚝딱 비우고 나니 바람 쌀쌀하고 맵짜다는 모슬포가 친근하게 느껴졌다.

다시 모슬포 내항으로 내려왔다. 이왕 이렇게 된 거 대리 타고 제주시로 복귀할 생각이었다. 새벽 골프장에 다녀와서 점심 반주를 하고 숙소로 돌아가는 관광객이 걸릴 수도 있다. 낮 시간대라 대리기사가 많지 않아 경쟁도 심하지 않을 것이다. 콜이 뜨지 않으면 버스로 복귀하면 된다.

그 순간 로지 프로그램에 대리 오더가 잠깐 올라왔다가 사라졌다. 모슬포항 횟집 거리 포구식당에서 건입동 가는 콜이었다. 회색으로 표시되어 터치해도 잡을 수 없었다. 1순위 기사에게 우선 배정권이 주어졌으므로 다른 기사가 건드릴 수 없는 콜이었다. 이 오더만 잡았으면 바로 복귀하는 건데…….

모슬포항 횟집 거리는 제주도 근대화의 시간을 고스란히 간직한 고졸한 거리였다. 노포 스타일의 횟집이나 조림집이 몰려 있어서 관광객들이 즐겨 찾는 식당가였다. 점심을 먹기에는 늦은 시각이었으나 인근 횟집 직원들이 팔짱을 끼고 출입문에 기대 호객 행위를 하고 있었다. 작업복을 입은 KT 직원이 통신주에 허리 바를 맨 채 매달려 있었고, 그 아래 기대 놓은 작은 접이식 사다리가 보였다.

다음 주 목요일에는 신철구 지사와의 인터뷰가 잡혀 있었다. 이성로 변호사 사건은 여전히 미궁 속이라, 내친김에 천리마그룹 쪽을 더 파봐야겠다는 생각이 들었다. 긴글임에도 녹산장 땅 연재 기사가 홈페이지에서 별표 찍힌 핫기사로 급부상했다.

해방 이후 천리마가 녹산장 땅을 차지하게 된 경위까지는 파악했으므로 그 뒷이야기를 붙여봐도 괜찮을 것 같았다. 삼다수 출시를 앞두고 제주도와 천리마 사이에 생긴 갈등을 중점적으로 들여다볼 계획이었다. 삼다수 공장은 신철구 지사 시절 준공했으므로 설립 과정 뒷이야기를 생생한 톤으로 들을 수 있을 것 같았다.

그때 로지 프로그램에서 요란한 경보음이 울렸다. 자동콜이었다. 손님이 300미터 안에서 호출한 것이다. 잽싸게 승낙 버튼을 눌렀다. 오더 창이 열리자 짜릿한 손맛이 느껴졌다. 10여 분 전에 떴던 콜이었다. 출발지는 포구식당, 도착지는 제주시 건입동이었다. 손님이 휴대폰으로 직접 접수한 게 아니라 식당에서 대신 불러준 업소콜이었다. 먼젓번 콜은 취소가 되었나? 손님은 십중팔구 지역 사정을 잘 모르는 관광객일 가능성이 컸다.

스마트폰을 말아쥐고 포구식당으로 잰걸음을 놓았다. 코앞에서 호출한 콜이라 전화를 걸지 않아도 될 것 같았다. 채 10초도 안 되어 도착하니 식당 정문 건너편 포구 주차장에서 검은 양복을 입은 사내가 손을 흔들었다. 30대 중반의 말끔한 사내였다. 술을 마신 것 같진 않았다.

"아, 여기! 대리기사님이죠?"

사내가 막무가내로 소리쳤다. 식당 전화번호가 찍힌 콜이라 주인에게 손님을 인계받아야 맞았다. 아무럼 어때. 손님은 차만 보내겠다고 했다. 차만 보내는 케이스는 대리가 아니라 탁송의 영역이었다. 대리운전과 같은 계열이지만, 운행 방식도 다르고 보험도 달랐다. 건입동 943-12. 사내가 직접 주소를 불러주었다. 집 앞 공터에 주차하고 종료하라고 했다. 키도 차 안에 그대로 두라고 했다.

"휴대폰 번호가 어떻게 되나요? 도착하면 주차 사진을 보내드리겠습니다."

그러나 돌아온 대답은 "그냥 콜 종료하면 됩니다."였다.

네이버 지도로 확인해보니 건입동 현대아파트 뒤쪽이었다. 차로 내려가지 못해도 제주항 쪽으로 오솔길이 난 외진 곳이었다. 스마트폰 화면을 내밀어 위치가 맞는지 확인했다. 내비게이션을 실행하고 다시 한번 사내를 살펴보았다. 그와 동시에 차 넘버가 스치듯 눈에 걸렸다. 렌터카였다. 좀 이상한 손님이다…….

바로 상황실에 전화해서 탁송콜로 보험을 변경하고, 운행을 시작했다. 차만 이동하는 탁송 오더였으므로 만원을 더쳐서 5만 원을 현금으로 받았다. 출발 시각은 4시 55분. 모슬포 시계탑을 지날 때쯤 불현듯 도착지가 너무 외지다는 생각이 들었다. 아무래도 수상하다. 건입동에서 종료할 경우는 탑동 라마다나 리젠트마린 같은 호텔을 가는 게 보통이다. 일반적으로 렌터카의 최종 목적지는 호텔이나 공항 혹은 렌터카 반납 장소였다.

결정적으로 젊은 사내는 전화번호도 가르쳐주지 않았다. 콜 종료하고 주차한 사진을 보내주겠다고 했는데, 그냥 주차만 해놓으라고 말한 점도 마음에 걸렸다. 렌터카에다가, 이 콜은 한 단계 더 꼬여 들어가 업소에서 대신 불러준 케이스였다. 손님에 대한 직접적인 정보가 하나도 없는 것이다. 하지만 공연한 의심이라 생각되었다. 요금을 선불로 받았고, 스마트폰으로 주차된 차를 찍어놓으면 분쟁의 소지도 없을 것이다. 문제가 생겨도 렌터카 회사에 차 빌린 사람을 물어보면 될 터였다.

차창을 내리고 평화로를 내달리다가 용담 거쳐 목적지에 도착한 것은 그로부터 한 시간 뒤였다. 아직 어두워지기에 이른 시각이었다. 로지 프로그램의 오더 종료 버튼을 누르고, 주차된 K5를 빙 돌며 꼼꼼하게 사진을 찍은 다음 현장을 떠났다. 주차 위치를 증명하고, 나중에 차를 파손시켰다는 누명에 대항하기 위한 증거자료였다. 6·25 전쟁 당시 피난민들이 천막을 치고 살았던 해방촌이라 차 한 대 간신히 지나갈 만한 좁은 골목이 그대로 살아 있었다.

보통 제주도에서 작은 골목은 올레라고 해서 돌담이 쌓여 있으나, 이곳은 육지 사람들의 영향인지 시멘트 블록으로 대충 세워놓은 벽이 많았다. 새마을운동 당시 만든 듯한 시멘트 담장도 존재했다. 양옆으로 세운 기둥의 홈에 널찍한 시멘트 판자를 위에서 아래로 네댓 장 끼운 방식이었다. 조립식 형태라 기둥만 세우면 무한정 벽을 만들 수 있도록 설계된 구조였다.

승용차 한 대가 골목길에 들어선 것은 바로 그 순간이었다. 막 시멘트 담장 골목 지나 현대아파트 쪽으로 걸어가고 있을 때였다. 골목에 꽉 낄 정도로 차가 커 보였다. 한순간 방심했다가는 사이드미러로 담벼락을 긁을 만큼 위험천만해 보였다. 선팅을 진하게 해서 안이 들여다보이지 않았다. 길을 잘못 들어선 관광객인가. 그때 갑자기 승용차가 급발진했다. 이 좁은 길에서 왜 속력을 내는 것이지. 타이어 타는 냄새와 함께 요란한 굉음이 들렸다. 가속이 더 붙었다. 일부러 가속 페달을 밟은 것이다. 골목길 담장과 좌충우돌하며 달려오는 느낌이었다.

김수남은 냅다 달리기 시작했다. 현대아파트 후문까지는 대략 20미터쯤 남아 있었다. 앞만 보고 내달리다 보니 왼쪽으로 막힌 골목이 나타났다. 터널 속 긴급 차량 피난처 같은 곳이었다. 여러 집 대문이 맞대고 있는 광장처럼 작은 공간이었다. 그대로 몸을 던졌다. 양 팔꿈치를 삼각형 모양으로 만들어 충격을 흡수했지만, 뼈를 때리는 통증이 팔꿈치를 치고 올라왔다. 시멘트 바닥이었다. 몸을 뒤집어 보니 승용차가 현대아파트 후문에서 우회전으로 돌아나가고 있었다. 재빠르게 차 번호를 확인했다.

제주허3678.

팔꿈치 끝이 전기를 먹은 것처럼 저릿저릿했다. 뭔가 느낌이 쎄했다. 불길한 예감에 좀 전의 공터 주차장으로 향했다. 이런 제기랄, 그 K5 승용차였다. 불과 5분 전에 운행 종료하고 후진 주차해 놓은 흰색 차였다. 그 차가 사라진 것이다. 마지막 확인 절차로 휴대폰에 저장해 놓은 사진을 꺼내 보았다.

제주허3678.

가장 먼저 든 생각은 차량 도난이었다. 손님의 요구대로 스마트키를 그대로 두고 내리지 않았던가. 그러니 차가 잠기지 않았다. 상황실에 전화를 걸어 방금 종료한 콜에 대해 확인해달라고 부탁했다. 손님에게 차를 분실했다고 보고해야 했다. 그러나 모슬포 포구식당에서 접수한 업소콜이라는 사무적인 답변만 돌아왔다. 식당 유선 전화번호 이외에는 정보가 없는 것이다. 곧바로 포구식당 전화번호를 눌렀다.

"이디서 대리운전 부른 적 없수다."

모슬포 바람처럼 맵짠 목소리가 되돌아왔다. 반전 같은 소리였다.

"방금 전 포구식당에서 부른 대리 타고 시에 왔는데요?"

반응이 없자, 식당 건너편에 주차되어 있던 K5 렌터카 얘기를 서둘러 이어 붙였다. 그러나 식당 주인은 손님이 없어서 파리 날리고 있는데, 무슨 귀신 씻나락 까 잡수시는 소리냐며 되레 윽박을 질렀다.

"죄송합니다. 한 번만 더 확인허쿠다양. 식당에서 대리운전 부른 적이 없다는 게 확실합니까?"

"예게. 경허고 우리는 행복대리에 아는 아시가 있어부난 그디로만 전화합니다. 연합대리 계열은 아예 취급도 안 합니다. 전화번호도 몰라마씀."

행복대리는 7979대리회사 소속의 모슬포 영업소였다. 모슬포 대리 시장을 꽉 쥐고 흔드는 지배적인 사업자였다. 김

수남이 속한 연합대리회사와는 경쟁 업체였다. 이거 수상하
다……. 내가 지금 꿈을 꾸고 있는 건가. 분명히 차를 몰고
왔는데 이리도 흔적이 없을 수 있다니. 귀신이 왔다가 억울
해서 울며 돌아갈 판이었다. 차량 도난이 아닐 수도 있겠다,
라는 생각이 불현듯 뇌리를 후려치고 지나간 것은 그 순간
이었다.

37 괴물의 탄생

사춘기가 되고 고환에 정액이 고이기 시작하면서 심한 편두통을 앓았다. 머리를 떼어버리고 싶을 정도로 극심한 고통이었다. 쭉쭉 빨랫줄처럼 치고 올라오는 찌릿찌릿하고 욱신욱신한 통증이었다. 남성 호르몬이 오작동을 일으킨 걸까. 사춘기 초기 부작용인가.

그 무렵 나는 사람들 눈에 안 띄는 게 모든 상황에서 데미지를 적게 입는다는 사실을 깨달았던 모양이다. 머릿속에 번개가 치고 있다는 걸 감추려다 보니 생긴 일종의 방지턱 같은 보호 장치였다. 그것은 좀 더 자가발전을 해서, 있는 듯 없는 듯하고, 방금 지나가도 얼굴이 기억나지 않을 정도로 평범하고, 절대 앞에 나서는 일이 없고, 학교에서 중간 정도의 성적만 유지하는 성향으로 바뀌었다. 일등도 그렇지만 꼴찌도 눈에 띄게 마련이었다. 있어도 그만 없어도 그만인, 걔가 있었던가 물어보면 한참을 머뭇거릴 만큼 눈에 띄지 않는 존재로 바꾸어 나갔다.

그러던 사이 인생 최대의 난관에 봉착했다. 그것은 여태까지 듣도 보도 못했던 일차방정식 문제였다.

$$2X + 5 = 17$$

선생님은 X값을 구하는 것이 최종 목표라고 했다. 해답을 찾는 게 수학을 공부하는 이유라고 했다. 그러기 위해서 좌변에 걸리적거리는 것이나 X 앞에 붙은 것을 없애고 'X = '라는 최종 식에 도달해야 한다고 가르쳤다. 먼저 좌변의 5를 우변으로 넘겨야 한다고 했다. 좌변에서 우변으로 넘어가면 +가 -로 바뀐다고 했다. 공식이니 무조건 외우라고 했다.

$$
\begin{aligned}
2X + 5 &= 17 \\
2X &= 17 - 5 \\
2X &= 12 \\
X &= 6
\end{aligned}
$$

왜 좌변에서 우변으로 넘어가면 +가 −로 바뀌는 걸까. 이해할 수 없었다. 책상도 없는 방바닥에 엎드려 사흘 내내 고민했다. 아무리 생각해 봐도 이유를 알 수 없었다. 역시 공식이라는 것은 나 같은 무지렁이 학생이 범접할 수 없는 극강의 영역인 모양이었다. 지체 높으신 수학자들이 만들어놓은 것이므로 가르치는 사람이나 배우는 사람이나 그렇게 외우고 따라야 하는 것이다.

그 순간 '=' 라는 부호가 눈에 들어왔다. 선생님이 '이꼬루'라고 불러 귀에 거슬리던 기호였다. 좌변과 우변이 똑같은 상황이다. 어떤 조건을 가해도 좌변과 우변은 똑같다. 동일한 조건만 걸면 된다. 그렇다면…….

$$2X+5 = 17$$
$$2X+5 \underline{-5} = 17 \underline{-5}$$
$$2X+0 = 12$$
$$2X = 12$$
$$2X\underline{\div 2} = 12\underline{\div 2}$$
$$X = 6$$

이게 맞지 않은가. 이게 원리에 맞는 친절한 설명 아닌가. 2X만 남기려면 양변에 똑같이 5를 빼면 공평한 거 아닌가.

나중에 2X가 남았을 때 양변을 똑같이 2로 나누면 공평한 것 아닌가. 양변에 동일한 조건을 가하는 것. 그것이 방정식의 기초와 사상 이닌가.

그러나 선생님은 이렇게 가르치지 않았다. 아무것도 아닌 단순한 원리를 차근차근 설명하지 않은 채 무조건 외우라고 강요했다. 나는 당장 수학 선생의 멱살을 잡고 이렇게 가르치는 것이 맞다고 항의하고 싶었다. 좌변과 우변에 똑같은 조건을 가하는 게 방정식의 근본원리 아니냐며 따져 묻고 싶었다.

이후 피타고라스의 정리나 근의 공식 따위는 혼자 풀 수 있는 능력이 생긴 것 같다. 원리를 알게 되면 공식이 즉석에서 제조되었다. 그것이 수학의 접근 방식이었다. 그렇지만 다른 사람의 눈에 띄지 않으려고 문제를 일부러 맞히지 않았다. 시험 볼 때 문제지 한 귀퉁이에 공식을 만들어 풀고 모두 지우개로 지웠다. 답이 있는지 확인한 다음 적당량의 오답을 찍어 평균 점수를 받았다.

그렇게 중간 정도만 되게 성적을 유지했다. 다른 과목 수업 시간에도 선생님과 눈을 마주치지 않았다. 선생님은 자신이 설명한 내용을 이해했는지 학생들의 눈을 보며 확인하는 습성이 있었다. 자신이 잘 가르쳤는지 확인하려는 그 눈빛이 나에게 꽂히지 않도록 조심했다. 그렇게 해야 누구의 눈에도 띄지 않고 나를 감출 수 있었다. 1등은 내 삶의 목표가 아니었다.

❖

아버지가 평소 마시는 술의 양을 보면 병이 생겨도 단단히 생겨 당장 죽을 것 같았지만, 중학교 2학년이 되어도 그런 기미를 보이지 않았다. 어머니가 도망간 뒤로 고씨 아저씨와 부쩍 어울리는 것 같았다. 용연 줄다리를 아버지가 갈고리 손 빙빙 돌리며 앞장서고 고씨 아저씨가 뒤따르는 모습을 보면 그야말로 '용담동 바퀴벌레 한 쌍'이라 불려도 손색이 없었다. 나중에 고씨 아저씨는 위장이 빵꾸 나서 아버지와 어울리지 않았다.

'용담동 바퀴벌레 한 쌍'은 동문통에서 유명한 2인조였다. 둘이 떴다 하면 주변 가게가 숨죽이고 셔터를 내릴 정도였다. 아버지는 그때까지도 군복에 군화를 즐겨 신고 다녔다. 둘이 고분고분 술값을 낸 적은 거의 없었다. 몇 번 무전취식으로 신고되었지만, 매번 훈방 조치 되었다. 중학교 2학년 초에 아버지를 미행한 적이 있다. 바로 그날 동문통 순댓국집에서 큰 싸움이 벌어졌다. 물론 싸움을 건 쪽은 아버지였다.

순댓국집 주인은 단단히 벼르고 있었던 모양이다. 무전취식을 일삼던 2인조에게 따끔한 맛을 보여주겠다고 마음먹은 주인이 바로 경찰에 신고했다. 평소와 분위기가 다름을 인지한 아버지가 전화 한 통 쓰겠다며, 전화 한 통 하고 경찰서 가겠다는데 인심 사납게 무슨 짓이냐며 뻗댔다. 어디론가 전화를 건 아버지는 식당 의자에 앉아 그대로 버티기에 들어갔다.

"아이참. 호끔 기다려 보라게."

아버지가 역정을 내며 말했다. 고씨 역시 아버지 맞은편에 바위처럼 앉아 있었다. 출동한 경찰들은 난감한 모습이었다. 민원을 해결하려면 식당에서 두 사람을 들어내야 하는데 아버지 모습이 여간 감때사나운 게 아니었다.

10분 정도 지났을까. 어디에선가 날렵한 양복 무리가 등장했다. 출동한 경찰에게 신분증을 보여주며 당당하게 앞으로 나섰다. 두 명의 경찰이 길을 터주며 식당 안으로 안내했다. 검은 양복이 아버지 앞에 섰다.

"와써?"

한두 번 해본 솜씨가 아니었다.

2인조가 별말 없이 집으로 돌아간 다음, 검은 양복은 주머니에서 돈을 꺼내 순댓국집 주인에게 건넸다. 아버지의 술값을 대신 치른 것이었다. 이게 도대체 무슨 상황일까.

양복 무리가 철수하고 밖에 대 놓은 검은색 봉고차로 돌아갈 때까지 그들을 지켜보았다. 졸병인 듯한 무리들이 봉고차 안으로 사라지고, 대장으로 보이는 검은 양복이 공중전화로 전화를 걸었다.

"일 마무리 했습니다."

수화기 저편의 소리는 들리지 않았다.

"언제까지 우리가 저런 술주정뱅이 뒤를 봐줘야 합니까? 우리도 정식으로 시험 보고 들어와서 당당히 정부 녹을 먹는 공무원이라구요."

검은 양복이 짜증스럽다는 듯 항의했다. 수화기 저편에서 말을 하는지 검은 양복이 그대로 듣고 있었다.

"사고로 위장하라구요?"

검은 양복이 깜짝 놀라 소리쳤다. 팽팽한 침묵이 흘렀다.

"용연 줄다리……. 알겠습니다."

혹시 안기부 아닐까. 안기부라면 대학생들을 데려다가 쥐도 새도 모르게 죽이기로 유명했다. 그 뒤로 아버지에 대해 면밀히 조사하기 시작했다. 그러다가 늦은 밤 가끔씩 누군가에게 전화를 건다는 사실도 알게 되었다. 아버지는 그를

'중대장님'이라고 불렀다.

❖

'중대장'의 지령이 내려졌는데도 아버지는 죽지 않았다. 아침마다 아버지의 부음을 듣고 대문을 요란하게 두드리길 학수고대했으나, 아무 일도 벌어지지 않았다. 그렇게 1년쯤 흘러 여름방학이 끝난 어느 날 아침이었다.

수업 시작 전 의자에 앉아 있는데, 어디선가 소리가 들렸다.

"야, 또 무싱 거?"

친구들의 눈이 그에게로 향했다. 오른손에 까만색 제도샤프가 들려 있었다. 광택이 살아 있는 게 새로 산 티가 역력했다.

"하 씨발. 어떤 놈이 훔쳐 가는 바람에 무리해서 또 하나 장만했겨."

허영심이 강해서 남에게 자랑을 즐겨하는 녀석이었다. 잘 잃어버리기도 하고, 잘 사기도 하는 놈이었다.

"또 잃어버렸나?"

"왜게. 제도샤프 나부랭이 같은 거쯤이야 또 사불면 그만이지. 잘도 가난한 것들, 오죽 갖고 싶었으면 훔쳐가부렀겠나?"

여름방학 전에도 평균 일주일에 한 개꼴로 제도샤프를 사던 놈이었다. 중학생은 볼펜을 써야 했다. 그렇지만 수학 문제를 풀 때는 연필을 사용하는 경우가 많았다. 도새기 닮은 새끼가 수학은 좆도 못 하면서……. 나도 제도샤프를 갖고 싶었다. 그러나 욕심난다고 즉흥적으로 훔치는 짓 따위는 하지 않았다.

"어이, 손정엽이. 연필 잘 깎아 놨나?"

도새기가 난데없이 좌표를 찍었다. 반에서 몇 명만 연필을 쓰고 있었는데, 콕 찍어 지명 당하자 얼굴이 빨개졌다. 녀석은 샤프를 잃어버릴 때마다 연필 쓰는 친구들을 번갈아가며 괴롭혔다. 샤프가 있는 놈이 훔쳐 갈 리 없다며 연필 사용자들로 용의자군을 좁혔다. 이번에는 내 차례였던 모양이다. 세상사 무색무취로 사는 게 목표였는데, 느닷없는 용의자 지명에 화가 치밀어 올랐다.

사실 샤프 사게 돈 좀 달라는 말이 떨어지지 않아 안방에 굴러다니던 동전을 모았던 터였다. 연필 깎는 칼만큼은 남에게 빌리지 않으려는 생각에서였다. 아침 등굣길에 새마을칼을 샀는데 억울했다. 제도샤프를 훔쳤다면 샤프심을 사지, 뭐 하러 새마을칼을 사 왔겠냐.

도새기는 점심을 먹을 때까지도 계속 붕당붕당댔다. 돈이 많으면 많았지 범인이라는 증거도 없는데 무사 찍자를 놓나. 책이 눈앞에 있었지만 집중할 수가 없었다. 수업시간 내내 도새기의 뒤통수를 노려보았다. 마지막 수학 시간이 다가오는데도 연필을 깎지 않았다. 화가 나서 꾹 눌러 쓰다 심이 부러졌는데도 연필 끝만 내립떠보고 있었다.

"자, 지금부터 내가 마법을 보여줄게."

마지막 쉬는 시간에 내 자리로 친구들을 불러 모았다. 밑에 공책을 받치고 연필을 올려놓았다. 그리고 연필 깎기 시연처럼 위장했다. 여태까지 내가 자리에서 연필을 깎은 적이 없었기 때문이다.

나는 연필심을 길고 늘씬하게 잘 깎았는데, 그때마다 친구들은 낭비가 심하다며 혹평했다. 허영심 가득해 보이는 긴 연필심을 들고 있으면 마음이 안정되었다. 다 깎은 연필은 꼭 페트리어트 미사일처럼 뾰족했다.

"너, 비키고."

바로 앞자리 친구의 뒤통수를 살살 쳐서 내쫓았다. 대신 도새기를 마주 앉혔다.

"이 새끼 잡아봐. 꽉 잡아라 이!"

제도샤프가 없는 가난한 친구를 지목해서 놈을 뒤에서 잡도록 했다. 홀아방이 한림항에서 고깃배를 타고 있어서 거의 방치되어 사는 녀석이었다. 개학하자마자 샤프 도둑으로 몰려 한바탕 홍역을 치렀던 놈이었다.

녀석이 뒤에서 양팔을 깍지 껴 에워싸고 조르기에 들어갔다.

"똑바로 봐라 이?"

아침에 산 까만색 새마을칼을 꺼냈다. 접이식으로 된 칼을 펴자 넓적한 칼날이 번뜩였다. 깨끗하고 사악했다. 심이 부러진 연필을 들어 칼로 깎는 시늉을 했다. 도새기가 비웃듯 몸을 한 번 들썩였다.

그 순간 나는 도새기의 오른 팔꿈치를 왼 팔꿈치로 제압하고 손바닥을 책상 위에 엎어뜨렸다. 바로 칼을 들어 녀석의 팔등에 금을 그었다. 선이 너무 얇아서 표시가 나지 않았다. 녀석은 무슨 일이 벌어지는지 모르는 눈치였다. 팔뚝 실금에서 피가 비어져 나왔다. 희열이 느껴졌다.

"이거 완전 잘 잘린다. 연필 깎는 칼이 영 잘 들어도 되는 거? 막 잘 드는 게 위험허다이. 샤프보다 훨 좋은게."

애써 무심한 표정을 지으면서 도새기의 얼굴을 쳐다보았다. 이빨 사이로 웃음이 터져 나와서 입술을 꾹 다물었다. 녀석의 두 눈이 둥그렇게 커졌다. 나는 재빠르게 팔뚝에 난 실금을 양 엄지손가락으로 잡고 벌렸다. 그러자 선홍색 피하조직이 보였다. 돼지비계가 싹둑 잘린 느낌이었다. 투명한 체액이 잠깐 맺히더니 이윽고 피가 쏟아졌다. 심장이 두방망이질 치고, 관자놀이가 불끈불끈 뛰었다.

"무사? 한 번으로 부족하나? 한 번 더 그어주카? 이번에는 허벅지 어떵?"

실실 웃으면서 말하자 도새기가 사색이 되어 비명을 질렀다. 구경꾼들이 바로 선생님을 호출했다. 손수건을 꺼내 황급히 팔에 둘러주는 친구도 있었다. 그때까지 나는 칼날에 묻은 희미한 핏자국을 내립떠보고 있었다. 은색 칼날 아래 핏방울이 위태롭게 매달려 있었다. 가는 담금질 자국 선이 회오리치며 돌고 있었다. 살아 있는 느낌이 났다.

선생님이 보내줘서 집으로 돌아오긴 했지만, 내일 학교 가면 된통 혼날 것 같았다. 분명 아버지에게 연락이 갈 거다. 병원에서 열 방을 꿰매고 파상풍 주사까지 맞았다고 했다. 매일 잃어버리는 제도샤프를 사줄 만큼 금이야 옥이야 키우는 아들놈의 팔뚝을 썰어버렸으니 그 집 부모가 가만히 있을 리 만무했다.

자꾸만 성질이 나고 짜증이 치밀었다. 소화가 되지 않은 것처럼 배가 더부룩했다. 집으로 향하는 길에 화분을 발로 차고, 돌을 들어 바다에 던져보기도 했다. 응징은 했는데 과했다. 너무 충동적이었다. 그러나 되돌릴 수 없다. 이걸 어떻게 해결한다…….

아무리 고민해 봐도 마땅한 타개책이 떠오르지 않았다. 내일 아침 당장 담임선생님에게 불려갈 거고, 모레쯤 아버지는 소환당할 것이다. 응하든 불응하든 그게 중요한 게 아니다. 소환장을 아버지에게 보여줘야 한다는 게 문제였다. 바로 귓방망이가 날아올지도 모른다. 집안에서 개 닭 보듯 살았는데, 이따위 것으로 아버지에게 한 수 꿇고 들어가는 게 몹시도 자존심 상했다.

이럴 때 스트레스를 피하는 방법이 있었다. 방으로 들어가 일찌감치 잠을 청했다. 내일 일은 내일로 미루고 오늘은 잠을 자자. 학교에 가면 도새기에게 사과하고, 담임선생님께 부탁을 해보자. 이런 정도로 막연하게 정리하고 잠자리에 들었다.

❖

그날 새벽 나는 동한두기 절벽에 있었다. 저녁을 먹지 않고 잠을 잤기 때문에 눈을 뜬 것은 새벽 한 시쯤이었다. 아버지는 아직 귀가 전이었다. 여기까지 왜 마중 나왔는지 모르겠다. 어떻게든 나중의 화를 조금이라도 누그러뜨리려는 속셈이었을 것이다. 소환장 발부가 임박했으므로 한 발 먼저 움직였을 것이다. 용연에는 땅의 차가운 기운 때문인지 해무가 가득 피어오르고 있었다.

30분쯤 기다렸을까. 멀리서 발자국 소리가 들렸다. 아버지는 두 팔을 휘두르고 있었다. 뭐지? 혼자 저게 뭐 하는 짓이지? 쇠갈고리로 얻어맞으면 그대로 찍히거나 살점이 패일 듯 위협적으로 보였다. 동작이 컸다. 그러나 기괴했다. 눈앞 귀신을 쫓아내려는 모습 같기도 했다. 알코올 중독 증상이 심해져서 환상을 보고 있는지도 모른다.

"중대장님, 중대장님!"

아버지가 짐승처럼 절규했다. 짧은 가시거리 때문에 방어 운전하는 뱃고동 소리가 아니라면, 공명을 울리며 용담동으로 거슬러 올라갈 만큼 큰 소리였다. 해무가 바다에서 더욱더 두텁게 밀려왔다. 가시거리가 불과 10미터도 되지 않아 보였다. 그러더니 달리기 시작했다. 해무 사이로 왼쪽 오른쪽을 번갈아 가며 갈지자로 내달리는 게 형체로만 보였다.

"중대장님! 날 버리지 말앙 살려줍서! 무사 나헌티 영 협니까? 무사 나를 버립니까?"

술에 취했어도 아버지의 동작은 민첩했다. 죽기 살기로 지그재그 달리며 총탄을 피하는 모습이었다.

"누구냐, 누구? 암구호!"

갑자기 용연 언덕 뒤에서 부스럭거리는 소리가 들렸다. 깜짝 놀라 한 발 뒤로 물러섰다. 뭔가 수상하다. 자세를 더욱 낮추고 계속 현장을 주시했다.

"암구호 대라니까! 아니면 사살하겠다."

미친 것 같았다. 미치지 않고선 이럴 수 없을 것 같았다. 아버지는 겉으로 강한 척하면서 밤마다 월남 귀신들과 싸우고 있었던 것이다.

"부중근 개새끼, 그때도 나 버리고 도망가더니 이젠 나 앗아불겠다고 가죽점퍼까지 동원했네. 부중근이, 너 이 개새끼! 내 기필코 죽여버린다. 완전분해시켜 버린다!"

바스락거리는 소리가 다시 들렸다. 숨죽이고 그대로 엎드렸다. 아버지 역시 부중근의 명령 따라 움직이는 안기부 요원이 근처에 있다는 사실을 눈치챈 것 같았다.

아버지가 다리 로프를 잡고 한발 한발 전진하는 게 실루엣으로 보이다 사라졌다. 누군가 미행하지 않는지 주변을 살폈다. 검은 그림자들은 부스럭거리는 소리만 낼 뿐 움직이지 않았다. 기회를 엿보고 있을 터였다. 아버지의 동작은 몹시도 굼뜬 느낌이었다. 두 손을 쓸 수 없어 고장난 기계처럼 버벅거리는 것 같았다.

1분쯤 흘렀을까. 다리를 삼분의 일쯤 건넌 것 같았다. 젖은 풀 태우듯 해무가 꾸역꾸역 피어올랐다. 용연 절벽은 새하얀 구름 골짜기로 변한 지 오래였다. 조심조심 아버지 뒤를 밟았다. 나무 바닥에 손을 대보고 걷는지 확인했다. 아버지가 걸으면 함께 걷고 멈추면 따라 멈췄다. 그렇게 다리 위에서 한몸처럼 움직였다. 잠깐 멈췄던 아버지가 바람 때문이라고 생각했는지 다시 걷기 시작했다.

그 순간, 나는 해무를 뚫고 스페인 황소처럼 전속력으로 달려나갔다.

아버지는 무방비 상태였다. 상체로 압박하며 아버지의 오른발을 들어 무게중심을 흩트렸다. 중심이 무너지면서 왁살스레 후려치는 쇠갈고리에 얼굴을 맞을 뻔했다. 어깨를 불끈 일으켜 줄다리 우측으로 몰았다. 그곳은 용연 최고난도 담력 단계인 줄다리 중앙 지점이었다. 북쪽으로 고등학생들이 뛰어내리는 곳이라 쇠줄이 울타리 개구멍처럼 벌어져 있었다.

곧바로 첨벙 소리가 났다. 허우적거리는 소리도 들렸다. 바닥은 보이지 않았다.

내가 모를 거라 생각했나?

정녕 내가 모를 거라고 생각했나?

당신이 어머니를 죽였다는 사실을?

당신이 탑동 매립지에서 커다란 돌로 어머니 머리를 내리치고, 바위를 매달아 바닷속으로 밀어 넣었다는 것을. 매일 밤 각시탈처럼 백화된 어머니의 얼굴이 꿈에 등장했어. 창백한 오른뺨에는 기포가 하나 붙어 있었지. 어머니는 눈도 감지 못하고 죽었단 말이야. 바닷속이 추운지 매일 밤 달가닥 달가닥 이빨 부딪치는 소리를 냈다구. 1년 365일 내내 그런 악몽에 시달려야 했다구.

당신은 좌변과 우변에 동일한 조건을 가하는 것을 몰랐나? 받은 만큼 돌려주는 원리를 몰랐나?

아버지가 어머니를 죽였으니 내가 아버지를 죽인다. 그것이 바로 방정식의 근본원리지. 그게 세상만사 이치이고, 도리인 거야.

사방이 고요해졌다. 줄다리 지나 서한두기에 다다랐을 스음, 나는 생애 최초로 개운함을 느꼈다. 16년간 명치에 걸려 있던 더부룩한 것이 단숨에 내려간 느낌이었다. 그것은 내가 물애기 때부터 소화하지 못한 젖찌꺼기일 수도 있다.

뿌듯한 느낌에 눈을 들어 하늘을 바라보았다. 해무가 걷힌 바다 위로 달이 장엄하게 차오르고 있다. 달이 하혈하며 두 개로 갈라지고 있다. 페인트를 쏟아부은 것처럼 핏빛 세상이 되었다. 이제 치욕스럽던 유년의 번데기를 벗어던지고 성충으로 변태할 시각이다. 고압 전류 철조망 너머 세상에서 라흐마니노프 사내가 스티벤, 스티벤 소리쳐 부른 것은 바로 그 순간이었다.